Annales 2022

Tle

Objectif BAC

Sujets & Corrigés

Philosophie

Nathalie Nieuviarts
Professeure agrégée de philosophie

Yohann Durand
Professeur certifié de philosophie

W0369953

hachette
ÉDUCATION

Mode d'emploi

Pour chaque type d'épreuve (dissertation et explication de texte), cet ouvrage vous propose **des sujets corrigés et des méthodes**, complétés **de fiches de cours et des repères philosophiques** à maîtriser.

34 sujets corrigés pour préparer l'écrit

Une couleur spécifique pour identifier chaque type de sujet

Un renvoi aux fiches de cours pour vous aider à réviser

Des ongl pour se repér rapidem dans l'ouv

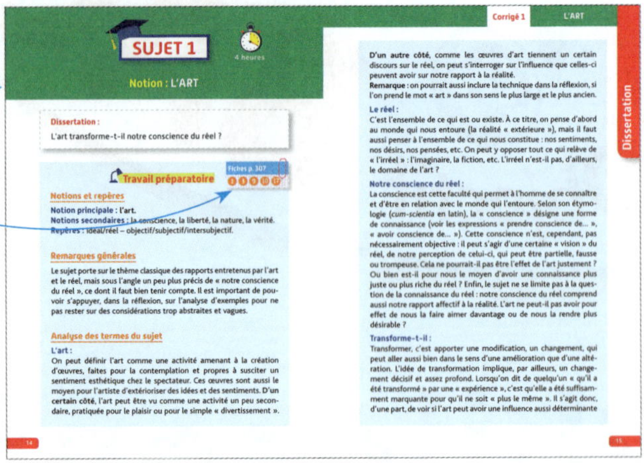

SUJET 1

4 heures

Notion : L'ART

Dissertation :

L'art transforme-t-il notre conscience du réel ?

Travail préparatoire

Fiches p. 307

Notions et repères

Notion principale : l'art.
Notions secondaires : la conscience, la liberté, la nature, la vérité.
Repères : idéal/réel – objectif/subjectif/intersubjectif.

Remarques générales

Le sujet porte sur le thème classique des rapports entretenus par l'art et le réel, mais sous l'angle un peu plus précis de « notre conscience du réel », ce dont il faut bien tenir compte. Il est important de pouvoir s'appuyer, dans la réflexion, sur l'analyse d'exemples pour ne pas rester sur des considérations trop abstraites et vagues.

Analyse des termes du sujet

L'art :
On peut définir l'art comme une activité amenant à la création d'œuvres, faites pour la contemplation et propres à susciter un sentiment esthétique chez le spectateur. Ces œuvres sont aussi le moyen pour l'artiste d'extérioriser des idées et des sentiments. **D'un certain côté**, l'art peut être vu comme une activité un peu secondaire, pratiquée pour le plaisir ou pour le simple « divertissement ».

14

Corrigé 1 | L'ART

D'un autre côté, comme les œuvres d'art tiennent un certain discours sur le réel, on peut s'interroger sur l'influence que celles-ci peuvent avoir sur notre rapport à la réalité.
Remarque : on pourrait aussi inclure la technique dans la réflexion, si l'on prend le mot « art » dans son sens le plus large et le plus ancien.

Le réel :
C'est l'ensemble de ce qui est ou existe. À ce titre, on pense d'abord au monde qui nous entoure (la réalité « extérieure »), mais il faut aussi penser à l'ensemble de ce qui nous constitue : nos sentiments, nos désirs, nos pensées, etc. On peut y opposer tout ce qui relève de « l'irréel » : l'imaginaire, la fiction, etc. L'irréel n'est-il pas, d'ailleurs, le domaine de l'art ?

Notre conscience du réel :
La conscience est cette faculté qui permet à l'homme de se connaître et d'être en relation avec le monde qui l'entoure. Selon son étymologie (*cum-scientia* en latin), la « conscience » désigne une forme de connaissance (voir les expressions « prendre conscience de... », « avoir conscience de... »). Cette conscience n'est, cependant, pas nécessairement objective : il peut s'agir d'une certaine « vision » du réel, de notre perception de celui-ci, qui peut être partielle, fausse ou trompeuse. Cela ne pourrait-il pas être l'effet de l'art justement ? Ou bien est-il pour nous le moyen d'avoir une connaissance plus juste ou plus riche du réel ? Enfin, le sujet ne se limite pas à la question de la connaissance du réel : notre conscience du réel comprend aussi notre rapport affectif à la réalité. L'art ne peut-il pas avoir pour effet de nous la faire aimer davantage ou de nous la rendre plus désirable ?

Transforme-t-il :
Transformer, c'est apporter une modification, un changement, qui peut aller aussi bien dans le sens d'une amélioration que d'une altération. L'idée de transformation implique, par ailleurs, un changement décisif et assez profond. Lorsqu'on dit de quelqu'un « qu'il a été transformé » par une « expérience », c'est qu'elle a été suffisamment marquante pour qu'il ne soit « plus le même ». Il s'agit donc, d'une part, de voir si l'art peut avoir une influence aussi déterminante

Dissertation

15

Des corrigés conformes à ce que l'on attend de vous à l'examen

Chaque corrigé est introduit par un travail préparatoire pour comprendre les points-clés du sujet

Des corrigés comple ou sous la forme d'un plan détaillé avec les conseils du professeur en bleu

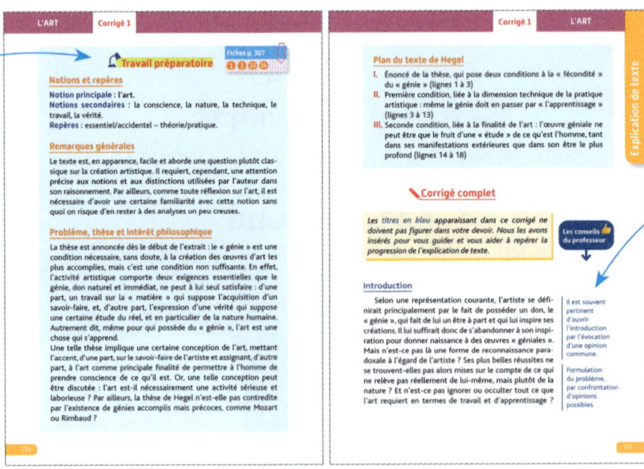

L'ART | Corrigé 1

Travail préparatoire

Fiches p. 307

Notions et repères

Notion principale : l'art.
Notions secondaires : la conscience, la nature, la technique, le travail, la vérité.
Repères : essentiel/accidentel – théorie/pratique.

Remarques générales

Le texte est, en apparence, facile et aborde une question plutôt classique sur la création artistique. Il requiert, cependant, une attention précise aux notions et aux distinctions utilisées par l'auteur dans son raisonnement. Par ailleurs, comme toute réflexion sur l'art, il est nécessaire d'avoir une certaine familiarité avec cette notion sans quoi on risque d'en rester à des analyses un peu creuses.

Problème, thèse et intérêt philosophique

La thèse est annoncée dès le début de l'extrait : le « génie » est une condition nécessaire, sans doute, à la création des œuvres d'art les plus accomplies, mais c'est une condition non suffisante. En effet, l'activité artistique comporte deux exigences essentielles que le génie, don naturel et immédiat, ne peut à lui seul satisfaire : d'une part, un travail sur la « matière » qui suppose l'acquisition d'un savoir-faire, et, d'autre part, l'expression d'une vérité qui suppose une certaine étude du réel, et en particulier de la nature humaine. Autrement dit, même pour qui possède du « génie », l'art est une chose qui s'apprend.
Une telle thèse implique une certaine conception de l'art, mettant l'accent, d'une part, sur le savoir-faire de l'artiste et assignant, d'autre part, à l'art comme principale finalité de permettre à l'homme de prendre conscience de ce qu'il est. Or, une telle conception peut être discutée : l'art est-il nécessairement une activité sérieuse et laborieuse ? Par ailleurs, la thèse de Hegel n'est-elle pas contredite par l'existence de génies accomplis mais précoces, comme Mozart ou Rimbaud ?

Corrigé 1 | L'ART

Plan du texte de Hegel

I. Énoncé de la thèse, qui pose deux conditions à la « fécondité » du « génie » (lignes 1 à 3)
II. Première condition, liée à la dimension technique de la pratique artistique : même le génie doit en passer par « l'apprentissage » (lignes 3 à 13)
III. Seconde condition, liée à la finalité de l'art : l'œuvre géniale ne peut être que le fruit d'une « étude » de ce qu'est l'homme, tant dans ses manifestations extérieures que dans son être le plus profond (lignes 14 à 18)

Explication de texte

Corrigé complet

Les titres en bleu apparaissant dans ce corrigé ne doivent pas figurer dans votre devoir. Nous les avons insérés pour vous guider et vous aider à repérer la progression de l'explication de texte.

Les conseils du professeur

Introduction

Selon une représentation courante, l'artiste se définirait principalement par le fait de posséder un don, le « génie », qui fait de lui un être à part et qui lui inspire ses créations. Il lui suffirait donc de s'abandonner à son inspiration pour donner naissance à des œuvres « géniales ». Mais n'est-ce pas là une forme de reconnaissance paradoxale à l'égard de l'artiste ? Ses plus belles réussites ne se trouvent-elles pas alors mises sur le compte de ce qui ne relève pas réellement de lui-même, mais plutôt de la nature ? Et n'est-ce pas ignorer ou occulter tout ce que l'art requiert en termes de travail et d'apprentissage ?

Il est souvent pertinent d'ouvrir l'introduction par l'évocation d'une opinion commune.

Formulation du problème, par confrontation d'opinions possibles.

I.S.B.N. 978-2-01-715124-1
© HACHETTE LIVRE 2021, 58, rue Jean Bleuzen, CS70007, 92178 VANVES Cedex

Tous droits de traduction, de reproduction et d'adaptation réservés pour tous pays.

www.parascolaire.hachette-education.com

Des fiches pour réviser l'essentiel

17 fiches de cours claires et synthétiques pour réviser les notions

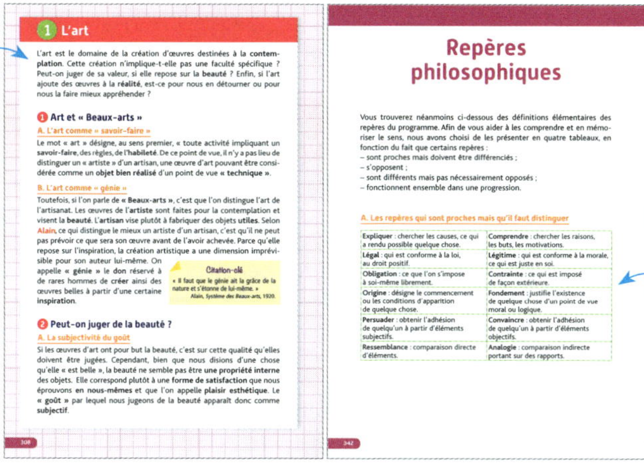

Les repères du programme

L'oral de rattrapage

Tout ce qu'il faut savoir sur l'oral de rattrapage

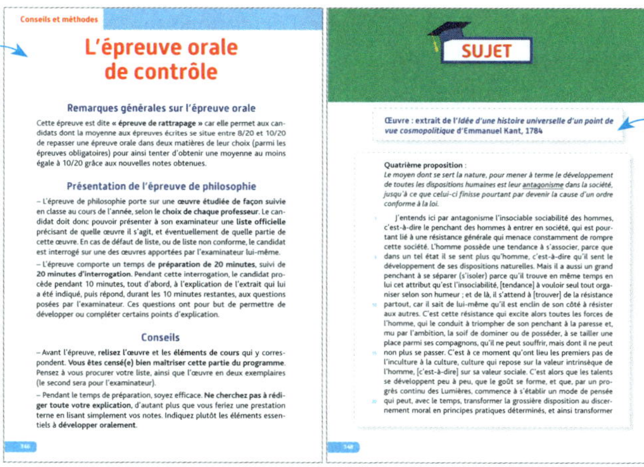

Un exemple de sujet

Conception graphique
Couverture : Audrey Izern
Intérieur : Audrey Izern

Réalisation
Couverture : Alicia Dassonville
Intérieur : Médiamax
Édition : Fabrice Pinel

Crédits iconographiques : pp. 9, 149, 307 et 345 : © Shutterstock.com.

Sommaire

La dissertation

L'explication de texte

Fiches de cours et repères

Oral de rattrapage

Présentation du programme

(Bulletin officiel du 25 juillet 2019)

« Le programme de l'enseignement de la philosophie dans les classes terminales reprend le principe qui constitue la norme constante et reconnue de la discipline : c'est un programme de notions auxquelles s'adjoint une liste d'auteurs. L'approche des notions et des auteurs est ordonnée à des perspectives. »

Les notions

Notions	N° de sujet
L'art	1, pp. 14 et 153
Le bonheur	2, pp. 24 et 165
La conscience	3, pp. 31 et 172
Le devoir	4, pp. 40 et 183
L'État	5, pp. 46 et 192
L'inconscient	6, pp. 54 et 200
La justice	7, pp. 61 et 209
Le langage	8, pp. 71 et 216
La liberté	9, pp. 77 et 226
La nature	10, pp. 83 et 235
La raison	11, pp. 92 et 244
La religion	12, pp. 102 et 252
La science	13, pp. 111 et 262
La technique	14, pp. 120 et 271
Le temps	15, pp. 128 et 281
Le travail	16, pp. 134 et 292
La vérité	17, pp. 141 et 298

Les perspectives

- Trois perspectives sont retenues :
  – l'existence humaine et la culture ;
  – la morale et la politique ;
  – la connaissance.
- Ces perspectives « déterminent et donc limitent les sujets qui peuvent être donnés au baccalauréat, parce qu'ils engagent directement les problèmes fondamentaux qu'elles ouvrent. »

Définition de l'épreuve

(Bulletin officiel du 13 février 2020)

Déroulement de l'épreuve écrite

Durée	4 heures
Coefficient	8

- Lors de l'épreuve écrite, trois sujets sont proposés au choix des candidats : deux sujets de dissertation et une explication de texte.
- La clarté et la correction de l'expression sont requises.

Les deux sujets de dissertation

- Ils se présentent sous la forme d'une question simple et directe et appellent une discussion rigoureuse sur une ou plusieurs notions du programme, celles-ci étant aisément repérables par les candidats.
- Ils donnent aux candidats l'occasion de mobiliser la culture philosophique acquise par leur travail, dans le cadre de leur année de Terminale sans pour autant exiger des connaissances approfondies, ou une familiarité avec telle ou telle tradition philosophique.
- Ces derniers sont invités, par cette question, à en explorer les enjeux et à examiner de façon critique et ordonnée la ou les réponses qu'elle appelle.

L'explication de texte

- Il s'agit d'un extrait « d'une longueur raisonnable » d'une œuvre d'un auteur de la liste au programme qu'il est demandé au candidat d'expliquer.
- Le texte se rapporte explicitement à une ou à plusieurs notions du programme. Le candidat n'est tenu de connaître ni la doctrine de l'auteur ni son œuvre, en totalité ou en partie.

La dissertation

La dissertation

Présentation générale de l'exercice

Le sujet se présente sous la forme d'une **question** simple en apparence, impliquant une ou plusieurs notions du programme. L'analyse des termes doit, cependant, **mettre en évidence** l'existence d'un **problème** : une confrontation de **réponses opposées** et pourtant **ayant chacune leur légitimité**. Il s'agit donc **d'examiner la valeur et la limite** de **chacune de ces réponses** au cours d'un **développement organisé** et cherchant à **progresser** vers **une conclusion**.

Critères d'évaluation

– Compréhension du sujet et de son problème (sans quoi la réflexion reste superficielle).

– Effort de travail sur les concepts en jeu (et non une multiplication d'exemples).

– Justification du propos et cohérence de l'argumentation.

– Mobilisation de connaissances pertinentes (culture générale et philosophique).

– Clarté de l'expression.

Conseils pour bien démarrer

– Commencez par analyser tous les termes du sujet en envisageant leurs différents sens (à l'aide de l'étymologie et de termes proches ou opposés...). N'en considérez aucun comme évident ou comme inutile.

– Mettez ces analyses en relation pour faire apparaître les éléments de réponses possibles qu'elles suggèrent.

– Formulez un problème, en mettant en évidence l'opposition de réponses possibles qu'il va falloir chercher à dépasser.

– Cherchez des arguments correspondant à chacune de ces réponses, des références utilisables, et des exemples qui pourront être analysés.

Remarque

Le sujet comporte souvent un présupposé, une idée donnée comme une évidence au sein même de la question. Il est important de le repérer car il peut être pertinent de l'interroger. Par exemple, la question « Faut-il préférer la vérité au bonheur ? » semble présupposer que vérité et bonheur ne vont pas ensemble. Or, le véritable bonheur n'impliquerait-il pas la vérité ?

Conseils de rédaction

Il n'y a pas de méthode précise qui soit officiellement définie. Disserter ne consiste pas, d'ailleurs, à suivre un modèle de pensée prédéfini, mais suppose de faire l'effort de penser par soi-même. Il est, cependant, recommandé de construire une réflexion comportant une introduction, un développement en plusieurs parties, des transitions et une conclusion.

L'introduction

– L'introduction doit montrer, d'une part, pourquoi et en quels termes la question se pose et, d'autre part, quelle est la nature du problème qu'elle soulève.

Étape 1 **Amenez la question**, en montrant **pourquoi elle vient à se poser**. On peut partir pour cela de l'opinion courante puisque les sujets invitent souvent à la réinterroger. Évitez d'écrire seulement « On nous demande… » ou « La question que nous allons traiter… ».

Étape 2 **Donnez une analyse brève** des interprétations possibles des **termes** de la question, en les mettant en relation entre eux.

Étape 3 **Formulez le problème** auquel ces analyses conduisent. Montrez que nous sommes face à une opposition de réponses également recevables, qu'il va falloir chercher à dépasser.

Étape 4 **Annoncez votre plan**, sous la forme de questions autant que possible, pour donner un aperçu de ce qui va être examiné au fur et à mesure. Attention à ne pas en faire déjà une conclusion.

Le développement

– Aucun nombre de parties n'est imposé. Ce qui importe, c'est que le développement soit **progressif** et qu'il permette de bien **examiner le problème** et de le **résoudre**. Cela revient néanmoins souvent à **un mouvement en trois parties**.

Étape 1 La **première partie** sert, en effet, à exposer une **première forme de réponse** possible à la question, en présentant les analyses et les arguments qui la soutiennent. Il s'agit, en principe, de **l'opinion la plus courante**, celle qui s'offre le plus facilement à une remise en question.

Étape 2 **La deuxième partie** apporte un **regard critique** sur la première réponse et développe, ainsi, un autre point de vue possible.

Étape 3 Enfin, **un troisième moment** dans la réflexion propose **une réponse plus approfondie encore**, permettant de **dépasser l'opposition** des parties précédentes. On résume communément cette démarche par la formule **« thèse-antithèse-synthèse »**. Attention à ne pas mal interpréter ces termes : il ne s'agit pas d'affirmer une chose puis son contraire, pour enfin faire un mélange des deux. La **« synthèse »** en particulier doit bien apporter une nouvelle réponse, résolvant toutes les difficultés ou critiques exposées avant elles. Ce n'est donc ni seulement un « juste milieu », ni un simple résumé, ni même encore l'exposé de son seul point de vue individuel.

– Chaque partie doit être elle-même **organisée en paragraphes**, un pour chaque analyse ou argument. Elle doit aboutir à **une transition**, justifiant brièvement la progression vers une autre partie.

– **Évitez de multiplier les références d'auteurs dans une même partie** : il ne s'agit pas de faire un exposé d'histoire de la philosophie. Recourez à un auteur dans la mesure où il vous permet de mieux soutenir votre propre pensée. En outre, les **citations** n'ont pas de valeur en elles-mêmes, ne les utilisez que si vous pouvez les expliquer.

– Une dissertation sans exemple risque d'être trop abstraite et de manquer ainsi de réalité. **Attention en revanche à ne pas multiplier les exemples**, qui restent des cas particuliers. Veillez aussi à bien les choisir et à les analyser précisément.

Remarque

Certaines questions ne semblent pas conduire à des réponses opposées, mais plutôt inviter à rester sur **une même réponse globale**. Par exemple : « Une œuvre d'art parle-t-elle toujours de l'homme ? » Il serait ici difficile de soutenir une réponse négative vraiment intéressante. La solution serait de **rester sur une réponse** affirmative, **en la faisant varier** dans chaque partie pour ménager malgré tout **une progression**. Par exemple, en jouant sur les différents niveaux d'interprétation du terme « l'homme » : l'artiste, son public, l'humanité.

La conclusion

Comme le terme l'indique, elle doit terminer la réflexion en apportant **une réponse claire au problème de départ**. Il convient donc de rappeler brièvement quel était ce problème, et par quelles grandes étapes la réflexion a dû passer. Ce n'est pas le lieu de présenter de nouveaux éléments, puisqu'ils ne pourraient pas être développés. Il est possible de proposer une « question d'ouverture », suggérant une raison de prolonger encore la réflexion. Attention cependant à ne pas reposer la question de départ, ce qui remettrait en cause le travail accompli. Vérifiez aussi qu'il ne s'agit pas d'une question que vous auriez dû aborder en relation avec le sujet.

SUJET 1

4 heures

Notion : L'ART

Dissertation :

L'art transforme-t-il notre conscience du réel ?

Fiches p. 307
1 3 9 10 17

Travail préparatoire

Notions et repères

Notion principale : l'art.
Notions secondaires : la conscience, la liberté, la nature, la vérité.
Repères : idéal/réel – objectif/subjectif/intersubjectif.

Remarques générales

Le sujet porte sur le thème classique des rapports entretenus par l'art et le réel, mais sous l'angle un peu plus précis de « notre conscience du réel », ce dont il faut bien tenir compte. Il est important de pouvoir s'appuyer, dans la réflexion, sur l'analyse d'exemples pour ne pas rester sur des considérations trop abstraites et vagues.

Analyse des termes du sujet

L'art :
On peut définir l'art comme une activité amenant à la création d'œuvres, faites pour la contemplation et propres à susciter un sentiment esthétique chez le spectateur. Ces œuvres sont aussi le moyen pour l'artiste d'extérioriser des idées et des sentiments. **D'un certain côté**, l'art peut être vu comme une activité un peu secondaire, pratiquée pour le plaisir ou pour le simple « divertissement ».

D'un autre côté, comme les œuvres d'art tiennent un certain discours sur le réel, on peut s'interroger sur l'influence que celles-ci peuvent avoir sur notre rapport à la réalité.
Remarque : on pourrait aussi inclure la technique dans la réflexion, si l'on prend le mot « art » dans son sens le plus large et le plus ancien.

Le réel :

C'est l'ensemble de ce qui est ou existe. À ce titre, on pense d'abord au monde qui nous entoure (la réalité « extérieure »), mais il faut aussi penser à l'ensemble de ce qui nous constitue : nos sentiments, nos désirs, nos pensées, etc. On peut y opposer tout ce qui relève de « l'irréel » : l'imaginaire, la fiction, etc. L'irréel n'est-il pas, d'ailleurs, le domaine de l'art ?

Notre conscience du réel :

La conscience est cette faculté qui permet à l'homme de se connaître et d'être en relation avec le monde qui l'entoure. Selon son étymologie (*cum-scientia* en latin), la « conscience » désigne une forme de connaissance (voir les expressions « prendre conscience de... », « avoir conscience de... »). Cette conscience n'est, cependant, pas nécessairement objective : il peut s'agir d'une certaine « vision » du réel, de notre perception de celui-ci, qui peut être partielle, fausse ou trompeuse. Cela ne pourrait-il pas être l'effet de l'art justement ? Ou bien est-il pour nous le moyen d'avoir une connaissance plus juste ou plus riche du réel ? Enfin, le sujet ne se limite pas à la question de la connaissance du réel : notre conscience du réel comprend aussi notre rapport affectif à la réalité. L'art ne peut-il pas avoir pour effet de nous la faire aimer davantage ou de nous la rendre plus désirable ?

Transforme-t-il :

Transformer, c'est apporter une modification, un changement, qui peut aller aussi bien dans le sens d'une amélioration que d'une altération. L'idée de transformation implique, par ailleurs, un changement décisif et assez profond. Lorsqu'on dit de quelqu'un « qu'il a été transformé » par une « expérience », c'est qu'elle a été suffisamment marquante pour qu'il ne soit « plus le même ». Il s'agit donc, d'une part, de voir si l'art peut avoir une influence aussi déterminante sur notre rapport à la réalité et, d'autre part, d'examiner la valeur de cette « transformation ».

Problématique

D'un côté, on pourrait être tenté de considérer l'art comme un domaine ayant peu d'influence sur notre rapport à la réalité, soit parce que nous y voyons un domaine séparé (celui de l'imaginaire), soit parce qu'il ne fait que produire une répétition de cette réalité (l'art comme imitation de la réalité). Mais, d'un autre côté, l'art semble bien être capable de nous « marquer », d'apporter un changement notable dans notre vision des choses, soit en enrichissant notre rapport à la réalité, soit, au contraire, en le « faussant ». La question devient alors : à quelles conditions cette « transformation » dont l'art est capable peut-elle être positive pour l'homme ?

Plan de la dissertation

I. En apparence, l'art ne peut pas avoir d'effet durable et déterminant sur notre rapport au réel
II. En réalité, l'art joue bien de façon déterminante sur notre rapport à la réalité
III. Les conditions auxquelles cette transformation trouve sa valeur pour l'homme

Corrigé complet

Les titres en bleu apparaissant dans ce corrigé ne doivent pas figurer dans votre devoir. Nous les avons insérés pour vous guider et vous aider à repérer la progression de la dissertation.

Les conseils du professeur

Introduction

On dit souvent des artistes qu'ils auraient pour désir ou pour rôle de « faire passer des messages », ou de nous offrir une vision originale du monde et des choses.

Pour amener la question, il est souvent pertinent de partir d'une opinion courante.

C'est à première vue leur accorder une grande importance, mais cette idée s'accompagne pourtant d'un regard sur l'art moins valorisant. On pense, en effet, souvent que c'est un domaine qui ne serait en réalité réservé qu'à quelques amateurs ou quelques initiés, ceux qui s'intéresseraient à la peinture, par exemple. Ou encore, quand il s'agit de formes d'art plus populaires en apparence, comme la musique ou le cinéma, on les envisage seulement comme des divertissements, des moyens de « passer un peu de bon temps » et de se changer les idées. Alors, peut-on vraiment penser que l'art peut avoir une influence sur la conscience que nous avons de la réalité ? Ou bien ne faut-il le voir que comme quelque chose de superficiel et de très « inoffensif » ? Peut-il réellement agir sur la réalité au point de la « transformer », c'est-à-dire de la modifier ? Et si tel est le cas, cette transformation prend-elle nécessairement la forme d'une amélioration, par un enrichissement ou un élargissement de notre perception par exemple ? Ou bien cela peut-il revenir à fausser ou « déformer » notre représentation de la réalité ? Nous verrons, dans un premier temps, ce qui laisse penser que l'art ne peut pas avoir une véritable influence sur le regard que nous portons sur la réalité. Nous nous demanderons ensuite si cette idée ne repose pas sur une conception superficielle de l'art. Nous chercherons enfin comment mettre à profit de la meilleure façon le pouvoir d'action de l'art sur nos consciences.

Pour faire apparaître le problème, on peut pointer comme ici une contradiction dans l'opinion courante elle-même.

Ces questions visent à mettre en évidence le « problème », à savoir une opposition de réponses possibles, aussi légitimes les unes que les autres à première vue.

I. En apparence, l'art ne peut pas avoir d'effet durable et déterminant sur notre rapport au réel

Au premier abord, l'art semble être un domaine un peu secondaire de notre existence, en marge de la réalité. Il ne paraît pas pouvoir opérer une transformation véritable dans notre façon de voir les choses.

Il faut toujours commencer par exposer la réponse la moins approfondie, l'opinion courante en principe.

A. L'art comme simple répétition de ce que nous connaissons déjà du réel

Voir Repères, p. 344

Si l'on considère que le but de l'art consiste à donner une reproduction habile (peintres figuratifs) ou fidèle (hyperréalisme) de la réalité, alors il ne change en rien notre conscience de celle-ci. Il ne fait que nous montrer ce que nous connaissons déjà, sous une forme qui nous est aussi familière. Le plaisir que l'on peut prendre à la contemplation de ce type d'œuvres tient d'ailleurs à cela : nous sommes d'autant plus admiratifs d'une œuvre qu'elle est la copie la plus fidèle de son modèle réel. L'artiste, de son côté, peut y trouver le plaisir de mesurer sa propre habileté, mais il ne change donc en rien notre vision de la réalité.

Il n'y a pas un nombre précis de paragraphes ou d'arguments à proposer pour chaque partie. Il suffit qu'il y en ait plusieurs et que cela soit à peu près équilibré.

B. L'art comme lieu d'une vision seulement subjective du réel

Voir Repères, p. 343

L'artiste peut aussi offrir à travers ses œuvres une autre vision du réel que la nôtre. Mais si nous considérons qu'il s'agit seulement de sa propre façon de percevoir les choses, ses œuvres n'ont là encore qu'un intérêt limité pour nous et, pour la même raison, un effet assez limité sur notre conscience. De telles œuvres peuvent bien susciter la curiosité, celle de voir quelque chose d'inhabituel et d'original. Mais, tant qu'elles semblent nous donner une vision seulement subjective des choses, elles ne sont pas de nature à pouvoir nous faire changer notre propre vision des choses. C'est ainsi que certaines personnes regardent les œuvres de Van Gogh par exemple : elles y voient seulement l'expression de la singularité d'un homme devenu fou et ne pouvant donc rien dire de vraiment pertinent à propos de la réalité.

C. L'art comme simple divertissement

Enfin, on peut dire que, bien souvent, nous ne voyons l'art que comme un moyen de « se divertir », c'est-à-dire une façon de mettre temporairement entre parenthèses ce qui fait notre réalité. Ce que cherchent la plupart des gens lorsqu'ils se rendent au cinéma ou se plongent

Le terme est d'usage très courant, on finit par en oublier le véritable sens : il est donc pertinent d'y insister dans l'analyse.

dans la lecture d'un roman, c'est oublier quelques instants leur réalité quotidienne. Mais ce plaisir pris n'est que ponctuel, car le réel sait ensuite se rappeler à nous de toute sa force. L'art n'offre ainsi qu'un moyen temporaire d'évasion, dont on ressort sans en être véritablement transformé. Ce sont plutôt les expériences bien réelles de la vie qui peuvent avoir un tel effet sur nous.

La notion d'art est souvent associée à la peinture : il est pertinent de prendre des exemples d'autres formes d'art pour rappeler l'étendue de la réflexion.

Ainsi, au premier abord, l'art ne semble pas pouvoir avoir de véritable influence sur notre conscience ou notre rapport au réel. Il serait donc loin de pouvoir la « transformer ». Mais cette première conclusion ne provient-elle pas d'une conception un peu superficielle de l'art, qu'il faudrait revoir ?

La transition résume brièvement la réponse qui vient d'être exposée, puis suggère pourquoi on va chercher à la dépasser.

II. En réalité, l'art joue bien de façon déterminante sur notre rapport à la réalité

À mieux y regarder, l'art est un domaine essentiel de l'existence humaine et joue un rôle décisif dans notre manière de percevoir et de penser la réalité.

A. La vraie fonction de l'art : être un « révélateur » du réel

Comme le soutient **Hegel**, on ne peut pas réduire la fonction de l'art à une simple copie de la réalité. Si l'art a une importance pour l'homme, c'est dans la mesure où il peut nous apprendre quelque chose, en étant porteur de vérité. Il faut à cela une condition : qu'il nous montre une autre vision de la réalité que celle qui est déjà la nôtre, tout en étant plus que la seule vision subjective de l'artiste. Le rôle de l'artiste consiste alors à nous rendre sensibles à des aspects du réel qui nous échappent, que ce soit hors de nous comme en nous-même. Si nous avons

Cette idée est exposée dans l'*Esthétique*, dans un célèbre passage où l'auteur revient sur l'idée selon laquelle l'art « doit imiter la nature ».

besoin pour cela des artistes, c'est que la conscience que nous avons du réel est souvent partielle ou, comme le fait remarquer **Bergson**, réduite par nos préoccupations quotidiennes. On comprend par la suite pourquoi nous pouvons être touchés par les œuvres d'un artiste : nous nous retrouvons en elles, lesquelles sont porteuses d'une vision des choses que nous arrivons à partager en accédant à une conscience plus large de la réalité.

On peut prolonger cette analyse en ajoutant que pour Bergson, c'est le fait d'être « distrait » par nature qui permet à l'artiste d'avoir un rapport moins étroit au réel.

B. La vocation sociale et politique de l'art

Un autre signe de l'influence que l'art peut avoir sur notre vision de la réalité tient au fait qu'il peut être le moyen de véhiculer de façon efficace des idées ou un discours critique sur la société. Par exemple, le roman « dystopique » *1984* de George Orwell décrit un monde futur qui nous invite à envisager une dérive possible de nos sociétés actuelles. Le film *La Haine* de Mathieu Kassovitz nous donne l'occasion de réfléchir sur le « malaise des banlieues », et plus profondément encore sur la distinction entre le désir de justice et l'envie de vengeance. On parle souvent en ce sens des « messages » que l'art servirait à « faire passer ». L'art est, d'ailleurs, sans doute le moyen le plus efficace d'atteindre et de marquer les consciences de ce point de vue car il s'adresse d'abord à la sensibilité. Il permet ainsi de « toucher » les individus de façon plus profonde que ne le ferait un discours simplement théorique, pour les amener ensuite à un autre regard sur la réalité. L'art peut même être par suite un encouragement à transformer la réalité elle-même.

Cette expression courante est devenue une sorte de cliché à propos de l'art : il faut bien en tenir compte dans la réflexion, mais aussi la remettre en question.

C. L'art comme expérience marquante

Enfin, on peut dire que, même si les expériences que nous procure l'art relèvent de la fiction et ne sont vécues que « par procuration », elles n'en ont pas moins un effet indéniable sur nous. Nous ne serions sans doute pas les mêmes si nous n'avions pas rencontré depuis notre plus jeune âge des œuvres d'art qui ont influencé notre rapport à nos passions et à nos désirs. Nous nous identifions toujours plus ou moins aux héros des œuvres que nous

On peut proposer comme exemples ici certaines œuvres architecturales comme des cathédrales ou des temples, ou encore des compositions musicales.

apprécions, qui deviennent des modèles plus ou moins conscients. À force aussi de fréquenter des œuvres d'art qui donnent des choses une vision idéalisée, nous apprenons aussi à désirer davantage de la réalité. On peut aussi dire de certaines œuvres qu'elles peuvent éveiller en nous la conscience du sacré ou encore un sentiment mystique, d'où les rapports profonds entre l'art et la religion.

Voir Repères, p. 344

Il faut donc reconnaître que l'art peut avoir un effet indéniable sur nous, au point de véritablement agir sur la représentation que nous avons de la réalité, et même de plusieurs façons différentes. La prise de conscience d'un tel pouvoir de la part de l'art ne doit-elle pas nous inviter à en distinguer de bons et de mauvais usages ?

III. Les conditions auxquelles cette transformation trouve sa valeur pour l'homme

Si, effectivement, l'art paraît en mesure de modifier notre façon de nous rapporter à la réalité, on peut aussi imaginer qu'il le fasse d'une mauvaise façon. Il faut alors envisager dans quelle mesure l'art peut jouer un rôle positif pour l'homme.

Il s'agit d'aller plus loin encore dans la réflexion, sans contredire la réponse précédente, mais en essayant de résoudre une difficulté qu'elle amène.

A. Une transformation qui doit permettre d'élargir notre capacité de réflexion sur le réel

Si l'art peut être mis au service de fins politiques, le risque est qu'il dégénère en propagande. On peut rappeler que les régimes les plus totalitaires ont souvent amené non pas à une suppression de l'art, mais plutôt à son utilisation à des fins uniquement idéologiques (exemple : Leni Riefenstahl et la propagande du IIIe Reich). Avec un certain paradoxe d'ailleurs : cet art se voulait d'autant plus « réaliste » dans la forme qu'il prêchait des idées fausses ou trompeuses à l'égard de la réalité. La « transformation » par le moyen de l'art devient alors ce que l'on pourrait même qualifier de « déformation ». C'est ainsi trahir ce que l'on pourrait voir comme une des fonctions essentielles de l'art : fournir une variété de points de vue et rendre possible un discours critique et distancié par rapport à la réalité. On peut alors en déduire le rôle positif que l'art devrait avoir : nous donner le moyen de ne pas être enfermé dans une seule vision des choses. C'est pourquoi on peut reconnaître une plus grande valeur aux œuvres qui ne se réduisent pas à un « message », clair et univoque, mais qui offrent une diversité d'interprétations.

Revenez d'une partie à l'autre sur les idées exposées de manière à montrer que vos parties « dialoguent » entre elles.

B. Une transformation qui doit « élever » l'homme

Une des raisons de l'effet de l'art sur l'homme réside dans le fait qu'il représente les passions humaines et, qu'en le faisant, il permet aux hommes de laisser libre cours à tout ce que la réalité nous demande de refouler. C'est ce qui explique le plaisir que nous pouvons prendre au spectacle de la violence, par exemple, dans certaines œuvres. Mais la fréquentation des œuvres d'art de ce type pourrait avoir un effet négatif sur l'homme : lui désapprendre à maîtriser ses passions, lui faire confondre ce qui peut être permis dans la fiction et ce que la réalité exige. C'est pourquoi, comme l'affirme **Hegel**, une œuvre d'art devrait toujours *« flatter les passions humaines »* et, en même temps, offrir une distance de jugement. À cette condition, l'art peut être vu comme « libérateur », au sens où il permet à l'homme de prendre davantage conscience de lui-même et des passions qu'il porte en lui, pour ensuite mieux les maîtriser. L'art est ainsi un moyen pour l'homme de « s'humaniser ».

On peut rapprocher cette analyse de la notion de « catharsis » développée par Aristote à propos de la tragédie.

C. Une transformation qui doit enfin offrir un rapport plus heureux à l'existence

Enfin, le plaisir que nous pouvons prendre à la contemplation des œuvres d'art pourrait avoir un autre effet négatif : être déçu ensuite par la réalité, après en avoir vu l'image idéalisée, transfigurée par l'art. C'est un peu ce qui arrive à Emma Bovary dans le roman de Gustave Flaubert. Ses lectures romantiques l'ont amenée à se créer des attentes que la réalité ne fait que décevoir, au point de ne plus être capable de trouver le bonheur dans sa véritable existence. L'art peut donc fausser notre rapport à la réalité et nous rendre incapable de savoir l'apprécier ensuite. Si l'art joue un rôle positif pour l'homme, c'est dans la mesure où il apprend à mieux apprécier la réalité, en enrichissant notre façon de la percevoir, plutôt qu'en servant de refuge illusoire. La transformation opérée par l'art devrait ainsi revenir à nous offrir de quoi être réellement plus heureux en nous montrant la richesse et les beautés du réel que nous ne savons pas voir par nous-mêmes immédiatement.

Conclusion

Il faut donc bien reconnaître à l'art et aux artistes un réel pouvoir sur notre rapport à la réalité. Si ce pouvoir peut passer inaperçu, c'est seulement du fait d'une mauvaise conception de l'art qui ne verrait en lui qu'une occasion superficielle de se divertir ou de reproduire la réalité. Mais, comme nous l'avons vu, la transformation que l'art peut opérer sur nos consciences peut aller aussi bien vers un rapport plus riche à la réalité, que plus réduit ou encore aussi bien vers une existence plus épanouie, que plus malheureuse. Il faut donc veiller à ce que notre rapport à l'art aille bien dans le sens d'une transformation positive de notre regard sur le réel.

Il n'est pas nécessaire d'ajouter une question d'ouverture, d'autant plus que cela revient parfois à remettre en cause le résultat de la réflexion.

SUJET 2

4 heures

Notion : LE BONHEUR

Dissertation :

Vivons-nous pour être heureux ?

Travail préparatoire

Fiches p. 307
2 3 4 9 17

Notions et repères

Notion principale : le bonheur.
Notions secondaires : la conscience, le devoir, la liberté, la vérité.
Repère : principe/cause/fin.

Remarques générales

Il s'agit d'un sujet plutôt classique sur le bonheur mais qui, combiné avec la question de la finalité de notre existence, prend une dimension plus originale et plus pointue. La question n'est pas de savoir comment être heureux ou si le bonheur est une illusion, mais si le bonheur est le but de notre existence.

Analyse des termes du sujet

Vivons-nous :

Il s'agit d'interroger la vie humaine (« nous » : nous, les hommes). La question porte sur les caractéristiques de notre « existence » en tant qu'être humain, différent des autres êtres de la nature, en particulier en raison de notre capacité particulière de « conscience ». Celle-ci nous permet de nous représenter et de nous interroger sur nous-mêmes. Elle nous permet aussi de décider de notre propre conduite. Nous ne pouvons pas alors nous contenter de « vivre », en suivant le cours biologique des choses : nous sommes amenés à nous donner des « fins », des buts.

Être heureux :

En principe, « être heureux », c'est avoir atteint le « bonheur » au sens propre. Il s'agit d'un état de satisfaction à la fois **complète et durable dans le temps.** En effet, il faut distinguer le bonheur et le simple « plaisir », qui peut être très ponctuel et surtout partiel. Le bonheur n'est pas non plus la « joie », satisfaction certes très intense, mais aussi de courte durée. On comprend alors que le bonheur puisse être vu comme particulièrement désirable : qui ne souhaiterait pas vivre dans un sentiment de « plénitude » constante ? Comment ne pourrait-il pas s'agir du but spontané et universel que chaque homme se donne ? D'un autre côté, cette forme de satisfaction est aussi souvent vue comme impossible à atteindre en raison de la réalité et de ses hasards, mais aussi à cause de notre « nature humaine ». Enfin, atteindre un tel « état », stable et durable, ne serait-ce pas paradoxalement risquer de verser dans l'ennui ?

Pour :

Le terme invite à réfléchir sur la « fin » que nous visons à travers nos différentes actions, et à chercher s'il pourrait y en avoir d'autre qu'« être heureux ». Ne serait-il pas plus approprié pour l'homme de vivre « pour » une fin qui lui serait vraiment spécifique, comme la réalisation d'actions justes et dignes, impliquant souvent de mettre le bonheur de côté ? Ou encore, ne devrions-nous pas vivre plutôt pour la justice, la liberté, la vérité... autant de valeurs qui ne vont pas forcément de pair avec le bonheur ? Enfin, est-ce « pour être heureux » soi-même que nous devons vivre ou pour faire en sorte que les autres puissent l'être ?

Problématique

D'un côté, on peut croire que le bonheur en tant que sentiment de bien-être et de plénitude achevée est ce que vise toute vie humaine, qu'il est le but essentiel de notre vie sur Terre, de par notre dimension de sujet. Notre conscience nous rend, en effet, capable de concevoir et d'atteindre une telle satisfaction. D'un autre côté, ne faut-il pas reconnaître à l'homme des buts qui peuvent sembler plus élevés, plus en adéquation avec sa complexité de sujet, et notamment plus dignes de sa vocation morale ? L'homme ne doit-il pas orienter son existence vers autre chose que le simple bonheur, qui peut paraître égoïste et superficiel et remettre en question sa capacité à vouloir le bien d'autrui et à viser des valeurs plus universelles (vérité, justice...) ?

Plan de la dissertation

I. À première vue, nous vivons pour être heureux
II. Mais il ne s'agit pas de rechercher n'importe quel bonheur
III. Les autres buts à donner à la vie humaine

Corrigé : plan détaillé

Les titres en bleu apparaissant dans ce corrigé ne doivent pas figurer dans votre devoir. Nous les avons insérés pour vous guider et vous aider à repérer la progression de la dissertation.

Les conseils du professeur

I. À première vue, nous vivons pour être heureux

Chaque grande partie doit exposer une réponse possible, en commençant par la plus évidente en principe.

A. Notre vie semble viser naturellement le bonheur

Même si notre vie a une dimension proprement humaine, elle s'inscrit tout de même dans la vie naturelle qui caractérise tout être vivant. Nous partageons la vie avec les animaux et les végétaux, et nous sommes vivants autant que nous sommes hommes. Or, le but du vivant semble bien être le maintien en vie, et ce par la possibilité même de rechercher tout ce qui s'apparente au plaisir et d'éviter tout ce qui touche à la peine et à la souffrance. En tant qu'êtres vivants, nous recherchons donc une forme d'état susceptible de nous rendre la vie supportable et la meilleure possible. Ce que **Freud** appelle le « *principe de plaisir* » s'apparente ainsi à des pulsions inconscientes (de nature somatique, physique) susceptibles de nous maintenir en vie (pulsions de vie).

B. Le modèle de Calliclès

Calliclès n'est pas un penseur ni même un homme qui aurait réellement existé. Platon invente ce personnage pour exposer de façon vivante une thèse opposée à celle de son « héros », Socrate.

C'est en ce sens que le sophiste Calliclès, personnage du *Gorgias* de **Platon**, défend l'idée que « *pour bien vivre, il faut laisser aller ses passions, si grandes soient-elles, et ne pas les réprimer* ». L'homme de pouvoir (tyran, fils de roi) devient ainsi celui qui vit pour être heureux et qui y parvient par sa force, en soumettant tous les autres hommes à ses désirs. Vivre pour être heureux, c'est alors se donner comme seul et unique but le bonheur, et ce à n'importe quel prix. Ici, le bonheur s'inscrit dans la force de notre nature, tout ce qui y ferait obstacle étant conçu par Calliclès comme contre nature.

C. Le modèle hédoniste

hédoné signifie le plaisir en grec. On qualifie d'« hédoniste » toute philosophie qui prône la recherche du plaisir.

On peut aussi, à un degré moindre, concevoir une morale faisant du simple plaisir le but de notre vie. Il ne s'agirait plus alors de viser le maximum de plaisir mais simplement le plaisir de ne pas souffrir, d'être en paix. C'est ainsi qu'**Épicure** peut affirmer que « *le plaisir est le principe et le but de la vie bienheureuse* » et que « *lorsque nous l'avons, nous avons tout, et que lorsqu'il nous manque, nous faisons tout pour l'avoir* » (*Lettre à Ménécée*). Un tel plaisir est à comprendre comme « l'ataraxie » (l'absence de troubles) et consiste à éviter toute douleur menaçant notre corps ou notre âme. Dans cette perspective, une bonne santé et une âme en paix, c'est-à-dire non troublée par la crainte de la mort notamment, seraient les buts à poursuivre dans notre vie.

II. Mais il ne s'agit pas de rechercher n'importe quel bonheur

Il s'agit, dans la partie II, de marquer une progression dans la réflexion, en reprenant les éléments de réponse précédents pour les nuancer ou les affiner.

A. La critique de la recherche effrénée du bonheur

On peut souligner toutefois que le modèle proposé par Calliclès est critiquable sur bien des aspects.

Si la recherche du plus grand nombre de plaisirs peut, certes, être naturelle et imposée par la force de notre nature désirante, elle est toutefois condamnable sur le plan moral, et, qui plus est, illusoire, comme le suggère **Socrate**. L'homme qui vit pour être heureux, « *l'homme intempérant* », se condamne, en effet, sans le savoir à être esclave de ses propres désirs et bien malheureux, car livré à des désirs insatiables le débordant. Seule une « *vie tempérante* », réglée et mesurée par la raison, semble rendre le bonheur digne de la nature raisonnable de l'homme. Nous ne vivons pas alors pour être heureux mais pour faire valoir notre nature raisonnable ; nous vivons pour avoir une vie « bonne ».

B. La critique de la morale hédoniste : le modèle stoïcien

De même, la recherche d'une vie paisible et débarrassée de toute inquiétude peut sembler, d'une part, très difficile à atteindre et, d'autre part, très superficielle comparée à d'autres buts que l'homme semble aussi capable de poursuivre. L'homme est, en effet, capable de supporter bien des maux et il peut faire de ces épreuves des buts à atteindre pour faire valoir sa force d'âme, sa vertu, sa « générosité » (sa conscience d'appartenir au « genre » humain, *gens* en latin). L'homme *« généreux »* est ainsi, pour **Descartes**, l'homme capable de ne vouloir que ce qu'il peut obtenir et capable de *« changer ses désirs plutôt que l'ordre du monde »* (*Discours de la méthode*, III). Accepter que les choses arrivent comme elles arrivent, tel peut être alors le but à se fixer dans la vie, non pas pour être heureux mais pour se rendre insensible au malheur et pour se satisfaire de cette force de caractère qui distingue la vie de l'homme de celle des autres êtres vivants.

Voir la célèbre maxime d'Épictète, philosophe stoïcien de l'Antiquité : *« Ne demande pas que les choses arrivent comme tu veux qu'elles arrivent. Demande qu'elles arrivent comme elles arrivent et tu seras heureux. »*

C. Le bonheur doit avoir une dimension collective ou universelle

Enfin, pour savoir quel but donner à sa vie, il faut, semble-t-il, prendre en compte autrui et son bonheur.

Nous ne vivons pas seuls mais avec les autres et notre bonheur ne peut être visé isolément, comme si nous étions seuls. Vivre pour être heureux ne peut avoir de sens que si nous vivons pour être le plus grand nombre possible d'hommes à être heureux. Seule la recherche d'un bonheur commun semble digne de notre dimension morale et altruiste. La vie humaine se veut soucieuse d'un « bien vivre ensemble » et l'on ne peut vivre pour être heureux que si le bonheur visé concerne aussi les autres (nos proches, nos concitoyens, tous les hommes). La morale *« utilitariste »* (**Mill**) repose ainsi sur l'idée que l'on doit vivre en ayant en vue l'intérêt (utilité) du plus grand nombre possible d'hommes, et qu'une action est moralement bonne à cette condition.

Le terme vient d'*alter* en latin, « l'autre » : être altruiste, c'est se soucier d'autrui plutôt que de soi-même (« ego » qui donne égoïsme) seulement.

III. Les autres buts à donner à la vie humaine

Ici, nous avons une nouvelle progression dans la réflexion, avec une remise en cause des réponses précédentes : nous devrions vivre dans un autre but que la recherche du bonheur.

A. Le caractère incertain du bonheur

Nous pouvons, toutefois, nous attacher au caractère incertain du bonheur et suggérer que faire du bonheur, quel qu'il soit, la fin de sa vie, c'est se risquer à viser une fin souvent vaine. L'homme n'est pas toujours raisonnable, ni doué d'une force d'âme exemplaire. Si l'on a alors en vue l'homme commun, celui-ci semble voué à passer *« de la souffrance à l'ennui »*, comme le montre **Schopenhauer** (*Le Monde comme volonté et comme représentation*, volume I, livre 4, § 57). En effet, le désir qui nous fait rechercher le bonheur, nous fait souffrir en tant que manque et ne nous satisfait pas vraiment, même lorsqu'il est comblé. De même, comme le suggère **Kant**, lorsque nous nous demandons ce qui nous rendrait heureux, nous ne le savons pas toujours de façon certaine, nous hésitons et, dans ce cas, le bonheur ne peut être posé comme fin. La recherche d'un bonheur collectif pose également problème lorsque les intérêts divergent.

Voir Repères, p. 344

B. La finalité morale de l'homme

À l'inverse, **Kant** montre qu'un enfant saurait de façon très certaine quel est son devoir (rendre à son propriétaire un héritage qui ne lui appartient pas, par exemple), et, dans ce cas, faire son devoir peut être posé comme but (certain) d'une vie. Si nous ne savons pas quoi faire pour être heureux, nous savons, en revanche, quoi faire pour bien agir, pour respecter l'humanité en chaque homme. Notre vie peut donc s'appuyer sur ce but clair et évident et prendre ainsi tout son sens.

L'exemple n'est donné ici que de manière allusive, il devra être présenté entièrement rédigé dans une dissertation. De façon générale, il faut éviter les parenthèses et les allusions dans une copie.

C. Vivre pour se rendre digne du bonheur

Alors, si le bonheur est à ce point problématique en tant que but à fixer à notre vie, ne faut-il pas le garder en vue, mais pas directement en tant que finalité ? Le but à donner à notre existence semble davantage d'ordre moral : nous vivons pour trouver le meilleur sens possible à notre vie humaine et le bonheur ne peut ni suffire ni exprimer notre vocation rationnelle et raisonnable. Nous vivons alors pour *« nous rendre digne du bonheur »*, comme l'explique **Kant** : si notre vie est moralement bonne, nous méritons d'être heureux (dans l'au-delà ou, par chance, ici-bas), mais il serait vain de vouloir quelque chose d'aussi incertain (*Critique de la raison pratique*).

SUJET 3

4 heures

Notion : LA CONSCIENCE

Dissertation :

Prendre conscience, est-ce devenir étranger à soi-même ?

Travail préparatoire

Fiches p. 307
3 6 9 17

Notions et repères

Notion principale : la conscience.
Notions secondaires : l'inconscient, la liberté, la vérité.
Repères : en acte/en puissance – croire/savoir – médiat/immédiat – objectif/subjectif/intersubjectif – vrai/probable/certain.

Remarques générales

Le sujet invite à l'examen de l'expression « prendre conscience », laquelle est à distinguer de celle « d'avoir conscience ». En effet, la **conscience** semble être subjective et illusoire alors que la **prise de conscience** paraît plus objective, puisqu'en prenant conscience, le sujet humain découvre ce qu'il pouvait ne pas connaître dans la simple conscience de soi. Le sujet demande donc de s'interroger, en fait, sur ce qu'implique la prise de conscience en tant que découverte objective de soi.

Analyse des termes du sujet

Prendre conscience :
Cette expression est à distinguer de celle « d'avoir conscience ». Prendre conscience signifie, en effet, que la conscience va devoir effectuer un mouvement réflexif de retour sur soi. « Prendre

conscience », c'est donc revenir sur ce dont on a conscience pour le réinterroger plus objectivement. En ce sens, en prenant conscience, on peut découvrir que l'on « croyait savoir » alors, qu'en réalité, on ne savait pas, autrement dit que notre conscience n'était que superficielle, voire même peut-être erronée. Par exemple, j'ai conscience d'être généreux (je crois être généreux), mais je peux prendre conscience, qu'en réalité, je suis avare (je constate que je ne suis pas tel que je croyais être).

Est-ce :
On interroge ici la nature de la prise de conscience, en demandant ce qu'elle est réellement. La formulation du sujet oriente la question en proposant une définition qu'il faut donc interroger. Il convient donc de se demander si cette définition rend pleinement compte de ce qu'est la prise de conscience ou bien si elle n'en rend compte que partiellement, ou encore si elle est fausse.

Devenir étranger à soi-même :
Le verbe *devenir* suggère que des changements sont impliqués par la prise de conscience. De plus, l'expression « étranger à soi-même » renvoie à la notion « d'aliénation » (*alius* : « autre »). Devenir étranger à soi-même, c'est se voir comme « un autre », comme un inconnu que l'on ne connaît pas ou ne reconnaît pas. C'est aussi se voir avec les yeux d'un autre, se voir comme autrui nous voit. Cette expression renvoie donc à la définition de la conscience, laquelle implique, en effet, une sorte de dédoublement de soi, un effet de miroir et aussi la possibilité de changements décisifs. On demande donc si en sortant de soi pour « se » voir, on ne perd pas quelque chose de soi-même.

Problématique

Il semble, d'un côté, que la prise de conscience nous fait découvrir un aspect de nous-même, que nous ne connaissions pas auparavant. Dans cette découverte, nous nous voyons « autrement » : à la fois comme si un autre nous regardait et comme si nous devenions étranger envers nous-même.

De l'autre côté, la prise de conscience semble nous octroyer une certaine connaissance de nous-même, qui nous permet de nous rapprocher de nous-même et d'être davantage nous-même.
Le problème est alors de comprendre comment ces deux aspects de la prise de conscience s'articulent : l'un de ces deux aspects est-il « faux » ou bien ces deux aspects sont-ils possibles et compatibles comme deux moments distincts de la prise de conscience ?

Plan de la dissertation

I. La prise de conscience comme distance par rapport à soi-même
II. La prise de conscience comme connaissance de soi-même
III. Les deux moments de la prise de conscience

Corrigé complet

Les titres en bleu apparaissant dans ce corrigé ne doivent pas figurer dans votre devoir. Nous les avons insérés pour vous guider et vous aider à repérer la progression de la dissertation.

Les conseils du professeur

Introduction

Lorsque nous « prenons conscience » de quelque chose, il semble qu'une rupture ait lieu par rapport à ce que nous pensions être avant cette prise de conscience. Cette rupture correspond souvent à un changement fondamental soit dans le regard que nous portons sur nous-même, soit dans notre devenir : nous nous voyons autre, nous devenons autre. Pour autant, en prenant conscience, ne devenons-nous pas également plus objectifs par rapport à la connaissance que nous avons

On part ici du sens général de l'expression.

Recentrage sur le sujet précis.

de nous-même ? En outre, en se connaissant mieux, ne devenons-nous donc pas davantage nous-même ? Dès lors, prendre conscience, est-ce devenir étranger à soi-même en ne se reconnaissant plus, ou bien est-ce devenir enfin soi-même ? Ainsi, on peut se demander en quoi la prise de conscience semble, d'abord, nous éloigner de nous-même, puis nous rapprocher de ce que nous sommes vraiment. Il conviendra, pour finir, de se demander si la distanciation qu'elle engendre au départ n'est pas nécessaire à la coïncidence avec soi.

Mise en évidence du problème, par confrontation de réponses possibles.

I. La prise de conscience comme distance par rapport à soi-même

A. La prise de conscience comme extériorisation de soi

Prendre conscience, c'est ne plus se voir de l'intérieur, ne plus coïncider avec soi, c'est donc sortir de soi pour se voir à distance. La conscience se définit, en effet, comme savoir (*scientia*) nous accompagnant (*cum*) ; elle s'apparente donc à un miroir qui nous renverrait notre propre image et nous permettrait de découvrir qui nous sommes vraiment. Ainsi, pour **Hegel**, la conscience est bien ce qui confère à l'homme une *« double existence »* (*Esthétique*) au sens où, non seulement, il existe (comme le reste de la nature), mais également il se voit exister, grâce à sa conscience. La conscience est donc ce qui permet à l'homme de se voir comme s'il était extérieur à lui-même, dans une sorte de dédoublement qui fait de lui un « autre » pour lui-même. Dès lors, si « avoir conscience », c'est pouvoir sortir en quelque sorte de soi-même pour se connaître, « prendre conscience » ne risque-t-il pas d'impliquer que l'on puisse se découvrir « autre » que ce que l'on croyait être ?

Prenez bien le temps de définir et d'analyser les concepts en jeu.

B. La prise de conscience comme aliénation de soi

En effet, l'expression « prise de conscience » suggère que l'on découvre quelque chose que l'on ne savait pas de soi, autrement dit que l'on découvre en quelque sorte un autre en soi-même, comme si l'on observait soudain un décalage entre soi et soi. Il s'ensuit que la prise de conscience implique bien comme une sorte d'« aliénation ». En prenant conscience d'avoir vraiment telle ou telle caractéristique, ou encore d'être vraiment comme cela, c'est tout un aspect de ce que nous pensions être qui s'évanouit pour nous révéler un autre aspect qui, lui, nous était jusqu'à présent inconnu. On « s'apparaît » donc comme un « étranger ». Le rôle que joue la prise de conscience est identique à celui que joue autrui selon **Sartre** : le voyeur surpris par autrui se découvre voyeur à travers le regard de l'autre qui le juge voyeur (*L'Être et le Néant*). Le regard d'autrui vaut donc comme une prise de conscience qui nous renverrait l'image d'un étranger que seul l'autre, justement, pourrait saisir en nous.

Ce terme n'est pas à prendre au sens de « folie » comme on le fait couramment. Il faut d'ailleurs éviter de « dramatiser » la réflexion en la conduisant vers des cas particuliers.

C. La prise de conscience comme possibilité de changer

La prise de conscience implique donc un certain changement par rapport à ce que l'on croyait être et à ce que l'on était. On devient quelqu'un d'autre, autrement dit, un nouvel être. Ainsi, l'avare, qui se croyait généreux et qui prend conscience de son avarice, peut être tenté de devenir plus généreux. De même, le voyeur, qui est amené à prendre conscience de son vice, peut y renoncer et cesser d'être voyeur. En cela, « prendre conscience », c'est devenir étranger à soi-même en devenant celui que nous n'étions pas, et en n'étant plus celui que nous étions. Dire « j'ai changé » implique d'ailleurs qu'une prise de conscience a été nécessaire avant ce changement qui nous a rendu autre. C'est en ce sens que la conscience pour **Sartre** révèle la capacité fondamentale de l'être humain à « changer », c'est-à-dire à ne plus être ce qu'il était ou bien à devenir ce qu'il n'était pas, signe de sa liberté essentielle.

Il n'est pas utile de multiplier les références à des auteurs différents : il vaut souvent mieux bien développer une ou deux mêmes références.

Ainsi, la prise de conscience est une capacité qui nous permet de voir ce que nous ne voulions pas voir. En cela, notre regard sur nous-même est bien « aliénant » puisqu'il fait de nous un « autre » pour nous-même. Pour autant, si prendre conscience signifie également mieux se connaître, n'est-ce pas aussi devenir **plus** soi-même ?

II. La prise de conscience comme connaissance de soi-même

A. La prise de conscience comme objectivité possible

Dans la mesure où il est difficile de se connaître soi-même, la conscience peut paraître, à certains égards, assez subjective. En effet, avoir conscience se transforme facilement en « croire savoir » dans la mesure où l'on peut aisément être victime des illusions propres à sa subjectivité. Et, certes, comment pourrait-on arriver à se connaître soi-même, en en restant au stade de la simple conscience de soi, sachant que la connaissance implique, au contraire, une différence entre le sujet connaissant et l'objet à connaître ? La prise de conscience semble donc être plus à même d'octroyer un degré supérieur de connaissance. Passer de la conscience à la prise de conscience, ce serait donc passer d'un point de vue subjectif sur soi-même (« avoir conscience ») à un point de vue plus objectif (« prendre conscience »). En effet, dans la prise de conscience, il y a l'idée d'une **réflexion**, c'est-à-dire d'une conscience revenant sur elle-même pour interroger son savoir et le mettre en question. La prise de conscience implique ainsi un effort de la conscience pour douter de ce qu'elle croit savoir nécessitant soit qu'on opère seul cette mise à l'épreuve par le doute, comme le fait **Descartes** (*Discours de la méthode*, 4e partie), soit que l'on s'aide du regard d'autrui. Par conséquent, la prise de conscience semble susceptible de rectifier les incertitudes qui sont propres à la conscience de soi. Dès lors, la prise de conscience ne serait-elle pas un moyen d'acquérir une meilleure connaissance de soi ?

Il faut donc distinguer « avoir conscience » et « connaître », ce que l'on ne fait pas toujours.

B. La prise de conscience comme connaissance de soi possible

Cette objectivité de la prise de conscience nous révèle donc à nous-même : on voit ainsi qui l'on est vraiment et, en cela, on se rapproche de l'être réel que l'on est et que l'on ne connaissait pas ou mal. L'objectivité de cette prise de conscience semble ainsi pouvoir nous apporter un meilleur rapport vis-à-vis de nous-même car c'est notre réalité et notre être, qui sont saisis par la prise de conscience. Par exemple, prendre conscience de son avarice, c'est bien être enfin tel que l'on a conscience d'être, autrement dit, c'est faire enfin coïncider ce que l'on est avec l'image que l'on en a, et c'est donc ne faire plus qu'un avec soi. En ce sens, ce n'est pas devenir étranger à soi-même, c'est bien plutôt *« être ce que je suis »*, comme le suggère **Sartre**. Il s'ensuit que la prise de conscience semble impliquer un rapprochement vis-à-vis de soi-même, bien plus qu'un éloignement. En prenant conscience d'être « véritablement » ceci ou cela, je m'assume comme étant ce que je suis vraiment dans une sorte de réconciliation avec mon être même.

C. La prise de conscience comme changement en accord avec soi-même

Ainsi, il apparaît que la prise de conscience rend possible un changement qui nous permet d'être plus en accord avec nous-même. Se découvrir et se connaître, c'est en effet pouvoir développer ce que nous savons être, mais c'est aussi et surtout pouvoir affirmer ce que nous ne voulons plus être. Ainsi, l'avare se découvrant avare peut soit mieux assumer son avarice en coïncidant avec elle (« oui, je suis avare »), soit décider de devenir plus généreux parce qu'il considère l'avarice comme un vice indigne de lui. De même, Jean Valjean dans *Les Misérables* de Victor Hugo se « rachète » et devient meilleur en prenant conscience de l'injustice de son vol et de la bonté de son bienfaiteur. Il découvre ainsi en lui des qualités « en puissance » qu'il va s'employer à développer dans une sorte de « seconde vie » qui lui correspondra mieux que l'ancienne.

Voir Repères, p. 344

La prise de conscience apparaît donc comme ce qui peut nous aider à devenir davantage nous-même. Mais alors, comment comprendre ces deux aspects opposés de la prise de conscience ? Faut-il distinguer deux formes de prise de conscience ou bien voir dans ces deux aspects deux moments d'une seule et même prise de conscience ?

III. Les deux moments de la prise de conscience

A. Une aliénation qui n'est que temporaire

Peut-être ne se sent-on étranger à soi-même que pendant le temps de la découverte de soi. On découvre ainsi en apparence un autre, mais on comprend en réalité que c'est, en fait, notre vrai moi. Le sentiment d'être étranger à soi-même ne serait donc qu'illusoire et viendrait du fait que l'on ne se reconnaîtrait pas tout de suite. La « *mauvaise foi* » qui accompagne souvent la prise de conscience semble corroborer cette affirmation (« Mais non, je ne suis pas comme cela… »). De même, le doute qui caractérise le moment de la prise de conscience montre bien aussi que l'on ne sait pas si ce que l'on découvre est vrai ou non ; ce qui explique que l'on soit tenté, du coup, de s'accrocher à ce que l'on croyait savoir. Il s'ensuit que l'aliénation n'est vraiment que temporaire.

C'est à la fois une notion courante et un concept développé par Sartre.

B. La prise de conscience comme reconnaissance

En fait, se connaître dans la prise de conscience, c'est « se reconnaître » : en effet, on admet savoir ce qu'on n'admettait pas jusque-là et l'on accepte comme étant soi ce qu'on trouvait étranger au départ. Il y aurait donc un deuxième stade au sein de la prise de conscience, comme le suggère le terme de « re-connaissance », lequel signifie connaître une nouvelle fois, prendre à nouveau connaissance. Ainsi, reconnaître quelqu'un, par exemple, c'est bien constater que l'on connaît celui que l'on a pris au départ pour un inconnu. « Se reconnaître », c'est donc d'abord se voir comme un autre pour ensuite constater que c'est bien soi-même que l'on voit. Si l'on devient étranger à soi-même dans la prise de conscience, c'est donc seulement pour garantir une véritable reconnaissance : « non, ce n'est pas moi… Ah si, c'est bien moi. » De fait, prendre conscience d'être avare n'a de sens que si l'on pense d'abord ne pas l'être. De même, le névrosé qui prend conscience de ses pulsions refoulées ne le fait qu'en reconnaissant ce qu'avant il avait rejeté dans son inconscient (**Freud**). Le sentiment d'aliénation n'est donc que le passage du « non » au « oui », de ce que l'on nie à ce que l'on admet et, en cela, il n'est qu'un moment de la prise de conscience.

C. Prendre conscience, c'est devenir libre

Dès lors, on ne devient pas quelqu'un d'autre en changeant, car l'autre que l'on devient est en fait toujours soi-même. La prise de conscience est, en ce sens, ce qui nous fait passer de la « facticité » (être ce que l'on est, *« comme une chose »*, selon **Sartre**) à la « transcendance » (ne pas être ce que l'on est, selon Sartre), autrement dit à la liberté : en reconnaissant être cela, je ne le suis déjà plus tout à fait, pour autant, ne plus l'être, c'est rester tout de même moi-même, c'est-à-dire rester libre de changer. Ainsi, l'avare, en prenant conscience d'être avare, ne l'est déjà plus tout à fait, puisqu'en le constatant, il reconnaît déjà que c'est un vice qu'il lui faudrait abandonner. Cependant, en l'abandonnant, il révèle ce qu'il est vraiment, c'est-à-dire un avare capable de ne plus être l'avare qu'il était. Sortir ainsi de soi pour ne plus être ce que l'on est, c'est donc en fait et paradoxalement devenir vraiment soi-même !

Conclusion

Ce n'est donc qu'en apparence que la prise de conscience nous fait devenir étranger à nous-même. En effet, bien qu'au départ on se découvre effectivement autre parce qu'on réalise que l'on est différent de ce que l'on croyait être, la prise de conscience nous rapproche, en réalité, de ce qu'on est vraiment en nous permettant de nous connaître plus objectivement. Ces deux aspects opposés de la prise de conscience sont donc à comprendre comme deux moments de la reconnaissance de soi : pour se reconnaître, il faut d'abord devenir étranger à soi-même, puisque ce n'est qu'en reconnaissant que l'on est ce que l'on est, que l'on pourra ensuite devenir soi-même, c'est-à-dire affirmer notre liberté fondamentale, laquelle fait de nous des êtres capables de changer, de ne plus être ce qu'ils étaient, ou encore de devenir ce qu'ils n'étaient pas.

SUJET 4

4 heures

Notion : LE DEVOIR

Dissertation :

N'avons-nous de devoirs qu'envers autrui ?

Travail préparatoire

Fiches p. 307
2 3 4 9 10

Notions et repères

Notion principale : le devoir.
Notions secondaires : le bonheur, la conscience, la liberté, la nature.
Repère : obligation/contrainte.

Remarques générales

Il s'agit d'un sujet plutôt classique qui suppose, cependant, de bien maîtriser la notion de devoir. Il faut, par ailleurs, éviter de répondre en énumérant seulement envers qui ou quoi nous pourrions avoir des devoirs pour donner de l'enjeu à la réflexion.

Analyse des termes du sujet

Ne… que :
Il convient de bien relever la formulation restrictive de ce sujet car elle oriente la réflexion en nous invitant à répondre par la négative. Dès lors, il faut se demander envers « qui » ou « quoi d'autre » nous pourrions avoir des devoirs. On doit aussi se demander si nous n'aurions plus de devoirs, si autrui n'existait pas.

Nous :
Ce pronom peut désigner l'humanité dans son ensemble, mais peut aussi renvoyer à chacun d'entre nous en tant qu'individu.

Devoirs :

Le devoir, c'est ce qui se présente à nous comme ce que nous *devons* faire, non pas tant par nécessité ou contrainte, mais parce que notre conscience nous l'indique. Le devoir est donc ce qu'il faut faire pour *bien* agir, ou pour agir de façon *juste*. La notion de devoir semble ainsi s'opposer à celle de *liberté* dans la mesure où le devoir apparaît comme une *obligation*. Cependant, d'un autre côté, la notion de devoir semble également supposer cette même liberté puisque ce que je fais *par devoir*, je dois l'accomplir comme une obligation que je m'impose à moi-même, donc suivant un choix délibéré (sans quoi cette action perdrait toute sa valeur morale).

Autrui :

Autrui, c'est à la fois quelqu'un « d'autre », donc un individu distinct de moi, mais également « mon semblable », puisque je partage avec lui la dignité d'être une « personne ». Il s'ensuit qu'autrui est – et doit être – un sujet de respect pour moi. En ce sens, je dois limiter ma liberté pour rendre la sienne possible. Or, le devoir renvoie-t-il forcément à un autre être humain ? N'avons-nous pas également des devoirs envers d'autres êtres vivants, ou encore envers la nature ? Et n'avons-nous pas aussi des devoirs envers nous-mêmes (comme celui de « se respecter », par exemple) ?

Problématique

À première vue, il semblerait que la notion de devoir corresponde à l'obligation pour chacun d'entre nous de se limiter dans sa liberté. Dès lors, seule l'existence d'autrui pourrait donner son sens à la notion de devoir, dans la mesure où autrui est celui que je dois absolument respecter puisqu'il est une personne au même titre que moi. Or est-ce à dire qu'en l'absence d'autrui nous serions plus libres, car dégagés de toute obligation morale ? Est-ce à dire que la morale n'a de sens que par la présence d'autrui ? Notre caractère de « personne » ne suppose-t-il pas aussi que chacun d'entre nous ait aussi des devoirs envers lui-même ? Par ailleurs, n'aurions-nous pas également des devoirs envers les autres êtres vivants, ou envers la nature, et ce quand bien même ces derniers ne seraient pas des « personnes » ?

Plan de la dissertation

I. Nous n'avons de devoirs qu'envers « autrui »
II. Nous avons des devoirs envers nous-mêmes
III. Plus largement, l'humanité est l'horizon de nos devoirs

Corrigé : plan détaillé

Les titres en bleu apparaissant dans ce corrigé ne doivent pas figurer dans votre devoir. Nous les avons insérés pour vous guider et vous aider à repérer la progression de la dissertation.

Les conseils du professeur

I. Nous n'avons de devoirs qu'envers « autrui »

La question posée présuppose déjà que nous avons des devoirs envers autrui, et cela semble être une évidence. Il ne serait donc pas intéressant de faire une partie qui soutiendrait seulement que nous « avons des devoirs envers autrui ».

A. Ce qui nous donne des devoirs envers autrui : son caractère de « personne »

Le devoir, comme obligation, se pose comme une restriction que je dois mettre à ma liberté. Ce qui m'y oblige, c'est la reconnaissance en l'autre d'une « personne », à savoir d'un être capable comme moi de se donner ses propres fins, grâce à sa conscience et à sa raison. Ainsi, ce que je dois respecter dans l'autre, c'est sa liberté, et je dois la respecter au même titre que la mienne. J'ai donc des devoirs envers « autrui », parce qu'il est une « personne ».

Voir Repères, p. 342

B. Nous n'avons pas de devoirs envers les animaux ou la nature

Dès lors, il semble impossible que nous ayons des devoirs envers des êtres vivants qui ne seraient pas humains. Les animaux ou la nature n'étant pas des « personnes » à proprement parler, il nous est, en effet, impossible d'avoir des devoirs envers eux. D'ailleurs, la notion de respect n'a de sens que si elle implique une certaine réciprocité (celui que je respecte, c'est celui dont je peux attendre, en principe, le même respect) ; or, nous ne pouvons attendre une telle réciprocité des animaux ou des végétaux, ce qui confirme le fait que nous ne puissions avoir des devoirs envers eux.

On peut souligner que cette idée va à l'encontre de l'opinion courante qui parle volontiers de « respecter la nature », par exemple, sans penser à ce que cela voudrait vraiment dire.

C. On ne peut parler de devoirs envers soi-même

Enfin, si je dois limiter ma liberté uniquement par égard à autrui, il s'ensuit que, pour le reste, je peux exercer ma liberté autant que je le souhaite. Ainsi, tant que cela ne nuit pas aux autres, je suis libre de faire tout ce que bon me semble. Dès lors, j'ai le droit de disposer de ma propre vie comme je l'entends, jusqu'au droit d'y mettre fin.

On peut souligner ici la distinction devoir/droit.

II. Nous avons des devoirs envers nous-mêmes

A. Il existe des devoirs envers soi-même, au nom de notre « personne »

Cependant, la même raison qui m'oblige à respecter autrui ne me donne-t-elle pas également des devoirs envers moi-même ? En effet, dans la mesure où je suis une personne, ne dois-je pas *me* respecter *moi-même* ? De fait, je ne peux pas « me vendre » ni aliéner ma liberté. Qui plus est, si j'ai le sentiment de devoir empêcher autrui de se suicider, je ne peux sans contradiction m'octroyer le droit de disposer de ma propre vie et m'autoriser à y mettre fin. Enfin, bien que les animaux ne puissent guère être reconnus comme des « personnes », ils ne sont pas pour autant des « choses » dont je pourrais disposer sans restriction : dès lors, je dois, au nom du

Cette idée de « se respecter soi-même » revient parfois comme un cliché : il faut ici lui donner un véritable sens dans l'analyse.

respect que je me dois à moi-même, m'abstenir de les traiter cruellement.

B. La notion de devoir trouve son plein sens dans nos intentions

Qui plus est, comme le souligne **Kant**, l'exigence morale suppose que l'on n'agisse pas simplement *« conformément au devoir »*, mais aussi *« par devoir »* (*Fondements de la Métaphysique des mœurs*). C'est donc en se fondant sur nos intentions que l'on peut véritablement juger de la valeur morale de nos actes. Or, s'il peut suffire, vis-à-vis d'autrui, que je respecte simplement les devoirs que j'ai envers lui, je me dois en revanche, dans la mesure où je suis une personne, d'être moral dans mes intentions. J'ai, en ce sens, un devoir de sincérité à l'égard de moi-même et de mes intentions.

C. La recherche du bonheur peut se présenter comme un devoir pour nous

Le bonheur semble être ce que nous recherchons spontanément. Mais le véritable bonheur suppose que l'on sache renoncer aux plaisirs immédiats et à ce qui est simplement agréable à court terme. La quête du véritable bonheur implique donc que l'on impose des limites à ses propres désirs. On peut même faire de cette recherche du véritable bonheur un devoir, au moins *« indirect »* comme l'écrit **Kant**, puisqu'il est susceptible de nous mettre dans les meilleures conditions pour remplir nos devoirs à l'égard d'autrui.

Il faudrait prendre, ici, un exemple pour illustrer cette distinction : il peut s'agir de choses qu'il est très tentant de faire ou de consommer, et qui sont nuisibles à la santé ou la vie.

III. Plus largement, l'humanité est l'horizon de nos devoirs

A. Respecter autrui et « se respecter », c'est respecter « l'humanité » en soi

Ne pas se respecter soi-même, ce n'est pas seulement faire tort à sa propre personne, mais c'est faire tort, à travers elle, à l'humanité tout entière. De même, ne pas respecter autrui, c'est ne pas respecter l'humanité, dans la mesure où chaque individu la représente. Ainsi, nous avons des devoirs envers autrui et envers nous-mêmes car nous portons en nous l'humanité et nous nous devons de la respecter et de l'accroître. Il s'ensuit que chaque homme a le devoir de contribuer au progrès moral de l'humanité, en s'efforçant d'agir conformément aux exigences de la notion de personne.

La difficulté pour construire une troisième partie est d'arriver à dépasser la réponse précédente, sans « retomber » seulement sur la première. La solution consiste à amener la notion d'humanité, comme englobant à la fois soi-même et autrui dans une dimension élargie.

B. Qu'il faut respecter en soi l'œuvre de l'humanité

Chacun a aussi le devoir de cultiver et de développer ses talents et ses facultés, par respect pour les générations passées et futures. En effet, comme l'écrit **Comte**, *« les vivants sont toujours, et de plus en plus, nécessairement gouvernés par les morts »* (*Catéchisme positiviste*). Ainsi, nous sommes redevables à nos ancêtres des progrès qu'ils ont réalisés et qui ont contribué à faire de nous ce que nous sommes. Réciproquement, il nous incombe d'œuvrer à notre tour dans le même sens pour le développement des générations futures.

C. Qu'il existe un devoir envers la nature au nom de l'humanité à venir

Enfin, bien que l'on ne puisse pas véritablement parler d'un devoir de « respect » envers la nature, nous pouvons tout de même considérer que nous n'avons pas le droit de la piller, ni de la détruire. En effet, nous n'avons pas le droit de la piller, tout d'abord parce que nous sommes des personnes et que nous nous devons un certain respect à cet égard, mais aussi par égard aux générations à venir qui ont, elles aussi, le droit de bénéficier de ce bien commun. Ainsi, cette conscience particulière, qui oblige l'homme à se penser comme une personne mais aussi comme un membre de l'humanité, semble bel et bien lui donner un devoir de responsabilité collective à l'égard de la nature et des autres êtres vivants.

On pourrait ici faire référence à la pensée de Hans Jonas qui souligne que nos moyens technologiques nous donnent, à présent, une responsabilité inédite, en raison des effets irréversibles qu'ils engagent.

SUJET 5

4 heures

Notion : L'ÉTAT

Dissertation :

Serions-nous plus libres sans l'État ?

Fiches p. 307
5 7 9 11

Travail préparatoire

Notions et repères

Notion principale : l'État.
Notions secondaires : la justice, la liberté, la raison.
Repères : absolu/relatif – hypothèse/conséquence/conclusion – obligation/contrainte – origine/fondement.

Remarques générales

Le sujet est assez classique et ne présente pas de difficulté particulière, si ce n'est qu'il confronte deux notions du programme qui ont peut-être été traitées séparément dans l'année. La seule difficulté tient peut-être à l'expression « plus libres », qui engage une réflexion non pas tant sur le rapport entre l'État et la liberté en général que sur le rapport entre l'État et une certaine quantité de liberté, ce qui confère au sujet un aspect assez fin ou pointu.

Analyse des termes du sujet

L'État :

Il s'agit d'interroger ici le rapport entre l'État, compris comme instrument de pouvoir, gouvernement d'une société, et la liberté. On se demande quels sont les effets du pouvoir sur la capacité des individus à vouloir, à décider, à agir conformément à leur volonté.

Plus largement, c'est la question de l'origine et du fondement de l'État qui est posée : les individus ont-ils besoin de l'État ? Ne pourraient-ils pas vivre (et mieux vivre) sans l'État ?

Plus libres :
On ne demande pas si l'État supprime ou permet la liberté, mais s'il la fait croître ou diminuer. La liberté est interrogée ici en termes de degré ou de quantité. Le sujet demande donc une analyse assez fine du rapport entre l'État et la liberté.

Nous :
En disant « nous » (et non pas « l'homme » ou « je »), le sujet interroge la communauté des individus, le groupe social, à savoir l'ensemble des individus reliés par ce qu'ils partageraient ou auraient en commun. On suppose ici que les individus soumis à l'autorité de l'État auraient la « même » liberté, soit diminuée sous l'effet de l'État, soit accrue.

Problématique

Il semblerait que l'État, en tant qu'autorité et pouvoir s'exerçant sur la société, ne puisse que faire diminuer la liberté individuelle, à travers les lois qu'il impose aux sujets. Pour autant, l'État ne protège-t-il pas aussi les libertés individuelles, grâce à ces mêmes lois ? Comment alors mesurer la liberté que l'État ferait perdre ou gagner ? S'agit-il de la même liberté ?

Plan de la dissertation

I. Apparemment, nous serions plus libres sans l'État car nous n'aurions pas à obéir à des lois

II. Mais, sans l'État, notre liberté est menacée et donc moins bien assurée

III. À quelles conditions alors l'État nous permet-il une plus grande liberté ?

Corrigé complet

Les titres en bleu apparaissant dans ce corrigé ne doivent pas figurer dans votre devoir. Nous les avons insérés pour vous guider et vous aider à repérer la progression de la dissertation.

Les conseils du professeur

Introduction

L'État désigne l'autorité politique chargée de diriger la société au moyen de lois. Il symbolise, en ce sens, le pouvoir exercé sur les individus et auquel ceux-ci doivent se soumettre. La liberté semble, à l'inverse, se définir comme la capacité du sujet à disposer de lui-même, à agir et à décider selon sa propre volonté. On peut alors penser que l'individu gagnerait à ne pas vivre sous la contrainte de l'État, et qu'une telle autorité fait nécessairement diminuer la liberté individuelle : en obéissant aux lois, l'homme perdrait une part de sa liberté, voire toute liberté. Pourtant, on ne peut que s'interroger : sans l'existence d'un État, dans une société livrée à ses propres règles ou dans un « *état de nature* », que serait exactement la liberté des individus ? Ne serait-elle pas menacée sans cesse par ceux qui abuseraient de leur propre liberté ? Le problème consiste alors à chercher quel rapport l'État entretient avec la liberté individuelle : l'État fait-il diminuer ou bien augmenter notre liberté ? Ne s'agit-il pas, pour l'État, de nous priver d'une forme de liberté pour nous en assurer une autre ? Nous pouvons ainsi voir, tout d'abord, en quoi l'homme est apparemment plus libre sans l'État, puis nous demander si la liberté ne nécessite pas, en fait, l'autorité de l'État. À quelles conditions alors ?

On part d'une première définition courante des termes, pour en déduire une première opinion possible.

On amène ici une autre opinion possible.

La formulation du problème vise à mieux faire apparaître la difficulté présente dans la question de départ.

I. Apparemment, nous serions plus libres sans l'État

A. L'État est synonyme d'« autorité » et de « pouvoir »

L'État est à distinguer de la société : il est ce qui dirige ou gouverne la société. En effet, la société (du latin *socius*, « associé ») désigne un ensemble d'individus (citoyens) reliés entre eux par des valeurs, des biens communs et des règles de vie. L'État, distinct de la société, désigne, quant à lui, ce qui détient et exerce l'autorité sur la société et ses membres, de façon extérieure et au moyen de lois. Il représente ainsi le gouvernement ou le pouvoir capable de contraindre le groupe social à obéir. On peut alors supposer que, sans l'État, toute forme d'autorité et d'obéissance disparaîtrait, rendant ainsi notre liberté plus grande puisqu'elle ne serait plus du tout contrainte par les lois.

B. Sans l'État, les individus n'auraient plus de lois mais de simples règles

En effet, sans l'État, la société serait réduite à elle-même et à ses règles sociales. On peut tout à fait concevoir une société sans État, dans laquelle personne (aucun individu ni aucune assemblée d'individus) ne détiendrait le pouvoir de contraindre le groupe à obéir. Le modèle « anarchiste » (représenté notamment par **Bakounine**) prône ainsi la destruction de l'État pour permettre à l'individu de retrouver toute sa liberté. Le modèle « communiste » de **Marx** vise également (à long terme) la disparition naturelle de l'État, permettant par conséquent de supprimer la contrainte des classes dominantes sur les classes opprimées. La lutte des classes ainsi abolie, tous les hommes bénéficieraient d'une même liberté, ce qui signifierait que l'ensemble des hommes aurait plus de liberté (si nous devenons tous également libres, alors nous avons globalement plus de liberté que si quelques-uns d'entre nous seulement sont libres). Enfin, les sociétés dites « sans État », correspondant à

Voir Repères, p. 342

certaines sociétés marquées par la persistance d'une « chefferie » (c'est le cas des sociétés amérindiennes étudiées par l'ethnologue **P. Clastres**), montrent des sociétés sans pouvoir, où le chef n'impose rien aux individus, qui ne sont plus soumis qu'aux seules règles de la vie communautaire.

C. Ou encore, sans l'État, les individus n'auraient à obéir à aucune règle

Organisez vos analyses dans un ordre progressif : ici, on va vers une réponse de plus en plus radicale.

Mais supposer l'absence de l'État, ce peut être aussi concevoir des hommes à l'état dit « *de nature* », c'est-à-dire imaginer (comme une sorte d'hypothèse théorique de travail) un moment précédant la vie en société ou distinct d'elle. Dire que nous serions plus libres sans l'État, c'est supposer que nous serions plus libres seuls, isolés les uns des autres, ne formant même plus une société. Ici, l'on peut penser que nous serions plus libres en effet, car plus aucune règle sociale (règle de vie en commun) ne viendrait limiter notre liberté naturelle : nous aurions alors une liberté totale et absolue, ayant, par exemple, un pouvoir et un droit sur toutes choses de la nature (tel Robinson Crusoé ou le héros du film *Into the Wild* de Sean Penn, inspiré du livre du même nom de Jon Krakauer).

Voir Repères, p. 344

Il semblerait donc que l'État diminue nécessairement notre liberté et qu'il soit possible de la conserver en en faisant l'économie. Cette idée n'est-elle pas, malgré tout, à remettre en question ?

II. Cependant, sans l'État, notre liberté serait, en réalité, incertaine et donc moindre

A. L'illusion d'une société sans État

Montrez que votre réflexion progresse en revenant à chaque fois sur elle-même, en réinterrogeant ce qui a été exposé.

On peut toutefois remettre en question la perspective d'une société possible et harmonieuse sans État. Ainsi, le modèle anarchiste suppose des hommes capables de s'autogérer et de s'imposer à eux-mêmes leurs propres lois. Or l'individu est-il toujours capable d'une telle autonomie ? Son égoïsme et sa nature sensible (les désirs) ne le poussent-ils pas à menacer la liberté d'autrui et à voir, en retour, sa liberté menacée ? N'est-il pas également soumis à ses propres désirs ? De même, le modèle communiste montre des limites et des contradictions : le prolétariat ne doit-il pas d'abord être conduit (et plus ou moins contraint) par une élite d'intellectuels bourgeois et ne doit-il pas ensuite exercer sa « *dictature* » sur tous les individus réfractaires à la révolution ? S'agit-il alors de réaliser plus de liberté ou bien plutôt de sacrifier la liberté individuelle à un principe plus haut : l'égalité (la fin de la « *lutte des classes* ») ? Enfin, les sociétés dites « sans État » ne sont-elles pas soumises à des règles de vie collectives bien plus contraignantes pour la liberté individuelle que les sociétés « avec État » ? Ne sont-elles pas dépendantes de conditions de vie bien plus difficiles ?

B. Les limites de l'état de nature

Par ailleurs, la liberté naturelle, qui semble caractéristique de « l'état de nature », peut être également remise en question si l'on considère, avec **Hobbes**, que ce droit que chacun aurait sur toutes choses équivaudrait, en fait, à un droit de soumettre l'autre pour le piller ou le tuer, droit que chacun détiendrait, en réalité, sur chacun (le jeu de forces s'équilibrant et ne permettant à personne d'être réellement et absolument plus fort que l'autre). Nul ne serait donc vraiment libre à l'état de nature car chacun serait sans cesse menacé par la liberté des autres. Dans ces conditions, sans l'État, notre liberté serait moindre parce que quasi inexistante.

C. L'État devient alors la condition d'une certaine liberté

Alors, l'État n'est-il pas à comprendre comme ce qui rend possible une certaine forme de liberté, distincte de la liberté naturelle ou individuelle, et qu'il conviendrait d'appeler la « *liberté civile* » ? Cette liberté civile, comme le suggère **Hobbes**, ne serait plus illimitée et incertaine, mais limitée (nous devons obéir aux lois et ne pouvons plus avoir un droit sur toutes choses) et sûre (grâce aux lois, personne ne pourrait porter atteinte à ma liberté). D'où la question de savoir alors laquelle de ces deux formes de libertés serait la plus grande : sommes-nous plus libres en étant libres sans être certains de le rester ? Ou bien sommes-nous plus libres en voyant notre liberté réduite mais garantie ? C'est là, semble-t-il, la question même du fondement de l'État : peut-on justifier son existence en posant qu'il vaut mieux que les hommes perdent une part de leur liberté pour rester au moins « relativement » libres ?

Voir Repères, p. 342

L'idée d'une liberté plus grande sans l'État apparaît donc comme une illusion à laquelle il faut renoncer. Mais reconnaître la nécessité de l'État signifie-t-il pour autant devoir renoncer à l'idéal de liberté ?

III. À quelles conditions l'État permet-il une plus grande liberté ?

Cette dernière partie ne vise pas à contredire la réponse précédente, mais à l'affiner.

A. La possibilité de concevoir un État qui ne nous prive plus d'une partie de notre liberté

Toutefois, poser que l'homme devrait renoncer à une partie de sa liberté pour rester, en échange, « un peu » libre, n'est-ce pas, au fond, admettre que l'État réduit notre liberté ? Et n'est-ce pas, comme le dénonce **Rousseau**, un contrat « *nul et sans valeur* » (*Du contrat social*), au sens où il nous ferait perdre un bien absolu et inaliénable (notre liberté essentielle d'hommes) pour un bien relatif et incertain ? Qui nous assure, en effet, que l'État protège effectivement nos libertés et que ses lois ne nous privent pas, en fait, de toute liberté ? Ne faut-il pas poser que nous serions plus libres sans l'État dès lors que celui-ci repose sur un tel contrat ? Ne peut-on trouver une autre forme de contrat dans lequel l'homme ne perdrait pas une partie de sa liberté ?

Voir Repères, p. 343

B. Le modèle de l'État démocratique

C'est ce que propose le modèle de l'État démocratique, qui fait du peuple le détenteur de la souveraineté : dans la démocratie, c'est le peuple qui gouverne et fait les lois et qui donc n'obéit qu'à lui-même en obéissant à celles-ci. Dans son *Contrat social*, **Rousseau** pose en ce sens les fondements d'un État qui permettrait ainsi aux sujets de ne pas être moins libres avec l'État : ils ne perdraient pas leur liberté fondamentale, laquelle prendrait la forme de la

« *volonté générale* », chacun exerçant sa volonté dans un but et un souci communs (et non plus dans un but personnel et égoïste). Ainsi, nous ne serions pas plus libres sans l'État parce que, sans lui, notre liberté s'exercerait de façon incertaine et individuelle, alors que, sous son autorité (notre propre autorité), notre liberté s'exercerait de façon sûre et collective. Nous accéderions à une liberté plus parfaite et plus achevée, sinon plus grande, plus « *haute* ».

C. Les limites du modèle démocratique

Il ne faut pas, pour autant, négliger les imperfections de l'État démocratique, limité par sa perfection même : comme le souligne **Tocqueville** dans *De la démocratie en Amérique*, la démocratie rassure tellement les individus et leur prodigue tant de bienfaits qu'ils en oublient, en quelque sorte, d'exercer leur liberté, sinon pour revendiquer toujours plus de choses (notamment toujours plus d'égalité : avoir la même chose et autant que les autres). Or c'est là que la démocratie peut prendre la forme de ce que **Tocqueville** appelle un « *despotisme doux* » : le pouvoir s'immisce dans la vie individuelle (l'État s'occupe de tout) sans que les individus le perçoivent. Ils sont donc, une fois encore, « *moins libres* » car leur liberté « politique », en tant qu'exercice de l'autorité et activité citoyenne, s'amoindrit, perd de sa force. Il faut donc, pour que nous soyons plus libres « sous » l'État que « sans » l'État, que nous restions actifs et vigilants quant au pouvoir que nous sommes censés exercer nous-mêmes.

Conclusion

Ainsi, le bon sens et la violence de certains États trop autoritaires peuvent nous faire croire que nous serions plus libres sans État. Mais, à l'inverse, il s'avère tout autant idéaliste de croire à la possibilité, pour l'homme, de se passer d'État. Sans une autorité souveraine lui imposant de ne pas nuire à autrui, l'individu abuse de sa liberté aux dépens de la liberté des autres. L'État semble, en cela, bien nécessaire. Pourtant, seul un État démocratique, où les lois incarnent la volonté populaire, semble capable de garantir à l'individu une vraie liberté, consistant à pouvoir agir selon sa raison et non selon ses seuls désirs.

SUJET 6

4 heures

Notion : L'INCONSCIENT

Dissertation :

L'inconscient échappe-t-il à toute forme de connaissance ?

Fiches p. 307

1 3 6 8 13 17

Travail préparatoire

Notions et repères

Notion principale : l'inconscient.
Notions secondaires : la conscience, la science, le langage.
Repères : médiat/immédiat – expliquer/comprendre – vrai/probable/certain – objectif/subjectif/intersubjectif.

Remarques générales

Il s'agit, ici, d'un sujet classique sur une notion du programme qui apparaît de façon explicite dans la question. L'intérêt du sujet est de porter sur la distinction à faire entre plusieurs formes de connaissances et sur la recherche d'un critère de distinction (connaissances plus ou moins complètes, vraies, accessibles ?). La difficulté tient à l'expression *échapper à* qui peut être mal interprétée.

Analyse des termes du sujet

L'inconscient :
Dans son sens le plus général, *l'inconscient* désigne tout ce qui échappe à la conscience, tout ce que le sujet ne sait pas de lui-même. Mais il peut prendre un sens plus précis en comprenant tout ce que le sujet « refoule » ou refuse de connaître. Dans ce cas, la possibilité

même d'une connaissance de l'inconscient semble contradictoire. Le sujet invite donc à réfléchir sur les moyens divers à employer pour connaître tout de même ce que l'on ne veut pas connaître.

Échappe-t-il à :
L'expression *échapper à* est délibérément large pour suggérer que l'inconscient est, en soi, une « fuite », un « refus » de connaissance ou de conscience, mais qui connaît peut-être des « ratés ». Il nous faut donc chercher les échecs de cette démarche et voir en quoi l'inconscient ne parviendrait pas à demeurer inconscient.

Toute forme :
Cette expression indique qu'il y a sans doute plusieurs manières de connaître l'inconscient, quand bien même une connaissance de forme classique (scientifique, par exemple) ne serait pas envisageable.

De connaissance :
La connaissance peut désigner, ici, la science mais aussi la conscience (de soi), ainsi que des modes proches de la connaissance mais qui ne seraient pas tout à fait des connaissances. Par *connaissance*, il faut entendre « savoir », « représentation objective de la réalité ».

Problématique

La notion d'« inconscient » renvoie à un domaine (de notre intériorité) demeurant inconnu, soit parce que la conscience n'y a pas accès, soit parce qu'il s'agit justement de ce que le sujet ne désire pas savoir à propos de lui-même. Or le terme même d'*inconscient* suggère que l'on pose tout de même son existence, et donc qu'une certaine connaissance approchée est possible. On se demande jusqu'où cette approche est possible et par quels moyens.

Plan de la dissertation

I. L'inconscient semble, par définition, échapper à la connaissance
II. Toutefois, l'inconscient se manifeste indirectement de différentes manières
III. Les manifestations de l'inconscient peuvent faire l'objet d'une connaissance plus ou moins claire et complète

Corrigé : plan détaillé

Les titres en bleu apparaissant dans ce corrigé ne doivent pas figurer dans votre devoir. Nous les avons insérés pour vous guider et vous aider à repérer la progression de la dissertation.

Les conseils du professeur

I. L'inconscient semble, par définition, échapper à la connaissance

A. L'inconscient peut renvoyer d'abord à l'inconscience, à ce qui échappe à la conscience

Ce que l'on qualifie d'« inconscient » désigne, souvent, des mécanismes biologiques ou mentaux qui ne relèvent pas du champ de la conscience et qui ne sont pas connus par le sujet lui-même, comme, par exemple, les tics, les réflexes, la respiration, les automatismes, mais aussi certains cheminements de pensées ou de souvenirs qui nous échappent au sens où ils ne sont pas « attrapés » par la conscience. Notre capacité à nous représenter nos états physiques ou nos états d'âme se trouve, en ce sens, limitée ; elle ne saisit pas la totalité de ce qui nous arrive ou traverse.

B. L'inconscient désigne aussi ce que le sujet refoule

Il existe, toutefois, une autre manière pour la conscience d'être limitée dans la connaissance qu'elle a de nous-même, comme le suggère **Freud**. Pour lui, *« le moi n'est pas maître dans sa propre maison »*, au sens où des pensées ou des désirs sont refoulés, c'est-à-dire, en quelque sorte, rejetés par la conscience, tout en étant présents et actifs en nous. Il s'agit d'un refus de connaissance, au sens où le sujet serait capable de ne pas vouloir savoir certaines choses déplaisantes ou douloureuses (notamment liées à la sexualité, selon Freud). Ici, le terme d'*inconscient* désigne, à proprement parler, ce qui échappe à la conscience par un mécanisme de censure. Il serait impossible, pour le sujet, d'avoir la

Toute citation n'a de valeur que si elle est expliquée.

connaissance (une représentation claire et complète) de ce qu'il refoule parce que, précisément, il le refoule.

La mauvaise foi qui nous sert, parfois, d'excuse pour ne pas assumer certains actes honteux peut aussi être associée à l'inconscient. **Sartre** la définit comme un mensonge à soi-même, dans lequel on sait sans vraiment savoir, où l'on se cache à soi-même ce que l'on sait au fond.

C. Il paraît impossible d'accéder directement par la conscience à ce qui est inconscient

Ce qui ressort de ces différentes formes d'inconscients que sont l'inconscience, le refoulé et la mauvaise foi, c'est que la conscience ne semble pas pouvoir y avoir accès. L'inconscience renvoie à des phénomènes trop infimes, à ce que **Leibniz** nomme les *« petites perceptions »*, comme, par exemple, le bruit de chaque vague qui disparaît dans celui de la mer. Il est trop difficile, pour la conscience, d'atteindre ces phénomènes. Qui plus est, comme le suggère **Bergson**, la conscience s'emploie à saisir ce qui est utile et délaisse ce qui, sur le plan de l'action notamment, ne l'est pas. Certains souvenirs (pourtant présents en nous) demeurent inconscients, inconnus, et nous ne pouvons pas délibérément les rappeler à notre mémoire. Pour ce qui est de l'inconscient défini par **Freud**, la censure est telle qu'elle déguise et rend incompréhensible ce qu'elle refoule. Là encore, impossible de connaître ce qui est, ainsi, inconscient. Quant à la mauvaise foi, elle permet au sujet de croire à ce qu'il veut croire, sans savoir.

Voir Repères, p. 343

II. Toutefois, l'inconscient se manifeste indirectement de différentes manières

En précisant « indirectement », on explicite le sens de *« toute forme de connaissance »*.

A. Les mécanismes inconscients peuvent être perçus à certaines occasions

Si, de manière générale et courante, certains mécanismes physiques ou autres échappent à notre conscience, il peut arriver que l'on y accède tout de même et qu'on en prenne alors connaissance. Une respiration rendue difficile, par exemple, nous fait, ainsi, sentir notre respiration. Lorsqu'un souvenir resurgit, par hasard, grâce à la mémoire involontaire, il y a restitution partielle du passé. Chez **Proust**, l'épisode de la madeleine, par exemple, ressuscite l'enfance du narrateur.

B. Les actes manqués sont des témoignages indirects de ce qui est refoulé

Freud montre également que ce que nous refoulons apparaît de manière déguisée et indirecte, en restant à la fois en partie incompréhensible et connu de nous. Nous pouvons, ainsi, savoir que nous refoulons certaines choses, sans savoir quoi exactement. Tels sont les rêves, les actes manqués et les symptômes névrotiques. Ils nous font savoir que quelque chose en nous existe, qui ne veut pas être connu. Mais, en se montrant de manière indirecte, nous savons, ainsi, quelque chose : nous savons que nous ne voulons pas savoir. Notre mauvaise foi peut aussi nous apparaître lorsque nous cherchons à nous justifier. Les excuses que l'on s'invente témoignent, indirectement, du fait que l'on se ment.

C. Analyse de cette forme partielle de connaissance

En définissant le rêve comme la *« réalisation déguisée d'un désir refoulé »*, **Freud** explique le paradoxe de cette forme de connaissance qui est à la fois une connaissance et une non-connaissance : le rêve me fait connaître un désir sans me le faire tout à fait connaître. Il le fait en me le cachant derrière une construction, un « déguisement ». Ce déguisement est le *« travail »* du rêve, qui consiste à « élaborer » ce qui permettra au sujet de savoir sans savoir vraiment, en réalisant, ainsi, un compromis. L'idée est que l'inconscient ne peut pas rester entièrement inconscient ; il est, précisément, une manière, pour le sujet, de satisfaire un désir sans pour autant le satisfaire pleinement. La connaissance partielle obtenue suit le même mécanisme. Ainsi, par exemple, la patiente de Freud qui est jalouse d'une de ses amies et qui rêve qu'elle est incapable de lui faire un repas (pour ne pas la rendre plus désirable aux yeux de son mari) ne peut, certes, pas savoir qu'elle est jalouse, mais, en exprimant sans le savoir cette jalousie dans son rêve, elle sait tout de même quelque chose, tout comme le malade qui, par ses symptômes, sait au moins qu'il est malade.

III. Les manifestations de l'inconscient peuvent faire l'objet d'une connaissance plus ou moins claire et complète

A. L'introspection ou la réflexion sur soi

À partir de cette connaissance de base nous informant seulement de l'existence de phénomènes ou d'éléments inconscients, il devient, toutefois, possible d'aller plus loin. Nous pouvons, ainsi, interroger, de manière plus volontaire, délibérée, ce qui se manifeste spontanément ou par hasard. Certains exercices de méditation ou de sophrologie, par exemple, nous invitent à une meilleure ou plus grande conscience à l'égard de notre corps. La mémoire involontaire peut aussi être remplacée par un travail d'introspection ou, dans l'art littéraire (par exemple, par l'autobiographie), par la confession. Dans son livre *Enfance*, Nathalie **Sarraute** cherche, ainsi, à retrouver des épisodes ou sensations très infimes et inconscients de son passé (tropismes), qu'elle n'a pas pu connaître sur le moment mais qu'elle cherche à connaître « après coup ». La connaissance de ce passé inconscient peut être déformée, mais c'est, au moins, une manière de le revivre.

Dans cette partie, il faut progresser encore en dépassant la réponse obtenue dans la partie précédente : ici, en cherchant une autre forme de connaissance de l'inconscient.

B. La psychanalyse

Freud montre également que l'introspection *(« rentre en toi-même et apprends d'abord à te connaître »)*, tout comme l'interprétation des rêves, rend possible l'accès à ce qui est refoulé. La psychanalyse peut aussi aider le malade à une prise de conscience de ce qu'il refoule, dans une forme « cathartique » de connaissance, ou passant par la parole *(talking cure)*. En laissant parler librement le malade, le psychanalyste permet, ainsi, au sujet de se libérer de ses refoulements. Il ne s'agit pas vraiment de « savoir » ni de « connaître » ce que l'on se cache, mais de pouvoir l'interpréter, de lui donner du sens. Comme le suggère Karl **Popper**, il n'y aurait donc pas, à proprement parler, une « science » de l'inconscient, à la manière des sciences expérimentales, tant l'expérience directe de l'inconscient est impossible.

C. La rencontre avec autrui

Enfin, la rencontre avec autrui peut aussi nous permettre de découvrir ce que l'on ne savait pas de soi ou refoulait, en dehors d'un cadre thérapeutique. **Sartre** montre, ainsi, qu'autrui est *« le médiateur entre moi et moi-même »*, notamment lorsque l'on est de mauvaise foi et qu'autrui nous révèle à nous-même dans la honte. Ici, on connaît ce que l'on savait au fond sans savoir, on se « reconnaît » dans le regard d'autrui. En posant que *« la honte est reconnaissance » (L'Être et le Néant)*, **Sartre** suggère encore qu'il y a une forme de connaissance possible de l'inconscient. On peut savoir comment autrui nous voit et comment on lui apparaît, là même où l'on faisait semblant de l'ignorer.

SUJET 7

4 heures

Notion : LA JUSTICE

Dissertation :

Tout ce que j'ai le droit de faire est-il juste ?

Travail préparatoire

Fiches p. 307
3 4 5 7 9

Notions et repères

Notion principale : la justice.
Notions secondaires : la conscience, le devoir, l'État, la liberté.
Repères : légal/légitime – origine/fondement – théorie/pratique – universel/général/particulier/singulier.

Remarques générales

Le sujet porte assez explicitement sur la notion de « justice » mais l'interroge d'une manière assez originale puisqu'il suggère de dissocier ce qui semble aller de soi : comment concevoir que ce que l'on aurait « le droit » de faire puisse pourtant ne pas être « juste » ? En cela, le sujet requiert une très bonne maîtrise de la notion de justice dans ses différentes dimensions, morale et juridique.

Analyse des termes du sujet

Droit de faire :

Le droit renvoie ici à la loi, à ce qui est « légal ». Il s'agit plus exactement du « droit positif », qui fait référence à ce qui est autorisé par les lois humaines, instaurées par les hommes au sein d'un État. On pourrait toutefois donner un sens plus large à l'expression « droit de faire » en évoquant ce que l'on s'autoriserait à soi-même en vertu d'un « droit naturel » reposant sur la raison ou sur la nature (droit de me défendre, droit de me nourrir, etc.). Dans ce cas, le sujet prendrait un sens plus général et plus subtil. On s'en tiendra ici à assimiler la notion de « droit » au droit positif, pour permettre un traitement plus efficace de la question. Le verbe « faire » signale qu'il s'agit de réfléchir sur le domaine pratique de l'action, et non pas sur ce qu'il serait juste de « penser », par exemple, de façon théorique (ce qui serait « vrai » et ferait appel à la notion de vérité).

Tout :
C'est l'ensemble de ce qui est autorisé par la loi, dans sa diversité et ses possibilités offertes en matière d'action. Il s'agit de se demander si cet ensemble correspond parfaitement à l'ensemble des actions justes : n'y a-t-il pas des actions légales qui seraient injustes ou des actions illégales qui seraient justes ?

J'ai :
L'usage du pronom *je* dans le sujet signale que la question porte sur les actions individuelles, engagées par soi-même.

Est-il juste :
La question est de savoir si en elles-mêmes (dans leur nature ou leur fondement) les actions légales sont justes. Peut-être sont-elles injustes, autrement qu'elles ne paraissent. Le mot *juste* renvoie ici à une valeur morale, fondée sur l'idée d'égalité et d'équité et sur la notion de respect (respect de l'individu, respect de la personne). Ce qui est juste désigne ce qu'un être humain est en droit d'obtenir ou de vivre, compte tenu de sa dimension humaine. C'est aussi ce qu'un individu est en droit d'attendre, étant donné sa différence (singularité, unicité). Le juste désigne ce qui est « légitime », défini par la morale.

Problématique

D'un côté, l'ensemble des actions permises par la loi semble être juste, car tel serait le but même du « droit positif » : favoriser la justice au sein de la société, empêcher que certaines actions menacent le respect des individus et des hommes. Les lois semblent ainsi viser l'égalité et l'équité, fondements mêmes de la notion de justice.

Pour autant, certaines lois apparaissent également comme injustes, aussi bien au moment de leur élaboration que dans leur application. D'autres formes de justice sont revendiquées « contre » la loi. On peut donc se demander si le légal se confond nécessairement avec le légitime ou bien si la notion morale de justice ne déborde pas, au contraire, le cadre légal : se peut-il que ce qu'autorise ou interdit la loi soit injuste ? Dans ce cas, comment savoir si la justice imposée par la morale est « meilleure » que la justice imposée par la loi ? Le problème est donc de savoir ce qui fonde la justice : la loi ou la morale ?

Plan de la dissertation

I. À première vue, tout ce que l'on a le droit de faire semble juste
II. Mais il existe une injustice possible du droit
III. Comment s'assurer alors de la justice du droit et de nos actions ?

Corrigé complet

Les titres en bleu apparaissant dans ce corrigé ne doivent pas figurer dans votre devoir. Nous les avons insérés pour vous guider et vous aider à repérer la progression de la dissertation.

Les conseils du professeur

Introduction

La notion de « droit » (du latin *rectus*, « droit ») renvoie, le plus souvent, au domaine juridique des lois instituées par l'État et donc au légal. Ce que l'on a le droit de faire correspond ainsi, en général, à ce que les lois autorisent : le droit de fumer dans des lieux non publics, par exemple. De ce fait, questionner le rapport entre le droit et le juste, c'est se demander si les lois autorisent toujours de bonnes actions, si elles visent toujours une société égalitaire et équitable : égalitaire en donnant à chaque individu ce qu'il mérite en tant qu'être humain (la santé, par exemple), équitable en donnant aussi à

Voir Repères, p. 342

Voir Repères, p. 344

Pour amener la question du sujet, on part ici d'une opinion courante.

chacun ce qu'exige sa différence (choix relatifs à la liberté individuelle). On peut penser, au premier abord, que c'est bel et bien ce que poursuivent tous ceux qui incarnent ainsi le droit (législateurs, policiers, juges) et que la totalité de ce que l'on a le droit de faire définit précisément « le » juste, que le légal et le juste se confondent parfaitement au point qu'il n'y aurait pas de sens à poser un droit injuste. Pour autant, les lois sont-elles réellement toujours justes ? N'y a-t-il pas des lois inégalitaires et inéquitables ? Le problème se pose, en effet, de savoir ce qui fonde véritablement le droit, ce qui anime exactement la volonté de faire des lois : est-ce vraiment une exigence de justice ? Se pourrait-il que les lois visent autre chose ou qu'elles soient incapables d'être « parfaitement » justes ?

La formulation du problème vise à mieux mettre en évidence la difficulté présente dans la question de départ.

Commençons par regarder en quoi le droit semble se confondre avec l'exigence de justice, puis nous aborderons les limites du droit pour voir s'il est possible de remédier à ces éventuelles limites.

On expose ici la réponse qui semble la plus intuitive ou courante.

I. À première vue, tout ce que l'on a le droit de faire semble juste

A. La définition du droit

Il s'agit de préciser ici ce que l'on veut dire par « avoir le droit ».

Ce que l'on a le droit de faire renvoie principalement à ce que les lois nous autorisent à faire, en termes d'action. En effet, c'est le rôle du droit que d'établir les règles de vie en société à travers des lois, inventées par les hommes dans ce but. On distingue à ce titre le droit dit « positif » (issu des lois instaurées par les hommes) du droit dit « naturel » (imposé par notre raison ou la nature des choses). En général, dire que l'on a le droit de faire ceci ou cela est une manière d'affirmer que ce que l'on fait n'est pas contraire à la loi en vigueur et que notre action est légale, conforme à la législation. Dans ce cas, ce que l'on a le droit de faire désigne soit ce qui n'est pas interdit, soit ce qui est posé comme permis.

B. Le droit semble juste

Ce que pose le droit semble alors « être » fondamentalement juste car telle serait sa vocation. Le mot latin *jus* désigne en ce sens ce qui est juste, et le mot latin *rectus* (racine du mot « règle ») signifie ce qui est droit. Il y aurait donc une parfaite correspondance entre « tout » ce qu'autorise le droit et « tout » ce qui est juste, à savoir « conforme au droit ». Le principe même d'une loi serait d'être juste, et les débats qui animent les assemblées dans les régimes dits « parlementaires » témoignent de cette finalité de la loi : les lois sont discutées et débattues selon ce critère. Il s'agit, en effet, de savoir si une loi respecte les droits des individus, à savoir ce à quoi ils peuvent prétendre également (en tant qu'êtres humains) ou équitablement (en tant qu'individus différents). Discuter la loi sur le travail ou la loi sur le régime des retraites est une manière de vérifier la justice de la loi : profite-t-elle également ou équitablement à tous ? Ne porte-t-elle pas atteinte aux droits de certains individus ou aux droits de l'homme en général ? Vérifie-t-elle le principe du respect de la personne ? **J. Rawls**, dans son ouvrage *Théorie de la justice*, pose en ce sens les conditions permettant d'élaborer des lois justes. Il s'agit bien de faire en sorte que le droit, à travers les lois, réalise effectivement les conditions d'une vie sociale juste dans laquelle chacun se verrait respecté dans ses droits fondamentaux, individuels et humains.

C. Le droit comme seule source de justice

Par conséquent, on peut affirmer que « tout » ce que l'on aurait le droit de faire serait juste, si précisément c'est le droit qui rend possible la justice. Il n'y aurait que les lois pour « dire » ce qui est juste, pour autoriser ou interdire telle ou telle action. Dans ce cas, tout ce qui ne serait pas interdit par la loi serait juste, et tout ce que la loi interdirait serait injuste. Il n'y aurait pas de « zones d'ombre » : la loi ne m'interdirait pas quelque chose qui, en réalité, se révélerait injuste, et il n'y aurait pas de loi injuste m'imposant de faire quelque chose d'injuste.

C'est dire que si je fais quelque chose que la loi n'interdit pas explicitement, mon action est juste, et si je fais ce que me dit de faire la loi, là encore mon action est juste. Le droit recouvrirait donc parfaitement le « juste ». Pour **Hobbes**, seule la loi peut permettre d'établir une société juste et, dans l'état dit « de nature », où n'existe pas le droit (ou du moins seulement le droit dit « naturel », issu de la nature), « *l'homme est un loup pour l'homme* ». C'est-à-dire que, sans la loi, les hommes évoluent dans un état de « *guerre de tous contre tous* » et de « *chacun contre chacun* » (*Léviathan*).

Il semble donc que tout ce que le droit m'accorde de faire sous la forme des lois est par définition juste, la justice ne pouvant exister sans elles. Cependant, n'arrive-t-il pas que l'on puisse reprocher au droit d'être injuste ? Ne se pourrait-il pas alors que ce que j'ai le droit de faire soit pourtant injuste ?

Pensez à faire une transition d'une grande partie à l'autre, en rappelant brièvement la réponse apportée et en suggérant pourquoi elle va être critiquée.

II. Mais il existe une injustice possible du droit

A. Les lois peuvent imposer des actions injustes

Mais, à y regarder de plus près, on peut se demander si les lois issues du droit positif ne sont pas parfois injustes, et si l'idée d'un droit naturel posant une autre forme de droit ne serait pas plus juste. En ce sens, ce que j'ai le droit de faire selon les lois ne serait pas forcément juste, et il faudrait opposer à ce droit un autre droit. L'exemple d'Antigone, qui se sent avoir le droit d'enterrer son frère alors que la loi de son oncle le lui interdit, montre la confrontation de ces deux droits dont l'un serait injuste (le droit issu de la loi humaine) et l'autre juste (le droit issu de la raison ou, pour Antigone, des dieux). Dans cet exemple, ce que j'ai le droit de faire selon la raison (enterrer mon frère) est plus juste que ce que j'ai le droit de faire selon la loi (ne pas l'enterrer), et

Il n'est pas nécessaire de multiplier les exemples, qui n'ont jamais qu'une valeur particulière.

ce que j'ai le droit de faire selon la loi n'est pas juste (elle m'interdit d'enterrer mon frère mort). On peut penser également à des lois « injustes » telles des lois inégalitaires (racistes, ségrégationnistes) où certains individus de la société ne sont pas traités comme ils le méritent (on peut prendre l'exemple des lois sur « l'Apartheid » ou des lois du « Régime de Vichy »).

En revanche, il est pertinent de bien en analyser quelques-uns pour donner de la réalité à la réflexion.

B. Les lois peuvent ne pas interdire des actions injustes

Par ailleurs, il apparaît que les lois ne couvrent pas « tout » ce qu'il est possible de faire, et que le silence de la loi (actions sur lesquelles la loi se tait) n'est pas toujours équivalent à ce qu'il est « juste » de faire. La loi, par exemple, n'interdit pas de mentir à nos proches ou de mal nous nourrir. Elle n'interdit pas d'avoir un comportement égoïste, jaloux, avare ou intéressé. Or, les actions qui accompagnent ces comportements ne sont pas « justes » : elles ne permettent pas de respecter autrui, ni ma propre personne. Là où j'ai le droit de faire quelque chose de ce type sur le plan légal, il n'y a en réalité qu'injustice.

C. L'injustice des lois en général

Organisez vos analyses et vos arguments dans un ordre progressif, d'approfondissement ou de généralisation.

Plus généralement, on pourrait dire que « tout ce que j'ai le droit de faire » sur le plan légal serait injuste, si l'on pose l'incapacité de toute loi à être juste. **Rousseau**, en ce sens, fait état, dans sa critique de la société, de l'injustice fondamentale qui émane de l'état civil. Celui-ci pervertirait un sens « inné » de la justice, la « *pitié* » naturelle de l'homme, qui l'empêche de faire ou de voir souffrir son prochain. Le droit de propriété, par exemple, est injuste pour Rousseau car en soi « *les fruits sont à tous et la terre n'est à personne* » (*Second discours*). Même dans son effort pour penser un « *contrat social* » juste, Rousseau constate la difficulté, pour les lois, d'être justes : « *il faudrait des dieux pour donner des lois aux hommes* » (*Du contrat social*). La critique marxiste de l'État repose aussi sur l'idée que le droit (les lois) émane de la classe dominante et profite à la classe dominante. Certains individus de la société en sont donc exclus, ce qui est injuste.

Il faut donc admettre que l'on ne peut pas se contenter de se fier à ce que permet le droit pour faire preuve de justice. Faut-il pour autant renoncer à la volonté d'être juste dans nos actions ? Ou bien serait-il possible de concilier le respect du droit et l'exigence de justice ?

III. Comment s'assurer alors de la justice du droit et de nos actions ?

L'enjeu de la troisième partie est d'aller plus loin que l'opposition précédente, en trouvant une réponse plus satisfaisante : il faut pour cela résoudre les difficultés qui précèdent.

A. La nécessité des lois

Malgré tout, on ne peut que défendre l'idée que les lois sont nécessaires pour empêcher l'exercice d'un droit naturel souvent faible et fragile face à la puissance des désirs égoïstes (et injustes) des individus. La pitié naturelle ne fonctionne pas toujours et ce qui, pour **Kant**, est au fondement de la morale (« *la loi morale en moi* ») n'empêche pas certaines de nos actions d'être injustes, immorales. Le rappel à la loi permet, en ce sens, de nous avertir pour nous interdire, par exemple, de mentir lorsque nos mensonges compromettent la vie en commun (le faux témoignage est puni par la loi, ce que j'ai le droit de faire est donc juste car on m'interdit de mentir). **Kelsen** montre également que le droit « issu de la nature » n'est pas véritablement un droit : la nature ne peut « vouloir » la justice, seuls des hommes le peuvent, en instaurant le droit (les lois).

B. Il est possible de perfectionner le droit afin qu'il soit le plus juste possible

Il est également possible de chercher à parfaire les lois pour empêcher qu'elles ratent leur vocation (être justes). Les théoriciens du droit et les hommes politiques sont, en ce sens, engagés dans la recherche de lois justes. **Aristote** distingue ainsi l'égalité et « *l'équité* », pour suggérer que des lois justes doivent tenir compte des circonstances et des cas particuliers pour s'adapter aux situations et viser alors l'équité plus que l'égalité (c'est le rôle du juge d'assouplir la loi générale posée par le législateur). **J. Rawls** cherche également à fonder des lois justes en posant certaines conditions, comme la possibilité de lois inégalitaires avantageant certains individus mais profitant toutefois aux plus démunis. Toutes ces recherches suggèrent que, malgré l'injustice possible (voire foncière) des lois, celles-ci peuvent être sans cesse améliorées à condition d'être pensées, repensées et débattues.

Voir Repères, p. 344

C. La complémentarité entre le droit et la morale

Enfin, il est possible de faire en sorte que le droit (les lois, le légal) et la morale (le légitime, le juste au regard de la raison) se complètent afin de s'équilibrer respectivement. Lorsque ce que j'ai le droit de faire sur le plan légal se révèle injuste (mentir à un proche par exemple), c'est à la morale (fondée sur le respect de la personne humaine) de m'interdire de faire ce que j'ai le droit de faire. Là où ma morale (ma raison, ma conscience) est défaillante, ce que j'ai le droit de faire selon la loi peut me rappeler à l'ordre en me signalant une injustice possible. On peut donc poser que le droit et la morale doivent, en quelque sorte, se partager et se distribuer « tout ce qu'il m'est possible de faire » pour vérifier qu'il s'agit bel et bien d'actions justes.

Voir Repères, p. 342

Conclusion

Ainsi, il apparaît que, même si tout ce que l'on a le droit de faire semble correspondre à ce qui est juste (du moins dans sa définition et dans sa finalité), une telle affirmation reste discutable. Bon nombre de lois sont injustes, et toute loi peut être contestée dans sa justesse au sens où aucune ne serait « parfaitement » juste. Mais cela ne signifie pas, pour autant, que les lois soient inutiles et qu'il soit possible de vivre sans elles. Elles semblent, au contraire, bel et bien nécessaires, et c'est tout le travail de la politique que de les perfectionner (en les critiquant notamment, en les débattant et en les repensant). C'est aussi le rôle de la morale (rôle de la raison et de la conscience de chacun) de parfaire et de compléter les lois en rendant possible ainsi un droit plus juste, rôle que chacun peut et doit jouer en tant qu'individu et citoyen responsable.

Son rôle est de souligner à quelle réponse on s'arrête, en rappelant brièvement le chemin parcouru. Évitez les réponses évasives, ainsi que les questions qui sembleraient remettre en cause le travail d'argumentation.

SUJET 8

4 heures

Notion : LE LANGAGE

Dissertation :

Discuter, est-ce renoncer à la violence ?

Fiches p. 307

4 8 11 17

Travail préparatoire

Notions et repères

Notion principale : le langage.
Notions secondaires : la raison, la vérité, le devoir.
Repères : objectif/subjectif/intersubjectif – persuader/convaincre.

Remarques générales

La simplicité apparente de la question risque d'amener un développement superficiel. Pour éviter cela, il faut bien interroger les sens possibles des termes et faire autre chose que décrire seulement des situations de discussion violentes ou apaisées.

Analyse des termes du sujet

Discuter :

De façon générale, discuter consiste à échanger des mots avec autrui par le moyen du langage (la parole, plus précisément). Cela peut prendre la forme d'une simple conversation, sans autre enjeu que de passer un moment sympathique. Mais discuter, c'est aussi débattre, avancer des points de vue opposés en essayant de convaincre son interlocuteur. L'étymologie latine suggère même une certaine forme de violence : *discutere*, c'est « fendre en secouant », provoquer une scission par la contradiction d'opinions. L'évolution du mot *dispute* témoigne de la possibilité de cette violence : on ne l'entend plus dans son premier sens de « débat » ou de « controverse », mais plutôt dans celui de « querelle » ou d'« altercation ». Discuter, ce n'est donc pas nécessairement la même chose que dialoguer, relation qui suppose, notamment, une grande ouverture au point de vue d'autrui.

Renoncer à :

Renoncer est le fait d'abandonner quelque chose, en cessant d'y recourir. Cela peut, parfois, être l'effet d'un découragement – ce qui en fait un aveu d'échec et de manque de volonté. Il s'agit, en ce cas, d'une résignation, impliquant de sacrifier quelque chose à quoi on pouvait prétendre. Mais *renoncer* peut aussi signifier un progrès et traduire une force quand il s'agit d'un choix délibéré et engageant notre volonté. On peut, ainsi, distinguer un renoncement qui relève d'une véritable intention et un renoncement qui se produit seulement dans les faits, par la force des choses.

La violence :

Le terme évoque spontanément la violence physique, celle des coups que l'on porte au corps. Mais on parle aussi de « violence morale », ou « psychologique », à travers les insultes, les injures, les menaces... Elle est moins visible, mais peut-être plus dommageable, dans la mesure où elle s'en prend davantage à ce qui constitue la personne dans son intimité, à savoir l'esprit. On dit, d'ailleurs, volontiers que les mots peuvent blesser, plus encore que les coups. De façon générale, la violence se caractérise donc par l'exercice d'une brutalité, d'une agressivité, soit pour contraindre quelqu'un à agir contre son gré, soit simplement pour le faire souffrir. Il faut, néanmoins, encore distinguer la violence de la force : cette dernière peut être employée de façon légitime lorsqu'elle est nécessaire et mesurée.

Problématique

On dit, souvent, que la violence ne résout jamais rien, et qu'accepter de se parler serait le moyen le plus sage et le plus efficace pour régler nos différends entre êtres doués de raison. *Discuter* signifierait alors « poser les armes » pour aborder une relation plus sensée et pacifique avec autrui. Mais on dit tout aussi bien que les mots peuvent « blesser » et que les échanges verbaux peuvent tourner à un véritable affrontement. Discuter, ne serait-ce pas, en réalité, en venir à une autre forme de violence, plus insidieuse ? Et, paradoxalement, discuter n'aurait-il pas pour effet d'exciter davantage encore les causes de la violence ? Faut-il alors se résigner à ce que la violence soit inévitable, ou bien peut-on définir des conditions permettant de pacifier la discussion ? Enfin, est-il possible d'arriver à ce résultat sans enlever en même temps à la discussion l'aspect « animé » qui lui donne son intérêt ?

Plan de la dissertation

I. À première vue, la discussion s'oppose à la violence dans son intention comme dans ses effets
II. En réalité, discuter ne serait qu'une autre occasion de violence, plus insidieuse
III. Conditions permettant à la discussion de rompre avec la violence sans perdre de son enjeu

Corrigé : plan détaillé

Les titres en bleu apparaissant dans ce corrigé ne doivent pas figurer dans votre devoir. Nous les avons insérés pour vous guider et vous aider à repérer la progression de la dissertation.

Les conseils du professeur

I. À première vue, la discussion s'oppose à la violence dans son intention comme dans ses effets

A. Discuter, c'est, en principe, s'interdire d'être violent

Discuter, c'est, par définition, engager une relation d'échange verbal avec quelqu'un d'autre. Cela signifie, ainsi, reconnaître l'existence de quelqu'un avec qui l'on peut parler, c'est-à-dire une « personne » douée de conscience et non une simple « chose » dont on pourrait disposer comme bon nous semble. C'est pourquoi le simple fait d'engager une discussion implique de s'interdire toute forme de violence.

B. Discuter permet de se libérer de sa violence

Comme le suggère le terme grec *logos*, désignant à la fois le « langage » et la « raison », il y a une affinité entre notre capacité à parler et notre nature « raisonnable ». En recourant au langage, nous nous élevons au-dessus de ce qui nous anime de façon plus immédiate, comme nos désirs ou nos sentiments. L'effort que nous faisons pour mettre nos pensées en forme avec des mots nous permet, en principe, de prendre du recul avec nos réactions spontanées, et en particulier avec ce qui pourrait se traduire par de la violence physique. On peut y ajouter un effet de « catharsis » : avoir l'occasion d'extérioriser les raisons de sa colère, par exemple, permet d'en atténuer la violence.

On essaie de préciser, ici, pourquoi la discussion éloignerait de la violence, pour ne pas simplement l'affirmer.

C. L'enjeu politique de la discussion à l'égard de la violence

La discussion serait, en outre, le moyen par excellence d'instituer un monde organisé et pacifié, en rupture avec la violence qui vaut dans la nature sous la forme de « la loi du plus fort ». Selon **Aristote**, l'homme se définit, en effet, comme un *« animal politique »* par son aptitude spécifique à la parole. Grâce à elle, nous pouvons débattre à propos de ce qui est juste et injuste, de manière à convenir d'un ordre politique légitime, librement consenti par tous. La politique consisterait, d'ailleurs, justement dans l'existence d'un espace public de discussion fondé sur le renoncement à la violence.

II. En réalité, discuter ne serait qu'une autre occasion de violence, plus insidieuse

A. La discussion comme un ferment de violence

Dans les faits, il faut pourtant reconnaître que les discussions tournent souvent mal : le ton « monte », les propos deviennent agressifs, menaçants, voire insultants. En exprimant leurs points de vue, les hommes constatent, parfois, d'une façon plus nette, leurs désaccords. Cette mésentente qui ravive la violence peut aussi tenir aux imperfections du langage, ou du moins à la maladresse avec laquelle nous en usons. Le sens des mots peut être ambigu en lui-même, causant ainsi des malentendus. Nous pouvons, en outre, ne pas bien « trouver nos mots » et dire quelque chose de « blessant » sans le vouloir. L'aspect passionnel a, lui aussi, son influence, notamment sous la forme de l'amour-propre, qui fait que l'on peut se sentir agressé dès lors que l'on nous apporte la contradiction.

Voir, par exemple, les analyses de Bergson soulignant l'inadéquation entre les mots et la réalité.

B. La discussion conçue comme un lieu d'affrontement

De la même manière qu'une arme, il est possible d'apprendre à utiliser le langage de façon à l'emporter sur les autres. Dans le dialogue de **Platon** qui porte son nom, le sophiste Gorgias définit, ainsi, la rhétorique comme un *« art de combat »*, comparable à l'escrime ou à la boxe. Engager une discussion, ce serait donc renoncer à affronter physiquement son interlocuteur, mais seulement en déplaçant le combat sur un autre terrain.

C. Un facteur de désorganisation politique

Enfin, discuter ne relève pas toujours d'une bonne intention et n'a pas qu'un effet constructif au plan politique. Certaines questions méritent d'être débattues, et les actions des responsables politiques peuvent être soumises à la critique de façon constructive. Mais la politique suppose aussi l'obéissance à ce que décide une autorité légitime. À vouloir tout discuter en permanence, on risque d'introduire une ambiance générale de contestation et une réapparition de la violence.

III. Conditions permettant à la discussion de rompre avec la violence sans perdre de son enjeu

Cette partie est essentielle pour dépasser le problème et mener la réflexion jusqu'au bout.

A. Des conditions légales et éthiques

Pour que la discussion rompe bien avec la violence, il faut lui imposer des conditions éthiques, voire un certain cadre légal. Au plan de la loi, il s'agit des limites qui touchent à la liberté d'expression : par exemple, l'interdiction de tout ce qui relève de l'insulte, de l'injure ou de la diffamation. D'un point de vue éthique, une véritable discussion devrait aussi comporter l'engagement de respecter l'autre en faisant preuve de sincérité tant dans l'écoute que dans l'expression de ses propres idées. Il s'agit de créer les conditions d'un véritable dialogue, entre deux « sujets » se respectant pleinement.

B. Les conditions de la confrontation elle-même

Il ne faudrait pas, néanmoins, tomber dans une relation tellement courtoise qu'elle en deviendrait stérile. Ce qui fait la valeur d'une discussion, c'est bien une authentique confrontation d'idées et de points de vue. **K. Popper** insiste, ainsi, sur le fait qu'il faut être « *disponible* » envers l'autre, mais animé en même temps de sa propre conviction. C'est l'exemple que donne le personnage joué par Henry Fonda dans le film *12 Hommes en colère*.

Voir Explication de texte, sujet 8, p. 216.

C. Ne pas voir la réfutation de ses idées comme une défaite

Enfin, pour que cette confrontation ne laisse aucun ressentiment à chacun de ses participants, il faudrait qu'ils acceptent, au départ, d'être éventuellement « battus », en s'en félicitant. C'est un paradoxe que **Platon** fait soutenir à Socrate dans *Gorgias*. Il ne faut pas voir la réfutation de ses idées comme une défaite, si elle est fondée objectivement, mais comme l'occasion de sortir de l'erreur, et d'en sortir grandi.

SUJET 9

4 heures

Notion : LA LIBERTÉ

Dissertation :

Suffit-il d'avoir le choix pour être libre ?

Travail préparatoire

Fiches p. 307
3 4 6 9 11

Notions et repères

Notion principale : la liberté.
Notions secondaires : la conscience, le devoir, l'inconscient, la raison.
Repères : légal/légitime – obligation/contrainte.

Remarque générale

Le sujet est assez pointu car il s'agit d'interroger le rapport entre la liberté et la notion de « choix », ce qui impose de resserrer la problématique de la liberté sur un point précis.

Analyse des termes du sujet

Avoir le choix :

Le choix renvoie au fait d'avoir plusieurs possibilités et non une seule. Mais il peut aussi consister, tout en ayant une seule possibilité, à pouvoir l'accepter ou la refuser. Le choix repose donc sur la possibilité, pour notre volonté, de décider entre deux actes, quel que soit au final le nombre de propositions offertes. « Avoir le choix » est à distinguer de « faire un choix ». Il y a une passivité et une contrainte possibles dans le fait d'avoir le choix, si l'on nous impose un choix ou si nous n'arrivons pas à nous décider, par exemple.

Suffit-il :
Cette formulation pose la question du rapport entre « avoir le choix » et « être libre », en demandant si le fait d'avoir le choix est une condition suffisante à notre liberté. De ce fait, cela signifie aussi que ce peut être une condition insuffisante (on pourrait avoir le choix sans être libre).

Être libre :
La notion de « liberté » est posée ici comme étant à la fois dépendante de la notion de « choix » mais aussi plus large. On comprend ce rapport si l'on relie le choix à la volonté, à la décision, et si l'on relie également la liberté à un acte de la volonté. Choix et liberté semblent s'opposer à la contrainte et à la servitude. Mais l'on pourrait avoir le choix et ne pas être libre, comme si le choix n'impliquait pas toujours notre volonté. C'est donc que la liberté est à comprendre comme une forme spécifique de choix : choisir certes, mais pas n'importe comment ou n'importe quoi. Seuls certains choix reposant vraiment sur la volonté seraient libres.

Problématique

Il semblerait que le simple fait d'avoir le choix suffise pour être libre, le choix impliquant plusieurs possibilités offertes à notre volonté et s'opposant ainsi à l'idée de « contrainte ». Mais il apparaît aussi que certains choix ne sont pas libres, comme s'il s'agissait de « faux » choix, c'est-à-dire ne reposant pas vraiment sur une décision de notre part. Que faut-il alors de plus au choix pour qu'il témoigne d'une vraie liberté ? Comment vouloir vraiment ce que nous choisissons ?

Plan de la dissertation

I. Apparemment, il suffirait d'avoir le choix pour être libre
II. Mais l'on peut avoir le choix sans être libre
III. Ce qu'il faut pour qu'un choix soit vraiment libre

Corrigé : plan détaillé

Les titres en bleu apparaissant dans ce corrigé (titres et textes en marge) ne doivent pas figurer dans votre devoir. Nous les avons insérés pour vous guider et vous aider à repérer la progression de la dissertation.

Les conseils du professeur

I. Apparemment il suffirait d'avoir le choix pour être libre

A. Le choix suppose deux possibilités

Le fait d'avoir le choix implique le pouvoir de décider entre plusieurs possibilités ou, plus largement, de dire « oui » ou « non » à quelque chose (*« affirmer ou nier »*, disait **Descartes**). Il faut donc, pour « avoir le choix », que deux possibilités s'offrent à nous de manière équivalente, c'est-à-dire qu'elles puissent tout autant l'une que l'autre motiver notre choix. Sinon, on ne peut pas vraiment parler de « choix ».

Commencez par les analyses les plus simples pour bien ménager une progression vers des idées plus complexes.

B. Le choix permet l'exercice de la volonté

Le choix renvoie donc à ce que **Descartes** nomme *« le libre arbitre »*, à savoir la possibilité, pour la volonté, de se déterminer sans être contrainte par quelque chose qui lui serait extérieur. Seul l'homme disposerait d'un tel pouvoir de décision face à deux possibilités équivalentes, comme le montre l'exemple du moine **Buridan** : un âne autant assoiffé qu'affamé et placé devant un seau d'eau et une botte de paille se laisserait mourir de faim et de soif faute de pouvoir trancher. En ce sens, avoir le choix suffirait pour être libre car il serait la condition même de l'exercice de notre volonté.

Voir Repères, p. 342

C. Ne pas avoir le choix, c'est ne pas être libre

À l'inverse, l'absence de choix laisse supposer que l'on serait face à une seule possibilité, ce qui semble s'opposer à la liberté : comment être libre de vouloir faire ce qui s'offre à nous de façon unique ? Si « on n'a pas le choix », c'est qu'on est contraint de faire la seule chose qui nous est offerte et l'on n'est donc pas libre. Face à la loi ou à la morale qui nous imposent de faire telle ou telle chose, on peut avoir le sentiment de ne pas être libre parce qu'on n'a pas le choix justement. Désobéir à la loi ou à la morale ne semble pas un choix possible.

Faites apparaître ces notions pour donner à la réflexion son enjeu.

II. Mais l'on peut avoir le choix sans être libre

A. « Avoir le choix » ne signifie pas « faire un choix »

L'expression « avoir le choix » suggère une situation dans laquelle le choix nous serait donné. Or, ce choix peut être donné par quelque chose d'extérieur à nous (autrui, la société, la nature, la réalité, etc.), d'extérieur à notre volonté. Le choix « La bourse ou la vie ? », par exemple, est un choix qui nous est donné (on a bien le choix) mais qui semble impliquer une absence de choix réel : une seule possibilité, au fond, est offerte à notre volonté (la vie). Ici, on a donc le choix mais l'on n'est pas vraiment libre de décider lequel faire puisque tout nous pousse à faire un choix qui nous semble imposé.

B. Nos choix peuvent être influencés

Par ailleurs, nos choix peuvent nous donner l'illusion d'être libre. **Spinoza** montre que l'on peut croire « vouloir » quelque chose, alors qu'on est en réalité déterminé par son corps et ses désirs. Selon ce philosophe, *« l'homme ivre »*, par exemple, croit faire le choix de parler (au lieu de se taire), alors qu'il est déterminé à parler sous l'effet de son corps ivre (*Éthique*, III). Certains choix ne sont donc pas de vrais choix : ils expriment davantage nos désirs que notre volonté. Ils ne suffisent donc pas pour qu'on soit libre puisqu'ils ne correspondent qu'au fait que nous soyons soumis à nos désirs. Plus largement, on peut être poussé à choisir telle chose (par convention, par exemple) : dans ce cas, si l'on a bien le choix, si l'on fait bien un choix, ce dernier n'est pas libre car notre volonté ne s'est pas déterminée seule.

Distinguez bien ces deux notions : le désir est spontané, la volonté suppose notre décision et notre effort.

C. Certains choix inconscients ne seraient pas libres

Enfin, à la suite des découvertes de **Freud**, il apparaît que l'on peut « choisir » inconsciemment, c'est-à-dire refouler dans l'inconscient ce qui nous semblerait immoral, pour donner à notre volonté des objets convenables. Ici, puisque ces choix sont inconscients, ils sont faits en quelque sorte par un mécanisme que l'on ignore et qui influence encore notre volonté. Nous croyons que notre volonté choisit sans être influencée, alors même que cette influence existe mais que nous ne pouvons pas la connaître.

III. Ce qu'il faut pour qu'un choix soit vraiment libre

Pour construire le dernier mouvement de votre dissertation, cherchez toujours comment dépasser les analyses précédentes.

A. La liberté dite « *d'indifférence* »

Pour autant, il semble possible de faire un choix déterminé uniquement par la volonté. Ce choix consisterait à décider en faveur d'une possibilité tout en sachant que nous aurions aussi bien pu choisir l'autre possibilité. Ce qui est, pour **Descartes**, le principe même du libre arbitre semble toujours possible : même si je suis fortement attiré par l'un des choix qui m'est offert, je peux toujours prendre le parti contraire. Même si l'on me menace de mort pour prendre ma bourse, je peux toujours refuser de la donner et faire le choix de mourir. L'homme ivre désireux de parler peut également prendre sur lui pour faire le choix de se taire. En ce sens, pour être libre, il faut non seulement avoir le choix mais aussi se donner les moyens, par la force de sa volonté, de se mettre dans ce que **Descartes** appelle « la liberté d'indifférence », laquelle consiste à pouvoir choisir aussi bien un parti que l'autre. Dans *Les Caves du Vatican*, **André Gide** fait de l'acte gratuit le modèle de l'acte libre. Le personnage de Lafcadio se donne ainsi le choix de tuer (ou non) un voyageur dans un train, en faisant reposer sa décision sur le hasard : il compte jusqu'à dix et, selon qu'il voit ou non une lumière briller au loin, il choisit d'accomplir son crime. Pour autant, **Descartes** fait de la liberté d'indifférence le plus bas degré de la liberté.

Montrez bien qu'il y a une unité dans votre réflexion en revenant sur des exemples déjà évoqués pour les réinterpréter ou sur des références déjà utilisées pour les approfondir.

B. Le modèle du choix moral

En ce sens, selon **Descartes**, la liberté la plus haute consiste à choisir en connaissance de cause. Ce n'est pas en choisissant au hasard qu'on est le plus libre mais, au contraire, en donnant à notre volonté des motifs de choix s'appuyant sur la connaissance de la vérité ou du bien : *« Si je connaissais toujours clairement ce qui est vrai et ce qui est bon, je ne serais jamais en peine de délibérer quel jugement et quel choix je devrais faire, et je serais entièrement libre sans jamais être indifférent »* (*Méditations métaphysiques*). De la même manière, **Spinoza** définit l'homme libre comme étant celui qui *« vit volontairement sous la conduite de la raison »*. Obéir à un État juste est donc une manière d'être libre en choisissant d'obéir à des lois *« fondées en droite raison »* (*Traité théologico-politique*).

De même, comme le suggère **Kant**, c'est le choix moral (choisir entre faire un faux témoignage et mourir, par exemple) qui me fait savoir que je suis libre : même si je choisis de faire un faux témoignage pour ne pas mourir, je sens intérieurement qu'il m'était possible de faire le choix inverse (*Critique de la raison pratique*). C'est ce que montre le remords. On peut donc dire que, pour être vraiment libre (libre au plus haut point), il faudrait choisir le parti le plus difficile pour notre volonté, à savoir le parti impliquant de renoncer à nos désirs. En faisant un choix contre nos désirs, nous serions le plus libre.

C. Le rôle de la philosophie

Il appartient pour autant à la réflexion philosophique de nous éclairer sur ce rapport entre choix et liberté, comme il appartient à la psychanalyse de nous faire connaître nos désirs inconscients. C'est seulement en réfléchissant sur les choix qui nous sont offerts que nous pouvons opter pour ceux qui nous rendent vraiment libres. Si l'on ne réfléchit pas, en effet, on peut se croire libre en choisissant, par exemple, ce qui nous est imposé par nos désirs ou, à l'inverse, on peut croire ne pas être libre en faisant un choix moral. Pour faire des choix libres, il faut donc avoir compris toute la complexité et le paradoxe du rapport entre ces deux notions : « choix » et « liberté ».

SUJET 10

4 heures

Notion : LA NATURE

Dissertation :

La culture nous rend-elle plus humains ?

Fiches p. 307

8 9 10 14 16

Travail préparatoire

Notions et repères

Notion principale : la nature.
Notions secondaires : le langage, la liberté, la technique, le travail.
Repères : absolu/relatif – en acte/en puissance – essentiel/accidentel – universel/général/particulier/singulier.

Remarques générales

Même si la notion de « nature » n'apparaît pas elle-même dans la question, le sujet est bien une façon de l'interroger. En effet, réfléchir sur la « culture » c'est nécessairement réfléchir en même temps sur la « nature » puisque les deux notions se définissent l'une par rapport à l'autre. Cette réflexion est ici centrée sur l'homme qui est, à la fois, celui par qui la culture arrive, et celui sur qui elle s'exerce.

Analyse des termes du sujet

La culture :
Dans un premier sens, la culture désigne un **processus**, celui d'une transformation de la « nature ». Il peut s'agir de la modification du monde qui nous entoure (par l'agriculture, par exemple) mais aussi, par extension, de la modification que l'homme s'impose à lui-même à travers l'éducation, en particulier. La culture évoque par suite tous

les **domaines** par lesquels l'homme s'écarte d'un comportement seulement naturel, pour y ajouter une dimension « artificielle » : l'invention et l'utilisation de moyens techniques, la création d'œuvres d'art, l'instauration de valeurs et de règles morales, l'établissement de lois, etc. En principe, tout cela permet à l'homme de s'éloigner de son état « sauvage » pour se « civiliser », se « discipliner » ou encore même « s'humaniser ». Cela implique de voir la nature, ou du moins l'état naturel de l'homme, comme quelque chose d'imparfait qu'il faudrait améliorer, voire même comme quelque chose de mauvais qu'il faudrait corriger ou repousser. L'effet de la « culture », dans ses différentes dimensions est-il nécessairement positif ? En particulier, ne court-on pas le risque d'une « dénaturation », c'est-à-dire de la perte de qualités présentes naturellement en l'homme ? **Remarque** : la « culture » peut aussi désigner le niveau de connaissance atteint par un individu. On pourrait alors traiter la question sous un angle plus réduit, à savoir est-on plus « humain » à mesure que l'on est plus « cultivé » ?

Humains :

L'adjectif peut avoir plusieurs sens. On peut d'abord qualifier d'« humain » tout ce qui correspond à l'homme, dans sa façon d'être et d'agir : mais, dans ce cas, il est aussi « humain » de faire preuve de lâcheté ou de violence, que de faire preuve de bienveillance ou de courage. L'adjectif a alors une valeur purement « descriptive », sans enjeu particulier. Mais, en général, on l'emploie plutôt dans un sens « normatif », plus exigeant : être « humain » ou manifester son « humanité », c'est faire preuve de **qualités** qui seraient **propres à notre espèce**. Il pourrait s'agir de capacités physiques comme la « bipédie », mais aussi de facultés comme le langage, l'invention technique, la créativité esthétique, etc. Dans un sens plus restreint encore, mais très fréquent, on assimile le fait d'être « humain » avec une certaine conduite morale, faite de compréhension et de bienveillance envers l'autre. C'est comme si c'était sous cette forme que notre qualité d'être « humain » se manifestait le mieux. Est-il d'ailleurs possible de définir une fois pour toutes en quoi doit consister notre humanité, ou bien est-ce quelque chose qui mérite sans cesse d'être réinterrogé ?

Nous rend-elle plus :

La formulation de la question a quelque chose d'assez modeste. On ne demande pas si la culture « nous rend humains » de façon complète et à elle seule, mais seulement si elle y participe. Cela laisse entendre que l'humanité (le fait d'être « humain ») est quelque chose qui s'acquiert, progressivement, et selon un processus infini peut-être. La culture ne pourrait donc pas nous y faire parvenir entièrement, ni rapidement. La formulation suggère aussi que notre humanité pourrait venir aussi d'autre chose que la culture, donc de la nature : ne serions-nous pas déjà humains « par nature », grâce à des qualités humaines naturelles ? En ce cas, le rôle de la culture consiste-t-il à développer ce que la nature offre déjà ? Ou bien à le compléter, voire à le corriger ? Enfin, ne pourrait-on pas envisager que la culture nous rende « moins humains », en nous faisant perdre des qualités naturellement présentes ?

Problématique

La question, ici, porte sur le rôle de la culture et sur la place qu'il faut lui réserver dans le fait même d'être humain, d'avoir des qualités spécifiques, distinctes des animaux notamment. Il semblerait que, si l'homme n'est pas vraiment humain par nature, s'il doit apprendre à développer ses caractéristiques propres ou les acquérir, alors la culture serait ce qui, précisément, apporte et développe en lui l'humanité, par l'éducation ou par les règles sociales. Mais on peut aussi se demander si la culture ne risque pas d'avoir des effets pervers dans ce processus même consistant à humaniser l'homme : ne peut-elle pas manquer son but, voire développer négativement des formes d'« inhumanité » ?

Plan de la dissertation

I. L'homme tiendrait son humanité et son degré d'humanité de la culture

II. Mais la culture peut aussi avoir des effets pervers sur notre humanité

III. Comment faire en sorte que la culture développe au mieux notre spécificité ?

Corrigé : plan détaillé

Les titres en bleu apparaissant dans ce corrigé (titres et textes en marge) ne doivent pas figurer dans votre devoir. Nous les avons insérés pour vous guider et vous aider à repérer la progression de la dissertation.

Les conseils du professeur

I. L'homme tiendrait son humanité et son degré d'humanité de la culture

A. L'idée que l'homme naîtrait humain grâce à la nature

On pourrait, tout d'abord, penser que l'homme naît homme et qu'il doit son humanité à la nature. Celle-ci lui donnerait, dès le départ, de façon innée, toutes ses caractéristiques propres, sa spécificité. Cette idée peut se défendre d'un point de vue biologique, quand on considère que chaque homme, lorsqu'il naît, possède en lui, de par sa constitution biologique, ce qui fait de lui un être humain et non pas un être d'une autre espèce (chien ou chat) ou d'un autre ordre (objet inanimé). À ce niveau, chaque être humain naît « humain » et ne doit pas à la culture l'ensemble de ses propriétés physiques (bras, jambes, tête, mains, pieds, visage, etc.). Il ne doit pas acquérir son corps biologique, ni procéder à une transformation extérieure pour l'obtenir.

Cette idée n'est exposée ici que pour être critiquée dans cette première partie : elle est trop « naïve » pour mériter une grande partie à elle seule.

B. Les limites de cette idée et la critique de la notion de « nature humaine »

Pour autant, à part cette détermination biologique, fixée par l'évolution et par l'hérédité, il apparaît que l'homme ne naît pas homme mais le devient par le biais de l'éducation et de la culture, au contact d'autrui. L'exemple des « enfants sauvages », comme Victor de l'Aveyron, témoigne de ce fait : abandonné très tôt dans la nature, un enfant ne devient pas naturellement humain, même si son corps biologique est certes celui d'un être humain. Il ne développe ni la bipédie, ni la

Le réalisateur François Truffaut a réalisé un célèbre film inspiré de son histoire.

sensibilité (perception) dont l'homme est capable, ni la conscience de soi, ni l'aptitude technique à fabriquer des outils, etc. Son corps, bien qu'humain sur le plan biologique, ne ressemble pas à celui d'un autre enfant de son âge, et « l'enfant sauvage » ne montre aucun sentiment, ni ne témoigne d'aucun développement intellectuel spontané.

C. Le rôle de la culture : rendre humain et plus humain

C'est donc dire que l'être humain ne serait, à l'état naturel, qu'un homme en puissance, doté simplement de facultés spécifiques, de potentialités ou « virtualités » (comme le suggère **Lucien Malson** dans *Les Enfants sauvages*, en 1964). **Rousseau** évoque la notion de *« perfectibilité »* pour suggérer l'aptitude propre à l'homme à se perfectionner, là où *« l'animal est au bout de quelques mois ce qu'il sera toute sa vie, et son espèce au bout de mille ans ce qu'elle était la première année de ces mille ans »* (*Second Discours*). La culture aurait alors pour rôle de développer ces capacités propres, de les épanouir, comme le fait le médecin Jean Itard avec Victor : il le rend humain en l'aidant à développer tout ce qui caractérise un homme. Il commence par donner à son corps les aptitudes physiques qui sont celles d'un être humain, puis lui apprend à éprouver des sentiments et à développer ses aptitudes intellectuelles, techniques et artistiques, ainsi que le sens de la justice. Par ailleurs, on peut poser qu'à l'état naturel, l'homme serait limité à de simples besoins vitaux (manger, boire, dormir, se défendre) qu'il partagerait avec le vivant et qui, en ce sens, ne seraient pas spécifiquement humains : dans ce cas, la culture aurait pour but de rendre ces besoins « plus » humains, en les transformant, en les disciplinant (il faudrait apprendre à manger humainement, de manière non animale, en introduisant des règles, des façons de manger, par exemple), afin de rendre l'homme « plus » libre et « plus » heureux, grâce à la maîtrise de ce qu'il aurait de « naturel ». Tout ceci passe par l'éducation familiale et l'apprentissage de règles ou codes sociaux.

Voir Repères, p. 344

II. Mais la culture peut aussi avoir des effets pervers sur notre humanité

A. La culture peut ne pas nous rendre humains

La culture peut aussi rater son but et ne pas contribuer à développer nos facultés : une « mauvaise » éducation témoigne de ce genre d'échecs, et un enfant « mal élevé » incarne cette possibilité, pour la culture, de ne pas épanouir nos aptitudes spécifiques ou de ne pas discipliner nos besoins vitaux. Mal parler ou mal manger, par exemple, montre qu'une culture, ou éducation, peut ne pas parvenir à donner à un enfant toutes ses possibilités. L'éducation, grâce à laquelle il est pourtant censé apprendre des règles et des codes, semble rater sa vocation. Ici, la culture en tant que transmission de règles et de codes de conduite ne rend pas plus humain : elle n'apporte pas au langage humain le « plus » qu'il lui faut pour atteindre sa perfection, par exemple, ou bien elle laisse l'enfant rivé à la satisfaction anarchique de ses besoins (enfant capricieux, égoïste, égocentrique). De manière plus large, la culture peut prendre la forme de ce qu'on appelle une « sous-culture », développant non pas ce que l'homme a de plus humain en lui, mais ce qu'il aurait de bas, d'instinctif, de vicieux (les émissions de « télé-réalité », par exemple, qui sont réputées ne pas contribuer au développement intellectuel, ni artistique).

B. Certaines pratiques culturelles peuvent sembler inhumaines

Par ailleurs, certaines pratiques (comme l'anthropophagie) témoignent aussi de ce que l'ethnologue **Claude Lévi-Strauss** considère comme une forme de résistance, une sorte d'inertie, de *« résidu d'iniquité »* faisant que l'humanisation échoue sur le plan moral. On pourrait croire que ces pratiques sont réservées à quelques cultures, dites « sauvages » ou « barbares ». Pourtant, en posant que *« le barbare est d'abord celui qui croit à la barbarie »,* **Claude Lévi-Strauss** dénonce l'ethnocentrisme qui fait que l'on nomme « barbare » ce que l'on croit ne

Toute citation doit être expliquée : elle n'a de valeur que si elle est intégrée au raisonnement.

voir qu'ailleurs, à partir de sa propre culture (*Race et histoire*). Pour lui, rien n'est barbare en soi ; toute culture est simplement imparfaite et aucune n'est parfaite. Certains Indiens sont anthropophages, tandis que nous nous plaisons à disséquer des cadavres dans des amphithéâtres de médecine : ces deux pratiques sont inhumaines au sens où elles semblent aller contre l'aptitude de l'homme à respecter le corps de son congénère, mais elles existent ici et ailleurs (*Tristes Tropiques*). C'est donc « la » culture, et non pas telle ou telle culture, qui rend inhumain, en inventant des pratiques qui vont à contresens de ce que l'homme a de différent par rapport à l'animal ou qui le laissent à un niveau d'humanité non développée.

C. La culture peut menacer ce qui, en l'homme, reste « naturel » et humain

Enfin, le fait même de transformer l'être humain au moyen de règles et de discipline peut se révéler contraire à celui de rendre « plus » humain, si ces règles se révèlent, notamment, répressives et opposées au libre épanouissement de ce qui nous rattache au monde naturel et qui constitue aussi une part de notre « humanité ». L'extrême discipline de la sexualité dans certaines formes de religion, par exemple, peut paraître inhumaine si l'on considère que la sexualité ne relève pas de la pure animalité. S'il convient, en effet, d'humaniser la dimension sexuelle de l'homme, peut-être ne convient-il pas de la réprimer à l'excès, sinon en « dénaturant » l'homme ? **Freud**, dans *Malaise dans la culture*, dénonce ainsi la répression qu'impose la culture en général à l'égard des instincts, répression qui conduit l'homme à chercher des compensations et des consolations de part et d'autre (dans la culture elle-même). Ici, la culture ne rend pas plus humain : elle « déshumanise ».

Ce terme signifie littéralement « enlever la nature de quelque chose », et revient à dire que cette chose se trouve ainsi « faussée », « déformée ».

III. Comment faire en sorte que la culture développe au mieux notre spécificité ?

A. Les critères d'une « bonne éducation »

On peut s'interroger sur la possibilité d'établir certains critères qui rendraient possibles une « bonne éducation » et donc une bonne façon de cultiver l'homme : comment faire en sorte que l'on rende l'homme (l'enfant, en l'occurrence) le plus humain possible ? Sur quoi s'appuyer pour viser l'épanouissement maximal de tout ce qui nous caractérise ? L'école semble, ici, incarner une telle vocation puisqu'elle s'attache, précisément, à développer les multiples aptitudes de chacun à devenir plus humain aussi bien dans ce que nous avons en commun avec les autres hommes que dans nos talents propres (personnels). Pour **Alain**, par exemple, un principe est de *« contrarier les goûts, d'abord et longtemps »* et de considérer chaque individu comme un *« génie universel »* (*Esquisses de l'homme*), capable de tout apprendre. En encourageant toutes les aptitudes (et non seulement certaines, plus faciles selon les dons et les goûts de chacun), on se donnerait ainsi les moyens de rendre l'homme « pleinement » humain, en ne négligeant aucune des capacités humaines.

Comme souvent, l'enjeu de la dernière partie est d'essayer de résoudre les difficultés soulevées : ici, comment concilier la nécessité de la culture et le désir d'éviter une « dénaturation » ?

Pour bien mettre en valeur cette idée, il faut souligner le paradoxe qu'elle contient : aller à l'encontre des manifestations « naturelles », spontanées, pour bien éduquer.

Voir Repères, p. 344

B. Les critères moraux pour définir ce que serait le plus haut degré d'humanité

Par ailleurs, il est possible de se fixer aussi des critères d'ordre moral pour déterminer ce que peut signifier « plus humain ». Si la culture, à travers certaines pratiques, peut sembler inhumaine, c'est au sens où elle ne paraît pas permettre à l'homme de faire valoir sa dimension morale, sa capacité à respecter l'être humain, à se montrer sensible à la souffrance. S'entendre sur de tels critères permettrait, peut-être, de condamner ou sinon de questionner des pratiques cruelles ou irrespectueuses de la personne ou de l'animal (on peut penser à l'excision, à la peine de mort, ou encore à la corrida). De tels critères peuvent aussi aider à interdire certaines pratiques et à mettre en place des lois afin de garantir cette interdiction. On peut penser ainsi qu'avec le temps, la culture rendra l'homme de plus en plus humain.

C. Le rôle de l'ethnologie et de la philosophie

Ici, ce qui permettrait à la culture de rendre « plus » humain, ce serait le fait de s'ouvrir aux autres cultures et de réfléchir sur la notion même de « culture ». Le voyage ethnographique, par exemple, comme l'a pratiqué **Claude Lévi-Strauss**, illustre une telle démarche visant à rendre compte de ce que la culture a d'humanisant dans toute sa diversité, tout en montrant aussi ses faiblesses et ses limites. Pour lui, il s'agit de se rendre compte que l'inhumanité que l'on dénonce ailleurs existe aussi chez soi, et que ce que l'on nomme « inhumain » ne l'est peut-être pas sous un autre angle. La philosophie peut aussi permettre un travail de questionnement et de réflexion sur ce qu'est la culture et sur ce qu'elle doit être. En s'interrogeant sur la place de la nature dans la constitution de l'humain et en mettant en évidence le poids décisif de la culture, la philosophie peut ainsi contribuer à rendre la culture plus humanisante.

SUJET 11

4 heures

Notion : LA RAISON

Dissertation :

La raison n'a-t-elle pour fin que la connaissance du réel ?

Travail préparatoire

Fiches p. 307
4 11 13 14 17

Notions et repères

Notion principale : la raison.
Notions secondaires : le devoir, la science, la technique, la vérité.
Repères : contingent/nécessaire – objectif/subjectif/intersubjectif – principe/cause/fin – théorie/pratique.

Remarques générales

Ce sujet interroge la (ou les) finalité(s) de la raison. On demande à première vue seulement si l'on peut réduire la raison à une finalité théorique de connaissance. La difficulté tient à ce qu'il ne faudrait pas dresser une simple liste des autres fins possibles attribuables à la raison. Pour donner un enjeu à la réflexion, il faut essayer de les hiérarchiser en se demandant s'il n'y aurait pas une **fin suprême** qui surplomberait ou engloberait toutes les autres.

Analyse des termes du sujet

La raison :

Il s'agit de la faculté humaine de réflexion. Elle a une dimension théorique : la recherche et l'établissement de la vérité sous une forme « rationnelle », c'est-à-dire de façon logique et objective. Elle a par ailleurs un enjeu « pratique » au sens où elle permet de déterminer comment agir de façon « raisonnable », c'est-à-dire de façon juste et bonne. On l'associe souvent à une conduite sage en tant qu'elle se caractérise par la modération.

Ne... que... :
La formulation restrictive invite évidemment à chercher d'autres rôles possibles de la raison qui pourraient aussi constituer des « fins » pour elle. On peut aussi l'interpréter comme une façon de relativiser la valeur de la fin évoquée par la question elle-même : la connaissance du réel ne pourrait-elle pas représenter une fin un peu plate pour une faculté telle que la raison ? Ne devrait-on pas lui attribuer une fin plus digne encore ?

Fin :
Ce mot désigne à la fois ce qui est visé, le « but », mais aussi ce qui marque le terme ou l'achèvement de quelque chose. Par ailleurs, on oppose souvent la notion de « fin » à celle de « moyen ». On demande donc ici deux choses : d'une part, si la raison a un ou plusieurs buts ; d'autre part, si ces différents buts ne doivent pas être pensés comme des **moyens**, qui seraient au service d'un but ultime, dans lequel la raison trouverait son plein achèvement.

La connaissance du réel :
Le réel correspond à l'ensemble de ce qui est ou existe. Connaître le réel, c'est parvenir à s'en faire une représentation juste. C'est, en d'autres termes, atteindre la vérité, que l'on peut définir en ce cas comme une adéquation entre nos idées et la réalité des choses elles-mêmes. On retrouve bien ici une des capacités que l'on prête à la raison, mais la connaissance du réel ne peut-elle pas être vue comme un moyen seulement, à mettre au service de l'action sur le réel ? Par ailleurs, la question semble présupposer que la raison soit de façon évidente apte à connaître le réel. Or, puisqu'il s'agit d'une faculté humaine, ne serait-il pas légitime d'émettre des doutes sur cette capacité ?

Problématique

Le sujet part de l'idée que la seule et ultime fin de la raison est la connaissance du réel et il invite à réfléchir sur ce présupposé.

Or, si, d'un côté, il semble que la raison n'ait d'efficacité et de valeur que comme instrument théorique et objectif, de type scientifique, il n'en demeure pas moins que la raison paraît avoir également d'autres fins et s'exercer dans d'autres domaines. Parmi toutes ces fins, laquelle pourrait-elle valoir comme fin suprême de la raison humaine ? Peut-on les hiérarchiser entre elles ?

Plan de la dissertation

I. La finalité théorique de la raison
II. La finalité technique de la raison
III. La finalité morale de la raison

Corrigé complet

Les titres en bleu apparaissant dans ce corrigé ne doivent pas figurer dans votre devoir. Nous les avons insérés pour vous guider et vous aider à repérer la progression de la dissertation.

Les conseils du professeur

Introduction

La raison humaine semble permettre à l'homme de se représenter la réalité qui l'entoure et satisfait ainsi son besoin profond de connaissance. La raison est, en ce sens, la faculté par laquelle l'être humain découvre les lois qui régissent la réalité, et peut espérer atteindre la vérité objective. En ce sens, la recherche de la vérité peut être comprise comme étant « la » fin de la raison, autrement dit comme ce qui représente le but le plus élevé de l'esprit humain. Cependant, il semble que la connaissance

Voir Repères, p. 344

du réel ne soit pas la seule finalité de l'homme et que la raison ait également d'autres fins, qui seraient plus pratiques et plus morales. Ainsi, la technique et le droit ne sont-ils pas aussi des produits de la raison humaine ? Dans ce cas, n'est-il pas réducteur de limiter la raison à sa seule fonction théorique ? Comment alors penser l'articulation de ces différentes fins entre elles ?

Voir Repères, p. 343

I. La finalité théorique de la raison

A. La raison comme faculté de connaissance

Si l'homme est l'être qui se définit par la conscience, comme l'affirme **Hegel**, alors la raison peut être comprise comme la forme la plus achevée de cette capacité de représentation qui nous distingue du reste de la nature : « *L'homme parce qu'il est esprit a une double existence* » (*Esthétique*, 1835-1837). C'est dire que l'homme ne se contente pas d'exister, il se voit exister et donc est capable de se représenter à lui-même. Cette capacité s'étend au réel, que l'homme peut donc aussi voir intellectuellement et concevoir. La raison ici est ce qui rend possible une représentation objective du réel en faisant apparaître ce qui, en lui, est ordonné et structuré selon des lois. La raison prend ici le sens de « calcul » et de « mesure » (*ratio*, en latin) : elle est donc ce qui rend « compte » de la manière dont le réel est organisé. La raison a donc bien pour finalité la connaissance du réel et elle se confond même avec la démarche qui consiste à le connaître, laquelle suppose que l'on cherche à découvrir, derrière les apparences, la réalité plus profonde qui l'ordonne. **Platon** montre ainsi que la raison est la faculté qui couronne toutes les autres et qu'elle seule est apte à nous faire saisir les « Idées » qui structurent notre réalité et dont le monde sensible (accessible aux seuls sens) n'est qu'une pâle copie déformée.

Voir Repères, p. 343

B. Le modèle scientifique

La connaissance du réel que recherche la raison réclame donc l'objectivité. Dès lors, le modèle scientifique s'impose à la raison puisqu'il est le seul qui semble détenir les moyens de parvenir à l'objectivité. C'est d'ailleurs ce que suggère Platon lorsqu'il affirme *« que nul n'entre ici s'il n'est géomètre »*. En effet, Platon montre à celui qui veut entrer à l'Académie que toutes les connaissances sont subordonnées à la connaissance mathématique et que la démarche que doit suivre la raison si elle veut saisir les « Idées » est du même ordre que celle du mathématicien travaillant sur le cercle **en soi** et non pas sur le cercle particulier qu'il trace. Dès lors, il s'agit bien pour la raison de « calculer » ce qui, derrière les particularités et les changements du monde réel, l'ordonne selon des lois nécessaires et universelles formulables mathématiquement. Ce que la raison va donc chercher à découvrir, ce sont les lois qui expriment ainsi les « rapports » invariables et quantifiables que les choses réelles entretiennent entre elles. Elle examinera, par exemple, la loi de la chute des corps (Galilée), laquelle est une manière d'exprimer le rapport entre le temps écoulé et la vitesse d'un mobile, ou encore la force d'attraction, laquelle est une mise en rapport entre la masse et la distance de deux planètes (Newton).

Il s'agit du nom de l'école fondée par Platon.

Voir Repères, p. 344

C. La connaissance comme fin suprême

On peut alors se demander si toute l'activité de la raison ne se réduirait pas, sous des formes diverses, à la connaissance du réel. En effet, la raison semble parfois étendre son domaine d'investigation à ce qui échappe pourtant aux lois scientifiques et même à ce qui ne peut ni être mesuré ni prouvé, comme c'est le cas dans les sciences humaines ou en métaphysique. Ainsi, la raison semble être à l'origine des tentatives faites pour « connaître » des événements historiques, lesquels pourtant ne peuvent pas être « expérimentés », ou encore des notions telles que Dieu ou l'âme, sur lesquelles toute loi générale et nécessaire semble impossible à établir. Ainsi,

Ce terme désigne le champ de réflexion portant sur des objets qui dépassent (*« meta »* signifiant notamment au-delà en grec), les capacités humaines d'expérience.

la raison paraît soucieuse, d'une part, d'interroger le réel sous toutes ses formes, et ce même dans ses aspects les plus variés et les plus reculés et, d'autre part, d'atteindre une certaine objectivité dans sa recherche de connaissance. Or, comme le montre **Kant**, ce questionnement métaphysique sur la raison même des choses correspond en fait à un véritable « destin » de la raison humaine : « *La raison humaine a un destin singulier ; elle est accablée de questions qu'elle ne peut repousser : celles-ci lui sont en effet proposées par sa nature sans qu'elle puisse y répondre car elles dépassent tout son pouvoir...* » Ainsi, même si la raison ne parvient pas toujours à prouver ce qu'elle avance, elle ne peut s'empêcher de chercher à connaître le réel : c'est dans sa nature même. Cette démarche exprime son souci d'embrasser la totalité des choses qui nous entourent pour en chercher la cause.

Cette citation ouvre la préface de *La Critique de la raison pure*, 1781.

Voir Repères, p. 344

Il semble donc que la raison ait pour seule et unique fin de connaître le réel. Cependant, qu'en est-il dès lors de la finalité pratique de la raison, laquelle cherche non pas tant à connaître le réel qu'à agir sur lui ?

Le terme « pratique » en philosophie renvoie à l'action (« *praxis* » en grec) de façon générale : il ne faut pas l'entendre dans le sens étroit de ce qui est « commode ».

II. La finalité technique de la raison

A. La raison comme principe d'action efficace

La raison est certes à l'origine de nos représentations mais elle est aussi un principe qui nous permet d'agir efficacement sur le réel. À ce titre, la raison apparaît comme la faculté des « moyens » : elle nous donne, en effet, les instruments qui nous permettent de mener à bien nos actions, en les intégrant à un « calcul », à un projet censé aboutir à une action réussie. Raisonner, c'est en ce sens ordonner nos jugements en vue d'agir et pas seulement dans un souci théorique qui relèverait de la simple pensée. À ce titre, le travail et la technique apparaissent comme des aboutissements de la raison, comme ses produits, et donc comme son prolongement. **Aristote** souligne ainsi le lien qui existe entre la main et l'intelligence humaine en insistant sur la finalité qui régit la nature, laquelle donne des mains à l'homme **parce qu'il**

Voir Repères, p. 344

Voir Repères, p. 343

est intelligent, et non l'inverse. La main comme prolongement naturel de la raison semble bien indiquer que la raison ne se limite pas à n'être qu'une faculté théorique, mais qu'elle a une vocation pratique. Ainsi, l'outil et la machine seraient des produits de la raison par lesquels l'homme s'assure une certaine maîtrise du réel.

B. La finalité théorique en vue de la finalité technique

Or cette finalité pratique ne serait-elle pas en fait la véritable fin de la raison, fin à laquelle la connaissance serait donc subordonnée ? En effet, l'homme ne chercherait-il pas à connaître le réel que dans le but d'agir sur lui ? Dans ce cas, la raison aurait pour vraie et ultime fin non pas tant la connaissance elle-même que l'action et la maîtrise des choses. Or c'est bien en ce sens que **Descartes** entreprend son projet scientifique, qu'il subordonne ainsi à l'action : « *Sitôt que j'eus acquis quelques notions générales touchant la physique* [...] *j'ai remarqué jusqu'où elles peuvent conduire* [...] *j'ai cru que je ne pouvais les tenir cachées sans pécher grandement contre la loi qui nous oblige à procurer le bien général de tous les hommes* » (*Discours de la méthode*, VI, 1637). Ainsi, comprenant qu'il existe des « *connaissances fort utiles à la vie* », Descartes suggère que « *nous les pourrions employer* [...] *et nous rendre comme maîtres et possesseurs de la nature* ». **Bergson** ira même jusqu'à suggérer que la technique serait, avant même la connaissance, la fin de la raison. Ainsi souligne-t-il que « *en ce qui concerne l'intelligence humaine, on n'a pas assez remarqué que l'invention mécanique a d'abord été sa démarche essentielle* ». Dès lors, il faudrait qualifier l'homme non pas, tant d'***homo sapiens*** (homme savant), mais d'« ***homo faber*** » (homme qui fabrique des outils). Dès lors, comme l'affirme Bergson, on pourrait avancer que « *l'intelligence, dans ce qui en paraît être la démarche originelle, est la faculté de fabriquer des objets artificiels, en particulier des outils à faire des outils* » (*L'Évolution créatrice*, 1907).

C. Un autre rapport possible entre finalité théorique et finalité technique

Or soumettre ainsi la connaissance du réel à d'autres fins, et notamment à la technique, c'est la réduire à n'être plus qu'un moyen (en vue d'un autre but). C'est donc remettre en question l'idée que la connaissance du réel serait la fin « essentielle » et « propre » à la raison. Pourtant, la technique peut être indépendante de la raison. En effet, l'histoire des sciences et des techniques montre que des inventions ont pu avoir lieu sans aucun fondement scientifique qui pouvait s'apparenter à une connaissance : invention empirique de la lunette astronomique par Jacob Metius, par exemple, mais aussi selon Koyré, édifications de temples, de palais, etc., lesquels n'ont pas nécessité de connaissance théorique. Cette possible indépendance entre science et technique montre que la technique n'est peut-être qu'une fin accidentelle de la raison ou du moins une fin qui ne serait pas aussi essentielle que sa finalité théorique. Qui plus est, subordonner la connaissance du réel à la technique, c'est supposer que tout ce que l'homme connaît doit être utilisé et appliqué, donc rentabilisé. Or il semble, comme le montre **Aristote**, que la raison est d'abord ce qui permet à l'homme de « s'étonner » et que, de ce fait, un certain nombre de ses connaissances soient *« théorétiques »*, c'est-à-dire purement contemplatives (connaître pour connaître), et donc libérées de toute fin utilitaire.

Il s'agit d'un philosophe spécialiste de l'histoire des sciences.

Il faut bien distinguer les deux alors qu'on les confond souvent.

Par ailleurs, la raison n'a-t-elle pas, qui plus est, une fin morale et celle-ci n'est-elle pas fondamentale ?

III. La finalité morale de la raison

A. La raison comme faculté morale

La vocation morale de la raison apparaît dès que l'on examine les sens des termes « rationnel » et « raisonnable ». Le mot raison ne signifie pas en effet que « calcul » (lequel pourrait être immoral), mais signifie aussi « mesure », ou « ration ». Ainsi, être raisonnable, c'est être capable de faire preuve de mesure aussi bien dans ses pensées que dans ses actions, mesure quantitative (éviter par exemple l'excès, faire preuve de justesse) mais aussi qualitative (évaluer le bien, être juste). Se raisonner, c'est aussi être capable de modération. Par cette dimension, l'homme montre ainsi qu'il est capable de faire valoir autre chose que ce qui l'attache à ses désirs sensibles et qu'il est capable de liberté, laquelle consiste, comme le souligne **Kant**, à pouvoir poser des lois universelles qui nous arrachent au déterminisme sensible (nos désirs égoïstes). Dès lors, si, comme le souligne Kant, il y a *« deux choses dignes d'admiration »* chez l'homme qui sont *« le ciel étoilé au-dessus de moi, la loi morale en moi »*, c'est bien que la raison s'exprime de deux manières, d'une part, par une aspiration à connaître la réalité et, d'autre part, par une aptitude à établir des lois morales universelles.

Ce célèbre passage se trouve dans la conclusion de la *Critique de la raison pratique* (1788).

B. La fin théorique subordonnée à la fin morale

Comment s'articule dès lors la destination théorique de la raison avec sa destination morale ? Déterminer la fin de la raison, c'est poser cette fin comme une exigence et comme ce qui pourrait achever et parfaire la raison. C'est donc chercher la plus haute destination de celle-ci en comparant ses différentes fins possibles et en s'efforçant de leur donner une unité. Or ce qui apparaît, c'est que la connaissance humaine n'a de valeur que si elle s'accompagne d'une certaine moralité. C'est d'ailleurs pour cela que le projet technique ne peut être légitime que s'il sert de bonnes fins, c'est-à-dire des fins posées par la morale. C'est également ce qui apparaît dans le fait que la connaissance scientifique suppose une capacité (morale) à viser l'objectivité et à faire preuve d'une démarche désintéressée, pure et authentique. C'est enfin pour cela que **Kant** fonde la métaphysique sur la morale, autrement dit subordonne la destination métaphysique de la raison à sa destination morale, en montrant que notre aspiration morale exige que nous « pensions » certains objets (l'existence de Dieu, l'immortalité de l'âme, la liberté) et que nous en fassions des objets de **foi** à défaut de pouvoir les **connaître**. Ainsi, la connaissance

Subordonner, c'est placer quelque chose sous l'autorité de quelque chose d'autre ou encore ne lui reconnaître sa valeur que sous une certaine condition.

du réel peut, sans se réduire à un simple moyen et tout en conservant un caractère de fin essentielle, être subordonnée à l'accomplissement de notre moralité. Il s'ensuit que le but suprême de la raison serait donc la recherche du bien, dont doivent d'ailleurs dépendre toutes les autres aspirations.

C. La possibilité d'unifier les différentes fins de la raison

Dès lors, les différentes aspirations de la raison ne seraient-elles pas finalement très proches les unes des autres et ne relèveraient-elles pas d'une seule et même fin ? Il semble, en effet, que, s'agissant de la connaissance du réel comme de la morale, la vocation de la raison soit de nous élever à une forme d'universalité. La raison exprimerait ainsi le souci qu'a l'homme de dépasser la contingence et la subjectivité pour montrer sa liberté à l'égard du réel mais aussi à son propre égard. La raison serait, en ce sens, la faculté par laquelle l'homme ferait valoir son **autonomie**, c'est-à-dire son aptitude à se donner ses propres lois pour agir. **Platon** suggère également que la connaissance du Vrai se confond avec la connaissance du Bien et que toute la réalité est structurée selon l'Idée de Bien, laquelle par conséquent constitue l'horizon ultime de la connaissance. Connaître le réel, c'est donc connaître le Bien et se disposer à agir bien. Ainsi, comme le souligne Platon, la vertu (excellence d'âme) se confondrait avec l'exercice philosophique, lequel consiste justement à « chercher » le savoir.

Voir Repères, p. 343
Ce qui est contingent, c'est ce qui peut aussi bien se produire, que l'inverse. C'est ce qui semble manquer de nécessité ou de raison d'être.

Il s'agit, bien sûr, d'une allusion à l'étymologie du mot « philosophie ».

Conclusion

La raison a donc plusieurs buts et plusieurs vocations. On peut considérer que la connaissance du réel est sa vocation essentielle puisqu'elle correspond à l'aspiration la plus naturelle de l'homme. Cependant, la vocation morale de la raison humaine semble pouvoir et devoir fonder la connaissance du réel. Ainsi, connaître le réel, c'est certes atteindre une universalité dans les choses qui nous entourent, mais c'est aussi connaître le bien et se donner les moyens d'agir universellement en montrant notre liberté.

SUJET 12

4 heures

Notion : LA RELIGION

Dissertation :

La raison entre-t-elle nécessairement en conflit avec la religion ?

Fiches p. 307

2 11 12 13 17

Travail préparatoire

Notions et repères

Notion principale : la religion.
Notions secondaires : le bonheur, la raison, la science, la vérité.
Repères : croire/savoir – intuitif/discursif – objectif/subjectif/intersubjectif – origine/fondement.

Remarques générales

Il s'agit d'un sujet classique sur le rapport entre raison et religion. Pour préciser la réflexion et ne pas traiter le sujet de manière trop large, il convient d'accorder une attention précise aux termes « nécessairement » et « en conflit ».

Analyse des termes du sujet

La raison :
Il s'agit, à la fois, de la raison théorique (dont le but est la connaissance du réel) et de la raison pratique, morale (dont le but est l'établissement de valeurs guidant l'action : le bien et le mal, le juste et l'injuste). Ce double aspect de la raison peut donc ici être interrogé dans son lien avec la religion : là où la raison théorique peut s'opposer à la religion, la raison pratique peut peut-être ne plus être en

opposition, ou alors il y a opposition dans ces deux domaines. Cette piste peut, au moins, permettre de démarrer la réflexion.

Entre-t-elle nécessairement en conflit :
On demande ici si le mode du conflit est la seule expression possible du rapport entre la raison et la religion. L'intitulé de la question suggère également que c'est la raison qui engagerait le conflit avec la religion. ***Entrer en conflit*** signifie « s'opposer violemment sur au moins un point » et ***nécessairement*** signifie « ce qui ne peut pas ne pas être ». Par conséquent, selon les réponses envisagées, il y a, entre la raison et la religion, soit conflit et rien d'autre, soit d'autres rapports possibles, plus harmonieux ou simplement plus tolérants.

La religion :
Il s'agit de la croyance religieuse en général, que l'on peut définir comme étant pour les hommes une manière d'organiser un lien avec une réalité transcendante, posée comme sacrée et faisant l'objet d'une croyance. C'est aussi pour les hommes une manière d'organiser la communauté humaine ainsi créée. Le problème que pose la religion est surtout son fondement théorique : la religion peut-elle prétendre à la vérité ? Si elle ne le peut pas, comment alors justifier son influence sur les hommes ? L'autre aspect polémique de la religion est l'intolérance dont elle peut faire preuve et qui s'oppose à l'exigence morale de respect.

Problématique

Tout d'abord, la raison semble ne pas pouvoir échapper à un conflit avec la religion, ne serait-ce que sur un seul point : la vérité. En effet, la raison vise l'établissement de vérités fondées sur l'expérience ou la démonstration. Or la religion semble négliger ces fondements, puisqu'elle repose sur la croyance, laquelle se passe de preuves au point, parfois, de dériver en fanatisme. D'un point de vue moral, on peut également condamner l'intolérance engendrée par les différentes religions. Pour autant, la raison ne semble pas capable de tout connaître avec certitude, aussi bien dans le domaine théorique que dans le domaine moral. Une place paraît donc possible et légitime pour la croyance religieuse, autorisant alors un autre rapport avec la raison que celui du conflit mais seulement si la religion respecte aussi un certain nombre de conditions. Dès lors, le problème consiste à chercher une complémentarité et une entente possibles entre raison et religion. Il nous faut ainsi déterminer quelles sont les limites de la raison et aussi quelles sont les conditions d'une juste croyance.

Plan de la dissertation

I. L'analyse du conflit qui semble inévitable entre raison et religion
II. Le dépassement possible de ce conflit par la mise en évidence des limites théoriques de la raison
III. L'autre dépassement possible par la mise en évidence du rôle moral de la religion

Corrigé complet

Les titres en bleu apparaissant dans ce corrigé ne doivent pas figurer dans votre devoir. Nous les avons insérés pour vous guider et vous aider à repérer la progression de la dissertation.

Les conseils du professeur

Introduction

Le rapport entre la raison et la religion ne peut que nous interroger par son ambivalence. En effet, la religion semble bien être, à la fois, un produit de la raison, une manière pour l'homme de s'interroger sur le sens de son existence, et un obstacle à la raison, en affirmant avec trop de certitudes parfois ce qui reste au fond une croyance. On peut alors croire à une opposition inévitable entre raison et religion, la raison ne pouvant qu'exiger de la religion qu'elle admette n'être qu'une croyance et non un savoir. D'un autre côté, la religion structure aussi une démarche de connaissance rationnelle car elle témoigne du besoin qu'a l'homme de donner un sens à son existence là où le savoir manque et où la science reste parfois muette, notamment lorsqu'il s'agit de déterminer ce

Voir Repères, p. 344

qu'est le bien et ce qu'est le mal. On ne peut alors que se demander si un conflit entre la raison et la religion est à ce point inévitable. Le problème revient à chercher si une entente, voire une complémentarité, entre la raison et la religion est par nature absolument impossible. Problème que l'on peut résumer en trois questions : en quoi, tout d'abord, la raison semble-t-elle entrer nécessairement en conflit avec la religion ? En quoi les limites de la raison pourraient-elles permettre une forme d'entente avec la religion ? À quelles conditions alors pour la religion ?

I. L'opposition classique entre la raison et la religion semble rendre le conflit nécessaire

La raison, dans ses exigences « rationnelles », apparaît comme opposée à la forme même de la religion, laquelle paraît « irrationnelle ».

A. Le conflit qui oppose d'abord la raison et la religion dans leur principe même

La raison semble, tout d'abord, relever de la partie rationnelle de l'homme, alors que la religion semble relever de la partie sensible. Ainsi, on raisonne avec son esprit et on croit avec son « cœur ». La religion semble impliquer un acte de foi ne dépendant pas de la raison et capable de passer outre les exigences et modalités de celle-ci. Le divin apparaît comme un objet d'une expérience vécue et l'on « **sent** » l'existence de Dieu, comme le suggère **Pascal** (*Pensées*). De là l'idée de « vérité révélée », suggérant que le simple témoignage de la manifestation du divin suffit à en garantir l'existence véritable. Dans ce cas, comment la raison pourrait-elle s'empêcher de rappeler à la religion que la vérité ne peut reposer sur un simple sentiment et qu'il faut « prouver » et non pas seulement « éprouver » ce que l'on pose comme vérité ? C'est donc ici la raison en général qui, dans son principe même, entre en conflit avec la religion.

Voir Repères, p. 344

Il ne s'agit pas ici de l'organe vital, mais d'une capacité à saisir des vérités sous la forme d'un sentiment.

Comme l'indique la célèbre formule : « Le cœur a ses raisons que la raison ne connaît point ».

B. Un autre conflit plus direct sur le terrain de la connaissance

Mais l'on peut mettre en évidence un autre conflit, plus direct, déclenché par la raison contre la religion, la rivalité entre raison et religion étant cette fois placée sur le terrain de la connaissance. Il y aurait ainsi conflit parce que rivalité entre deux sources possibles de connaissance, luttant sur le même terrain. Or, la raison ne peut que vouloir imposer à la religion sa méthode « scientifique », laquelle est la seule capable de garantir la vérité. En effet, la science établit la vérité, d'une part, en procédant par raisonnements, c'est-à-dire par des enchaînements de propositions (exemple du syllogisme). Elle est, en ce sens, démonstrative et déductive. D'autre part, elle se livre à des expériences, pour faire en sorte que ses « théories » soient confirmées par les faits. Ainsi, elle peut poser des connaissances sous forme de lois. Or, la croyance à l'œuvre dans la religion est au contraire intuitive, immédiate (directe), inductive, et ce qu'elle établit a un caractère particulier – d'où la variété des religions proposant chacune « leur » vérité. L'exemple du conflit opposant Galilée à l'Église sur le problème de l'héliocentrisme montre à quel point ce conflit est justifié, car il s'agit de faire triompher la connaissance et de mettre fin à l'ignorance.

Il s'agit d'un type de raisonnement logique, sous la forme « Tous les hommes sont mortels, or Socrate est un homme, donc Socrate est mortel ».

Voir Repères, p. 344

Théorie selon laquelle le mouvement des planètes est organisé autour du soleil, « *hélios* », en grec.

C. Un autre conflit possible sur le plan moral

Enfin, la raison peut invoquer un argument d'ordre moral pour condamner l'attitude religieuse, laquelle met justement en péril les fondements mêmes de la morale, qui exige le principe de tolérance et du respect des opinions. Or, la religion fait apparaître en son fondement même une volonté de faire partager ce qu'elle estime être la vérité. D'où les conflits entre différentes religions, allant jusqu'aux guerres de religion, qui ne peuvent que heurter la raison morale dont le but est précisément le bien, lequel semble impliquer la justice et la paix entre les hommes, par-delà leurs différences. Par ailleurs, **Freud** suggère dans *L'Avenir d'une illusion* que la raison

On appelle « prosélytisme » la volonté pour une religion de chercher à faire des adeptes.

ne peut qu'exiger de l'homme une maturité et une capacité à supporter les difficultés de l'existence – ce que la religion empêche puisque, au contraire, elle protège l'homme et lui assure une consolation qui le maintient dans un état infantile. La religion, selon Freud, empêche ainsi l'homme de grandir.

La raison ne peut donc que refuser ce qui relève de la croyance religieuse car la religion semble heurter les grands principes de la connaissance et de la morale. Cependant, la religion ne peut-elle être tolérée là où la raison semble incapable de produire aucun savoir ?

Voir Repères, p. 344

II. Les limites de la raison rendent possible un autre rapport avec la religion que le conflit

A. Les limites théoriques de la raison

Il apparaît, en effet, que la raison ne peut pas prétendre tout connaître, d'une part, et que même ce qu'elle prétend connaître n'est au fond qu'une vision possible de la réalité. Ainsi, la science ne peut pas répondre à toutes les questions, y compris dans son propre domaine. Les questions de l'origine de l'univers, de la vie et de l'homme, par exemple, ne sont résolues qu'en partie, parce que la science ne donne que des explications mécanistes. Leur sens (c'est-à-dire les questions « Pourquoi l'univers ? la vie ? l'homme ? Etc. ») nous échappe et l'on reste avec la perspective qu'il n'y a peut-être pas de sens, que tout ce qui existe n'est que le produit du hasard. Comme le suggère **Pascal**, l'homme prenant conscience de sa finitude se trouve confronté à une seule certitude : celle de sa propre mort, inévitable. Pour échapper alors à un athéisme désespéré et solitaire, il doit, selon Pascal, « trouver Dieu » et donner ainsi un sens à son existence.

Voir Repères, p. 342

On qualifie de « mécaniste » une théorie qui explique les phénomènes par les seules propriétés physiques de la matière. La mécanique est la partie de la physique qui étudie le mouvement.

B. Les limites « psychologiques » de la raison

De même, la raison semble incapable de consoler l'homme confronté aussi aux malheurs quotidiens de l'existence. **Freud** montre ainsi que, lorsque la religion apaise l'angoisse des hommes et les console en leur promettant *« une bonne issue »*, alors *« la science ne peut rivaliser avec elle »*. En effet, la raison affiche une exigence de réalisme et invite à une responsabilité qui n'est pas toujours à la portée de celui qui souffre ; et Freud d'expliquer que, le plus souvent, la raison abandonne l'homme à sa souffrance et lui conseille de l'accepter. La religion ne peut donc que profiter de cette incapacité de la raison à rendre l'homme plus heureux. Et à supposer que la raison tente un conflit théorique, en reprochant à l'homme croyant de se réfugier dans un bonheur illusoire, ce conflit ne peut que s'évanouir sur le plan des faits car la raison comprend aussi et pardonne l'homme qui préfère cette consolation illusoire à une existence malheureuse.

C. Les limites morales de la raison

Enfin, il apparaît que, dans le domaine pratique ou moral, la raison est également, voire davantage, limitée. En effet, la raison humaine cherche à définir le bien et le mal (et pas seulement le vrai et le faux). Or, dans ce domaine, qui relève du « devoir être », il manque des preuves (expérimentales et démonstratives) : comment prouver, par exemple, qu'il ne faut pas mentir ? Les faits nous montrent plutôt que les hommes mentent et que le mensonge peut être utile. Comme le montre **Freud**, la science ne peut que laisser à la religion le soin de *« diriger les opinions et les actions par des préceptes qu'elle soutient de toute son autorité »*. En effet, parce qu'elle ne peut pas poser ces principes moraux, la science se voit incapable de faire valoir une opposition éventuelle.

Attention à ne pas faire de contresens cependant sur l'idée de Freud : il ne souligne les points forts de la religion que pour mieux faire comprendre aux hommes comment se défaire de son emprise.

Ainsi, de par les limites de la raison, la science se voit obligée d'accepter que la religion satisfasse l'homme là où elle-même ne peut le satisfaire. Cependant, cette complémentarité entre la raison et la religion ne suppose-t-elle pas aussi que la religion respecte certaines conditions ?

III. À quelles conditions la religion peut-elle éviter les conflits avec la raison ?

En effet, il semble que, malgré ses limites, la raison doive toutefois exercer un certain contrôle sur la religion.

A. L'exigence d'une croyance raisonnable

Il convient de distinguer différentes formes de croyances. On aura des « bonnes » et des « mauvaises » croyances, c'est-à-dire des bonnes et des mauvaises façons de croire. Ici, ce n'est pas tant la religion en elle-même qu'il convient de limiter mais ses formes plus concrètes, tant individuelles que collectives, lesquelles peuvent dériver en superstition ou en fanatisme. C'est donc à chaque homme d'exercer intérieurement sa raison pour mesurer le caractère raisonnable et rationnel de sa croyance religieuse, quitte à vivre une sorte de « mise à l'épreuve » de sa foi, que **Dostoïevski** analyse à travers la figure des frères Karamazov. Le doute qui s'empare du croyant est, en ce sens, l'emblème d'une croyance capable d'accepter d'être réinterrogée par la raison elle-même, dans un conflit intérieur nécessaire mais provisoire, seule condition d'une entente pacifiée entre raison et religion.

Célèbre écrivain russe dont le roman met en scène trois frères opposés dans leur conception de la foi et du sens de l'existence.

B. Dieu comme hypothèse

De même, la religion doit être maintenue dans ce que **Kant** nomme *« les limites de la simple raison »*, expression tirée du titre de son œuvre sur la croyance religieuse. Kant montre en quel sens l'existence de Dieu ne peut être une affirmation mais bien plutôt une hypothèse. En effet, si l'homme a certes besoin de l'existence de Dieu pour justifier ses devoirs moraux et croire à une justice divine plus fiable que la justice humaine, il ne peut le faire qu'en « postulant », c'est-à-dire en « demandant » que Dieu existe, sans pour autant pouvoir l'affirmer avec certitude. C'est dire que la croyance religieuse doit s'assumer comme telle et non pas défier la science sur le terrain de la vérité – ce qui ne pourrait qu'engendrer des conflits avec la raison. La vérité religieuse doit alors se définir et s'accepter comme « vérité du cœur » et donc vérité plus subjective et personnelle qu'universelle.

Voir Repères, p. 343

C. L'exigence de tolérance

Ceci amène la religion à être tolérante, non seulement envers sa propre diversité (les différentes religions) mais aussi avec tout ce qui peut et doit relever du domaine de la raison. Ainsi, pour ne pas se contredire, une religion doit accepter qu'une autre religion fasse aussi bien qu'elle le même travail consistant à apporter à l'homme du sens, de l'espérance et des repères moraux. Si la raison admet ses limites et offre une place à l'exercice de la croyance religieuse, à l'inverse la religion doit accepter ses propres limites et laisser la raison opérer là où l'exigence de rationalité et d'universalité est posée. La laïcité n'est qu'une figure de cette exigence : ne pas permettre à la religion d'établir et d'imposer ses lois là où c'est à l'État et à lui seul d'imposer sa souveraineté.

Conclusion

Nous avons pu croire à un conflit inévitable entre la raison et la religion, tant la raison a de quoi s'opposer aux différentes manifestations de la religion, souvent contraires aux exigences de vérité et de respect. Pourtant, les limites de la raison semblent ne plus pouvoir l'autoriser à condamner ce qui, dans la religion, satisfait et humanise l'homme. Pour autant, cette harmonie possible entre la raison et la religion ne dispense pas la religion de se soumettre aux exigences de la raison et au devoir de se maintenir dans les limites qui sont les siennes, à savoir son statut de simple croyance soumise au principe de tolérance.

SUJET 13

4 heures

Notion : LA SCIENCE

Dissertation :

La science se limite-t-elle à constater les faits ?

Travail préparatoire

Fiches p. 307

4 11 13 14 17

Notions et repères

Notion principale : la science.
Notions secondaires : le devoir, la raison, la technique, la vérité.
Repères : croire/savoir – hypothèse/conséquence/conclusion – objectif/subjectif/intersubjectif – universel/général/particulier/singulier.

Remarques générales

Le sujet est assez classique mais requiert une très bonne maîtrise de la notion de « science » puisque toute la réflexion va devoir être centrée sur ce qui la définit, tant dans sa démarche que dans sa finalité. C'est donc un sujet assez exigeant.

Analyse des termes du sujet

La science :

Ici, le terme de ***science*** peut renvoyer soit aux sciences dites « expérimentales » (physique, chimie, biologie, etc.), soit à toutes les sciences en général, y compris les sciences dites « humaines » (histoire, sociologie, etc.). Il s'agit d'avoir en vue le caractère objectif de la démarche scientifique en général. La science désigne, en effet, une connaissance du réel marquée par une exigence de rationalité : il s'agit d'établir des lois, de dégager l'ordre qui serait à l'œuvre dans la réalité et ce, à partir de faits réels observés. On distingue, ainsi, la science de la religion ou de l'art, qui ne reposent pas sur une telle exigence : l'art peut transfigurer le réel, et la religion relève d'une croyance subjective (la réalité de Dieu n'est pas observable). Mais la science est marquée également par son pouvoir « créateur » : elle ne « découvre » pas la vérité, elle la « construit » à travers des théories. Ces théories ont un caractère polémique : elles questionnent les faits observés en cherchant une rationalité, un ordre (des lois) au-delà de leur apparence sensible. Par ailleurs, la science ne se borne pas à décrire des phénomènes mais vise à les « prévoir ». Enfin, elle a des répercussions « pratiques » à travers des applications techniques et technologiques. Elle permet une action sur le réel et une certaine maîtrise de celui-ci.

Se limite-t-elle :

La notion de « limite » a l'avantage d'avoir un sens plutôt péjoratif. On comprend ainsi que le sujet invite à un dépassement de ce qui viendrait réduire la science à un seul de ses aspects. En même temps, ce qui limiterait la science s'expliquerait peut-être par son exigence même : c'est parce qu'elle devrait absolument s'appuyer sur l'expérience du réel que la science serait ainsi « limitée ». Dans ce cas, la limite de la science exprime sa qualité d'objectivité : s'en tenir aux faits.

À constater :

Le verbe ***constater*** renvoie à la notion d'« expérience » : il s'agit d'établir ou de retranscrire fidèlement ce que l'on voit matériellement (on peut penser au constat que l'on doit établir lors d'un accident de la circulation, par exemple, et qui s'en tient à énumérer les dégâts matériels des véhicules ainsi que ce qui s'est réellement passé). La notion de « constat » reprend, en ce sens, l'idée de « limite » : constater, c'est bien se limiter à décrire ce dont on fait matériellement l'expérience.

Les faits :

Un fait est ce qui existe réellement et dont on peut faire l'épreuve, l'expérience. C'est ce qui est donné à nos sens et à notre pensée, c'est une réalité présente. On distingue un fait de ce qui serait une fiction, par exemple. Le fait est précisément ce qui s'observe et se constate ; il s'oppose à ce que l'on invente ou imagine. Mais le fait ne semble pas pour autant « parler de lui-même », et il faut aussi parfois (toujours ?) le traduire, l'interpréter, car il peut prêter à confusion, en ne nous livrant qu'une apparence de la réalité. Qui plus est, le fait est particulier, voire singulier, et contingent, alors que la science vise des lois universelles et nécessaires.

Problématique

Il semblerait que l'exigence d'objectivité de la science l'oblige à s'en tenir à la simple observation et description des faits donnés à l'expérience. Pour autant, la science élabore des théories qui ne s'en tiennent pas aux faits justement et qui les contredisent parfois en les soumettant à l'épreuve de la raison. Qui plus est, ces théories permettent d'agir sur le réel et ne se limitent pas à son unique représentation. Peut-on alors réduire la science à une simple description empirique du réel, ou bien sa vocation est-elle bien plus large ? La science n'a-t-elle pas un rapport aux faits bien plus complexe, voire polémique ?

Plan de la dissertation

I. D'une certaine façon, la science se limite à constater les faits
II. Mais la science vise aussi à questionner les faits et à construire des théories
III. Plus largement, la science vise la prévision et la maîtrise des faits, dans certaines limites

Corrigé : plan détaillé

Les titres en bleu apparaissant dans ce corrigé (titres et textes en marge) ne doivent pas figurer dans votre devoir. Nous les avons insérés pour vous guider et vous aider à repérer la progression de la dissertation.

Les conseils du professeur

I. D'une certaine façon, la science se limite à constater les faits

A. La science doit partir de faits observés

Si l'on pose que la science désigne, de façon générale, l'ensemble des sciences dites « expérimentales » (physique, chimie, biologie, etc.), alors il apparaît que l'exigence d'objectivité de la science passe par une certaine « méthode » (la méthode expérimentale dont le « père », en biologie, est **Claude Bernard**). Cette méthode comporte plusieurs étapes, dont la première consiste précisément à observer les faits, *« sans idée préconçue, tel un photographe »* (*Introduction à l'étude de la médecine expérimentale*). Il s'agit de décrire les faits observés, d'en faire l'expérience, de façon spontanée, en laissant en quelque sorte les faits parler d'eux-mêmes.

Plus largement, si la science fait aussi référence aux sciences dites « humaines », comme l'histoire ou la sociologie, alors là aussi la constatation des faits semble bien être une limite imposée, telle une condition à respecter. L'historien doit bien s'en tenir aux faits qui témoignent de la réalité d'un événement passé (il travaille sur des faits constatables, témoins du passé). En sociologie, **Émile Durkheim** pose également qu'il faut *« traiter les faits sociaux comme des choses »* et ainsi pratiquer une sorte de physique sociale se limitant à décrire et mesurer ce que l'on observe (son étude sur le suicide consiste bien, en ce sens, à « quantifier » ce phénomène comme un fait observable et mesurable, en chiffrant les taux de suicide selon différents critères objectifs tels que le régime matrimonial, l'appartenance religieuse, etc.).

Le sujet évoque « la science » en général, mais il faut bien évoquer des exemples précis de « sciences » pour que la réflexion ne reste pas trop évasive.

Voir Repères, p. 343

B. L'hypothèse scientifique serait une question imposée par le constat des faits

Selon **Claude Bernard**, la deuxième étape de la méthode expérimentale consisterait à formuler une hypothèse à partir des faits observés. Il constate, par exemple, la présence de sucre dans le foie d'un animal n'en ayant pas absorbé, ce qui l'amène à émettre l'hypothèse selon laquelle le sucre serait présent dans tout organisme et produit notamment par le foie. Il établit également un lien entre le taux de sucre présent dans l'organisme et le temps qui s'écoule. Une telle hypothèse semble bien découler strictement de l'observation des faits, de leur pure et simple constatation, comme si les faits constatés la contenaient déjà en eux-mêmes. La science se limiterait donc à dégager l'hypothèse contenue dans les faits constatés ; elle ne se « départirait » pas des faits eux-mêmes.

Voir Repères, p. 344

Dans le cadre de cette première partie, on expose une conception un peu « naïve », bien sûr, qui sera critiquée ensuite.

De même, en histoire ou en sociologie, l'hypothèse émise sur les causes d'un événement ou d'un fait social semble découler strictement de l'observation des faits. Il n'y aurait rien de plus dans l'hypothèse que ce que l'on constate dans les faits.

C. L'expérimentation scientifique : constater ce qui prouverait une hypothèse

Enfin, lorsqu'il s'agit de vérifier une hypothèse, là encore, semble-t-il, la science se limite à constater les faits : l'expérimentation, qui, selon **Claude Bernard**, représente la troisième étape de la méthode expérimentale, consiste bien à soumettre l'hypothèse à l'épreuve des faits, du réel, et à constater ou non la validité de l'hypothèse. Par exemple, l'expérience dite « du foie lavé » permet d'établir que le foie produit bel et bien du sucre : lorsqu'on lave un foie en le débarrassant de toute présence de sucre et qu'on l'analyse vingt-quatre heures après, on constate qu'il contient du sucre. Le constat ici est cela même qui semble « prouver » la validité de l'hypothèse.

Certes, dans les sciences humaines, l'expérimentation semble impossible car il s'agit de faits humains : on ne peut que d'autant plus s'en tenir aux faits observés et leur confronter des modèles d'explication, que la réalité elle-même (une nouvelle révolution, une nouvelle guerre, un autre suicide, etc.) viendra plus ou moins valider.

II. Mais la science vise aussi à questionner les faits et à construire des théories

A. Le fait observé s'inscrit toujours dans un contexte théorique qui dépasse le simple constat pour laisser place à un travail d'interprétation

Si l'on regarde de plus près les différentes étapes de la méthode expérimentale, il s'avère que la première étape, celle qui se rapproche le plus du simple constat des faits, est plus complexe qu'il n'y paraît. Lorsque **Claude Bernard** constate avec surprise qu'un animal n'ayant pas absorbé de sucre en contient tout de même dans son organisme, son constat est, en fait, orienté et influencé par un certain cadre ou contexte théorique : il s'étonne parce qu'il s'attendait précisément à autre chose (le fait constaté remet en question une théorie au préalable admise, selon laquelle le sucre présent dans l'organisme provenait de l'alimentation). De même, en histoire ou en sociologie, les faits constatés sont, en fait, choisis par le chercheur, qui ne s'intéresse pas à tous les faits mais seulement à ceux qui, selon lui, peuvent interroger le réel. C'est ce que suggère **Francis Bacon** dans son ouvrage *Novum Organum*, où il met en évidence le dialogue qui doit s'établir entre la raison et le réel afin de questionner la nature (la *« tourmenter »* par des questions). Ainsi, les faits ne sont pas tant des constats (des réponses données par la nature) que des questions que le scientifique pose au monde réel (comment est-il possible que l'organisme d'un animal n'ayant pas absorbé de sucre en contienne ?). En ce sens, la science interprète les faits ; elle cherche en eux ce qui n'apparaît pas nécessairement, elle les fait parler en les traduisant en questions. *« Les faits sont faits »,* affirme, en ce sens, **Henri Poincaré**.

Il faut, bien sûr, préciser en quoi cette formule n'est pas qu'un jeu de mots : toute citation doit être expliquée.

B. L'hypothèse scientifique n'est pas donnée dans les faits

C'est dire alors que l'hypothèse émise à partir des faits constatés n'est pas tant présente dans les faits réels eux-mêmes que créée, construite, voire inventée (imaginée) par le scientifique ; c'est une réponse possible aux questions que les faits suggèrent, mais une réponse qui reste ouverte comme une question. Par exemple, l'hypothèse de la fonction glycogénique du foie a valeur de question tout en contenant une réponse possible (n'est-ce pas parce que le foie produit du sucre que n'importe quel animal en contient ?). Par ailleurs, l'hypothèse scientifique montre en quoi la science reste soumise à la raison bien plus qu'aux faits, c'est-à-dire au réel : il ne s'agit pas, pour la science, de décrire des faits particuliers, voire singuliers (tel organisme, tel foie, telle révolution, tel suicide, etc.), mais de mettre en évidence les lois qui ordonnent le réel et qui sont des rapports nécessaires et universels (tout organisme, tout foie, toute révolution, tout suicide, etc.). La science vise à établir des théories, c'est-à-dire des modèles d'explication pouvant s'appliquer au plus grand nombre de faits.

La « glycogenèse », c'est la formation du glucose.

Voir Repères, p. 344

Voir Repères, p. 344

Voir Repères, p. 344

C. L'expérimentation elle-même n'est pas non plus un simple constat

Mais alors, l'expérimentation elle-même n'est pas non plus une preuve. L'expérimentateur ne cherche pas à constater, à vérifier la validité de son hypothèse ou de sa théorie. Bien au contraire, comme le montre **Karl Popper**, c'est le critère de réfutabilité qui témoigne du caractère scientifique d'une théorie : cette dernière n'est véritablement scientifique que si elle peut être éventuellement contredite par l'expérience. Ainsi, il faut que l'expérience soit une mise à l'épreuve de l'hypothèse (qu'elle cherche à la rendre fausse) pour qu'elle ait valeur d'expérience.

En ce sens, l'expérience du « foie lavé » n'est pas tant une manière de constater que l'hypothèse selon laquelle le foie produirait du sucre est vérifiée, qu'une façon d'essayer de faire tomber cette hypothèse : si le « foie lavé » ne montre aucune présence de sucre au bout de vingt-quatre heures, c'est bien que l'hypothèse est fausse. L'expérimentation implique ainsi une prise de risque ; elle est une question de plus posée aux faits, et non un simple constat.

III. Plus largement, la science vise la prévision et la maîtrise des faits, dans certaines limites

Après avoir porté la réflexion sur la méthode de la science à l'égard des faits, on s'interroge à présent sur sa finalité.

A. « Savoir pour prévoir »

La célèbre formule d'**Auguste Comte**, défenseur du « positivisme » (courant qui se propose de fonder la société humaine sur les sciences dites « positives », « expérimentales »), montre la véritable ambition de la science. Non seulement la science ne se limite pas à un constat empirique, mais encore elle ne se limite pas non plus à un projet théorique (penser la rationalité du réel). La science cherche également à agir sur le réel, sur les faits eux-mêmes, grâce aux lois et aux théories qu'elle élabore. On peut, certes, croire que la science aurait un projet « désintéressé » (connaître pour connaître, pour le plaisir de connaître), mais l'on voit bien que le scientifique a également une forme de responsabilité morale : ce qu'il découvre et ce qu'il construit sont une manière de rendre les hommes plus en mesure de maîtriser le réel. Car les lois qui affirment que telle cause entraîne nécessairement tel effet posent un déterminisme universel : ce qui arrive par telle cause aujourd'hui arrivera nécessairement par la même cause demain. Il devient possible alors de prévoir les faits et de maîtriser le réel. Tel est d'ailleurs le projet cartésien qui fonde le *Discours de la méthode* (le titre complet de cette œuvre précisant *« pour bien conduire sa raison et chercher la vérité dans les sciences »*). Il s'agit de *« se rendre comme maîtres et possesseurs de la nature »*.

Voir Repères, p. 344

B. Science et technique

Une telle ambition se mesure au rapport étroit que la science entretient avec la technique. Si la science, au sens absolu, n'est pas la technique , il n'empêche que la science a en vue la technique. Le scientifique est, certes, à distinguer de l'ingénieur, mais le scientifique livre à l'ingénieur la matière et le support de ses inventions. Les outils que représente la technique sont également nécessaires au scientifique qui en dépend pour ses découvertes (on peut penser à l'invention du télescope, par exemple).

Il faut bien faire attention à cette distinction, souvent oubliée, surtout à une époque où l'on parle volontiers de « technologie ».

C. Les « vraies » limites des sciences

Ce recours à des inventions techniques suggère que la science ne peut prétendre à l'objectivité parfaite et absolue. La science dépend, d'une part, des facultés humaines (raison, imagination et sens) et, d'autre part des outils que les hommes inventent pour parfaire ces facultés. Les faits ne peuvent être constatés, interrogés et interprétés que relativement à l'homme, et les théories scientifiques ne sont donc que des manières, pour l'esprit humain, d'approcher le réel, comme l'affirment **Albert Einstein** et **Leopold Infeld** : *« Les concepts physiques sont des créations libres de l'esprit humain et ne sont pas, comme on pourrait le croire, uniquement déterminés par le monde extérieur »* (*L'évolution des idées en physique*). Le scientifique « ne sera jamais sûr que son image soit la seule capable d'expliquer ses observations ».

C'est donc aussi exiger que la science, dans son rapport pratique au réel, reste prudente et responsable. Si elle ne détient pas « la » vérité, ses actions et inventions doivent être également limitées et interrogées. C'est en ce sens que la science se doit aussi d'avoir une réflexion « morale » sur elle-même, sur sa vocation, sa finalité. C'est parce qu'elle ne se limite pas à constater les faits que la science se double d'une telle exigence.

SUJET 14

4 heures

Notion : LA TECHNIQUE

Dissertation :

Le développement technique transforme-t-il les hommes ?

Fiches p. 307
4 9 10 14 16

Travail préparatoire

Notions et repères

Notion principale : la technique.
Notions secondaires : le devoir, la liberté, la nature, le travail.
Repères : en acte/en puissance – essentiel/accidentel.

Remarques générales

Comme souvent lorsqu'il est question de la technique, il faut résister à la tentation de réduire la réflexion à une simple énumération d'exemples. Il faut, par ailleurs, se montrer très attentif aux termes précis du sujet et, en particulier ici, à la notion de « transformation ».

Analyse des termes du sujet

Le développement technique :

La technique désigne l'ensemble des moyens (outils, machines, robots) et des méthodes (savoir-faire) inventés par l'homme pour lui permettre de faciliter et rendre plus efficaces ses tâches. Le développement technique correspond à l'invention constante de nouveaux moyens ou encore à l'extension de la technique à des domaines de plus en plus nombreux (voir l'exemple récent des biotechnologies). En outre, on peut remarquer que le terme de « développement » est plus neutre que celui de « progrès » qui implique une dimension d'amélioration.

Les hommes :
En principe, la technique a pour finalité la modification du monde extérieur, de la nature, et non l'homme lui-même, qui en est plutôt l'utilisateur. Cependant, le recours sans cesse grandissant à la technique ne peut-il pas avoir aussi un effet sur l'homme lui-même, dans les différentes dimensions qui le définissent, à la fois physiquement et moralement ? Cette réflexion implique de poser en même temps la question de l'existence d'une « nature humaine » : l'homme peut-il se définir par des propriétés déterminées et immuables ou bien faut-il le concevoir comme un être qui doit se définir lui-même de façon libre justement ?

Transforme-t-il :
Au sens le plus strict, la notion de « transformation » implique une modification profonde, durable et significative : être « transformé », c'est être quelque chose ou quelqu'un d'**autre**. On pourrait presque parler alors de « métamorphose ». Est-il possible d'imaginer que l'homme puisse faire l'objet d'un tel changement ? Il faut remarquer aussi que la notion de « transformation » n'implique pas en elle-même un jugement de valeur : ce changement pourrait être aussi bien à penser comme une perte pour l'homme de son identité (une altération ou une « aliénation ») que comme une amélioration de ses qualités. Mais, en ce cas, s'agirait-il bien d'une « transformation » ou seulement d'une « actualisation » de facultés déjà présentes en l'homme, et donc d'un accomplissement ? Enfin, on peut discuter le caractère subi et passif de cette transformation sous l'effet du développement technique. N'est-ce pas à l'homme de maîtriser la technique et, avec elle, ses effets ? N'est-ce pas aussi à l'homme qu'il revient de se définir lui-même, de construire son identité et de se donner les moyens d'y parvenir ?

Problématique

En principe, la technique a pour fin la transformation de la nature extérieure. Cependant, l'invention et l'utilisation sans cesse grandissante de moyens techniques n'ont-elles pas aussi un effet sur l'homme lui-même ? Quels peuvent être le sens et l'importance de cet effet ? Peut-il y avoir une « transformation » au sens propre de l'homme ? L'existence d'une nature humaine ne rend-elle pas impossible toute modification profonde de l'homme dans son être ? Les progrès techniques ne sont-ils pas l'occasion de remettre en cause cette idée, en rappelant à l'homme qu'il est responsable de ce qu'il est et de ce qu'il peut devenir ?

Plan de la dissertation

I. Le développement technique ne transforme pas l'homme, mais le « rend » homme

II. Le développement technique peut, cependant, être un facteur d'aliénation

III. Le développement technique appelle l'homme à la responsabilité de se définir lui-même

Corrigé complet

Les titres en bleu apparaissant dans ce corrigé ne doivent pas figurer dans votre devoir. Nous les avons insérés pour vous guider et vous aider à repérer la progression de la dissertation.

Les conseils du professeur

Introduction

La technique semble marquée par le progrès. Depuis que l'homme a inventé les outils nécessaires à sa subsistance, ceux-ci n'ont cessé de se multiplier, de s'étendre et de se développer. D'abord destinée à modifier la nature pour l'adapter aux besoins de l'homme, la technique est maintenant en mesure de modifier la structure de la matière ainsi que la vie. On pourrait penser que ce développement se limite à transformer ce qui reste extérieur à l'homme, à savoir le monde lui-même : en effet, les outils et les machines restent destinés avant tout à rendre le travail humain efficace et performant en termes de vie et de confort. Ce que la technique transforme, c'est la nature et les choses, dans un but utilitaire, et non pas l'homme lui-même. Pour autant, le développement technique n'a-t-il pas aussi des répercussions sur l'être humain, directes ou indirectes ? En effet, l'homme cherche à améliorer ses propres performances et utilise, pour cela, la technique ; de même, en modifiant le monde qui l'entoure, l'homme modifie ses conditions de vie et son propre être. Quelle est alors la nature de ces impacts de la technique sur l'homme ? S'agit-il d'une simple amélioration de ce que l'homme porte déjà en lui, auquel cas le développement technique ne ferait qu'accomplir les potentialités humaines sans changer l'homme ? Ou bien s'agit-il d'un bouleversement plus radical que l'on pourrait qualifier de « transformation » ? Mais alors, est-ce la technique en elle-même qui serait responsable de cette action sur l'homme ou l'homme lui-même ?

I. Le développement technique ne transforme pas l'homme, mais le « rend » homme

A. L'existence d'une nature humaine rend impossible le fait de parler d'une « transformation »

Pour que l'on puisse parler de « transformation » sous l'effet du développement technique, il faudrait que l'homme puisse devenir quelque chose d'autre que lui-même, qu'il change de « nature ». Or, il semble bien qu'il y ait des propriétés fondamentales qui définissent l'homme de façon immuable et qui font que l'on peut parler d'une « nature humaine ». Les moyens techniques peuvent ainsi évoluer, se diversifier, se multiplier, sans que cela change véritablement l'homme dans son être. On peut prendre ici l'outil comme modèle de réflexion : il vient s'ajouter au corps de l'homme, mais de façon ponctuelle et non comme un véritable nouvel organe. Autre preuve de cette absence de transformation : le fait que nous pouvons reconnaître une intelligence semblable à la nôtre à travers toute l'Histoire, jusque dans les outils de nos plus lointains ancêtres (**Bergson**, *L'Évolution créatrice*).

B. Un accomplissement plutôt qu'une véritable « transformation »

On peut, cependant, reconnaître au développement technique un certain effet sur l'homme, mais qui relève d'un accomplissement plutôt que d'un bouleversement dans ce qui le caractérise. L'invention de nouveaux moyens techniques permet, en effet, « d'actualiser » des qualités déjà présentes en l'homme, mais « en puissance » seulement. Le développement technique est ainsi un facteur « d'humanisation », en apportant à l'homme plus de temps libre, par exemple, ou encore plus de moyens pour développer son habileté, pour se cultiver, etc. Ce serait d'ailleurs l'enjeu principal du progrès technique en dernière analyse : permettre à l'homme d'être davantage lui-même.

Voir Repères, p. 344

C. Une illusion de transformation due au développement technique

Enfin, il faut signaler qu'il n'est pas nécessaire pour cela de se lancer dans une logique de développement technique à outrance. Les hommes des sociétés dites « primitives », qui en sont restés à un certain niveau de développement technique, sont pourtant bien pleinement nos semblables. S'ils ont été considérés comme moins « civilisés » ou moins « humains », ce n'est que par l'effet d'un préjugé « *ethnocentriste* ». On peut, d'ailleurs, remarquer qu'il s'agit d'un des travers constants de l'homme (**Lévi-Strauss**, *Race et histoire*). De ce point de vue, le développement technique serait dans une certaine mesure un facteur d'illusion, amenant les hommes à se croire transformés en des êtres plus « développés » et qui perdent de vue leur appartenance à une même essence.

L'ethnocentrisme consiste à juger les autres cultures à partir des habitudes et des valeurs de sa propre culture, comme si celle-ci représentait une norme absolue.

Ce terme correspond aux caractéristiques qui définissent un être ou une chose et qui les distinguent du reste.

II. Cependant, par rapport à cette nature, le développement technique peut être un facteur d'aliénation

A. L'ambiguïté de l'effet du développement technique sur l'homme

Le développement technique ne va pas nécessairement dans le sens pour l'homme d'un épanouissement de ses qualités, comme le suggère déjà la remarque précédente. C'est d'ailleurs toute l'ambiguïté de la « *perfectibilité* », qui définit l'homme selon **Rousseau**. D'un côté, le fait que l'homme ne soit pas enfermé dans des instincts rigides lui permet de s'ouvrir sans cesse à de nouveaux progrès. Mais, d'un autre côté, cela peut entraîner une régression de l'homme au-dessous de l'animal lui-même. Les caractéristiques que l'homme porte « en puissance » ne sont pas, en effet, toutes positives : le risque est que le développement technique ait plutôt pour résultat d'encourager les travers de la « nature humaine ». Comme le montre Rousseau dans le *Second Discours*, la violence, la cupidité ou encore la paresse ne peuvent avoir que peu d'effets à l'état naturel. C'est le développement technique qui les éveille et les encourage.

Littéralement, ce qui est « perfectible », c'est ce qui est encore imparfait ou inachevé, et qui peut encore s'améliorer.

Voir Repères, p. 344

B. Le développement technique comme facteur d'aliénation

À cela s'ajoute que le développement technique peut transformer ce qui devrait être pour l'homme un lieu d'accomplissement en un lieu « d'aliénation ». Selon **Marx**, le travail est, en principe, pour l'homme le moyen de s'épanouir en mettant en œuvre ses capacités spécifiques. Or, la mécanisation du travail peut produire l'effet inverse en rendant les tâches monotones, répétitives et peu valorisantes. Sous cette forme, le travail devient alors ce qui fait perdre à l'homme son essence : il l'« animalise ».

Ce terme n'évoque pas ici la folie, mais plutôt le fait de devenir « étranger » à soi-même (*alienus*, en latin).

C. Le développement technique comme facteur d'appauvrissement de l'existence

Il faut voir aussi que le développement technique porte en lui certaines valeurs ou encore une certaine vision du monde et de l'existence. La technique implique une logique d'efficacité et de rentabilité, qui risque de se substituer à toute autre forme de rapport au monde et à autrui. Comme le fait remarquer **Heidegger** (en parlant d'un monde dominé par l'*« essence de la technique »*), le développement technique conduit l'homme à ne plus voir la nature que comme un ensemble de moyens mis à sa disposition. La technicisation des moyens de communication entre les hommes peut aussi avoir tendance à faire perdre un authentique rapport à nos semblables. Le développement technique est, dans cette mesure, un facteur d'appauvrissement de notre conception de l'existence.

III. Le développement technique appelle l'homme à la responsabilité de se définir lui-même

A. Un nécessaire progrès moral de l'homme

Le développement technique apparaît donc, à la fois, comme ce qui peut permettre à l'homme de s'épanouir en tant que tel et, en même temps, comme ce qui est susceptible de l'appauvrir et de l'« aliéner ». Il ne s'agit cependant pas de refuser le développement technique, mais plutôt de veiller à ce qu'il se fasse toujours dans le sens de ce qui peut permettre à l'homme de mettre en œuvre les qualités positives qu'il porte en lui. Il faudrait notamment que les progrès techniques soient moins orientés vers une logique purement économique. Plus profondément encore, il faudrait que l'homme progresse moralement, en apprenant à résister à ses mauvais penchants.

B. L'essentielle responsabilité de l'homme

Il faut, à ce sujet, rappeler que le véritable responsable est bien l'homme lui-même en dernière analyse. Réfléchir sur les effets du développement technique ne doit pas faire oublier que l'homme en est l'auteur et qu'il est donc responsable en même temps de l'influence que ce développement peut avoir sur lui-même. Cette réflexion nous amène aussi à remettre en question l'idée d'une « nature humaine » qui serait donnée à l'homme une fois pour toutes. On peut, en effet, penser avec **Sartre** que chez l'homme *« l'existence précède l'essence »* – ce qui signifie que c'est à l'homme lui-même de se définir. L'histoire de l'homme, sous l'influence du développement technique, serait, en ce sens, davantage le lieu d'une « construction » que d'une « transformation ».

Sartre l'explique par comparaison avec un objet technique, fabriqué dans un but bien précis. L'homme, en revanche, viendrait au monde sans but, ni raison prédéfinis.

C. Une responsabilité exacerbée par les nouvelles technologies

Les récents progrès techniques semblent, d'ailleurs, inviter l'homme à cette prise de conscience. Sartre faisait remarquer en 1945 que l'arme nucléaire impliquait que le choix et la responsabilité d'exister appartenaient désormais à l'humanité elle-même. De manière analogue, les progrès des biotechnologies, grâce à la génétique, laissent entrevoir des possibilités inédites pour l'homme de se modifier lui-même (voir, par exemple, les projets du « transhumanisme »). Le développement technique, qui avait pour fin la maîtrise de la nature par l'homme, atteint en ce sens son accomplissement logique : que l'homme puisse disposer aussi des moyens d'agir librement sur son propre être. C'est donc bien ce qui le met en demeure de se choisir et de se définir lui-même.

Il s'agit du projet « d'augmenter » l'homme grâce aux nouvelles technologies, en libérant notamment l'humanité de certaines limites qui pèsent sur elle.

Conclusion

Le développement technique modifie donc l'homme. Cette modification peut prendre la forme soit d'un accomplissement de ce que l'homme a de spécifique (notamment la liberté), soit d'une aliénation, lui faisant alors perdre tout ce qu'il a d'humain. Seule cette aliénation peut être qualifiée de « transformation », tant elle impose à l'homme une perte de ses caractères essentiels. Toutefois, il convient de reconnaître que cette transformation n'est pas tant le fait du développement technique que celui de l'homme : il reste responsable de sa manière d'inventer et d'utiliser ses propres outils, y compris lorsqu'il les emploie contre lui-même.

SUJET 15

4 heures

Notion : LE TEMPS

Dissertation :

Sommes-nous responsables de l'avenir ?

Fiches p. 307

2 3 4 9 10 13 14 15

Travail préparatoire

Notions et repères

Notion principale : le temps.
Notions secondaires : la conscience, le devoir, la liberté, le bonheur, la nature, la science, la technique.
Repère : contingent/nécessaire – impossible/possible – croire/savoir – vrai/probable/certain.

Remarques générales

Ce sujet a pour avantage d'offrir diverses approches. Sa difficulté tient à ce qu'il n'est pas en lien direct avec « une » notion en particulier et oblige donc à une certaine gymnastique. Il faut avoir en vue la problématique morale de la responsabilité, la problématique philosophique du temps et celle de la liberté, en lien avec la thématique du progrès technologique.

Analyse des termes du sujet

L'avenir :
L'*avenir* désigne une dimension du temps correspondant à ce qui n'est pas encore mais qui peut être (catégorie du possible). Par définition, l'avenir semble renvoyer à ce qui est incertain et imprévisible (contingent). Pour autant, certains aspects de la réalité à venir

obéissent à des lois et à la nécessité. Il semble difficile de déterminer ce qui relève de telle ou telle catégorie et de savoir, par conséquent, ce qui, de l'avenir, est en notre pouvoir ou non. L'*avenir* désigne aussi le contenu de ce qui advient dans le temps, l'existence, le vécu, leur déroulement. Ici, le sujet a pour objet l'avenir en général, de l'homme ou de la nature, et non pas « notre » avenir.

Sommes-nous :
Le pronom *nous* renvoie à la sphère collective en plus de la sphère individuelle. Il engage plusieurs personnes, allant du groupe (une association, par exemple) à l'humanité tout entière, en passant par la société ou l'État. Le verbe *être* insiste sur le caractère essentiel et profond de ce qui relèverait de notre responsabilité.

Responsables :
La responsabilité est une qualité morale consistant à assumer ce que l'on fait (actes ou paroles). L'auteur responsable d'une action correspond à celui qui l'a causée librement et qui doit en répondre. Ainsi, on considère comme irresponsable un individu n'ayant pas eu l'usage de sa liberté (le « fou », l'enfant, par exemple). La notion de « responsabilité » renvoie à la sphère morale (de quoi ou de qui sommes-nous responsables ? quels sont nos devoirs ?) et à la sphère métaphysique (sommes-nous libres ou déterminés ? le libre arbitre existe-t-il ou n'est-il qu'une illusion ?).

Problématique

La notion d'« avenir », combinée à celle de « responsabilité », pose un problème d'ordre à la fois moral et métaphysique. On doit se demander dans quelle mesure les hommes peuvent prendre en charge les effets ou conséquences de leurs actions, sachant que celles-ci, faites au présent, ne sont peut-être pas libres et que s'ajoute à cela tout ce qui, dans l'avenir, est extérieur à ces actions. La prise en charge (collective ou individuelle) de l'avenir doit-elle être valorisée ou, au contraire, peut-on nous décharger de ce qui paraît, en partie, impossible ? Comment mesurer notre degré de responsabilité à l'égard de l'avenir ?

Plan de la dissertation

I. L'avenir en tant que tel ne semble pas pouvoir relever de notre responsabilité
II. Mais nous sommes responsables de certains aspects de l'avenir
III. Il faut, toutefois, mesurer les conditions ou moyens rendant possible cette prise en charge de l'avenir

Corrigé : plan détaillé

Les titres en bleu apparaissant dans ce corrigé ne doivent pas figurer dans votre devoir. Nous les avons insérés pour vous guider et vous aider à repérer la progression de la dissertation.

Les conseils du professeur

I. L'avenir en tant que tel ne semble pas pouvoir relever de notre responsabilité

A. L'*avenir* désigne ce qui n'existe pas encore et qui n'a pas de réalité

L'analyse de la notion d'« avenir » semble en contradiction avec celle de « responsabilité ». En effet, l'*avenir* désigne cette partie du temps qui, à la différence du présent ou du passé, renvoie à ce qui n'a pas encore de réalité et n'est que possible. On associe souvent le possible au contingent, à ce qui peut tout aussi bien être que ne pas être. Cette sphère d'indétermination est évoquée par **Bergson**, pour qui le temps réel ne correspond pas à un temps mesurable, quantifiable, mais plutôt à la durée imprévisible, source de nouveauté.

Voir Repères, p. 343

B. La responsabilité semble supposer la conscience du présent

Il paraît donc difficile d'être responsable d'une réalité que l'on ne peut se représenter au moyen de la conscience. Si *« toute conscience est conscience de quelque chose »*, comme l'affirme **Husserl**, cela signifie que la conscience est la « *visée* » d'un « objet » auquel elle donne un sens. Elle n'est pas une forme vide (comme une boîte) mais un « *acte* ». Attendre quelqu'un, par exemple, est un acte d'attente, de tension vers la personne à venir, qu'on ne perçoit pas. L'avenir ne peut, ainsi, être visé que de façon incertaine. Notre conscience ne peut le viser comme elle vise une action présente. Nous sommes responsables de ce que nous faisons au présent car notre conscience peut coïncider avec lui et en répondre, mais nous ne sommes pas responsables de ce que nos actes deviennent et qu'on ne perçoit pas.

Toute citation n'a de valeur que si elle est expliquée.

C. La responsabilité semble supposer la liberté

Par ailleurs, être responsable, c'est être libre au moment où l'on agit, pour pouvoir en être déclaré l'auteur. Être la cause d'une action ne suffit pas pour que l'on en soit responsable. Le droit (les lois) décharge de sa responsabilité l'aliéné lorsqu'il commet un crime, parce qu'il ne maîtrisait pas ses actes. L'individu irresponsable n'est pas libre, mais soumis à une forme de déterminisme (maladie, passions). L'enfant aussi est considéré irresponsable. Par conséquent, il semble difficile de poser cette condition (être libre, posséder la maîtrise de ses actes) à l'égard de l'avenir, puisque ce dernier contient des éléments extérieurs qui échappent à notre maîtrise. On ne peut, par exemple, être responsable d'un accident subi qui a été causé par un tiers, ni des obstacles extérieurs venant menacer un projet.

II. Mais nous sommes responsables de certains aspects de l'avenir

En précisant « certains aspects », on tient compte de la formulation générale « l'avenir » pour dégager des aspects différents faisant varier notre responsabilité.

A. L'avenir contient des éléments que l'on peut anticiper grâce aux sciences

Toutefois, l'avenir correspond aussi à une réalité soumise à des lois déterminées, que la science nous permet de connaître et de prévoir. On peut alors déduire un certain nombre de conséquences inéluctables à partir du présent. Ainsi, dans une pandémie, les modélisations permettent de prévenir les effets possibles de nos actions et nous encouragent à la prudence (gestes « barrière »). Si ces lois ne sont pas pour autant prévisibles de manière absolument certaine, il est quand même possible de prévoir « le pire » et c'est à cela que s'emploie, notamment, le principe de « précaution ». Ainsi, dans le cas des OGM, dont on ne connaît pas tous les effets secondaires, le fait de choisir ou non de les utiliser manifeste notre libre arbitre. En somme, on est responsable de ce que l'on peut prévoir.

B. L'avenir contient des éléments dont on a conscience et que l'on connaît

L'avenir contient également des éléments qui sont connus de manière plus intuitive (moins scientifique), par expérience. On connaît les effets néfastes d'une parole blessante sur autrui, dont nous serons tenus pour responsables. On peut aussi prévoir les conséquences de certains désirs, comme le montre **Épicure**, pour qui la « métriopathie » permet d'anticiper les plaisirs et les peines à venir et doit nous guider dans nos choix présents afin d'être heureux.

C. L'avenir peut donner prise à notre volonté

À partir de ce que nous savons et pouvons anticiper, nous pouvons vouloir tel ou tel avenir, et nous sommes alors responsables de nos choix. Nous pouvons aussi, à la manière des **stoïciens**, faire en sorte de désirer que les choses arrivent comme elles le doivent, en prenant également en charge ce que nous n'avons pas vraiment voulu et qui relève du hasard ou de facteurs extérieurs (chagrins, maladies, mort…). **Œdipe**, en se crevant les yeux et en choisissant l'exil et la solitude, devient responsable d'un destin qu'il a pourtant voulu fuir, mais qu'il assume comme étant son histoire.

Dans cette partie, on cherche à progresser encore en dépassant la réponse obtenue dans la partie précédente : ici, en nuançant la partie précédente et en en précisant les conditions de réalisation.

III. Il faut toutefois mesurer les conditions ou moyens rendant possible cette prise en charge de l'avenir

A. Le devoir de respect semble échapper à des conditions d'ordre temporel et s'étend à autre chose qu'à autrui

C'est une exigence d'ordre moral qui nous invite à cette responsabilité, car l'avenir est plus largement celui de la nature ou de l'humanité. Le devoir de respect envers autrui peut s'étendre à la nature à venir (animaux, biodiversité) et à l'humanité tout entière (générations futures). Ne pas nuire à autrui, ne pas le réduire à n'être qu'un simple objet utilisable à souhait peut, ainsi, s'élargir à autre chose qui nous concerne tous. Le progrès scientifique et technologique nous rend, selon Hans **Jonas**, de plus en plus responsables, y compris des générations futures.

B. Les morales utilitaristes ou relevant de l'éthique délimitent un avenir (meilleur) à notre charge

Dans la même perspective, la morale **utilitariste**, fondée sur l'intérêt du plus grand nombre, nous incite à calculer à l'avance les chances de réussite de nos actions et à anticiper les obstacles à cette réussite. La notion d'« intérêt » est, en effet, mesurable par la raison. Par exemple, il est possible d'anticiper l'intérêt qu'il y a à se faire vacciner comparé aux risques de tomber malade, tout en prenant en compte les risques liés à la vaccination. Dans ce cas aussi, nous devenons responsables d'un avenir que l'on souhaite meilleur pour tous, en assumant une prise de risque dont on a évalué les limites.

C. Limites éventuelles de cette responsabilité qui semble infinie

Notre responsabilité n'est pas pour autant infinie. Lorsque **Sartre** parle du *« fardeau »* de la liberté et d'une responsabilité à l'égard de tous (et pas seulement à l'égard de nous-même), il suggère que l'homme est responsable du modèle qu'il donne à l'humanité. Cette forme de liberté consiste à se choisir en tant qu'homme et à en porter la responsabilité. Il ne s'agit pas de prendre à sa charge tout ce qui arrivera comme une « faute ». Il faut seulement ne pas chercher à se réfugier derrière la *« mauvaise foi »*.

SUJET 16

4 heures

Notion : LE TRAVAIL

Dissertation :

Que gagnons-nous à travailler ?

Travail préparatoire

Fiches p. 307
2 3 7 9 16

Notions et repères

Notion principale : le travail.
Notions secondaires : le bonheur, la conscience, la justice, la liberté.
Repères : en acte/en puissance – médiat/immédiat – obligation/contrainte.

Remarques générales

Ce sujet ne présente pas de difficultés particulières dans sa formulation, si ce n'est l'emploi du verbe gagner qui est une allusion directe à l'expression « gagner sa vie ». Par conséquent, il faut saisir que le sujet invite à un dépassement de cette idée et donc à un dépassement de la notion de « gain » appliquée au travail. La réflexion doit aussi éviter de se limiter à l'énumération de ce qui pourrait être gagné : il faut, comme toujours, construire une progression à partir d'un problème.

Analyse des termes du sujet

Que gagnons-nous :
Le sujet interroge un objet ou des objets à gagner par le travail. C'est donc poser qu'en échange du travail on reçoit (ou ne reçoit pas) quelque chose, en opposant l'idée que l'on gagnerait « beaucoup » (notre humanité) à l'idée qu'on ne gagnerait « rien », ou encore que l'on pourrait perdre beaucoup (par une « déshumanisation »).

C'est le travail comme **échange** qui est donc interrogé et ses conditions. En même temps, la notion de « gain » suggère que le travail se mesurerait à ce qu'il « rapporte ». Or, peut-on réduire ainsi le travail à une telle démarche intéressée, devant absolument « profiter » à l'homme ? Si le travail humanise l'homme, peut-on, à ce propos, parler de « gain » ?

À travailler :

Au sens courant, *travailler* évoque l'idée d'avoir un métier ou d'exercer une activité salariée. C'est ce qu'on appelle, en effet, « un travail ». Mais le fait de « travailler » a sans doute une dimension plus large : il s'agit de se livrer à une activité qui demande des efforts, accomplie dans un but utile. Le travail se distingue, ainsi, notamment du « loisir », des activités qui correspondent au « temps libre ». Ce qui est présupposé ici, c'est que l'on travaille effectivement et que le travail est une réalité. En même temps, le sujet oppose à cette réalité la perspective d'un monde sans travail, pour justement comparer les « gains » respectifs : gagne-t-on plus à travailler ou bien à ne pas travailler ? Or, là encore, la notion de « gain » est-elle capable de mesurer la valeur du travail ou du non-travail ?

Problématique

Le sujet oppose deux thèses. D'un côté, on suppose que le travail ne fait rien gagner à l'homme, en le privant de sa liberté ou en le déshumanisant. D'un autre côté, on suggère que l'homme a peut-être « tout » à gagner en travaillant, mais alors on fait du travail une activité intéressée devant « rapporter ». Le problème est donc de savoir si l'on peut réduire ainsi le travail à un gain ou à une perte et à quelles conditions le travail apporte à l'homme le meilleur gain, à savoir son humanité.

Plan de la dissertation

I. À première vue, le travail nous fait bien plus perdre que gagner quelque chose

II. Mais le travail devrait pourtant être vu comme le moyen de gains essentiels

III. Est-il légitime cependant de parler de « gain » ?

Corrigé complet

Les titres en bleu apparaissant dans ce corrigé ne doivent pas figurer dans votre devoir. Nous les avons insérés pour vous guider et vous aider à repérer la progression de la dissertation.

Les conseils du professeur

Introduction

La réalité contraignante du travail peut suggérer que l'homme ne fait que « gagner sa vie » en travaillant et donc qu'il perd plus qu'il ne gagne en échangeant ses efforts et son temps contre le simple droit de vivre. D'un autre côté, que serait l'homme sans travail ? Accèderait-il véritablement à l'humanité, quand on sait que le travail est ce qui inscrit l'homme dans la culture ? Le problème est donc de déterminer à quelles conditions le travail est humanisant et si parler en terme de gain à propos du travail suffit à rendre compte de ce qui semble à ce point essentiel pour l'homme. Si le travail humanise l'homme à certaines conditions, peut-on dire que cette humanité « se gagne » ? Ne faut-il pas préciser le sens du mot ***gain*** ?

I. À première vue, le travail nous fait bien plus perdre que gagner quelque chose

Voir Repères, p. 342

A. Une contrainte naturelle n'offrant qu'un maigre gain

On peut concevoir le travail comme une contrainte, imposée par la nature pour assurer notre conservation. Le milieu naturel n'offre pas de façon immédiate de quoi satisfaire nos besoins, il faut dépenser du temps et des efforts pour cela. De ce point de vue, l'homme est soumis à la même nécessité que l'animal. Mais on peut aussi considérer que l'homme se voit contraint par la nature de travailler davantage encore, pour parvenir au même résultat seulement. En effet, comme le suggère le mythe de Prométhée exposé dans le *Protagoras* de **Platon**, l'homme serait le moins bien pourvu de tous les êtres.

Attention à ne pas réduire le travail à l'un de ses aspects particuliers, les activités salariées.

Ce célèbre mythe porte notamment sur l'origine de la technique, vue comme une spécificité humaine.

Il doit donc travailler pour se procurer par lui-même ce que l'animal possède immédiatement : de quoi se vêtir, s'armer, s'outiller, etc. Par comparaison, l'homme gagne donc bien peu. Le travail permet seulement de combler un manque et de compenser une déficience de la nature, de manière à rendre la vie possible seulement.

B. Le travail comme perte de soi

En outre, le travail peut avoir un effet « aliénant » (du latin *alienus*, « étranger ») sur l'homme, pour plusieurs raisons. **Marx** le montre, en particulier, dans le cadre de la révolution industrielle qui consacre l'arrivée des machines. L'ouvrier a moins l'occasion d'employer ses talents propres dans les tâches qu'il doit exécuter. Elles sont simplifiées et répétitives. Les exigences économiques d'efficacité et de rentabilité font que l'ouvrier « *mortifie son corps et ruine son esprit* » (*Manuscrits de 1844*). En échangeant contre un salaire sa force de travail, il peut aussi avoir le sentiment de ne plus s'appartenir, mais de devenir la propriété d'un autre homme. Par suite, ce sont plutôt ceux qui font travailler les autres qui peuvent gagner beaucoup, financièrement, en cherchant à les payer le moins possible, tout en leur demandant du « surtravail ».

« Mortifier » signifie infliger des souffrances.

Marx appelle ainsi la part de travail fournie par l'ouvrier qui dépasse ce qui est nécessaire à la satisfaction de ses besoins. C'est cette part que le patron peut être tenté de ne pas rétribuer pour dégager plus de bénéfice.

C. La relativisation de la valeur de gain du « temps libre »

L'analyse de **Marx** montre que le travail aliénant prive aussi de la possibilité de s'accomplir humainement en dehors du travail. En effet, le temps libre est souvent accaparé par le besoin de se reposer, avant de retourner travailler encore. La satisfaction des besoins vitaux et les tâches domestiques prennent encore une autre partie de ce temps. Ces formes d'occupation ne sont pas en elles-mêmes spécifiquement humaines, si bien que le temps « gagné » par le temps « perdu » à travailler représente un gain très relatif.

Nous voyons donc en quel sens l'homme semble gagner si peu, et même perdre beaucoup, à travailler.

Cependant, cela ne doit pas nous faire oublier que le travail reste l'instrument par lequel l'homme peut se cultiver et s'humaniser.

II. Mais le travail devrait pourtant être vu comme le moyen de gains essentiels

A. Le travail comme moyen de gagner notre humanité

Sans le travail, l'homme n'aurait pas l'occasion d'employer et de développer ses facultés propres. Son habileté manuelle, son ingéniosité intellectuelle, sa créativité, etc., demeureraient présentes seulement en puissance, en germe ou en sommeil en quelque sorte. En échange de ses efforts, l'homme devrait donc gagner à être davantage lui-même et à en tirer le sentiment d'un mérite particulier. C'est ce qui est lié à sa capacité de conscience de soi, susceptible de faire passer le travail d'une activité contrainte et subie à une activité désirable en elle-même.

Voir Repères p. 344

B. Le travail comme gain de liberté

Critiquant le mythe de Prométhée, **Aristote** montre que l'homme n'est pas le moins bien doté des animaux, bien au contraire. Les mains qu'il possède sont capables d'accueillir un nombre infini d'outils inventés, ce qui ne peut avoir de sens que pour un être à qui la nature accorde en même temps une intelligence particulière *(Parties des animaux)*. Grâce à la technique et à son développement, le travail de l'homme apporte une maîtrise toujours plus grande de la nature. Il peut aussi permettre de dépasser la possibilité de satisfaire de simples besoins, pour gagner la satisfaction de désirs d'une grande diversité. Tout cela représente donc un gain de liberté au sens d'une plus large possibilité d'action.

Cette référence permet de revenir sur ce qui a été dit précédemment. Faites « dialoguer » vos parties pour permettre à la réflexion de s'approfondir.

C. Le travail comme gain de lien social

En produisant par son travail plus que ce dont il a besoin, un homme a la possibilité d'entrer en relation d'échange avec autrui. Il peut ainsi gagner de façon immédiate l'accès à d'autres biens, mais il gagne en même temps l'établissement d'un certain lien. Dans

La République, **Platon** décrit d'ailleurs la constitution d'une société humaine sur la base d'un échange mutuel du travail de chacun, selon ses talents propres. Il se forme ainsi un lien d'interdépendance, de solidarité, voire de reconnaissance à mesure de la collaboration de chacun.

Ainsi, il faut convenir que, si le travail aliéné nous fait perdre beaucoup, le travail humain, lui, dans son essence même, nous fait gagner le fait même de devenir homme. Mais alors peut-on encore parler de simple « gain », comme s'il s'agissait de recevoir un « dû » ?

III. Est-il légitime cependant de parler de « gain » ?

A. Les difficultés que pose la notion de « gain »

Il convient de s'entendre sur le sens du mot ***gagner***. D'un côté, la question « Que gagne-t-on ? » peut signifier « Quel profit y a-t-il à... ? » et, ici, on veut que le travail rapporte plus qu'il ne coûte, tel un ticket gagnant de loterie, coûtant peu mais rapportant beaucoup. D'un autre côté, dire d'une chose qu'elle « se gagne » signifie qu'elle « se mérite » et qu'elle ne s'obtient qu'après des efforts coûteux, au moins équivalents au bien obtenu. Dans un cas, le mot ***gain*** a un sens plutôt péjoratif, signalant une démarche intéressée (comme quand on est « âpre » au gain), et, dans l'autre, un sens plus positif, désignant une démarche méritante et coûteuse, voire désintéressée. Il semble que ce soit ce sens-là qu'il faille retenir pour l'analyse philosophique du travail, puisque l'on cherche d'une certaine façon quelle est la forme la plus accomplie de travail.

Pensez toujours à interroger les différentes nuances de sens possibles, même quand il s'agit de termes courants. Ne considérez rien comme évident.

B. L'humanisation que permet le travail n'est pas donnée mais se mérite

Ce que le travail permet de gagner est davantage à comprendre comme ce qui, dans le travail, élève l'homme en matière de dignité que comme ce qu'il peut lui « rapporter » en matière d'argent ou de profit. En ce sens, le travail est bel et bien ce qui permet à l'homme de mériter son humanité, sa vie d'homme. Il gagne ceci au prix d'efforts et d'investissements qui lui « en coûtent » par rapport à ses désirs naturels. Il ne gagne pas son humanité en ne faisant rien ; il ne s'agit donc pas d'un gain sans investissement mais d'un gain mesuré par rapport à tout ce qui peut sembler justement perdu ou par rapport à tout ce qui risque d'être perdu dans le travail, sachant que le travail humain est toujours soumis à une forme d'aliénation possible.

C. Ce que l'homme gagne ainsi grâce au travail et à quelles conditions

Reste à définir tout ce que l'homme « gagne » ainsi à travailler, dans cette forme méritante d'échanges. Il y gagne, par les obligations qu'il s'impose, de nombreux droits ainsi que son élévation morale. En travaillant, l'homme obtient le droit de vivre dignement, à la fois en développant en lui tout ce qu'il a d'humain (corps et esprit) et en se montrant capable d'œuvrer pour autrui. Car, en se rendant utile à une société composée d'hommes qu'il ne connaît pas et qu'il n'a pas choisis, l'homme dépasse son égoïsme et vise le bien des autres. Ainsi, derrière le gain matériel que permet le travail, il y a donc un gain plus essentiel, plus fondamental. Pour autant, tout ceci suppose des conditions de travail et un droit du travail, c'est-à-dire des moyens, politiques et moraux, mis en œuvre pour garantir une telle forme épanouissante de travail.

Voir Repères, p. 342

Conclusion

Il a pu sembler que le travail faisait perdre à l'homme beaucoup plus qu'il ne lui faisait gagner, en l'obligeant à gagner une vie péniblement sans lui permettre d'y arriver de façon humaine. Pour autant, il ne s'agit là que d'une forme aliénante, déshumanisante, de travail et non du travail humain en lui-même, lequel reste ce qui permet à l'homme de gagner son humanité. Pour autant, ce gain repose sur certaines conditions et ne doit pas être compris comme un gain facile. C'est un gain qui, au contraire, se conquiert et s'obtient par des efforts et une réflexion sur le travail lui-même.

SUJET 17

4 heures

Notion : LA VÉRITÉ

Dissertation :

Faut-il préférer le bonheur à la vérité ?

Travail préparatoire

Fiches p. 307

2 3 4 11 17

Notions et repères

Notion principale : la vérité.
Notions secondaires : le bonheur, la conscience, le devoir, la raison.
Repères : croire/savoir – légal/légitime – principe/cause/fin.

Remarques générales

Ce sujet est classique. Il est nécessaire de bien relever qu'il part d'un présupposé : l'idée d'une incompatibilité entre le bonheur et la vérité. Elle n'est pas forcément systématique, mais le cas peut se présenter et cela suffit pour que la question se pose. C'est un présupposé qu'il est nécessaire de mettre en question. La formulation de la question oriente aussi la réponse : on sent que, moralement, c'est la vérité que l'homme devrait préférer à toute chose.

Analyse des termes du sujet

Le bonheur :
Il s'agit d'un état de satisfaction complète (la plénitude) et durable. De ce point de vue, il ne faut pas réduire le bonheur à un simple plaisir ou à un moment de joie. On peut d'ailleurs voir dans le bonheur plutôt un idéal, celui que tout homme vise en principe dans son existence. Faut-il pour autant aller jusqu'à lui donner la priorité même

face à la vérité ? D'un autre côté, est-il possible d'atteindre le bonheur lorsqu'on est dans l'ignorance, l'illusion, ou encore la mauvaise foi ? L'exigence de vérité ne serait-elle pas la condition du bonheur véritable ?

La vérité :

Par *vérité*, il faut entendre la connaissance de la réalité, donc de « ce qui est ». La vérité se définit en effet comme l'adéquation entre mes idées (ou mon discours) et la réalité. Attention à ne pas en faire simplement le contraire du mensonge et à ne pas réduire la réflexion à un possible droit de mentir. Il faut aussi penser à « l'ignorance », « l'illusion », « l'erreur », ou encore « la fiction »... Ce sont autant de notions que l'on peut opposer à la vérité et qu'il faudrait lui « préférer », si elles s'avèrent nécessaires au bonheur et que celui-ci s'avère préférable à la vérité. On doit donc se demander, d'une part, si la connaissance de la vérité n'entre pas en conflit avec ce que nous préférerions croire vrai et, d'autre part, s'il n'existerait pas un droit de mentir au nom du bonheur d'autrui.

Préférer :

La notion de « préférence » semble renvoyer à une inclination spontanée, immédiate, « naturelle ». Elle semble reposer sur le sentiment et, tout comme le désir, ne pas pouvoir être « commandée ». Cependant on nous demande ici de déterminer ce qui est « préférable » entre le bonheur ou la vérité, donc lequel des deux mérite notre priorité. La nécessité de justifier cette préférence nous oblige à réfléchir à la finalité de notre existence : s'agit-il de la recherche du bonheur, ou bien de la vérité, ou encore d'une dignité morale ? Enfin on peut se demander si l'idée même de « préférence » ne serait pas à remettre en cause : le bonheur ne passe-t-il pas nécessairement par la vérité ?

Faut-il :

Le verbe *falloir* peut avoir trois nuances de sens. Il renvoie d'abord à une nécessité, logique ou vitale (un besoin) : c'est ce qu'on ne peut pas ne pas faire. Il peut correspondre aussi à un *devoir* au sens moral (il est possible de ne pas le faire, mais ce n'est pas *bien* agir). Enfin, il peut s'agir d'un simple conseil, ou encore de ce qu'il est préférable de faire : « il vaut mieux... », « il est plus indiqué de... ». Ce sont ces deux derniers sens qui sont les plus pertinents, car l'idée de « nécessité » s'oppose à celle de « préférence ».

Problématique

D'un côté, la recherche du bonheur peut apparaître comme ce qui anime et oriente notre existence. Le bonheur serait ainsi ce bien complet que vise tout homme. Pour autant, l'idéal de satisfaction que suppose le bonheur est-il à la mesure de ce que permet la réalité ? Et, si tel n'est pas le cas, ne faut-il pas alors subordonner au bonheur la connaissance et la recherche de la vérité ? D'un autre côté, l'exigence de vérité ne représente-t-elle pas une finalité plus digne pour notre existence ? Enfin, y a-t-il vraiment un sens à préférer le bonheur à la vérité, s'il apparaît que le bonheur véritable ne saurait s'obtenir au prix de l'ignorance ou de l'illusion ?

Plan de la dissertation

I. Le bonheur semble devoir être préféré à la vérité
II. La vérité est cependant plus digne de notre humanité
III. Il n'y a pas à choisir : le bonheur implique la vérité

Corrigé : plan détaillé

Les titres en bleu apparaissant dans ce corrigé ne doivent pas figurer dans votre devoir. Nous les avons insérés pour vous guider et vous aider à repérer la progression de la dissertation.

Les conseils du professeur

I. Le bonheur semble devoir être préféré à la vérité

A. Le bonheur comme « bien suprême »

Comme le fait remarquer **Aristote** dans *Éthique à Nicomaque*, le bonheur est la fin ultime de toutes nos actions. Toutes les choses que nous faisons ou désirons

Voir Repères, p. 344

sont, à chaque fois, des moyens visant au bonheur. Lui seul peut être défini comme une « fin en soi » : on ne désire pas le bonheur comme un moyen pour obtenir autre chose que lui-même. Il apparaît donc comme le « bien suprême », ce à l'égard de quoi tout le reste semble être subordonné. C'est aussi ce qui semble donner sens à notre existence, au point de devoir lui préférer tout le reste.

Rappel : ne pas confondre le bonheur avec d'autres formes de satisfaction, comme le plaisir ou la joie.

B. La vérité doit donc être subordonnée au bonheur

On peut donc considérer que la recherche et la connaissance de la vérité lui sont subordonnées. En effet, la recherche de la vérité semble difficile, voire vaine, comme le suggèrent les arguments des philosophes « sceptiques » (par exemple, ceux de **Sextus Empiricus**). Notre existence étant assez courte, il paraît préférable de la vouer à un idéal plus accessible. Or, comme le montre **Épicure**, le bonheur est facile à atteindre si l'on sait écouter ce que la nature nous indique. Il peut ainsi être l'œuvre d'une vie humaine, alors que la recherche de la vérité semble devoir renvoyer à l'œuvre de plusieurs générations. D'ailleurs, pour **Épicure**, la vérité vaut surtout par sa capacité à produire l'« ataraxie » ou paix de l'âme.

Penseurs qui montrent que les moyens de connaissance humains ne permettent pas d'obtenir mieux que des opinions relatives.

C. D'un point de vue moral aussi, il semble juste de privilégier le bonheur

Enfin, bien qu'il soit en principe « mal » de mentir (surtout pour assurer ses propres intérêts ou son bonheur au détriment des autres), n'est-ce pas bien agir que de chercher à préserver quelqu'un d'une vérité dont on sait qu'elle le ferait souffrir ou aurait des conséquences nuisibles ? Par souci du bonheur d'autrui, et non pour une fin égoïste, il peut sembler légitime de dissimuler la vérité. Il y aurait ainsi des exceptions à penser au devoir ordinaire de sincérité.

Voir Repères, p. 342

II. La vérité est cependant plus digne de notre humanité

A. La remise en cause du bonheur conçu comme « bien suprême »

Comme le fait remarquer **Kant** dans les *Fondements de la métaphysique des mœurs*, la recherche du bonheur est, en un sens, ce à quoi tendent tous les êtres vivants. Il ne s'agit pas d'une fin propre à l'homme, car la nature pousse tout animal à rechercher la satisfaction sous la forme de son instinct. On peut même penser que la nature rend plus facile la tâche aux animaux de ce point de vue : avec des besoins limités et bien définis, ils n'ont pas à se demander ce qui pourrait les rendre « heureux ». Chez l'homme, en revanche, la conscience et la capacité à raisonner dont nous a dotés la nature semblent compliquer les choses. À moins qu'elles ne soient le signe que l'existence de l'homme a une autre finalité que la simple recherche du bonheur.

B. L'homme se doit de préférer la recherche de la vérité

On peut penser que la présence de la raison en l'homme lui donne comme finalité l'accroissement des connaissances. De plus, le propre de l'existence humaine est de pouvoir se penser dans une histoire, au cours de laquelle chaque génération peut apporter sa contribution à la recherche de la vérité. De ce point de vue, il semble préjudiciable de privilégier le bonheur face à la vérité. Comme le montre **Sigmund Freud**, le progrès de la vérité et des sciences, en particulier, a dû souvent se heurter aux illusions auxquelles l'homme tient parce qu'elles lui sont plus agréables que la vérité. Mais ces illusions doivent être dépassées, de la même façon que l'humanité doit aller vers plus de maturité.

Freud analyse les grandes révolutions scientifiques comme des « blessures narcissiques » pour l'humanité, en particulier l'héliocentrisme et le darwinisme.

C. Le bonheur ne peut valoir comme principe moral face à la vérité

Enfin, l'existence humaine a sans doute aussi une finalité morale : mener une vie en toutes circonstances conforme au bien. C'est même, selon **Kant**, la finalité qui correspond le mieux à notre raison. Cette dernière n'est pas en mesure de déterminer clairement comment obtenir le bonheur, pas plus pour nous que pour autrui. Ainsi, si nous nous demandons s'il vaut mieux dire ou cacher la vérité pour rendre quelqu'un heureux, nous entrons dans des calculs très particuliers et incertains. En revanche, si nous interrogeons notre raison seulement sur ce que nous devons faire, en toute circonstance, la réponse est claire. Nous devons toujours agir selon une règle dont nous pouvons « vouloir en même temps qu'elle devienne une loi universelle ». Tel est « l'impératif catégorique » kantien. De ce point de vue, l'idée d'un « droit de mentir » est contradictoire : nous ne pouvons vouloir le mensonge qu'à titre d'exception pour nous-mêmes. Ce n'est donc pas la question du bonheur qui doit être prise en compte pour savoir comment bien agir avec autrui, mais seulement celle de savoir quel est notre devoir. À ce titre, c'est toujours et seulement notre sincérité qu'autrui peut exiger de nous, non son bonheur.

Un devoir de vérité supposerait que les hommes puissent être objectivement certains de leurs idées ; la sincérité est plus accessible puisqu'elle implique de dire, au moins, ce que l'on croit être vrai.

Voir Repères, p. 344

III. Il n'y a pas à choisir : le bonheur implique la vérité

A. Le vrai bonheur n'est possible que dans la vérité

Si le bonheur implique une satisfaction complète et durable, il semble ne pouvoir se penser que dans un rapport lucide à la réalité, donc dans une pleine connaissance de celle-ci. Dès lors, le bonheur et la vérité ne devraient-ils pas toujours aller de pair ? C'est ce que montre **Descartes** dans une de ses lettres à la Princesse Élisabeth : il vaut mieux toujours connaître la vérité plutôt que de chercher le bonheur dans l'illusion. Nous n'obtenons sinon qu'une satisfaction superficielle et le sentiment d'une *« amertume »* intérieure, celle de se

Il s'agit de la lettre du 6 octobre 1645.

mentir à soi-même. Nous risquons aussi de nous mettre à la merci de désillusions plus désagréables encore.

B. La recherche de la vérité ne signifie pas « renoncer au bonheur »

Les progrès de la science obligent l'homme à renoncer à des illusions, dont on pourrait croire qu'elles lui sont nécessaires pour se protéger d'idées angoissantes. Mais, comme l'écrit **Freud** dans *L'Avenir d'une illusion*, ce besoin ne vaut que pour des hommes que l'on a habitués à dépendre de celles-ci. Comme l'enfant qui devient adulte, l'humanité doit pouvoir mener une existence heureuse tout en développant un rapport plus conscient à l'égard de la réalité. On peut ajouter avec Marx que les illusions, et en particulier les idées religieuses, ne peuvent offrir à l'homme qu'une apparence de bonheur. Il faut donc savoir les critiquer et les dépasser pour accéder à un bonheur authentique.

C. Au plan moral, la vérité est ce qui nous rend digne du bonheur

Enfin, si le bonheur signifie une satisfaction complète pour l'homme, il implique aussi le sentiment d'être digne de celui-ci. Le bonheur est étymologiquement placé sous le signe de la chance, de la « bonne fortune ». Pourtant, ce qui fait son prix pour nous, c'est le sentiment de l'avoir mérité et qu'il est à proportion de nos efforts pour être juste et vertueux. Comme le reconnaît **Kant**, rien ne nous assure que nous serons heureux parce que nous avons bien agi. Mais nous pouvons légitimement nous sentir digne de l'être quand, par exemple, nous avons maintenu la vérité, alors qu'il est très tentant de mentir (*Critique de la raison pratique*).

Le mot viendrait de « *bonum augurium* » en latin, le « bon augure », le présage favorable.

L'explication de texte

L'explication de texte

Présentation générale de l'exercice

Il s'agit d'expliquer un **texte d'une longueur raisonnable** d'une œuvre d'un des auteurs du programme. La connaissance de cette œuvre et de son auteur ne sont, cependant, pas nécessairement attendues. L'exercice consiste essentiellement à réfléchir sur **le problème philosophique** en jeu dans le texte, en lien avec **une ou plusieurs notions** du programme. L'objectif est, pour cette raison, proche de celui de la dissertation. Expliquer un texte consiste à **étudier la réponse** qu'un auteur apporte **à un problème** en montrant ce qui en fait **l'intérêt** et **la valeur**, mais aussi éventuellement **la limite**. Cela revient à faire **une lecture active** du texte, en **s'interrogeant** sur chacune de ses affirmations.

Critères d'évaluation

– Compréhension du texte et de son problème.

– Effort d'explication (et non simple paraphrase).

– Mise en valeur de la structure du raisonnement.

– Utilisation pertinente d'une culture philosophique et générale.

– Clarté de l'expression.

Conseils pour bien démarrer

– **Faites plusieurs lectures** de l'extrait. Un texte peut paraître difficile à première vue, et s'éclairer ensuite. Un texte semblant trop évident peut, d'ailleurs, conduire à la paraphrase. Les difficultés ont l'avantage de susciter des interrogations.

– **N'écartez pas** un texte dont **l'auteur** est **inconnu**. L'exercice requiert essentiellement des connaissances sur les notions du programme. Avoir des connaissances sur un auteur peut être utile, mais peut aussi faire courir le risque d'un hors-sujet si l'on cherche à tout prix à les exposer.

– Repérez les **principales notions** en jeu pour identifier le thème du texte.

– Dégagez la **structure du passage**, c'est-à-dire les **différentes parties** et leur **rôle logique**. Pour cela, essayez de résumer chaque partie en une phrase et demandez-vous si elle représente l'énoncé d'une thèse, la formulation d'un problème, la prise en compte d'une objection, etc.

– Soulignez les **principaux concepts** à définir.

Conseils de rédaction

Comme pour la dissertation, votre copie devra être organisée, mais cette fois selon un plan défini par la structure logique du texte. Il faut, en effet, mettre en évidence la manière dont l'auteur raisonne, ce qui implique de respecter et même de souligner sa démarche.

L'introduction

– Elle doit indiquer :

Étape 1 le **thème** du texte, c'est-à-dire le champ de **notions** sur lesquelles porte la réflexion ;

Étape 2 la **thèse** de l'auteur, sous la forme d'une **affirmation** précise. Faites toujours l'effort de la reformuler pour montrer qu'elle est comprise ;

Étape 3 le **problème** auquel la thèse apporte une forme de réponse ;

Étape 4 la **structure logique** du passage, qui correspondra aussi aux **étapes de l'explication**.

– Enfin, il est conseillé d'ajouter une question invitant à un certain recul critique à l'égard du texte, pour donner de l'enjeu à la réflexion.

Le détail de l'explication

– L'explication doit être **linéaire**, c'est-à-dire qu'elle doit suivre les affirmations du texte en respectant leur ordre. Elle doit, cependant, aussi être **organisée en parties** correspondant aux différentes étapes du raisonnement.

– Commencez par **indiquer ce que cherche à faire l'auteur en début de chaque partie**, puis entrez dans le **détail de ses affirmations**.

⚠ Attention

Le défaut le plus fréquent est **la paraphrase**, qui consiste à répéter seulement ce que dit déjà le texte, même avec d'autres mots. Pour l'éviter, ne vous contentez pas d'écrire « L'auteur dit que... puis que... ensuite que... ». **Demandez-vous plutôt à chaque fois** : que veut dire l'auteur exactement ? Qu'est-ce qui lui permet de l'affirmer ? Dans quel but avance-t-il cette idée ? Est-elle évidente ou originale ? Etc.

– **Citez régulièrement le texte**, en employant des **guillemets**. Cela permet d'éviter de perdre le texte de vue et d'aller vers un hors-sujet, et aussi de se rendre compte d'une éventuelle tendance à la paraphrase. Ne citez pas de trop longs passages à la fois, pour que l'analyse soit bien précise. Attention à ne pas changer le sens des affirmations en faisant des coupures dans les citations.

– Vérifiez que vous faites bien l'effort de **définir chaque concept**, d'**analyser chaque exemple**, ou encore de proposer vous-même un exemple permettant d'éclairer le propos de l'auteur. Au final, vous devrez avoir expliqué **tous les éléments** du texte.

– Dans ce travail d'attention au détail, veillez à ne pas perdre l'unité du texte. Pour cela, reliez bien les idées entre elles et faites notamment des **transitions** entre les différentes parties.

– Si des passages résistent à votre compréhension, ne les passez pas sous silence. Proposez au moins des **hypothèses de sens**. Il vaut toujours mieux montrer à votre examinateur que vous avez perçu des difficultés, qui peuvent d'ailleurs tenir au texte lui-même.

– Un **recul critique** est attendu à l'égard des affirmations du texte. En revanche, il faut toujours commencer par vous mettre au service des idées de l'auteur, en partant du principe qu'elles ont du sens et de la valeur. Ne vous livrez pas à une critique trop rapide qui risque d'être injustifiée. Vous pouvez, d'ailleurs, vous appuyer sur la thèse d'un autre penseur sur le même problème. Évitez, en revanche, d'expliquer les idées d'un auteur avec celles d'un autre, vous risquez de les déformer.

La conclusion

Elle doit rappeler quel était le **problème** de départ, et résumer brièvement par quelles **étapes** la réflexion de l'auteur est passée pour soutenir sa **thèse**. Si l'explication a donné lieu à une **critique**, précisez quelle réponse mérite d'être retenue au final.

SUJET 1

4 heures

Notion : L'ART

Expliquez le texte suivant :

Ce qu'on ne doit pas perdre de vue, c'est que le génie, pour être fécond, doit posséder une pensée disciplinée et cultivée, et un exercice plus ou moins long. Et cela, parce que l'œuvre d'art présente un côté purement technique dont on n'arrive à se rendre maître que par l'exercice. Ceci est plus particulièrement vrai des arts qui comportent une dextérité manuelle, par laquelle ils se rapprochent plus ou moins des métiers manuels. Tel est le cas de l'architecture et de la sculpture, par exemple. La dextérité manuelle est moins nécessaire en musique et en poésie. Mais, même dans celle-ci, il y a tout un côté qui demande, sinon un apprentissage, tout au moins une certaine expérience : l'art de rimer constitue le côté technique de la poésie, et ce n'est pas par l'inspiration qu'on en acquiert la connaissance. Tout art s'exerce sur une matière plus ou moins dense, plus ou moins résistante, qu'il s'agit d'apprendre à maîtriser. D'autre part, l'artiste doit connaître d'autant mieux les profondeurs de l'âme et de l'esprit humain que le rang qu'il ambitionne est plus élevé. Or, cette connaissance ne s'acquiert pas non plus d'une façon directe, mais à la suite d'une étude du monde extérieur et du monde intérieur. Et c'est cette étude qui lui fournit les sujets de ces représentations.

Georg Wilhelm Friedrich HEGEL, *Introduction à l'Esthétique*, 1818-1829.
D'après le sujet du Bac Pondichéry 2004, DR.

Travail préparatoire

Fiches p. 307
1 3 10 14 17

Notions et repères

Notion principale : l'art.
Notions secondaires : la conscience, la nature, la technique, la vérité.
Repères : essentiel/accidentel – théorie/pratique.

Remarques générales

Le texte est, en apparence, facile et aborde une question plutôt classique sur la création artistique. Il requiert, cependant, une attention précise aux notions et aux distinctions utilisées par l'auteur dans son raisonnement. Par ailleurs, comme toute réflexion sur l'art, il est nécessaire d'avoir une certaine familiarité avec cette notion sans quoi on risque d'en rester à des analyses un peu creuses.

Problème, thèse et intérêt philosophique

La thèse est annoncée dès le début de l'extrait : le « génie » est une condition nécessaire, sans doute, à la création des œuvres d'art les plus accomplies, mais c'est une condition non suffisante. En effet, l'activité artistique comporte deux exigences essentielles que le génie, don naturel et immédiat, ne peut à lui seul satisfaire : d'une part, un travail sur la « matière » qui suppose l'acquisition d'un savoir-faire, et, d'autre part, l'expression d'une vérité qui suppose une certaine étude du réel, et en particulier de la nature humaine. Autrement dit, même pour qui possède du « génie », l'art est une chose qui s'apprend.
Une telle thèse implique une certaine conception de l'art, mettant l'accent, d'une part, sur le savoir-faire de l'artiste et assignant, d'autre part, à l'art comme principale finalité de permettre à l'homme de prendre conscience de ce qu'il est. Or, une telle conception peut être discutée : l'art est-il nécessairement une activité sérieuse et laborieuse ? Par ailleurs, la thèse de Hegel n'est-elle pas contredite par l'existence de génies accomplis mais précoces, comme Mozart ou Rimbaud ?

Analyse des concepts principaux

Le génie… l'inspiration :

Comme l'indique son étymologie (*« ingenium »*, en latin), le génie est une capacité que l'on possèderait dès la naissance, donc sans aucun effort ou mérite particulier. Elle serait, en outre, le privilège de quelques rares hommes seulement et se manifesterait par une aptitude à avoir des idées absolument nouvelles et originales. C'est ce qui expliquerait pourquoi certains individus se détachent des autres, même parmi les plus habiles ou les plus cultivés. Dans les disciplines artistiques, le génie est souvent associé à « l'inspiration », comme une sorte de « souffle » venu d'ailleurs pour guider la création. Mais le mystère qui entoure une telle faculté ne cache-t-il pas en réalité une illusion ?

Une pensée disciplinée et cultivée :

Cette expression est à l'opposé de la représentation familière du génie que l'on associe plutôt à la spontanéité, à la facilité, et à la fantaisie de l'imagination. La « discipline » de la pensée évoque plutôt une forme de réflexion logique, méthodique et rigoureuse. En quoi cela peut-il être pertinent lorsqu'il s'agit de création artistique, qui semble relever davantage de la sensibilité et de la liberté ? Par ailleurs, parler de « pensée cultivée », c'est laisser entendre la nécessité d'acquérir des connaissances larges et profondes. Est-ce bien ce que la plupart des gens attendent des œuvres d'un artiste ?

Un exercice… un apprentissage… une […] expérience :

Ces termes sont proches en ce qu'ils supposent du temps et des efforts. L'auteur les oppose à l'aspect immédiat du « génie ». On peut néanmoins les distinguer entre eux. L'exercice désignerait plutôt l'entraînement qui permettrait d'acquérir la bonne maîtrise d'un geste, par exemple, à force de répétition. L'apprentissage supposerait l'intermédiaire d'un professeur ou d'un « maître » pour apporter un certain savoir-faire. L'expérience, enfin, serait la source d'une certaine connaissance du monde et des hommes, sous la forme du « vécu ». C'est elle qui permettrait de donner du contenu aux œuvres.

Œuvre d'art :
La définition de ce qu'est une œuvre d'art peut être envisagée comme un problème en soi, mais cela déplacerait la réflexion. Hegel appuie tout son raisonnement sur l'idée qu'une œuvre d'art est tout d'abord un objet issu de la main et de la réflexion de l'homme. C'est ce qui la rend proche des objets artisanaux (on parle d'« objets d'art » en ce cas), mais elle s'en distingue aussi, notamment par sa dimension « intellectuelle » en quelque sorte. Une œuvre d'art est un objet qui n'est donc pas remarquable que par sa réussite technique, mais par le fait qu'il donne aussi à réfléchir.

Rang :
Le terme fait allusion à un classement possible des artistes. Désigner un artiste comme « un génie », c'est bien en effet lui attribuer une certaine place par rapport aux autres hommes en général, mais aussi par rapport aux autres artistes. On parle aussi en peinture de « maîtres » et de « petits maîtres », par exemple. Mais sur quoi pourrait bien se fonder un tel classement ? Pourquoi certaines œuvres mériteraient-elles, elles aussi, plus d'attention et d'admiration ?

Profondeurs de l'âme et de l'esprit humain... monde extérieur [...] monde intérieur :
Ici, l'auteur désigne ce qui doit donner du contenu aux œuvres d'art, c'est-à-dire ce qui doit permettre à leur contemplation d'être un enrichissement et non un simple divertissement. L'artiste serait ainsi celui nous donne à voir, et même à mieux voir la réalité qui nous entoure en la mettant au cœur de son œuvre. Hegel souligne aussi qu'il est celui qui nous donne à voir son « monde intérieur », c'est-à-dire ses propres idées et ses propres sentiments. Mais il ne s'agit pas pour autant de n'exprimer que sa propre subjectivité de cette façon : le texte suggère qu'une œuvre a d'autant plus de valeur qu'elle manifeste quelque chose d'universel, présent en chaque homme. N'est-ce pas ce qui fait que certains artistes arrivent à transcender les époques et les cultures ?

Plan du texte de Hegel

I. Énoncé de la thèse, qui pose deux conditions à la « fécondité » du « génie » (lignes 1 à 3)
II. Première condition, liée à la dimension technique de la pratique artistique : même le génie doit en passer par « l'apprentissage » (lignes 3 à 13)
III. Seconde condition, liée à la finalité de l'art : l'œuvre géniale ne peut être que le fruit d'une « étude » de ce qu'est l'homme, tant dans ses manifestations extérieures que dans son être le plus profond (lignes 14 à 18)

Corrigé complet

Les titres en bleu apparaissant dans ce corrigé ne doivent pas figurer dans votre devoir. Nous les avons insérés pour vous guider et vous aider à repérer la progression de l'explication de texte.

Les conseils du professeur

Introduction

Selon une représentation courante, l'artiste se définirait principalement par le fait de posséder un don, le « génie », qui fait de lui un être à part et qui lui inspire ses créations. Il lui suffirait donc de s'abandonner à son inspiration pour donner naissance à des œuvres « géniales ». Mais n'est-ce pas là une forme de reconnaissance paradoxale à l'égard de l'artiste ? Ses plus belles réussites ne se trouvent-elles pas alors mises sur le compte de ce qui ne relève pas réellement de lui-même, mais plutôt de la nature ? Et n'est-ce pas ignorer ou occulter tout ce que l'art requiert en termes de travail et d'apprentissage ?

Il est souvent pertinent d'ouvrir l'introduction par l'évocation d'une opinion commune.

Formulation du problème, par confrontation d'opinions possibles.

C'est justement cette dimension que Hegel met ici en valeur : sans nier l'existence du « génie », il affirme que ce don ne peut trouver à s'exprimer qu'à condition d'un réel travail de l'artiste. Il énonce cette thèse dès le début du texte, et la développe en deux temps. Hegel rappelle, tout d'abord, que la pratique artistique exige savoir-faire et habileté technique, ce qui ne peut passer que par une acquisition progressive. Enfin, dans la mesure où notre intérêt pour les œuvres d'art tient à ce qu'elles nous « parlent », Hegel montre qu'on ne peut créer une œuvre d'art qu'à condition d'avoir eu le temps de vivre et d'« étudier » ce qu'est l'homme. Cependant, cette thèse n'est-elle pas remise en cause par l'existence de génies précoces, qui semblent s'être dispensés du temps et du travail dont Hegel affirme la nécessité ?

Annonce de la thèse de l'auteur.

Indication de la structure du passage, qui sera aussi le plan de l'explication.

Question suggérant une critique possible de l'idée de l'auteur, pour donner de l'enjeu à l'explication.

I. Posséder du « génie » ne suffit pas à faire un artiste (lignes 1 à 3)

Sans remettre en question l'existence du « génie », **Hegel** affirme qu'il ne peut être à lui seul « fécond ». Tout le monde ne peut pas être artiste, encore moins artiste d'importance, il faut donc bien y être prédisposé par nature. Toutefois, même le plus doué des artistes ne saurait se contenter de son don pour donner naissance à la création d'œuvres.

Commencez chaque partie en exposant son idée générale, pour entrer ensuite dans le détail.

Rappelons pour commencer que par la notion de « génie », on désigne en général la faculté que certains hommes posséderaient de façon innée, et qu'ils ne devraient donc qu'à une sorte de faveur de la nature. Cette faculté se manifeste sous la forme de l'inspiration, qui fournit aux artistes les idées de leurs œuvres, à travers un processus qui échappe à leur maîtrise dans une certaine mesure. La notion de « génie » renvoie d'ailleurs à tout ce qui ne peut pas s'apprendre en art, si bien que l'on pourrait dire que l'on **naît** artiste. Le véritable génie se reconnaît, qui plus est, à l'originalité de ses œuvres, lesquelles se distinguent de toutes celles qui les

Pensez à bien définir chaque concept, surtout quand il est au cœur de la réflexion, comme ici.

précèdent. C'est donc comme si le « génie » inventait ses propres règles de création, sans s'embarrasser des règles existantes, ou des contraintes techniques. Le romantisme a cultivé cette représentation de l'artiste emporté dans un souffle créateur, dans une sorte d'abandon à l'inspiration. Or, cette conception provient sans doute d'une méconnaissance du véritable processus de création et du fait que le public n'est convié qu'à admirer l'œuvre une fois achevée. De la sorte, tout ce qu'il y a de recherches, d'esquisses, de repentirs est occulté, au point de laisser penser que l'œuvre a pu surgir sous le seul effet de l'inspiration.

C'est cette représentation que Hegel entend corriger lorsqu'il dit qu'on « ne doit pas perdre de vue » ce que suppose en réalité le génie « pour être fécond ». Pour Hegel, il semble que le don soit sans doute nécessaire pour fournir l'inspiration, mais que celle-ci ne puisse aboutir à une œuvre que si elle rencontre tout d'abord « une pensée disciplinée et cultivée ». Ces termes vont, en quelque sorte, à l'opposé de l'idée que l'on se fait du génie : ils insistent, en effet, sur la dimension de conscience et de maîtrise de l'artiste à l'égard de ses idées. Ce qui est « discipliné », c'est ce sur quoi on exerce un contrôle strict, au contraire de ce qui peut vagabonder librement, selon sa fantaisie. Par « cultivée », on peut entendre ici deux idées. Cultiver, c'est d'abord travailler à rendre productif quelque chose, ou encore développer par l'entraînement. Mais c'est aussi enrichir quelque chose : « se cultiver » renvoie notamment au fait d'acquérir des connaissances, donc une « culture ». Ainsi, la source même des idées de l'artiste ne peut pas ne relever que d'un don, inné par définition ; elle doit, au contraire, relever de ce qui doit s'acquérir. D'autre part, la mise en forme de ces idées suppose, elle aussi, une acquisition, celle d'un savoir-faire qui ne vient qu'avec l'exercice, comme va le montrer Hegel pour chaque forme d'art.

Citez régulièrement le texte, sans laisser de côté des passages comme s'ils étaient inutiles.

Indication servant de transition avec la suite.

II. La dimension technique de l'art exige un apprentissage (lignes 3 à 13)

Si l'artiste ne peut se reposer sur son génie, c'est qu'il y a dans l'art un « côté purement technique », comme l'écrit Hegel. Par-là, il faut entendre que toute une partie de la pratique artistique relève **uniquement** de la « technique », notion que l'on peut justement opposer à celle de « génie », puisqu'elle désigne ce qui relève du savoir-faire, ce qui peut prendre la forme de règles et de méthodes, donc, ce qui, par suite, peut s'apprendre et se transmettre. La « technique » est aussi ce qui se forme avec l'exercice, c'est-à-dire avec une pratique répétée et appliquée : donc une certaine habileté. Cette part technique de l'art n'est pas négligeable : c'est par sa maîtrise que les idées sorties de l'esprit de l'artiste vont pouvoir déboucher sur une œuvre effective. L'artiste doit donc se familiariser avec la technique inhérente à son art pour faire en sorte qu'elle puisse se mettre au service de ses idées, l'idéal étant d'arriver à donner à ses créations une impression de naturel et de facilité, ayant toute l'apparence du don.

Voir Repères, p. 343

Pour illustrer cette affirmation, Hegel commence par citer l'exemple des arts pour lesquels elle est « plus particulièrement vraie », autrement dit le cas des arts où la dimension technique est la plus évidente. Il s'agit donc des arts les plus « manuels », ceux qui sont le plus en prise avec une « matière » qu'il faut apprendre à travailler et ceux qui « se rapprochent plus ou moins des métiers manuels ». En d'autres termes, il s'agit de disciplines artistiques très proches de l'artisanat. L'exemple de « la sculpture » cité par le texte est évident, car il s'agit d'affronter le bois, la pierre ou l'argile à l'aide d'outils et d'instruments impliquant une habileté qui ne s'improvise pas. On peut, en revanche, s'étonner de l'exemple de « l'architecture », qui semble plutôt consister dans une démarche intellectuelle. Dans la mesure où il s'agit surtout de concevoir des plans, la dimension « matérielle » est assez réduite. Pour justifier le choix de cet exemple, on peut souligner que la capacité à bien dessiner même des plans est quelque chose qui doit s'acquérir.

Soyez toujours actif face au texte, demandez-vous par exemple, comme ici, si les exemples proposés sont évidents.

Hegel montre par la suite que même les arts, qui semblent le moins en prise avec la « matière » et ce qu'elle suppose de travail technique, ont aussi leur « côté technique ». C'est là que la thèse de Hegel est la plus fragile, car il pourrait être tentant de voir dans ces arts un passage plus direct des idées issues de l'inspiration à l'œuvre. Hegel reconnaît, en effet, que « la dextérité manuelle est moins nécessaire en musique et en poésie ». Il faut sans doute entendre par « musique » l'art de la composition, car la pratique d'un instrument exige de façon évidente une « dextérité manuelle » que seul un exercice régulier permet de développer. Pour la poésie, pas d'ambiguïté : on pourrait même dire que la « dextérité manuelle » n'y est pas du tout nécessaire. Or, comme le rappelle Hegel, la poésie ne peut pas pour autant être toute d'inspiration : car « même dans celle-ci, il y a tout un côté qui demande, sinon un apprentissage, tout au moins une certaine expérience ». Et cette « dextérité » que nécessite la poésie correspond à « l'art de rimer », sachant qu'il faut entendre le mot art comme « un savoir-faire ». Avoir de l'inspiration ne suffit pas, en effet, à écrire un poème, car tout poème suppose une mise en forme assez rigoureuse, passant par le respect de règles de conventions comme celles de la versification. C'est pourquoi, sans aller jusqu'à dire que la poésie pourrait faire l'objet d'un « apprentissage » au sens strict, on peut affirmer qu'elle implique une certaine « expérience » et une longue pratique. Un parallèle est d'ailleurs possible avec des arts plus manuels : s'exercer à l'art de rimer, c'est comme exercer sa main en sculpture. C'est pourquoi Hegel peut conclure ce moment de l'argumentation en écrivant que « tout art s'exerce sur une matière plus ou moins dense, plus ou moins résistante, qu'il s'agit d'apprendre à maîtriser ». La notion de « matière » est alors définie comme ce qui va permettre de donner une existence sensible mais aussi une forme aux idées de l'artiste et, enfin, comme ce qui donne à l'art son côté technique et que l'artiste doit apprendre à maîtriser.

III. L'art exige l'étude et la connaissance de l'homme (lignes 14 à 18)

Après examen de ce qui relève de la « forme » des œuvres d'art, Hegel attire l'attention sur ce que leur contenu ou « fond » implique. Selon lui, le « rang » d'un artiste, c'est-à-dire son importance ou sa qualité, se mesure à sa connaissance des « profondeurs de l'âme et de l'esprit humain ». Il y a derrière cette idée une conception de la finalité de l'art, autrement dit de ce que vise l'artiste à travers son œuvre, et de ce que le public en attend. On peut rappeler ici que, selon Hegel, l'art n'est pas quelque chose de superflu ou qui relèverait uniquement du divertissement, mais qu'il renvoie, au contraire, à quelque chose d'essentiel pour l'homme, au point que l'on pourrait parler d'un « besoin d'art ». Ce besoin est lié à la conscience de lui-même chez l'homme : celle-ci le pousse à vouloir se voir, se représenter et se connaître. Dès lors, le plus grand artiste sera, en effet, celui dont les œuvres manifesteront la connaissance la plus profonde de ce qu'est l'homme, celles dans lesquelles il pourra le mieux se retrouver, et qui lui permettra donc de mieux se comprendre lui-même. Ce n'est, selon Hegel, qu'à cette condition qu'une œuvre arrive à nous toucher, ou encore à nous « parler », et si certaines œuvres traversent le temps, c'est justement parce que leur auteur a su saisir et exprimer en elles quelque chose de profond sur l'homme.

Le travail d'explication consiste souvent à dégager des éléments « implicites », présupposés par les affirmations de l'extrait.

Voir Repères, p. 343

Or, une telle connaissance de l'homme et de ses « profondeurs » ne peut être innée. Comme l'écrit Hegel, elle « ne s'acquiert pas non plus de façon directe », mais suppose « une étude du monde extérieur et intérieur ». L'idée d'« étude » peut être mise en parallèle avec la notion d'apprentissage, car elle aussi ne peut s'inscrire que dans le temps et dans une démarche consciente. L'artiste peut d'abord mener cette étude sur lui-même, sur son « monde intérieur ». En tant qu'homme, il porte, en effet, en lui cette nature humaine dont l'art veut se faire le miroir. Mais il lui faut aussi pour cela avoir vécu, c'est-à-dire avoir eu le temps de se connaître lui-même en profondeur, et d'avoir eu un certain nombre d'expériences. De quoi pourrait bien « parler » un artiste qui n'aurait encore rien vécu ? Il lui faut, de plus, connaître le « monde extérieur », lieu des actions humaines, là où peut être saisi aussi ce qu'est l'homme à travers ce qu'il fait. L'histoire, par exemple, comme théâtre des passions humaines, est, en effet, une source d'inspiration pour les artistes. On retrouve ainsi les deux manières par lesquelles l'homme prend conscience de lui-même selon Hegel : de façon « théorique », mais aussi de façon « pratique ».

Référence à un autre célèbre passage de l'*Esthétique*, souvent étudié en cours.

On pourrait, cependant, objecter ici que ce qui frappe chez certains artistes, c'est bien pourtant la précocité de leur « génie ». Ils semblent avoir été capables, dès leur jeunesse, de créer des œuvres d'un contenu déjà admirable. On peut évoquer les exemples de Mozart pour la musique et de Rimbaud pour la littérature. Comment expliquer qu'ils aient pu exprimer des choses si justes avec une expérience de la vie encore si courte, sinon en faisant l'hypothèse d'une inspiration naturelle spontanée ? À cela, on peut ajouter que le passage du temps, plutôt que de nourrir la créativité de certains artistes, semble, au contraire, l'amener à se tarir. Combien d'artistes ont produit des œuvres originales, « inspirées », pour ensuite donner l'impression de se répéter ou de ne plus rien avoir à dire ? L'enrichissement de leur expérience, allant de pair avec leur avancée en âge, aurait dû pourtant leur permettre de se renouveler ou de gagner en profondeur. C'est ce qui laisse penser que le « génie » des artistes garde bien de son mystère.

Prise de recul critique avec l'idée de l'auteur : c'est un moyen aussi de mettre en valeur l'intérêt du texte.

Conclusion

Si l'art est bien autre chose qu'une forme de divertissement, et si on lui doit des œuvres « profondes », c'est bien parce que les artistes y expriment une connaissance qu'ils n'ont pu acquérir qu'au fil du temps et de leur expérience. Il en va de même pour leur habileté, qu'ils ne peuvent trouver en eux-mêmes toute faite. On peut ainsi conclure avec Hegel à la nécessité, même pour un « génie », de s'astreindre à un véritable « travail ». L'intérêt de cette thèse est de souligner que les artistes méritent bien notre admiration, car tout ne leur est pas « donné » par la nature. Il reste pourtant que tout le monde, même avec les plus grands efforts, ne peut être régulièrement visité par l'inspiration. Il faut donc bien reconnaître à la part de « don » une place significative pour rendre compte des œuvres des « génies ».

SUJET 2

4 heures

Notion : LE BONHEUR

Expliquez le texte suivant :

Il n'y a pas de satisfaction qui d'elle-même et comme de son propre mouvement vienne à nous ; il faut qu'elle soit la satisfaction d'un désir. Le désir, en effet, la privation, est la condition préliminaire de toute jouissance. Or avec la satisfaction cesse le désir et par conséquent la jouissance aussi. Donc la satisfaction, le consentement ne sauraient être qu'une délivrance à l'égard d'une douleur, d'un besoin ; sous ce nom, il ne faut pas entendre en effet seulement la souffrance effective, visible, mais toute espèce de désir qui, par son importunité, trouble notre repos, et même cet ennui qui tue, qui nous fait de l'existence un fardeau. Or c'est une entreprise difficile d'obtenir, de conquérir un bien quelconque ; pas d'objet qui ne soit séparé de nous par des difficultés, des travaux sans fin ; sur la route, à chaque pas, surgissent des obstacles. Et la conquête une fois faite, l'objet atteint, qu'a-t-on gagné ? Rien assurément, que de s'être délivré de quelque souffrance, de quelque désir, d'être revenu à l'état où l'on se trouvait avant l'apparition de ce désir. Le fait immédiat pour nous, c'est le besoin tout seul, c'est-à-dire la douleur. Pour la satisfaction et la jouissance, nous ne pouvons les connaître qu'indirectement ; il nous faut faire appel au souvenir de la souffrance, de la privation passée, qu'elles ont chassées tout d'abord. Voilà pourquoi les biens, les avantages qui sont actuellement en notre possession, nous n'en avons pas une vraie conscience, nous ne les apprécions pas ; il nous semble qu'il n'en pouvait être autrement ; et, en effet, tout le bonheur qu'ils nous donnent, c'est d'écarter de nous certaines souffrances. Il faut les perdre pour en sentir le prix ; le manque, la privation, la douleur, voilà la chose positive, et qui sans intermédiaire s'offre à nous.

Arthur SCHOPENHAUER, *Le Monde comme volonté et comme représentation*, 1819.
D'après le sujet du Bac France métropolitaine 2009, DR.

Travail préparatoire

Fiches p. 307
2 3 15

Notions et repères

Notion principale : le bonheur.
Notions secondaires : la conscience, le temps.
Repères : absolu/relatif – médiat/immédiat.

Remarques générales

La difficulté de ce texte tient à ce que la thèse semble être énoncée au début alors que l'auteur ne la pose qu'à la fin. Schopenhauer commence, en fait, par énoncer une condition permettant l'affirmation de sa thèse. Si l'on ne perçoit pas cette difficulté, la lecture et la compréhension du texte risquent d'être décentrées.
De même, la progression du texte est difficile à saisir ; l'auteur multiplie les connecteurs logiques et les arguments se succèdent assez rapidement.

Problème, thèse et intérêt philosophique

Le problème posé ici est de savoir si l'on peut vraiment ressentir la satisfaction d'un désir et donc, par conséquent, se sentir heureux. On peut, en effet, se demander s'il n'est pas difficile pour l'homme d'apprécier ce qu'il a et s'il n'a pas tendance à constater ce qui lui manque. Pour Schopenhauer, il en est ainsi : la conscience humaine s'attache plutôt à ce qui fait souffrir, au manque constitutif du désir et non à sa satisfaction. La satisfaction, en effet, n'est appréciée que négativement, comme cessation d'un manque, et non pas réellement (pleinement) pour elle-même. La conséquence est donc la difficulté pour l'homme d'atteindre le bonheur, puisque sa conscience n'arrive pas à le sentir lorsqu'il est présent. L'intérêt du texte est de permettre de chercher des moyens de surmonter cette incapacité fondamentale : comment apprécier ce qui nous comble ?

Analyse des concepts principaux

Satisfaction… jouissance… contentement… biens… avantages… bonheur :

Ce que Schopenhauer interroge dans ce texte, c'est la possibilité pour l'homme d'apprécier à sa juste valeur ce qui semble s'imposer avec évidence comme positif, à savoir le fait de voir un désir satisfait. Il semble, en effet, selon l'opinion commune, que l'homme ne puisse qu'apprécier le fait d'être comblé et de voir un désir satisfait. Pour autant, Schopenhauer s'oppose à cette idée et montre que paradoxalement l'homme ne peut saisir ce qui, en soi, est un bien. Il explique que les biens ne sont estimés que par rapport au manque dont ils ont été l'objet et donc que c'est ce manque qui sert d'étalon de mesure et d'objet pour la conscience.

Désir… privation… douleur… besoin… souffrance… manque :

Ces termes désignent ce qui, pour Schopenhauer, est le seul objet pour la conscience, à savoir le manque constitutif du désir. En effet, notre conscience est d'abord attachée à viser un objet désiré et, par conséquent, non possédé. Ce que nous sentons d'abord et pleinement est donc une absence d'objet, ainsi que tous les obstacles entravant son obtention.

S'être délivré de quelque souffrance… écarter de nous certaines souffrances… les perdre pour en sentir le prix :

Schopenhauer montre alors que la satisfaction ressentie est réduite à une simple négation du manque – ce qui revient à la considérer comme « nulle » au sens mathématique. Par exemple, le fait de combler sa faim n'est ressenti par la conscience que comme le fait de ne plus avoir faim – ce qui revient à ne rien ressentir, sinon une absence de faim, donc une absence de souffrance.

Fait immédiat… indirectement… chose positive… sans intermédiaire :

Schopenhauer explique le caractère quasi mathématique du rapport entre le désir et sa satisfaction. Ce qui est présent directement à la conscience, ce qu'elle mesure et qui prend le sens de quelque chose de « positif » (au sens de ce qui est réellement présent, de ce qui peut être constaté dans les faits), c'est le manque du désir. Par contre, la satisfaction du désir est ce qu'elle ne peut mesurer qu'indirectement par rapport au manque lui-même, et c'est donc une simple cessation de manque – ce qui correspond à un « rien » : par exemple, lorsqu'on nous rembourse une dette, on ne « gagne » rien).

Plan du texte de Schopenhauer

I. La mise en évidence du désir comme condition de toute satisfaction (lignes 1 à 5)
II. La conséquence sur la satisfaction qui n'est appréciée que comme cessation d'un manque (lignes 5 à 15)
III. La mise en évidence de la souffrance qui reste le seul objet de notre conscience (lignes 15 à 25)

Corrigé : plan détaillé

Les titres en bleu apparaissant dans ce corrigé ne doivent pas figurer dans votre devoir. Nous les avons insérés pour vous guider et vous aider à repérer la progression de l'explication de texte.

Les conseils du professeur

I. La mise en évidence du désir comme condition de toute satisfaction (lignes 1 à 5)

Schopenhauer commence par poser qu'il n'y a pas de satisfaction pure, capable d'être appréciée pour elle-même, et qui s'imposerait « de son propre mouvement », c'est-à-dire par elle-même, spontanément. En ce sens, il faut comprendre que nous ne pouvons pas être immédiatement (directement) satisfaits. Il faut un désir préalable, c'est-à-dire un manque, soit une forme d'attente par rapport à la satisfaction. Pas de plaisir pur donc, quasi inattendu et spontané, selon Schopenhauer. Cette idée peut surprendre car nous nous croyons capables d'apprécier certaines choses sans les avoir nécessairement

Pensez à citer régulièrement le texte pour bien le suivre, et utilisez des guillemets.

Montrez que le texte affirme des idées originales, paradoxales, pour le mettre en valeur.

désirées (comme un rayon de soleil ou un cadeau inattendu). Or, Schopenhauer montre qu'aucun plaisir n'échappe à cette règle. Tout plaisir n'est que la satisfaction d'un manque préalable (par exemple, nous apprécions un rayon de soleil à la suite d'un mauvais temps constant ou un cadeau parce qu'on l'espérait sans s'en rendre compte). L'expression « condition préliminaire de toute jouissance » insiste aussi bien sur le fait que le manque conditionne le plaisir que sur l'idée qu'il s'agit de tout plaisir sans exception.

Si le texte ne le fait pas lui-même, proposez des exemples.

Il s'agit alors de montrer (« Or ») qu'à partir de là, aucun plaisir ne pourra être ressenti véritablement, puisqu'il implique la fin d'un désir et donc la fin de ce qui conditionne le plaisir. Schopenhauer souligne ici une sorte de contradiction propre au désir, qui fait que, lorsque nous comblons un désir, nous supprimons du même coup le manque qui nous rendait capable d'apprécier sa satisfaction. Ainsi, la faim est ce qui rend la satiété appréciable, mais le fait de manger supprime la faim. Donc, en mangeant, nous devenons incapables de savourer ce que nous mangeons, puisque nous supprimons notre faim. Pour bien faire, il faudrait pouvoir manger tout en restant l'estomac vide !

II. La conséquence sur la satisfaction qui n'est appréciée que comme cessation d'un manque (lignes 5 à 15)

Schopenhauer montre alors quelle est la conséquence de ce rapport nécessaire entre la satisfaction et le désir : nous n'apprécions un bien que de façon négative, c'est-à-dire relativement à la cessation d'un désir.

Soulignez bien les liens logiques entre les idées du texte, ne vous contentez pas de les présenter à la suite les unes des autres.

Schopenhauer élargit cette idée à toute souffrance constitutive du désir (« toute espèce de désir [...] et même cet ennui [...] »). C'est dire que le moindre bien que nous « apprécions » n'est savouré que par rapport à quelque chose qui le rendait absent. En évoquant l'ennui, Schopenhauer montre que certains plaisirs en apparence gratuits, spontanés, ne sont en fait ressentis que

Montrez ainsi la progression du raisonnement.

par rapport à un contexte plus large qui les précède et les rend alors précieux et qu'ils ne sont donc pas estimés pour eux-mêmes (exemple du rayon de soleil savouré par rapport au mauvais temps).

Schopenhauer souligne alors à quel point (« Or c'est une entreprise difficile [...] ») tout bien peut être resitué dans un contexte de difficultés. Rien n'est facile à obtenir, rien n'est gagné d'avance, et par conséquent tout plaisir est ressenti par l'homme comme une manière d'avoir vaincu ce qui le menaçait. Ce que veut encore montrer Schopenhauer ici, c'est qu'il n'existe aucun plaisir en lui-même.

La conséquence est que la réussite que représente ainsi tout plaisir par rapport à une entreprise difficile ne fait qu'annuler la difficulté et n'a donc qu'une valeur relative de soulagement, consistant à ne plus souffrir. En affirmant que l'on ne gagne « rien » à être satisfait, Schopenhauer montre le caractère mathématique du plaisir, qui se réduit à une sorte de négation de négation : annuler un manque, c'est ne rien avoir au fond. Et si, par exemple, manger, c'est ne plus souffrir d'avoir faim, alors le plaisir ne correspond à aucun gain, aucun « plus », mais simplement à la cessation d'un « moins » (« être revenu à l'état où l'on se trouvait »).

Voir Repères, p. 343

III. La mise en évidence de la souffrance qui reste le seul objet de notre conscience (lignes 15 à 25)

Schopenhauer montre alors que ce qui est l'objet véritable de la conscience et ce qui est, en fait, « positif », c'est-à-dire mesurable, appréciable quantitativement, ce n'est pas la satisfaction mais le désir. Par l'expression « fait immédiat », Schopenhauer entend « ce qui constitue l'objet directement accessible pour la conscience ». Il s'agit du « besoin tout seul », c'est-à-dire seulement du manque et aucunement du plaisir qui le satisfait. Ce plaisir (« la satisfaction et la jouissance ») ne peut être apprécié qu'indirectement, c'est-à-dire médiatement : il faut « passer » par l'intermédiaire du besoin qui le

C'est l'occasion d'utiliser ici certains des « repères » du programme.

précède pour être capable de le ressentir. Schopenhauer montre qu'il faut en quelque sorte se « souvenir » d'avoir désiré pour apprécier ce qui nous comble (manger en se souvenant d'avoir eu faim, alors que notre estomac se remplit et que la faim cesse au fur et à mesure que nous mangeons). D'où une sorte de fausse conscience du plaisir en lui-même, puisqu'il n'est pas l'objet direct de la conscience, laquelle doit nécessairement (« il n'en pouvait être autrement ») avoir en vue un autre objet : la souffrance qu'il fait cesser. D'où une tendance aussi à n'apprécier les biens que rétrospectivement, une fois disparus et enfin une sorte d'évidence quant à ce que nous sommes capables d'apprécier positivement (au sens de « réellement ») et qui se réduit au seul manque, donc à quelque chose de négatif, de douloureux.

Pensez à définir les notions.

SUJET 3

4 heures

Notion : LA CONSCIENCE

Expliquez le texte suivant :

La conscience est le savoir revenant sur lui-même et prenant pour centre la personne humaine elle-même, qui se met en demeure de décider et de se juger. Ce mouvement intérieur est dans toute pensée ; car celui qui ne dit pas finalement : « Que dois-je penser ? » ne peut être dit penser. La conscience est toujours implicitement morale ; et l'immoralité consiste toujours à ne point vouloir penser qu'on pense, et à ajourner le jugement intérieur. On nomme bien inconscients ceux qui ne se posent aucune question d'eux-mêmes à eux-mêmes. Ce qui n'exclut pas les opinions sur les opinions et tous les savoir-faire, auxquels il manque la réflexion, c'est-à-dire le recul en soi-même qui permet de se connaître et de se juger ; et cela est proprement la conscience.

Rousseau disait bien que la conscience ne se trompe jamais, pourvu qu'on l'interroge. Exemple : ai-je été lâche en telle circonstance ? Je le saurai si je veux y regarder. Ai-je été juste en tel arrangement ? Je n'ai qu'à m'interroger ; mais j'aime mieux m'en rapporter à d'autres.

ALAIN, *Définitions*, 1953.
D'après le sujet du Bac Amérique du Nord 2003, DR.

Fiches p. 307
3 4 6 17

Travail préparatoire

Notions et repères

Notion principale : la conscience.
Notions secondaires : le devoir, l'inconscient, la vérité.
Repères : croire/savoir – objectif/subjectif/intersubjectif.

Remarques générales

La bonne compréhension de cet extrait requiert une bonne maîtrise de la notion de conscience dans ses différentes dimensions. Par ailleurs, tout en n'étant pas indispensable, la connaissance de la thèse de Rousseau sur la conscience morale est très utile pour comprendre l'allusion qui y est faite.

Problème, thèse et intérêt philosophique

Comme le titre de l'œuvre dont est tiré ce passage semble l'indiquer, Alain propose ici à première vue seulement une définition de la conscience. En réalité, il va plus loin en affirmant qu'être doué de conscience de soi c'est en même temps devoir toujours répondre moralement de sa conduite. Comme il l'écrit lui-même, « la conscience est toujours implicitement morale ». Il ne répond donc pas seulement à la question « Qu'est-ce que la conscience ? », mais plutôt au problème suivant : peut-on légitimement reprocher à un homme son immoralité, ou bien celle-ci peut-elle être excusable en raison des limites de la conscience ? La thèse de l'auteur implique de concevoir la conscience de soi comme une faculté permettant à l'homme de se connaître dans toute sa vérité, entièrement et objectivement. Mais est-il réellement possible de se juger soi-même sans faire preuve de subjectivité ? Et ne pourrait-on pas faire l'hypothèse d'une partie de nous-même qui se déroberait à l'examen de notre conscience ?

Analyse des concepts principaux

La conscience :

Ce terme peut désigner plusieurs réalités qu'il faut distinguer. La « conscience » peut d'abord correspondre au simple fait d'être éveillé et d'être capable de percevoir la réalité extérieure. On « perd » cette forme de conscience en s'évanouissant ou en s'endormant, par exemple. Elle peut être qualifiée de conscience « spontanée » ou « immédiate » pour la différencier de la conscience « réfléchie » ou « conscience de soi ». Cette deuxième forme de conscience correspond à la capacité de pouvoir se représenter soi-même. C'est elle qui permet à l'homme de pouvoir « se voir » et de pouvoir penser des choses sur lui-même. La « conscience morale » représente, en principe, une troisième forme de conscience encore : il s'agit de la faculté donnant la connaissance du bien et du mal, du juste et de l'injuste, sous la forme d'un sentiment ou d'une sorte d'intuition. C'est comme un guide moral. Alain affirme, pour sa part, que la distinction entre conscience réfléchie et conscience morale est à relativiser : elles s'impliquent nécessairement l'une et l'autre. Cela veut-il dire pour autant que tout être capable de conscience de soi est, en même temps, capable de savoir comment bien se conduire moralement ?

La personne humaine :

Au sens courant, le mot « personne » est employé comme un équivalent des mots « individu » ou « quelqu'un ». En ajoutant l'adjectif « humaine », Alain semble vouloir souligner qu'il emploie le terme de « personne » dans sa dimension morale. Il désigne en ce cas un « sujet », un être qui ne doit pas être traité comme une « chose », mais qui doit être respecté en raison de sa dignité. C'est, en même temps, ce qui le rend responsable de sa propre conduite et lui impose ainsi des devoirs.

Morale [...] immoralité :

La morale renvoie aux valeurs de bien et de mal, de juste et d'injuste, qui sont censées orienter notre conduite pour bien agir. On entend souvent dire qu'il s'agit de quelque chose de relatif ou de subjectif. Chaque société, mais aussi chaque époque, prônerait en effet des valeurs différentes. Il serait cependant plus juste en ce cas de parler de « mœurs », pour réserver le terme de « morale » à des valeurs susceptibles de valoir de façon absolue et universelle. Si de telles valeurs ne pouvaient pas être pensées, ne faudrait-il pas alors renoncer à condamner ou même critiquer quelque comportement que ce soit ? À quoi pourrait-on se référer pour établir légitimement ce qui est moral ou immoral ?

Inconscients :

Comme pour la notion de « conscience », il y a ici plusieurs dimensions à démêler. Quelqu'un « d'inconscient » peut être une personne qui « a perdu connaissance » au sens où elle s'est évanouie. L'inconscience peut aussi signifier un manque de connaissance ou d'attention à la réalité. Elle peut être rattachée à l'insouciance, à l'innocence ou bien encore à la négligence. C'est d'ailleurs plutôt cette dernière attitude que vise l'auteur. Pour reprocher à quelqu'un de mal agir alors même qu'il est « inconscient », ne faut-il pas supposer qu'il devrait être conscient, et qu'il le peut ? Par ailleurs, on peut noter que le terme d'« inconscient » désigne pour la psychanalyse une partie de l'esprit humain rendue inaccessible à la conscience par un processus de refoulement. Alain ne l'envisage pas ici puisque sa thèse se fonde sur l'idée d'une infaillibilité de la conscience en terme de connaissance de soi. Cela peut, en revanche, constituer un point de discussion possible : les actions immorales ne sont-elles qu'à mettre au compte d'un manque de réflexion dont les hommes sont responsables ? Ou bien peuvent-elles être l'effet de causes qui échapperaient à la conscience ?

Plan du texte d'Alain

I. La définition de la conscience comme réflexion sur soi-même (lignes 1 à 3)
II. Les implications morales de cette définition (lignes 3 à 11)
III. L'affirmation du caractère infaillible de la conscience (lignes 12 à 15)

Corrigé complet

Les titres en bleu apparaissant dans ce corrigé (titres et textes en marge) ne doivent pas figurer dans votre devoir. Nous les avons insérés pour vous guider et vous aider à repérer la progression de l'explication de texte.

Les conseils du professeur

Introduction

On dit souvent que la morale est quelque chose de subjectif, au point qu'on ne peut jamais savoir si on agit bien ou mal, de façon juste ou injuste. Il faudrait pour cela avoir un point de repère qui nous permette d'en juger de façon objectivement certaine. Dans cet extrait, Alain va montrer que la solution de ce problème se trouve en réalité en chaque homme, sous la forme de sa faculté de conscience de soi. En effet, selon cet auteur, pouvoir réfléchir sur soi c'est nécessairement en même temps être amené à se connaître et à se juger moralement. Il répond donc ainsi au problème suivant : le comportement immoral d'un homme peut-il être excusable, par manque de conscience morale ? Ou bien peut-on poser qu'il suffit qu'un être soit doué de conscience de soi pour être responsable de sa conduite ? Pour soutenir son idée, l'auteur va commencer par donner à première vue une simple définition de la conscience de soi. Il va en tirer, dans un deuxième temps, les implications morales et montrer que la conscience réfléchie et la conscience morale sont indissociables. Enfin, nous verrons pourquoi l'auteur conçoit la conscience comme une source de jugement infaillible. Ne peut-on pas néanmoins envisager que la conscience puisse rencontrer des obstacles et des limites dans sa volonté de connaissance ?

Pour introduire le thème du texte, vous pouvez partir d'une opinion courante.

Présentez une opposition de réponses possibles pour formuler le problème.

Montrez bien que vous suivez le raisonnement de l'auteur.

I. La définition de la conscience comme réflexion sur soi-même (lignes 1 à 3)

Alain entame son raisonnement par une affirmation assez classique en écrivant que « La conscience est le savoir revenant sur lui-même ». L'association de la notion de « savoir » à celle de « conscience » est appelée par l'étymologie « cum scientia » en latin, ce qui signifie « accompagné de savoir ». On peut ainsi dire qu'être conscient de quelque chose, ce n'est pas seulement « savoir » cette chose, mais « savoir » qu'on « sait » cette chose. Alain parle, bien évidemment, en ce cas, de la conscience « réfléchie » que l'on peut décrire comme un mouvement de retour sur soi-même. C'est cette même faculté qui nous permet de nous représenter, c'est-à-dire de nous former une image et une idée de nous-mêmes.

Citez régulièrement le texte, avec des guillemets, en commençant dès le début.

Voir Repères, p. 344

L'auteur approfondit ensuite ce premier élément de définition en précisant que cette forme de « savoir » qu'est la conscience « [prend] pour centre la personne humaine elle-même ». On pourrait croire qu'il s'agit là d'une forme d'amour propre, voire de narcissisme, consistant à concentrer son attention sur soi-même pour s'admirer. En réalité, la notion de « personne humaine » montre qu'il s'agit d'une démarche morale et exigeante. Ce qui fait de l'homme une « personne », c'est qu'il est capable de décider de sa propre conduite et qu'il possède ainsi une liberté qui doit être respectée. Il a pour cette même raison des droits, à la différence d'une simple chose dont on peut disposer librement. Mais, en retour, cette même dignité de personne impose à l'homme des devoirs. Alain le rappelle en écrivant que faire preuve de conscience revient pour l'homme à « [se mettre] en demeure de décider et de se juger ». L'expression « mise en demeure » est empruntée au vocabulaire juridique. Elle est employée pour signifier solennellement à quelqu'un qu'il a une dette à régler, à l'égard de laquelle il est en retard (« *mora* » en latin, racine du mot « demeure »). La conscience est donc comme un créancier qui vient nous rappeler à nos devoirs, en l'occurrence

Définissez bien chaque concept.

celui de déterminer par nous-mêmes notre conduite et d'en examiner la valeur.

On voit donc apparaître une dimension morale dans la définition que propose Alain de la conscience de soi. C'est ce qu'il va dégager davantage encore dans les lignes qui suivent.

II. Les implications morales de cette définition (lignes 3 à 11)

Dans cette partie, l'auteur cherche à montrer qu'il n'y a pas à distinguer, en fin de compte, entre conscience réfléchie et conscience morale.

Pour établir cela, il commence par affirmer que « Ce mouvement intérieur est dans toute pensée ». Le « mouvement » dont il parle, c'est, bien sûr, celui d'un retour sur soi-même. Or, il n'est pas si évident que l'on fasse preuve d'une telle démarche à chaque fois que l'on pense quelque chose. On ne peut pas penser sans être conscient, bien sûr. Mais on peut très bien avoir des opinions ou même émettre des jugements sans faire l'effort de revenir dessus, c'est-à-dire de les examiner ou de les réinterroger. Alain ne l'ignore pas, mais il considère que cela ne mérite pas d'être appelé « penser ». Comme il l'écrit en effet : « celui qui ne dit pas finalement : "Que dois-je penser ?" ne peut être dit penser. » Il y a donc une exigence morale au cœur même de l'activité de notre esprit. « Penser » réellement, c'est nécessairement chercher à « bien » penser, c'est-à-dire de façon juste. C'est ce qui nous donne par suite le moyen de bien agir aussi.

> Interrogez-vous à chaque fois sur ce qu'affirme l'auteur : s'agit-il d'une idée convenue ou originale ?

C'est pourquoi l'auteur en déduit que « la conscience est toujours implicitement morale ». Un homme doué de conscience de lui-même, capable ainsi de réfléchir, est donc nécessairement doué en même temps de conscience morale. Il ne peut pas ignorer comment bien agir, ou du moins il ne peut pas ignorer qu'il doit s'efforcer de le faire en s'interrogeant sur les idées qui guident

> Utilisez des connecteurs logiques pour indiquer la progression du texte, évitez d'écrire seulement « ensuite », notamment.

sa conduite. C'est pourquoi Alain analyse « l'immoralité » comme le fait de « ne point vouloir penser qu'on pense » et d'« ajourner le jugement intérieur ». Faire preuve « d'immoralité » signifie couramment commettre de mauvaises actions, faire des choses malhonnêtes ou injustes. On peut remarquer que, pour Alain, mal agir se joue déjà, et surtout, au sein de l'esprit de l'individu, par le fait de refuser de s'interroger, ou même simplement de le remettre à plus tard. Cette analyse du mal peut être rapprochée de celle qui a été inspirée à Hannah Arendt par le procès d'Adolf Eichmann, ancien officier SS accusé d'avoir participé activement à la « solution finale ». D'après la philosophe, les crimes reprochés à Eichmann ne seraient pas à mettre au compte d'une volonté diabolique, déterminée à faire le mal. Ce serait plutôt la conséquence d'une simple « incapacité à penser », idée qui amène Hannah Arendt à parler d'une « banalité du mal ». Elle ne veut pas dire pour autant que ce mal est excusable et qu'Eichmann n'était pas responsable des crimes qui lui étaient reprochés. On peut, en effet, rappeler l'idée d'Alain : la conscience dont chaque homme est doué lui impose le devoir de s'interroger sur ce qu'il pense et sur ce qu'il fait.

Revenez toujours bien au texte après avoir utilisé des éléments extérieurs.

L'auteur trouve, d'ailleurs, une confirmation de sa propre pensée dans l'opinion courante : « On nomme bien », écrit-il ensuite, « inconscients ceux qui ne se posent aucune question d'eux-mêmes à eux-mêmes. » L'adverbe « bien » peut être entendu en deux sens ici : à la fois pour marquer un constat, mais aussi pour porter un jugement. Faire preuve d'inconscience peut, en effet, signifier ne pas faire attention à ce que l'on fait, être insouciant, voire même vraiment négligent. Pour Alain, il faut aussi comprendre cela comme un manque de conscience **morale**. Il ajoute, d'ailleurs, que ce défaut est bien plus courant qu'on ne l'imagine à première vue. Le manque de moralité, ou encore le manque de conscience, peuvent se cacher en quelque sorte dans ce qui prend l'apparence de la réflexion. L'auteur vise ainsi « les opinions sur les opinions ». Par définition, une opinion n'est ni vraie

Plus l'attention au texte est minutieuse, plus votre explication est précise.

ni fausse, ce n'est qu'une idée possible, qui doit subir un examen critique. Or, il arrive que l'on croie mener à bien cet examen en donnant seulement sa propre opinion sur une idée que l'on entend. C'est ce qu'il se passe dans certains débats qui ne consistent finalement qu'à opposer des opinions à d'autres, sans que personne ne cherche à aller vers une idée plus juste. Alain cite aussi le cas de « tous les savoir-faire, auxquels il manque la réflexion ». Un « savoir-faire » ne donne, en effet, qu'une connaissance permettant d'agir de façon habile et efficace dans un certain domaine. Il faut donc, en principe, y ajouter une réflexion sur la fin que l'on poursuit en utilisant ce moyen d'action, neutre en lui-même d'un point de vue moral. On peut prendre l'exemple de la rhétorique, l'art de convaincre par la parole, et dont Platon souligne qu'il peut aussi bien être mis au service de bonnes causes, comme au service d'intérêts plus discutables (*Gorgias*). En outre, puisqu'un « savoir-faire » permet par nature de donner à l'homme plus de capacités pour agir, il est d'autant plus impératif de s'interroger sur ce que l'on va faire grâce à lui. Pour toutes ces raisons, il convient d'adopter l'attitude de « recul en soi-même » à laquelle nous invite notre conscience. Cela signifie de rompre avec notre tendance à juger et agir de façon immédiate qui fait que nous sommes volontiers plus tournés vers l'extérieur que vers nous-mêmes.

Alain nous rappelle donc au devoir que nous avons de réfléchir essentiellement sur nous-mêmes, sur la valeur morale de ce que nous pensons et faisons. Mais notre conscience est-elle vraiment capable de cela ? Peut-elle faire preuve d'assez de recul pour être objective, alors qu'elle reste au fond « notre » conscience ?

Poser des questions dans la transition permet de relancer la réflexion, tout en montrant le lien entre les moments du texte.

III. L'affirmation du caractère infaillible de la conscience (lignes 12 à 15)

Dans ce dernier temps de sa réflexion, Alain répond en quelque sorte à une objection qu'on pourrait lui faire. N'accorde-t-il pas trop de confiance à la conscience ?

N'est-elle pas subjective par nature ? Peut-on réellement fonder sur elle une conduite morale certaine ?

Voir Repères, p. 343

L'auteur répond en invoquant la pensée de **Jean-Jacques Rousseau** en lui faisant dire que « la conscience ne se trompe jamais, pourvu qu'on l'interroge ». C'est une allusion au célèbre passage de l'*Émile* où la conscience morale est présentée comme un « instinct divin », un « guide infaillible du bien et du mal ». **Rousseau** soutient que chaque homme possède de façon innée une connaissance des valeurs morales et des devoirs qui y correspondent. Mais il ajoute aussi que, malheureusement, les hommes ont tendance à ne plus l'écouter, comme si cette « voix de la nature » était devenue bien lointaine sous l'effet de la culture. Si les hommes font preuve d'immoralité ou disent ne pas savoir distinguer le bien du mal, ce n'est pas la conscience qui doit être mise en cause, mais plutôt le manque d'attention des hommes à son égard. C'est ce que veut souligner Alain en ajoutant bien : « pourvu qu'on l'interroge ». En s'interrogeant sincèrement sur soi-même, on devrait donc être en mesure de pouvoir se juger objectivement.

La suite du texte nous propose deux exemples pour mieux le comprendre. Le premier est celui de la lâcheté, c'est-à-dire d'une forme de fuite face à une situation difficile ou, au moins, embarrassante. On peut penser qu'il n'y a même pas besoin de se demander en ce cas « Ai-je été lâche ? ». Un sentiment de honte ou de remords vient souvent nous le faire savoir. Mais comme il est désagréable, notre amour-propre peut aussi s'efforcer de le chasser en se cherchant de bonnes raisons d'avoir agi ainsi. Alain nous rappelle néanmoins que si nous nous laissons tromper en ce cas, c'est que nous le voulons bien : en réalité, un homme ne peut pas ignorer la vérité sur sa conduite « [s'il veut bien] y regarder ». Le second exemple est celui de la justice d'un « arrangement ». Cela peut se produire quand des personnes doivent se répartir des tâches ou des biens. Il s'agit, en principe, pour chacun d'être équitable et de ne pas chercher à être avantagé aux dépens des autres. Là aussi,

Pensez bien à les expliquer, même quand ils paraissent simples et évidents.

on pourrait essayer de se mentir à soi-même en cherchant à se convaincre d'avoir été honnête. Mais cela ne peut se faire qu'en refusant délibérément de se juger sincèrement soi-même. Notre conscience n'en continue pas moins de le permettre.

Pour finir, l'auteur soulève ce qui lui apparaît comme un paradoxe dans notre attitude. Comme nous venons de le voir, nous avons un moyen certain de savoir qui nous sommes vraiment et ce que nous valons moralement. Malgré tout, « [nous aimons] mieux [nous] en rapporter à d'autres ». À première vue, c'est une démarche sage et constructive : en demandant à d'autres personnes de porter un jugement sur nous, nous aurions un regard extérieur, plus distancié et donc potentiellement plus objectif. Pourtant, il manque à ces personnes un élément essentiel puisqu'elles ne peuvent pas porter un regard jusque dans nos pensées. Elles ne peuvent donc pas voir quelles sont nos intentions quand nous agissons. Or, un acte généreux en apparence, comme un don, peut très bien être fait pour s'attirer une bonne réputation, par exemple. Il nous revient donc bien de nous juger nous-même, mais cela demande effectivement plus d'effort, puisqu'il s'agit alors de se mettre réellement face à la vérité.

Conclusion

Pour Alain, la conscience de soi est donc, en même temps, une conscience « morale » pour l'homme. Puisqu'elle est par définition un mouvement de retour sur soi, elle implique nécessairement un jugement sur nos actions et nos pensées. Être capable de réflexion signifie donc aussi pour l'homme l'existence d'un devoir, celui de toujours s'interroger sur la valeur de sa conduite. Il est compréhensible que nous cherchions souvent à nous soustraire à ce devoir, en mettant en doute par exemple la fiabilité de notre conscience. Mais cela revient à fuir ce qui fait notre dignité en tant que personne.

SUJET 4

4 heures

Notion : LE DEVOIR

Expliquez le texte suivant :

Chaque peuple a sa morale qui est déterminée par les conditions dans lesquelles il vit. On ne peut donc lui en inculquer une autre, si élevée qu'elle soit, sans le désorganiser, et de tels troubles ne peuvent pas ne pas être douloureusement ressentis par les particuliers. Mais la morale de chaque société, prise en elle-même, ne comporte-t-elle pas un développement indéfini des vertus qu'elle recommande ? Nullement. Agir moralement, c'est faire son devoir, et tout devoir est fini. Il est limité par les autres devoirs ; on ne peut se donner trop complètement à autrui sans s'abandonner soi-même ; on ne peut développer à l'excès sa personnalité sans tomber dans l'égoïsme. D'autre part, l'ensemble des nos devoirs est lui-même limité par les autres exigences de notre nature. S'il est nécessaire que certaines formes de la conduite soient soumises à cette réglementation impérative qui est caractéristique de la moralité, il en est d'autres, au contraire, qui y sont naturellement réfractaires et qui pourtant sont essentielles. La morale ne peut régenter outre mesure les fonctions industrielles, commerciales, etc., sans les paralyser, et cependant elles sont vitales ; ainsi, considérer la richesse comme immorale n'est pas une erreur moins funeste que de voir dans la richesse le bien par excellence. Il peut donc y avoir des excès de morale, dont la morale, d'ailleurs, est la première à souffrir ; car, comme elle a pour objet immédiat de régler notre vie temporelle, elle ne peut nous en détourner sans tarir elle-même la matière à laquelle elle s'applique.

Émile DURKHEIM, *De la division du travail social*, 1893.
D'après le sujet du Bac France métropolitaine 2021, DR.

Travail préparatoire

Fiches p. 307
4 5 7 9 16

Notions et repères

Notion principale : le devoir.
Notions secondaires : la conscience, la justice, la liberté, la raison, le travail.
Repères : absolu/relatif – obligation/contrainte – théorie/pratique – universel/général/particulier/singulier.

Remarques générales

Le texte peut sembler difficile au premier abord. En repérant bien les connecteurs logiques *(mais, d'autre part, donc)*, on peut, cependant, rendre plus lisible le mouvement du raisonnement. Il faut s'appuyer également sur les exemples fournis par l'auteur.

Problème, thèse et intérêt philosophique

En tant qu'être doué de conscience et de liberté, l'homme est censé « bien agir », c'est-à-dire faire preuve d'une conduite digne d'un point de vue moral. C'est d'autant plus vrai au sein d'une société, dans la mesure où elle donne régulièrement l'occasion à ses membres de se soumettre à des devoirs les uns envers les autres. Cela ne devrait-il pas leur permettre de devenir de plus en plus vertueux, en cherchant, ainsi, à atteindre un idéal de perfection morale ? Les sociétés dans lesquelles ils vivent ne devraient-elles pas prôner des valeurs et des règles morales toujours plus exigeantes, de manière à favoriser un tel progrès ? Durkheim critique, ici, cette idée, en montrant que le progrès moral d'une société doit nécessairement rencontrer une limite. Selon lui, en se faisant toujours plus exigeante, une morale finirait par aller contre sa finalité en nuisant à l'intérêt social. Il faut donc se résigner à ce qu'il n'y ait pas de morale parfaite dans l'absolu, en faisant preuve de réalisme. Mais un tel point de vue ne risque-t-il pas d'amener les hommes à manquer d'ambition morale et à se satisfaire de valeurs médiocres ?

Analyse des concepts principaux

Sa morale... la morale de chaque société :
La *morale* désigne un ensemble de valeurs distinguant le bien du mal et le juste de l'injuste. Elle se traduit par des règles que les hommes

doivent respecter dans leur conduite pour faire preuve de vertu et vivre dignement. À la différence des lois, qui relèvent du droit, ces règles ne sont pas assorties de sanctions. Les hommes ne sont donc pas contraints de se soumettre à leurs devoirs moraux, mais doivent se les imposer par eux-mêmes en tant qu'obligation. La morale se distingue aussi du droit par le fait qu'elle pourrait revendiquer une valeur universelle, transcendant la diversité des lois de chaque pays. Ici, au contraire, Durkheim affirme le caractère relatif de la morale. Il la réduit donc aux « mœurs », aux valeurs et aux usages variant selon les peuples et les époques.

Désorganiser... régenter... régler :
A priori, ce qui donne à la morale sa raison d'être, c'est la sensibilité de l'homme aux notions de « bien » et de « mal », grâce à sa conscience. L'existence de devoirs à accomplir et de qualités morales à cultiver n'a pas d'autre justification que le souci d'agir dignement en tant qu'être humain. Dans le texte, la morale est un moyen, pour une société, de s'organiser et d'assurer son fonctionnement. La valeur de la morale est conditionnée par son utilité sociale, sa capacité à assurer l'ordre et la prospérité.

Développement indéfini des vertus :
Les vertus désignent les qualités morales d'une personne, comme la générosité, la bienveillance, la tempérance... Parler de *« développement indéfini »*, c'est évoquer la possibilité d'un progrès moral constant, permettant de devenir toujours plus « vertueux ». Le fait que Durkheim parle de *« développement indéfini »* plutôt que de « progrès à l'infini » témoigne d'une forme de neutralité dans son approche. Il raisonne en tant que sociologue, en s'interdisant de porter tout jugement de valeur.

Trop... à l'excès... outre mesure :
L'accumulation de ces adverbes permet de souligner le propos central de l'auteur. Selon lui, on peut faire preuve d'excès dans le domaine moral, si l'on pense que l'on peut y viser un idéal de perfection. C'est paradoxal à première vue : comment parler d'« excès » à l'égard de qualités ? Il faut remarquer que la critique de l'auteur ne correspond pas à un jugement de valeur là encore. Durkheim ne dit pas que faire preuve d'« excès de morale » serait « mal », mais seulement que ce serait objectivement nuisible d'un point de vue social.

Plan du texte de Durkheim

I. Réfutation d'un idéal moral absolu vers lequel toute société devrait progresser (lignes 1 à 4)
II. Évocation d'une objection : possibilité d'un progrès analogue au sein de chaque morale (lignes 4 à 6)
III. Mise en évidence d'un facteur interne aux morales limitant leur progrès (lignes 6 à 10)
IV. Mise en évidence d'un facteur externe limitant les prétentions des morales (lignes 10 à 19)
V. Avertissement à l'égard d'un excès possible en matière d'exigence morale (lignes 19 à 22)

Corrigé complet

Les titres en bleu apparaissant dans ce corrigé ne doivent pas figurer dans votre devoir. Nous les avons insérés pour vous guider et vous aider à repérer la progression de l'explication de texte.

Les conseils du professeur

Introduction

On considère, en général, que la dignité de l'homme tient dans sa capacité à agir moralement. Le progrès de l'humanité trouverait même sa plus belle concrétisation dans son perfectionnement moral. Dans cet extrait, le sociologue français Émile Durkheim réfute pourtant cette idée courante, non pas en mettant en cause les limites des hommes, mais plutôt celles de la morale. Selon lui, un progrès moral infini est impossible dans la mesure où il ne peut y avoir autre chose que des morales propres à chaque société et nécessairement limitées dans leur évolution. Un tel point de vue ne fait-il pas perdre à la morale ce qui fait sa valeur pour les hommes, à savoir les inciter à être toujours plus vertueux ? Faut-il

Énoncé de la thèse de l'auteur.

Formulation du problème.

vraiment se résigner à ce qu'il n'existe aucune morale parfaite dans l'absolu ? Pour soutenir sa thèse, l'auteur commence par montrer pourquoi il ne peut y avoir que des morales relatives à des sociétés particulières. Il envisage, ensuite, une objection possible selon laquelle un progrès infini pourrait se faire au sein de chaque morale. C'est ce qui l'amène à présenter deux facteurs venant nécessairement limiter toute morale dans son évolution, le premier tenant aux devoirs moraux eux-mêmes et le second aux besoins vitaux d'une société. Durkheim en tire alors la conclusion qu'une morale ne peut pas se faire sans cesse plus exigeante sans finir par devenir nuisible envers la société, mais aussi envers elle-même.

Indication de la structure logique de l'extrait, qui sera suivie dans l'explication.

Voir Repères, p. 343

I. Réfutation d'un idéal moral absolu vers lequel toute société devrait progresser (lignes 1 à 4)

Durkheim commence par affirmer le caractère relatif de la morale, en écrivant que « chaque peuple a sa morale ». On peut le constater à l'égard des « mœurs », c'est-à-dire les usages des différentes sociétés quant à « ce qui se fait » et ne « ne se fait pas » pour mener une vie digne et décente. Chaque peuple définit, à sa façon, ce qui est honteux, scandaleux moralement ou, au contraire, digne d'approbation et d'éloges (par exemple, à l'égard de la sexualité et de la vie affective). Cette relativité n'est pas arbitraire selon Durkheim, puisqu'il précise qu'elle est « déterminée par les conditions dans lesquelles [un peuple] vit ». Les différences de règles et de valeurs entre les sociétés ne sont donc pas l'effet d'un libre choix de leur part, ni d'un simple désir de se différencier. Il y a un « déterminisme », un rapport nécessaire de cause à effet qui fait que chaque société doit avoir son propre système de valeurs. Les « conditions » auxquelles l'auteur fait allusion peuvent être liées à l'environnement et aux ressources naturelles, au climat, mais aussi aux moyens techniques, au niveau de connaissances scientifiques, etc. Une société devant faire face à des conditions plus difficiles pourrait être poussée à prôner des valeurs plus austères ou invitant plus à l'effacement de l'individu au profit du groupe.

Proposez des exemples quand l'auteur ne le fait pas, pour donner de la réalité à ses idées.

L'auteur tire alors la conséquence du lien étroit qu'il y a entre un certain groupe humain et sa morale : « on ne peut donc pas lui en inculquer une autre [...] sans le désorganiser ». En effet, c'est là qu'on introduirait de l'arbitraire en rompant le lien, naturel en quelque sorte, entre des règles et des conditions de vie adaptées les unes aux autres. On peut, d'ailleurs, se demander ce qui pourrait motiver une telle démarche. Durkheim le laisse entendre en parlant d'une « autre [morale], si élevée qu'elle soit ». Vouloir qu'un peuple adopte d'autres règles et d'autres valeurs se fonderait sur l'idée que sa morale serait vue comme inférieure à l'égard d'une autre. On reconnaît là une prétention qui a mené certains peuples à vouloir apporter à d'autres la « civilisation », entendue souvent comme leur propre modèle culturel. Il est facile d'y voir une intention ethnocentriste critiquable et condamnable. En revanche, on pourrait se demander s'il n'y aurait pas une raison légitime de souhaiter qu'un peuple progresse moralement, en renonçant notamment à des usages paraissant « inhumains ». Il faudrait, pour cela, pouvoir penser des valeurs morales universelles, comme celles qui ont inspiré la *Déclaration universelle des droits de l'homme et du citoyen* – hypothèse que Durkheim écarte.

L'ethnocentrisme consiste à juger les autres cultures en prenant la sienne comme référence de ce qui est « normal », voire « civilisé ».

Voir Repères, p. 344

II. Évocation d'une objection : possibilité d'un progrès analogue au sein de chaque morale (lignes 4 à 6)

En donnant une légitimité au relativisme moral, Durkheim dispense les sociétés du devoir de progresser vers un autre système moral, censé être parfait ou au moins meilleur. Mais ce progrès ne pourrait-il pas rester envisageable, et exigible, à l'intérieur de chaque morale ? C'est l'objection que l'auteur se fait à lui-même en se demandant si « la morale de chaque société, prise en elle-même, ne comporte [...] pas un développement indéfini des vertus qu'elle recommande ». Une société pourrait, en effet, conserver la spécificité de ses valeurs et de ses règles, tout en cherchant sans cesse à les parfaire. L'expression « un développement indéfini » a une connotation un peu négative qui laisse deviner la réponse de l'auteur. Ce qui est « indéfini », c'est ce qui est difficile à déterminer, ce qui ne prend pas une forme ou une direction précise. Durkheim ne nie pas qu'une évolution puisse avoir lieu, mais plutôt qu'elle doive prendre la forme d'un processus permanent de progrès. C'est ce qu'il va s'attacher à justifier dans la suite de son raisonnement.

III. Mise en évidence d'un facteur interne aux morales limitant leur progrès (lignes 6 à 10)

Le premier argument empêchant de concevoir un perfectionnement des morales à l'infini tient au fait que ces dernières forment chacune un certain système de « devoirs ». Durkheim rappelle, d'abord, une évidence : « Agir moralement, c'est faire son devoir », c'est-à-dire agir de façon conforme à ce qui se présente à notre conscience comme une obligation, quand bien même cela ne correspondrait pas à notre envie spontanée. Il précise, cependant, que « tout devoir est fini », au sens où ce qui est exigé de nous moralement ne peut pas être extensible à l'infini. Nos différents devoirs se limitent les uns les autres. Ils peuvent, en effet, nous mettre face à des demandes opposées, si bien que la morale deviendrait contradictoire si chaque devoir avait une extension illimitée. Durkheim l'illustre par un exemple : « on ne peut se donner trop complètement à autrui sans s'abandonner soi-même ; on ne peut développer à l'excès sa personnalité sans tomber dans l'égoïsme ». Une morale qui incite à l'altruisme pourrait être poussée jusqu'au dévouement total envers autrui, au point de sacrifier sa propre existence. Mais la même morale condamne, en général, ceux qui se négligent trop eux-mêmes, ne serait-ce que parce que cela remet en cause leur capacité à être utiles aux autres. Une morale ne peut donc se maintenir qu'en trouvant un équilibre entre les différents devoirs qui la constituent. La seconde partie de l'exemple le confirme, en faisant allusion au devoir de « développer [...] sa personnalité ». C'est d'abord surprenant d'y voir une obligation morale car on reproche volontiers aux hommes d'être naturellement trop « individualistes » ou trop « égoïstes ». La vertu consisterait

> C'est ce qui peut produire des « dilemmes », des conflits de devoirs.

> Voir Repères, p. 342

donc plutôt à combattre cette tendance spontanée. Mais il est vrai que l'homme est aussi incité à « cultiver ses talents », à valoriser ses aptitudes singulières, ne serait-ce que parce que cela produit une diversité utile à la société.

IV. Mise en évidence d'un facteur externe limitant les prétentions des morales (lignes 10 à 19)

Après avoir montré que toute morale contient en elle-même un principe qui limite sa capacité à progresser, Durkheim y ajoute un facteur externe. Il écrit, en effet, que « l'ensemble de nos devoirs est lui-même limité par les autres exigences de notre nature ». Le terme « exigences » fait écho aux obligations morales, mais il s'agit, cette fois, des contraintes correspondant à nos besoins naturels. L'auteur veut dire que le domaine sur lequel la morale peut valoir de façon légitime trouve sa limite face à la réalité de nos conditions d'existence. Un homme n'est pas qu'un pur esprit, censé faire abstraction de ses capacités physiques, par exemple. Il ne peut avoir des devoirs à respecter que dans la mesure où cela lui est possible dans la pratique. Il faut donc admettre que « certaines formes de la conduite [...] sont naturellement réfractaires » aux règles morales. Durkheim précise sa pensée avec un exemple, celui des « fonctions industrielles, commerciales, etc. ». Il s'agit des réalités économiques, que l'on peut, en effet, relier à la satisfaction des besoins naturels des hommes. Il serait étonnant, cependant, d'y voir un domaine où la morale n'aurait absolument pas sa place. Cela reviendrait à affirmer, de façon très cynique, que le monde de l'économie et du travail n'a pas à s'embarrasser de scrupules de moralité. Durkheim corrige lui-même ce contresens possible en précisant que « la morale ne peut régenter outre mesure » ce domaine. Il ne veut donc pas dire que le champ de la morale s'arrête là où commence celui de l'économie, mais plutôt que la réalité économique d'une société peut limiter les exigences de sa morale. L'exemple du jugement moral d'une société à l'égard de « la richesse » financière permet de le comprendre plus clairement encore. Il pourrait prendre la forme d'une

> Partez du principe qu'un auteur est toujours cohérent et cherchez le lien logique entre ses affirmations.

réprobation, désignant les « riches » comme des exploiteurs et des profiteurs à l'esprit bassement matérialiste. D'un point de vue économique, ce serait une « erreur [...] funeste », au sens où cela découragerait non seulement l'envie de s'enrichir, mais aussi celle d'entreprendre. De l'autre côté, une société qui « ferait de la richesse le bien par excellence », en valorisant la réussite matérielle individuelle, ferait la même « erreur ». Ainsi, de même que les devoirs se limitent entre eux à l'intérieur d'une morale, une morale est limitée elle-même par les besoins économiques des sociétés.

V. Avertissement à l'égard d'un excès possible en matière d'exigence morale (lignes 19 à 22)

L'auteur conclut son raisonnement en constatant la possibilité, pour la morale, de connaître des « excès ». Il veut, sans doute, plus exactement dire qu'il peut y avoir une tentation de rendre la morale plus exigeante qu'elle ne devrait l'être. Mais il a montré qu'en principe un tel « excès » est impossible, dans la mesure où différents facteurs garantissent plutôt un équilibre, telle une force d'inertie. Il le souligne à nouveau ici d'une autre façon, en laissant entendre qu'une morale trop exigeante se ruinerait elle-même. Elle en viendrait à « tarir elle-même la matière à laquelle elle s'applique », à savoir la vie réelle des hommes au sein des sociétés.

Conclusion

Il ne faut donc pas attendre que les hommes puissent devenir toujours plus vertueux, en tendant vers des valeurs morales universelles. Selon Durkheim, il ne peut y avoir que des morales diverses et limitées dans leur évolution possible. Leur finalité essentielle serait, en effet, de contribuer au bon fonctionnement de chaque société. Une morale qui prétendrait se dégager de cet aspect utilitaire pour devenir plus pure serait donc impensable à l'égard de la réalité. Mais cela ne risque-t-il pas d'encourager les hommes à se satisfaire d'une certaine médiocrité morale, voire à perpétuer des usages discutables ?

SUJET 5

4 heures

Notion : L'ÉTAT

Expliquez le texte suivant :

La fin de l'État n'est pas de faire passer les hommes de la condition d'êtres raisonnables à celle de bêtes brutes ou d'automates, mais au contraire il est institué pour que leur âme et leur corps s'acquittent en sûreté de toutes leurs fonctions, pour qu'eux-mêmes usent d'une raison libre, pour qu'ils ne luttent point de haine, de colère ou de ruse, pour qu'ils se supportent sans malveillance les uns les autres. La fin de l'État est donc en réalité la liberté. [Et], pour former l'État, une seule chose est nécessaire : que tout le pouvoir de décréter appartienne soit à tous collectivement, soit à quelques-uns, soit à un seul. Puisque, en effet, le libre jugement des hommes est extrêmement divers, que chacun pense être seul à tout savoir et qu'il est impossible que tous opinent pareillement et parlent d'une seule bouche, ils ne pourraient vivre en paix si l'individu n'avait renoncé à son droit d'agir suivant le seul décret de sa pensée. C'est donc seulement au droit d'agir par son propre décret qu'il a renoncé, non au droit de raisonner et de juger ; par suite nul à la vérité ne peut, sans danger pour le droit du souverain, agir contre son décret, mais il peut avec une entière liberté opiner[1] et juger et en conséquence aussi parler, pourvu qu'il n'aille pas au-delà de la simple parole ou de l'enseignement, et qu'il défende son opinion par la raison seule, non par la ruse, la colère ou la haine.

Baruch SPINOZA, *Traité théologico-politique*, 1670.
D'après le sujet du Bac France métropolitaine 2012, DR.

---

1. **Opiner** : formuler une opinion.

Travail préparatoire

Fiches p. 307
5 7 9 11

Notions et repères

Notion principale : l'État.
Notions secondaires : la justice, la liberté, la raison.
Repères : contingent/nécessaire – légal/légitime – principe/cause/fin – théorie/pratique.

Remarques générales

Il s'agit d'un texte classique de philosophie politique, mais qui exige que l'on réfléchisse sur le couple de notions « État/liberté » (notions que le professeur a pu peut-être séparer). Le texte suppose aussi que l'on distingue la liberté d'action et la liberté d'expression (ou d'opinion).

Problème, thèse et intérêt philosophique

Le problème posé ici est celui de la finalité de l'État et des moyens mis en œuvre pour réaliser celle-ci : l'État ne prive-t-il pas l'individu de sa liberté en remettant celle-ci entre les mains d'un pouvoir ? À cette question, Spinoza répond que, si l'État exige de l'individu qu'il renonce à son pouvoir d'agir par lui-même, il n'exige pas pour autant que ce dernier renonce à sa liberté d'opinion et d'expression, lesquelles peuvent même être exercées pour critiquer l'État. L'enjeu du texte est de nous faire réfléchir sur les différents sens et usages possibles de la liberté et sur la manière dont l'État nous fait renoncer à un usage de la liberté apparemment fondamental (liberté d'action), pour en permettre et en maintenir un autre, plus essentiel (liberté de pensée et de parole). C'est, du même coup, comprendre le paradoxe et la force de l'État : il nous prive d'une certaine liberté tout en nous en laissant une autre, capable de s'exercer contre lui sans pour autant le menacer.

Analyse des concepts principaux

L'État :

Ensemble d'institutions venant encadrer la société par l'établissement de lois, et disposant du droit d'utiliser la force pour les faire respecter. L'étymologie du mot (*stare*, « demeurer », « rester », en latin) évoque l'idée de quelque chose qui arrive à se maintenir de façon stable à travers le temps, ce qui est une garantie d'ordre pour la vie commune. Mais l'évocation de l'État a aussi pour effet de faire penser à une entité abstraite, pesant sur les individus et exerçant sa domination à leurs dépens. Le texte s'efforce de corriger cette impression en soulignant le rôle, non seulement nécessaire, mais bénéfique de l'État.

La fin de l'État :

Le terme de « fin » n'est évidemment pas à prendre dans le sens d'une disparition, d'autant plus que Spinoza semble considérer l'existence de l'État comme une véritable nécessité. Il réfléchit à la « finalité » de l'État, c'est-à-dire au but qu'il doit chercher à atteindre et qui justifie en même temps son existence. Sa « fin » la plus évidente, c'est sans doute de permettre aux hommes de vivre en sécurité en venant imposer des limites aux libertés individuelles. Mais si cela revient à enlever aux hommes ce qui fait d'eux des hommes justement, et non des « automates » ou des « bêtes brutes », cette opération a-t-elle encore un sens ? La « fin » poursuivie par l'État en limitant la liberté ne doit-elle donc pas être, paradoxalement, de garantir une liberté authentiquement humaine ?

La liberté :

Cette notion peut désigner des choses assez différentes. On peut parler de liberté pour quelque chose qui n'est pas entravé dans ses mouvements : cette « liberté d'action » peut se trouver chez n'importe quel être ou n'importe quelle chose qui ne rencontre pas d'obstacle. En ce qui concerne plus spécialement l'homme, on pense souvent que la liberté consiste à pouvoir agir selon ses désirs, en faisant tout ce dont on peut avoir envie. Cela passe donc par la capacité à se donner ses propres buts pour agir. Mais c'est ce qui conduit aussi à devoir envisager cette liberté de façon plus précise encore. En effet, en suivant ses désirs, tels qu'ils se présentent, n'agit-on pas sous leur domination ? La liberté la plus véritable ne consisterait-elle pas dans la capacité à décider (ou « décréter » comme l'écrit Spinoza) vraiment par soi-même de ses actions et de ses pensées, indépendamment même de ses désirs ?

La raison :
C'est la faculté qui nous permet de « raisonner », celle qui nous permet de réfléchir de façon logique afin de trouver la vérité, mais aussi d'adopter une conduite « raisonnable », c'est-à-dire juste et évitant les excès. La raison est, en principe, une faculté universelle, présente en chacun de nous, ce qui nous permet de nous entendre à condition de faire preuve d'objectivité. Elle est en cela souvent opposée aux « passions », les sentiments qui animent les hommes et peuvent les diviser (le texte évoque à ce titre « la ruse », « la colère » et « la haine », mais il peut y avoir des « passions » plus heureuses !). Enfin, la raison est censée être le privilège de l'homme : c'est cette capacité qui nous permet de décider de notre propre conduite et de ne pas être conduit « mécaniquement » par des instincts comme les animaux (les « bêtes brutes »). Un être « raisonnable » comme l'homme ne saurait donc vivre que dans des conditions qui respectent sa spécificité, et mieux encore, dans des conditions qui favorisent l'épanouissement de celle-ci. C'est le rôle que Spinoza donne ici à l'État.

Plan du texte de Spinoza

I. Spinoza montre que la finalité de l'État est la liberté raisonnable (lignes 1 à 7)
II. Spinoza explique quelle est la condition à réaliser : que chacun renonce à agir par lui seul pour s'en remettre à un principe d'action collective (lignes 7 à 13)
III. Spinoza montre en quoi l'individu conserve sa liberté d'opinion et d'expression, qu'il peut exercer contre l'État, mais sous certaines conditions (lignes 13 à 20)

Corrigé : plan détaillé

Les titres en bleu apparaissant dans ce corrigé ne doivent pas figurer dans votre devoir. Nous les avons insérés pour vous guider et vous aider à repérer la progression de l'explication de texte.

Les conseils du professeur

I. La présentation de la liberté comme étant la finalité de l'État (lignes 1 à 7)

Spinoza explique en quoi consiste le but de l'État en insistant sur sa dimension morale et positive – ce qui, du même coup, permet d'en saisir l'exigence. Le but de l'État est, en effet, de rendre les hommes meilleurs et non pires, afin qu'ils puissent s'entendre et vivre harmonieusement ensemble. C'est bien le rôle de l'État que de permettre la vie en société, en empêchant que les individus se nuisent et se menacent les uns les autres. Concevoir un État qui rabaisserait les hommes serait absurde : ainsi, il ne s'agit pas pour l'État d'amener les hommes à une « condition » (un type d'existence) dans laquelle ils ne penseraient qu'à eux-mêmes (comme des « bêtes brutes ») ou n'agiraient qu'instinctivement (comme des « automates »). L'État vise, au contraire, à soustraire les hommes à cette condition quasi-animale.

Il a ainsi plusieurs buts (« pour... pour... pour... pour... »). Il doit d'abord assurer la sécurité (« sûreté ») des personnes en permettant aux individus de développer toutes les qualités de « leur âme » et de « leur corps » : protéger les âmes et les corps, c'est permettre à l'âme de devenir raisonnable et bonne et au corps d'être maintenu en vie et en bonne santé, par exemple. Par ailleurs, l'État doit permettre aux individus de la société d'user « eux-mêmes [...] d'une raison libre », c'est-à-dire de savoir utiliser leur faculté de réflexion et d'action de façon autonome et volontaire. Il ne s'agit pas de simplement garantir la protection des personnes (âme et corps), mais de les rendre raisonnables en les incitant à

Pour mettre en valeur cette idée, on peut souligner qu'elle n'est pas si évidente : on accuse parfois l'État de brider les individus et leurs initiatives par les lois.

penser et à agir selon la raison. Autre but : éviter que les individus « ne luttent » les uns contre les autres de façon égoïste et passionnelle. Enfin, l'État doit permettre le respect de chacun (permettre aux hommes de « se supporte[r] »). Spinoza résume (« donc en réalité ») ces différentes fins par le terme de « liberté ». En effet, faire que les hommes soient raisonnables, c'est leur permettre de ne plus être esclaves de leurs désirs (haine, colère, ruse), lesquels les rendent non seulement nuisibles aux autres, mais aussi à eux-mêmes, en les maintenant au stade du déterminisme (animal ou mécanique). Seule la raison permet, selon Spinoza, d'atteindre une vraie liberté, à comprendre non pas au sens de libre arbitre (comme chez Descartes), mais comme « le fait d'obéir à la nécessité de sa nature » (Spinoza, *Éthique*). L'homme étant par nature raisonnable, c'est en obéissant à la nécessité de cette nature raisonnable et en comprenant cette nécessité qu'il est libre.

II. L'affirmation d'une nécessaire restriction de la liberté de chacun pour permettre à l'État de garantir celle de tous (lignes 7 à 13)

Spinoza interroge ensuite la condition nécessaire à la formation de l'État (« pour former l'État, une seule chose est nécessaire »). Il s'agit de remettre le pouvoir de décision et d'action (« pouvoir de décréter ») dans d'autres mains que celles de l'individu. Spinoza évoque pour cela différents types de régimes politiques. En effet, il est possible de confier l'autorité au peuple lui-même dans son ensemble (dans ce cas, le peuple est dit « souverain » et il s'agit d'un État démocratique), ou bien à quelques individus (régime aristocratique ou « oligarchique »), ou encore à un seul individu (régime monarchique, qui n'est pas nécessairement « tyrannique »).

Rappelez-vous bien que ce terme ne désigne pas nécessairement un roi.

Pour justifier cette condition, Spinoza explique que, sans cela, les individus risquent de ne pas pouvoir se mettre d'accord : si, en effet, chacun conserve son pouvoir de décision, chacun risque de vouloir être le seul à décider, en croyant « être seul à tout savoir », c'est-à-dire en pensant avoir le meilleur jugement sur toutes les questions. Spinoza avance l'argument selon lequel les individus ont des jugements divers et ne sauraient être unanimes. C'est dire aussi que les jugements des individus risquent d'être orientés par leurs intérêts particuliers (différents les uns des autres), chacun étant tenté de penser et de parler pour lui-même. D'où une « paix » impossible et la nécessité de priver l'individu de son « droit d'agir suivant le seul décret de sa pensée ». Il faut comprendre par-là que l'État ne peut assurer la liberté raisonnable des individus que si chacun renonce à faire ce qu'il lui plaît, car, en faisant ce qu'il lui plaît, l'individu ne pourrait qu'entraver la liberté des autres ainsi que la sienne (il serait esclave de ses passions. L'expression « le seul décret de sa pensée » suggère que ce qui rend l'État possible, ce n'est pas le fait de priver l'homme de toute liberté d'action, mais celui de le priver de ce qui serait une action **égoïste**, issue de sa « seule » pensée. Ainsi, l'État nous interdit de voler et de tuer, parce que ce sont là des actes égoïstes issus d'une pensée égoïste (penser et agir uniquement pour soi). Mais l'État ne nous interdit pas de penser et d'agir en tenant compte des autres. Il faut donc confier le pouvoir de décision et d'action à une autorité distincte des individus, pour que les décisions ne soient pas prises égoïstement mais en vue du bien commun (décisions à prendre donc par la collectivité souveraine ou par un ou plusieurs individus ayant en vue le bien commun).

Indiquez régulièrement ce que fait l'auteur d'un point de vue logique, ne vous contentez pas d'écrire « Ensuite, l'auteur dit que... », par exemple.

Pour rappel, ce terme désigne tout ce qui se produit en nous spontanément : nos désirs, nos émotions, nos sentiments.

III. La relativisation de la restriction imposée aux libertés individuelles (lignes 13 à 20)

Spinoza relativise enfin ce renoncement nécessaire à la formation de l'État, en précisant qu'il ne porte que sur la liberté d'action : chacun doit renoncer au pouvoir d'agir uniquement par lui-même (et pour lui-même). Mais il ne s'agit pas de renoncer à la liberté d'opinion et d'expression, laquelle reste intacte. En effet, l'action seule est nuisible et doit donc être entravée lorsqu'elle menace le bien commun et la liberté des autres. La pensée et la parole n'ont pas le même effet sur la collectivité et n'ont pas besoin d'être limitées (chacun peut ainsi penser et parler selon ses envies sans pouvoir pour autant agir selon ses envies). D'où une conséquence (« par suite [...] et en conséquence aussi [...] ») sur le droit qu'auraient les individus de contester le pouvoir : ils ne peuvent pas le contester par leurs actions (« agir contre [le décret du souverain] »), mais ils peuvent le contester par la pensée et la parole (« contre son décret » ne figure pas dans l'extrait pour éviter la répétition, mais il faut bien lire : « mais il peut avec une entière liberté opiner et juger et en conséquence aussi parler [contre son décret] »). C'est dire que l'individu ne peut agir contre l'État mais qu'il peut penser et parler contre lui, en le critiquant notamment.

À la fin du texte, l'auteur ajoute néanmoins une certaine limite à imposer à la liberté d'expression elle-même. Il faut que la contestation par laquelle elle se manifeste « n'aille pas au-delà de la simple parole ou de l'enseignement », c'est-à-dire qu'elle ne dépasse pas le stade de la contestation légitime (parler pour en tirer des enseignements, des leçons). Spinoza précise l'autre condition, mais qui est la même : défendre « son opinion par la raison seule ». C'est dire que l'individu peut critiquer l'État souverain à condition que sa critique soit le produit de la raison et non de passions égoïstes (haine, colère, etc.). On a ainsi le droit de critiquer l'État lorsque celui-ci ne remplit pas sa finalité lorsque, par exemple, il est injuste ou inégalitaire au regard de la communauté ; mais il ne s'agit pas de critiquer l'État lorsque celui-ci nous empêche de satisfaire nos désirs égoïstes.

SUJET 6

4 heures

Notion : L'INCONSCIENT

Expliquez le texte suivant :

Une violente répression d'instincts puissants exercée de l'extérieur n'apporte jamais pour résultat l'extinction ou la domination de ceux-ci, mais occasionne un refoulement qui installe la propension à entrer ultérieurement dans la névrose. La psychanalyse a souvent eu l'occasion d'apprendre à quel point la sévérité indubitablement sans discernement de l'éducation participe à la production de la maladie nerveuse, ou au prix de quel préjudice de la capacité d'agir et de la capacité de jouir la normalité exigée est acquise. Elle peut aussi enseigner quelle précieuse contribution à la formation du caractère fournissent ces instincts asociaux et pervers de l'enfant, s'ils ne sont pas soumis au refoulement, mais sont écartés par le processus dénommé sublimation de leurs buts primitifs vers des buts plus précieux. Nos meilleures vertus sont nées comme formations réactionnelles et sublimations sur l'humus de nos plus mauvaises dispositions. L'éducation devrait se garder soigneusement de combler ces sources de forces fécondes et se borner à favoriser les processus par lesquels ces énergies sont conduites vers le bon chemin.

Sigmund FREUD, *L'intérêt de la psychanalyse*, 1913.
D'après le sujet du Bac France métropolitaine 1985, DR.

Travail préparatoire

Fiches p. 307
2 3 6 9 10

Notions et repères

Notion principale : l'inconscient.
Notions secondaires : le bonheur, la conscience, la liberté, la nature.
Repères : en acte/en puissance – légal/légitime.

Remarque générale

L'idée générale du texte est assez facile à saisir, mais sa bonne explication dans le détail requiert la connaissance de certaines idées ou de certains concepts issus de la psychanalyse.

Problème, thèse et intérêt philosophique

On se représente souvent l'homme comme un être naturellement animé par des tendances égoïstes, susceptibles de le rendre agressif envers ses semblables. Il semble alors nécessaire et légitime de le rendre sociable par le moyen de l'éducation, et le rôle de celle-ci pourrait donc consister à éradiquer autant que possible ces tendances asociales. Sigmund Freud, le célèbre fondateur de la psychanalyse, s'oppose pourtant ici à cette conclusion. Il partage bien l'idée selon laquelle l'homme porte en lui des instincts hostiles à la vie en société, mais il propose de les transformer en des forces utiles à la société, plutôt que de chercher à les anéantir. Ne serait-ce pas en effet ce qui serait plus constructif, l'individu et la société dans son ensemble y trouvant mieux chacun leur intérêt ? Ou bien cela revient-il à prendre le risque de dispenser une forme d'éducation trop laxiste et inefficace ? Par ailleurs, est-il si évident que l'homme soit naturellement si asocial ? Ne peut-on pas faire l'hypothèse d'une nature humaine plus propice à la vie commune ?

Analyse des concepts principaux

Instincts :
Le terme évoque une force qui pousse à agir d'une certaine façon, imposée par la nature en principe. On l'utilise volontiers pour rendre compte du comportement de l'animal en tant qu'il n'est pas supposé

faire preuve de réflexion, ni de volonté. Attribuer des instincts à l'homme, comme le fait le texte, c'est donc le renvoyer à une dimension plus animale que vraiment « humaine » à l'origine. Qualifier ces instincts de « puissants », c'est même suggérer que cette dimension est particulièrement présente ou influente, au point de représenter une menace potentielle.

Refoulement :
C'est un des concepts clés de la psychanalyse puisqu'il s'agit du processus par lequel se forme « l'inconscient ». Celui-ci désigne une partie de notre esprit dans laquelle se trouveraient des idées et des désirs censurés et rejetés énergiquement à l'écart de notre conscience. Ce refoulement s'exerce en principe de façon constante, et sans que nous en ayons conscience, à l'égard de certains de nos désirs ou de nos idées. C'est ce qui nous donne l'illusion qu'ils n'existent pas ou plus, mais en réalité ils ne sont jamais que provisoirement repoussés. Peut-on alors vraiment y voir une solution fiable à la gestion de nos tendances les plus nuisibles ?

Névrose :
Il s'agit d'un certain type de maladie « psychique ». Elle se caractérise par des symptômes physiques, comme un sentiment de fatigue ou une paralysie partielle, dont la cause n'est pourtant pas visible dans le corps. On peut alors supposer que les symptômes sont causés par l'esprit (*psyché*, en grec) du patient, sans que lui-même le sache, sous la forme d'idées inconscientes. Freud s'est notamment intéressé à la forme de névrose appelée « hystérie », provoquée en partie par la pression mise sur les jeunes filles et les jeunes femmes lors de leur éducation morale.

Psychanalyse :
C'est le nom donné par Freud à la fois à la théorie qu'il a élaborée, et à la pratique qu'il en a tirée, à savoir une certaine méthode pour traiter les maladies psychiques. Les deux sont d'ailleurs souvent liées puisque Freud s'est inspiré des cas qu'il a pu avoir à traiter pour découvrir ses idées et les faire évoluer. De façon générale, on peut définir la psychanalyse comme la théorie de l'inconscient. On peut rappeler qu'il ne s'agit pas d'une discipline scientifique (comme

peut l'être la psychologie, par exemple), puisque l'existence même de l'inconscient reste hypothétique. C'est ce qui peut éveiller une critique possible à l'égard de la thèse du texte : dans quelle mesure est-elle fondée, si elle repose sur une théorie discutable ?

Éducation :
Il faut l'entendre ici dans son sens le plus large, c'est-à-dire pas seulement au sens scolaire. C'est le processus par lequel on cherche à former et à discipliner des individus. Il s'agit, en principe, de les amener à être plus accomplis, plus épanouis, ou même encore plus « humains ». Cette éducation est-elle néanmoins vraiment faite au profit de l'individu, pour le rendre plus libre et plus heureux ? Ne serait-elle pas plutôt faite pour servir les intérêts de la société, aux dépens de l'épanouissement individuel ? Ne serait-il pas possible de conjuguer les deux, comme le suggère le texte ?

Normalité :
Cette notion est évidemment problématique dans la mesure où elle revient à qualifier des individus de « normaux », mais aussi d'« anormaux », ce qui peut passer pour de la discrimination, ou encore pour une volonté de « formater » les individus. Elle suppose, en effet, de définir un certain type de comportement jugé comme convenable socialement et de rejeter, ainsi, ce qui s'écarterait de cette « norme ». C'est pourtant bien une nécessité sociale dans une certaine mesure : une société doit viser à former des individus capables d'y vivre et capables de la faire prospérer dans le temps. Freud lui-même définit un individu « normal » comme un être capable d'aimer et de travailler, c'est-à-dire qui ne soit pas livré seulement à la satisfaction de ses pulsions.

Sublimation :
C'est un concept de la psychanalyse et il est essentiel dans l'extrait. On peut d'ailleurs trouver de quoi en constituer une définition : c'est un processus de transformation qui permet de faire d'une force potentiellement nuisible, une énergie constructive. Par exemple, une tendance naturelle à l'agitation et à l'agressivité pourrait être « sublimée » en étant investie dans le cadre d'une discipline sportive. Elle peut même ainsi devenir valorisée socialement.

Vertus :
Il s'agit des qualités morales, comme l'honnêteté ou le respect d'autrui, mais aussi, par extension, de tout ce qu'on peut considérer comme une qualité humaine, comme le courage ou le goût pour la connaissance. Freud soutient ici un paradoxe : toutes les qualités que l'on encourage l'homme à acquérir et à entretenir seraient en réalité issues, d'une certaine façon, de ce que nous rejetons comme des « vices » ou des défauts.

Plan du texte de Freud

I. La critique d'une forme d'éducation insatisfaisante basée sur la simple répression des instincts (lignes 1 à 8)
II. La suggestion d'une autre méthode possible fondée sur la notion de « sublimation » (lignes 8 à 13)
III. L'exposition de la thèse de l'auteur définissant les limites du travail de l'éducation (lignes 14 à 16)

Corrigé : plan détaillé

Les titres en bleu apparaissant dans ce corrigé ne doivent pas figurer dans votre devoir. Nous les avons insérés pour vous guider et vous aider à repérer la progression de l'explication de texte.

Les conseils du professeur

I. La critique de l'éducation menée comme une répression des instincts (lignes 1 à 8)

Freud évoque tout d'abord l'éducation morale de l'homme telle qu'elle semble être menée de façon traditionnelle, pour en montrer le caractère insatisfaisant. Il la décrit comme « une violente répression d'instincts puissants exercée de l'extérieur », ce qui laisse entendre que l'homme est au départ constitué de fortes tendances incompatibles avec la vie en société. L'auteur admet donc l'idée selon laquelle la nature humaine n'est

Commencez chaque partie en exposant son idée principale.

pas immédiatement propice à la vie en société. Il y aurait pour cette raison un véritable besoin d'éduquer l'homme qui consisterait à combattre les tendances naturelles qui l'animent. Ces tendances seraient, en effet, nuisibles dans la mesure où elles pousseraient chacun à assurer avant tout sa propre survie, ou même encore à satisfaire tous ses désirs sans tenir compte d'autrui. La force de ces « instincts » justifierait donc à première vue d'y opposer une autre force au moins aussi puissante, voire plus importante encore, d'où l'idée d'une éducation menée sous la forme d'une « violente répression ». Pourtant, le résultat d'une telle démarche ne peut être qu'un échec selon Freud, puisqu'il affirme comme un fait indiscutable que cela « n'apporte jamais [...] l'extinction ou la domination des instincts en question ». S'opposer par la force, par des interdictions et des punitions sévères, par exemple, aux tendances jugées mauvaises et indésirables chez l'homme ne pourrait donc pas permettre de les faire disparaître, ni même de s'en rendre vraiment maître. Pour justifier cela, on peut reconnaître que l'égoïsme a tendance à persister chez les individus de façon courante. Ou encore, on peut observer que dans certaines circonstances exceptionnelles comme les crises sociales ou les guerres, les hommes sont capables de commettre des actes d'une grande violence, alors même qu'ils appartiennent à des sociétés qui passent pour être très « civilisées ». À ce constat d'échec, Freud ajoute une autre critique : cette opposition brutale à nos mauvaises tendances nuirait à l'épanouissement individuel au point même d'engendrer des maladies. En effet, réprimer les forces qui animent l'homme, c'est les contraindre à rester enfermées en quelque sorte, sans pour autant leur enlever de leur intensité. Ce processus est identifié sous le nom de « refoulement » par la psychanalyse et il amène la formation de l'inconscient, entendu comme une partie de notre esprit où sont maintenus énergiquement nos désirs censurés, ceux qui sont jugés inacceptables moralement et socialement. En apparence, le problème paraît réglé puisque ces tendances ne parviennent plus

L'auteur critique seulement la thèse adverse à la sienne, il convient donc d'essayer de la justifier pour l'explication.

Utilisez vos connaissances dans la limite où elles restent utiles : résistez à la tentation de réciter tout ce que vous savez.

jusqu'à la conscience. En réalité, la solution n'est que provisoire, et elle peut même avoir des conséquences « pathologiques » comme le suggère la mention de « la névrose ». Il s'agit d'une forme de maladie que l'on peut expliquer par un refoulement imparfait : le patient souffre de symptômes qui sont une sorte de compromis entre la censure exercée sur les désirs refoulés et la demande de satisfaction de ces derniers (voir l'exemple de la névrose « hystérique »). Pour justifier ses affirmations, Freud fait appel à ses propres études en écrivant que « la psychanalyse a eu souvent eu l'occasion d'apprendre à quel point la sévérité indubitablement sans discernement de l'éducation participe à la production de la maladie nerveuse ». Il fait ici allusion aux patients qu'il a pu observer et qu'il s'est efforcé de soigner à partir de ses théories. Le fait de souligner le manque de « discernement » de l'éducation par la répression prépare l'exposition de sa propre solution : il laisse entendre qu'il y aurait une façon plus habile et efficace de faire. Il suggère aussi que cette autre façon de faire pourrait être plus épanouissante pour l'individu. En effet, en cherchant à combattre frontalement les tendances asociales individuelles, l'éducation sacrifie en quelque sorte leur « capacité d'agir » et leur « capacité de jouir ». En d'autres termes, elle fait des hommes des êtres frustrés, malheureux et bridés dans leur existence., sous prétexte de les amener à la « normalité ». Ce terme peut passer pour une critique du but de l'éducation, d'ailleurs, car il évoque une recherche d'uniformisation. Freud ne conteste pourtant pas cette volonté d'amener l'homme à un comportement « normal », au sens d'en faire un être capable d'une vie sociale. Mais cela doit signifier aussi pour l'individu une capacité à s'épanouir et à ne pas tomber malade à cause de ce que l'on exige de lui.

Dans une véritable copie, ne laissez rien sous la forme d'allusion.

II. La sublimation des instincts comme alternative à leur répression (lignes 8 à 13)

Après avoir exposé sa critique de l'éducation par la répression, Freud en vient à la solution qu'il préconise. Il s'appuie là encore sur ses observations et sur les idées qu'elles lui ont inspirées, en particulier à propos de « l'enfant ». Il en parle en des termes surprenants à première vue puisqu'il lui attribue des « instincts asociaux et pervers ». L'idée que l'on se fait de l'enfance est plus couramment celle d'êtres plutôt innocents et affectueux. Freud a, d'ailleurs, en partie choqué ses contemporains par le changement de regard qu'il amenait sur l'enfance, en mettant en évidence la curiosité des enfants à propos de la sexualité, ou encore en amenant la notion de « complexe d'Œdipe ». Cela conforte, en tous cas, à première vue l'idée qu'il y a en l'homme à l'origine des tendances à repousser énergiquement. Pourtant, si Freud en parle ici, c'est pour soutenir qu'elles peuvent fournir « une précieuse contribution à la formation du caractère ». Ce qui explique ce paradoxe, c'est la notion de « sublimation ». Ce terme désigne en chimie le passage d'un état à un autre. Freud l'emprunte pour désigner le « processus » par lequel les « instincts » pourraient être « écartés [...] de leurs buts primitifs vers des buts plus précieux ». C'est un peu comme si l'on détournait un cours d'eau à la force dévastatrice pour la canaliser et l'employer de façon utile. Pour en avoir un exemple précis, on peut s'appuyer sur l'étude que Freud consacre à Léonard de Vinci (*Un souvenir d'enfance de Léonard de Vinci*). La créativité exceptionnelle et la grande curiosité intellectuelle de ce « génie » pourraient s'expliquer par l'investissement dans les domaines artistiques et scientifiques d'une énergie « libidinale » au départ, c'est-à-dire orientée vers la satisfaction sexuelle. Cette partie se conclut par une affirmation qui souligne l'aspect paradoxale de la pensée de l'auteur : « nos meilleures vertus sont nées comme formations réactionnelles et sublimations sur l'*humus* de nos plus mauvaises dispositions ».

Indiquez bien la progression logique d'une partie à l'autre.

Insistez bien sur ce concept, central dans cet extrait.

Ainsi, les qualités que l'éducation chercherait à éveiller, qu'elles soient morales, artistiques, intellectuelles, etc., ne pourraient donc pas « pousser » et s'épanouir sans l'existence au préalable des tendances qu'on pense leur être les plus opposées. L'image de « l'*humus* » évoque assez bien le double regard que l'on peut ainsi avoir sur les instincts : c'est à la fois ce qui est un peu repoussant, par son aspect de pourrissement, mais aussi ce qui s'avère très fertile et donc précieux.

III. La définition des limites à respecter par l'éducation (lignes 14 à 16)

Freud conclut son raisonnement en résumant quelle doit être la tâche d'une bonne éducation. On peut remarquer qu'il le fait essentiellement par la négative, pour mieux souligner sans doute la différence avec la démarche qui consiste dans la répression ou le refoulement des tendances naturelles. Il faudrait ainsi premièrement « se garder soigneusement de combler ces sources de forces fécondes », d'autant plus qu'elles pourraient sinon être obstruées et perdues pour toujours. Plus habilement, et plus subtilement, il faudrait ensuite « se borner à favoriser les processus par lesquels ces énergies sont conduites vers le bon chemin ». C'est, bien sûr, ce qui demande par suite plus de souplesse et d'inventivité de la part des éducateurs.

SUJET 7

4 heures

Notion : LA JUSTICE

Expliquez le texte suivant :

Parce que les actes humains pour lesquels on établit des lois consistent en des cas singuliers et contingents, variables à l'infini, il a toujours été impossible d'instituer une règle légale qui ne serait jamais en défaut. Mais les législateurs, attentifs à ce qui se produit le plus souvent, ont établi des lois en ce sens. Cependant, en certains cas, les observer va contre l'égalité de la justice, et contre le bien commun, visés par la loi. Ainsi, la loi statue que les dépôts doivent être rendus, parce que cela est juste dans la plupart des cas. Il arrive pourtant parfois que ce soit dangereux, par exemple si un fou a mis une épée en dépôt et la réclame pendant une crise, ou encore si quelqu'un réclame une somme qui lui permettra de combattre sa patrie. En ces cas et d'autres semblables, le mal serait de suivre la loi établie ; le bien est, en négligeant la lettre de la loi, d'obéir aux exigences de la justice et du bien public. C'est à cela que sert l'équité. Aussi est-il clair que l'équité est une vertu.

L'équité ne se détourne pas purement et simplement de ce qui est juste, mais de la justice déterminée par la loi. Et même, quand il le faut, elle ne s'oppose pas à la sévérité qui est fidèle à l'exigence de la loi ; ce qui est condamnable, c'est de suivre la loi à la lettre quand il ne le faut pas. Aussi est-il dit dans le Code[1] : « Il n'y a pas de doute qu'on pèche contre la loi si, en s'attachant à sa lettre, on contredit la volonté du législateur. »

Il juge de la loi celui qui dit qu'elle est mal faite. Mais celui qui dit que dans tel cas il ne faut pas suivre la loi à la lettre, ne juge pas de la loi, mais d'un cas déterminé qui se présente.

Thomas D'AQUIN, *Somme théologique*, 1265-1273.
D'après le sujet du Bac France métropolitaine 2010, DR.

---

1. Code : il s'agit ici du Code publié par Justinien en 529 : il contient la plus grande somme connue de droit romain antique.

Travail préparatoire

Fiches p. 307
4 7 11

Notions et repères

Notion principale : la justice.
Notions secondaires : le devoir, la raison.
Repères : contingent/nécessaire – identité/égalité/différence – légal/légitime – universel/général/particulier/singulier.

Remarques générales

Le texte est assez pointu car il aborde la justice à travers la notion d'« équité ». Celle-ci est posée ici comme une manière de corriger la loi lorsqu'elle se montrerait injuste en étant appliquée « à la lettre ». Pour autant, il faut comprendre que l'équité n'est pas conçue par Thomas d'Aquin comme une justice individuelle qui oublierait totalement la loi. Elle doit, au contraire, rester fidèle à « l'esprit » de la loi, c'est-à-dire à son exigence de justice et d'égalité, au service du bien commun.

Problème, thèse et intérêt philosophique

Ce texte traite du rapport entre la loi et la justice. L'auteur demande comment se comporter face à une loi qui se montrerait injuste dans certains cas : doit-on tout simplement ne pas la respecter ? La thèse énoncée pose que l'équité est une manière de se montrer juste là où la loi serait injuste dans son application stricte. Cette attitude ne consiste pas à abandonner « l'esprit » de la loi, qui vise la justice et le respect du bien commun, mais à en abandonner « la lettre », c'est-à-dire l'application générale et stricte. L'intérêt du texte est de nous inviter à réfléchir sur la difficulté d'adapter la loi et de la corriger sans pour autant en perdre la finalité, à savoir l'égalité et la justice.

Analyse des concepts principaux

Les lois :
Il s'agit, dans chaque État, de ce qui fixe de façon officielle les limites de ce qui est permis ou interdit (« légal » ou « illégal »). Ces lois

sont, en principe, instituées par une autorité légitime et elles sont assorties de sanctions pour contraindre à les respecter ceux qui refuseraient de s'y soumettre. Ce qu'elles énoncent n'est donc pas censé être laissé à la libre appréciation de chacun.

Bien commun, bien public :

Il s'agit de ce qui représente « l'intérêt général », ce qui est utile ou avantageux en considérant l'ensemble de la société. Cela peut éventuellement aller à l'encontre des intérêts particuliers de chacun dans le détail. Mais dans la mesure où les hommes sont amenés à vivre ensemble, c'est logiquement cette visée du « bien commun » qui doit l'emporter. Cette notion est une autre raison encore pour les lois de pouvoir réclamer l'obéissance, plus fondamentale même : une loi n'est vraiment légitime que si elle est au service du « bien commun ».

La lettre de la loi :

Il s'agit de ce que la loi dit explicitement, en s'en tenant strictement à ce qui est écrit. À première vue, la notion même de loi suppose que l'on s'y tienne fermement, faute de quoi la loi perd de son autorité. Mais d'un autre côté, il peut arriver parfois que cette application stricte donne à la loi un caractère injuste, voire absurde, ce qui risque aussi de fragiliser la force de la loi. Il faudrait alors savoir interpréter le « texte » de la loi, pour retrouver derrière lui la « **volonté du législateur** » comme dit Thomas d'Aquin. C'est ce qu'on appelle « l'esprit de la loi », l'intention dans laquelle elle a été pensée et établie.

Les législateurs :

Il s'agit des hommes qui conçoivent et rédigent les lois (de *lex, legis*, en latin). Ils ont, en principe, des compétences juridiques (études de droit), des qualités politiques (sens de l'intérêt commun), auxquelles s'ajoute une bonne expérience de la réalité humaine, selon ce que suggère le texte. On peut remarquer que Saint Thomas d'Aquin ne met en effet pas en cause les « législateurs » dans cet extrait pour mieux cibler la difficulté tenant à la nature même de la loi.

Cas singuliers et contingents, variables à l'infini :
La notion de « cas » évoque en elle-même ce qui échappe à la généralité, ce qui fait exception, ce qui mérite une attention particulière. Les actions et les événements de la vie humaine sur lesquels portent les lois sont, d'ailleurs, en un sens toujours des « cas » si l'on considère le détail des circonstances exactes, si l'on tient compte de la diversité des individus, etc. C'est là que se trouve la source principale de difficulté pour l'auteur. L'élaboration d'une loi suppose d'avoir un rapport assez général à la réalité. Mais, d'un autre côté, ne faut-il pas, malgré tout, tenir compte de certains détails ou aspects plus ou moins rares ? Cela doit-il se prévoir dans la rédaction de la loi ? Ou à l'occasion de son application ?

Équité :
Ce qui est équitable, c'est ce qui est juste tout en s'écartant pourtant de l'égalité. On considère pourtant couramment qu'une loi n'est juste que si elle s'applique à tous les hommes de la même façon : les hommes doivent être égaux face à la justice, personne ne devrait être « au-dessus des lois ». Mais cela présuppose en même temps que tous les hommes sont égaux dans la réalité, c'est-à-dire soumis à des circonstances absolument identiques. Or, ne faut-il pas reconnaître que derrière le principe d'égalité des hommes, il y a des différences dont il est légitime de tenir compte dans l'application de la loi ?

Sévérité :
Ce terme a souvent une connotation négative. Être « sévère », c'est ne pas faire preuve d'indulgence, être dur et intraitable dans son jugement et dans les peines qu'on inflige. Le texte en parle comme d'une « qualité » nécessaire à la loi, ce qui peut se comprendre dans la mesure où la loi doit être crainte d'une certaine façon. On peut aussi entendre cette « sévérité » dans le sens d'un « sérieux » ou d'une rigueur dans son application. C'est ce qui peut aller de pair avec un rapport plus souple à la loi paradoxalement : en l'interprétant de façon juste et légitime, on rend, en effet, justice d'une façon plus « stricte » en un sens, plus « rigoureuse ».

Plan du texte de Thomas d'Aquin

I. L'équité comme remède à l'injustice inévitable de la loi dans son application stricte (lignes 1 à 14)
II. L'équité comme respect de l'esprit de la loi (lignes 15 à 20)
III. La distinction entre deux manières de critiquer la loi et le rapport avec l'équité (lignes 21 à 23)

Corrigé : plan détaillé

Les titres en bleu apparaissant dans ce corrigé ne doivent pas figurer dans votre devoir. Nous les avons insérés pour vous guider et vous aider à repérer la progression de l'explication de texte.

Les conseils du professeur

I. L'équité comme remède à l'injustice inévitable de la loi dans son application stricte (lignes 1 à 14)

Thomas d'Aquin commence par justifier l'imperfection des lois qui, du fait qu'elles ne peuvent pas prendre en compte toutes les situations humaines, ne s'en tiennent qu'à des généralités. En effet, les hommes, dans leurs actions, font valoir leurs différences et leur liberté. C'est pourquoi leurs actes sont « singuliers et contingents, variables à l'infini ». La loi, comme règle statuant sur ce qui est bien et mal, juste et injuste, ne peut donc envisager toutes les possibilités et doit s'en tenir « à ce qui se produit le plus souvent », c'est-à-dire à ce que font les hommes en général. Par exemple, la loi interdit le meurtre et le vol, sans pour autant pouvoir prévoir toutes les variétés de crimes et de vols possibles. Thomas d'Aquin reconnaît cependant que la loi fonctionne dans la plupart des cas, qu'elle prévoit, et il souligne en cela

Voir Repères, p. 344

On retrouve ici des « repères » du programme à savoir définir (voir p. 342).

le travail consciencieux des « législateurs ». Ils ne font pas des lois « à l'emporte-pièce », grossièrement, mais en observant la manière réelle d'agir des hommes en général et en essayant d'en tenir compte au maximum (l. 1 à 5).

Il faut bien souligner ici que l'auteur ne met pas en cause la compétence de ceux qui pensent et rédigent les lois.

Pour autant, certains actes échappent à la justice visée par la loi, en étant en quelque sorte des exceptions à la règle : leur appliquer ce que la loi exige dans sa généralité se révélerait être injuste. Thomas d'Aquin prend deux exemples pour illustrer cette injustice possible : rendre une arme qui appartient à « un fou » ou une somme d'argent à quelqu'un qui en ferait mauvais usage. En effet, rendre à quelqu'un ce qui lui appartient est juste en soi et en général, mais cette justice (définie par la propriété individuelle) peut se révéler une menace pour l'intérêt commun. Un homme dont la santé mentale est altérée pourrait, bien sûr, blesser, voire tuer, des gens avec son arme. L'autre exemple est moins évident : l'auteur pense sans doute à quelqu'un qui pourrait se servir de sa fortune pour engager des « mercenaires » afin de s'emparer du pouvoir dans sa propre « patrie » (l. 9 à 11).

N'oubliez pas d'expliquer les exemples choisis par l'auteur, en montrant leur pertinence.

Dans ce cas, le bien s'impose clairement : il ne faut pas appliquer la loi afin de faire valoir le respect de l'intérêt commun. L'équité se présente ainsi comme une autre forme de justice, consistant à « néglig[er] la lettre de la loi », c'est-à-dire à ne pas appliquer la loi telle qu'elle est écrite. C'est une « vertu » : car elle a la qualité et la capacité de corriger la loi dans son imperfection, là où certains cas lui échappent. C'est une vertu aussi au sens où elle exige une distinction difficile à établir entre ce qui est juste en général et ce qui est injuste en particulier (l. 11 à 14).

Soulignez bien cette notion : c'est elle qui fait la valeur de la loi pour l'auteur.

II. L'équité comme respect de l'esprit de la loi (lignes 15 à 20)

Thomas d'Aquin s'attache ensuite à montrer en quel sens l'équité est une forme de justice qui, tout en pouvant apparaître injuste au regard de la loi, se montre toutefois respectueuse de celle-ci. En effet, l'équité ne s'oppose qu'à « la justice déterminée par la loi », c'est-à-dire à la manière dont la loi a établi, dans sa généralité, ce qui était juste (conforme au bien commun). Elle ne s'oppose donc pas à ce qui est juste en soi et à ce que vise la loi, c'est-à-dire à son intention, qui est le respect du bien commun. C'est pourquoi Thomas d'Aquin souligne à quel point l'équité peut se montrer compatible avec la « sévérité » (la rigueur), laquelle est au fondement des lois. C'est dire que l'équité n'est pas une manière « laxiste » d'assouplir la loi : dans le cas du fou réclamant son épée, l'équité se montrerait inflexible en ne la lui rendant pas. Thomas d'Aquin montre ainsi que l'équité ne s'oppose pas à la loi en elle-même, à son exigence de justice commune, mais seulement à ce qu'elle « dit » (dans ses textes) et à ce qui, dans sa « lettre », se révélerait injuste. D'où la référence au Code de Justinien, qui pose clairement que c'est en respectant trop la loi à la lettre que l'on risque de se montrer injuste. Dans ce cas, seul importe de respecter « la volonté du législateur ». En ce sens, l'équité se montre respectueuse de la loi, puisqu'elle reste fidèle à son esprit.

> En reprenant l'exemple, on montre ici la cohérence des différents moments du texte.

> Pour approfondir l'explication, on peut indiquer pourquoi l'auteur invoque cette référence : elle donne un appui d'autorité et d'ancienneté à sa propre thèse.

III. La distinction entre deux manières de critiquer la loi et le rapport avec l'équité (lignes 21 à 23)

Thomas d'Aquin peut ainsi affirmer que l'équité n'est pas une manière de critiquer la loi en elle-même, en la jugeant « mal faite », c'est-à-dire fondamentalement imparfaite. L'équité est une manière de dire « que dans tel cas il ne faut pas suivre la loi à la lettre » : on ne condamne pas la loi en général, mais on constate et on corrige « une » imperfection rencontrée de fait, qui ne remet pas en question la loi en elle-même.

SUJET 8

4 heures

Notion : LE LANGAGE

Expliquez le texte suivant :

La tradition rationaliste occidentale, qui nous vient des Grecs, est celle de la discussion critique : elle consiste à examiner et à tester les propositions ou les théories en essayant d'en produire la réfutation. Il ne faut pas voir dans ce processus une méthode de démonstration, qui permettrait, en dernière analyse, d'établir la vérité ; et il ne s'agit pas non plus d'une démarche aboutissant nécessairement à la formation d'un consensus. Son intérêt vient plutôt de ce que la discussion permet aux divers interlocuteurs de modifier, peu ou prou, leur sentiment et, au terme de cet échange, d'être devenus plus avisés.

On prétend souvent que la discussion n'est possible qu'avec des partenaires qui tiennent un même langage et souscrivent aux mêmes hypothèses fondamentales. Or ce n'est pas vrai. Il suffit seulement d'être disposé à apprendre auprès de l'interlocuteur avec lequel on discute, ce qui implique le désir réel de comprendre le message que celui-ci veut faire passer. Et lorsque cette disponibilité existe, la fécondité du débat est d'autant plus grande que les participants viennent d'horizons différents. L'intérêt d'une discussion est donc fonction, dans une large mesure, de la diversité des conceptions qui s'y affrontent.

Karl POPPER, *Conjectures et réfutations*, 1963.
D'après le sujet du Bac Liban 2012, DR.

Travail préparatoire

Fiches p. 307
8 11 13 17

Notions et repères

Notion principale : le langage.
Notions secondaires : la raison, la science, la vérité.
Repères : absolu/relatif – croire/savoir – hypothèse/conséquence/conclusion – objectif/subjectif/intersubjectif – persuader/convaincre – vrai/probable/certain.

Remarques générales

Une bonne mise en valeur des idées du texte suppose de relier entre elles des notions qui ont pu être abordées dans des moments différents du cours (comme le langage et la science). Il est, de plus, assez utile, bien que non nécessaire, de connaître quelques-unes des idées de Popper pour bien comprendre certains points implicites du texte.

Problème, thèse et intérêt philosophique

À condition d'en prendre les termes dans un sens fort, on pourrait formuler la question du texte de cette façon : « Quel intérêt y a-t-il à "discuter" ? » En effet, Karl Popper définit, dans cet extrait, ce qui est, selon lui, la véritable finalité de la « discussion » ou du dialogue : permettre à chacun d'évoluer un peu dans ses idées en les confrontant à celles d'autrui. Cette thèse pourrait paraître banale si l'on ne précisait pas, en même temps, qu'elle contredit un certain nombre d'idées courantes à propos de la discussion : la vraie valeur et la vraie finalité d'un débat ne seraient-elles pas plutôt d'établir la vérité et d'augmenter nos connaissances ? Ne devrait-il pas, au moins, permettre aux interlocuteurs de tomber d'accord au terme de leur échange ? L'originalité de l'idée de l'auteur, c'est d'écarter ces objectifs en insistant, en même temps, sur la nécessité de faire de la discussion un « affrontement » de points de vue vraiment opposés pour remplir sa véritable fin. C'est ce qui soulève alors une nouvelle question : jusqu'où la confrontation d'idées différentes est-elle possible, sans remettre en cause un véritable dialogue ?

Analyse des concepts principaux

La tradition rationaliste occidentale :

On appelle « rationaliste » tout système de pensée qui repose sur la « raison », la faculté de réflexion logique et discursive qui permet à l'homme de discerner le vrai du faux et le bien du mal. C'est la confiance dans cette faculté qui rend possible la connaissance comme découverte et établissement de la vérité. Il faut cependant bien voir que le « rationalisme », tel que le définit Karl Popper dans le texte, s'accompagne plutôt d'un certain « scepticisme », puisqu'il le définit essentiellement par la négative. Faire preuve d'une attitude « rationaliste », selon lui, c'est chercher à prendre des idées en défaut plutôt que de vouloir les démontrer. Il faut, par ailleurs, remarquer qu'en parlant de « tradition occidentale », l'auteur suggère que cette forme de pensée n'a pas une valeur nécessairement évidente et universelle, comme on pourrait le penser à force d'habitude.

Discussion critique :

Il faut bien entendre le mot « discussion » dans son sens le plus exact, c'est-à-dire comme autre chose qu'une simple « conversation ». Discuter, au sens étymologique, c'est « briser quelque chose pour mieux en faire l'examen ». Il s'agit donc d'une démarche de connaissance. Une « discussion » véritable est d'ailleurs forcément « critique », puisque ce terme vient du verbe grec *krinein* qui signifie « juger, examiner ».

Tester les propositions ou les théories [...] processus [...] méthode [...] :

Tout ce vocabulaire n'est pas sans évoquer celui des sciences expérimentales, et plus précisément ce que l'on appelle « la méthode expérimentale ». Elle consiste à élaborer une hypothèse, pour la soumettre ensuite à des expériences permettant de l'infirmer ou de la confirmer. Karl Popper suggère ainsi que la véritable discussion doit suivre le même modèle, en faisant en sorte d'exposer chaque idée à l'épreuve des arguments d'autrui. En outre, on voit bien, une fois de plus, qu'il n'est pas question d'une simple conversation, informelle, mais bien d'une démarche réglée et orientée.

Réfutation [...] démonstration [...] établir la vérité :
Ce sont les trois objectifs que l'on peut attendre, en principe, d'une discussion. Il faut pourtant bien remarquer que l'auteur écarte la possibilité d'une « *démonstration* », entendue comme une « démarche d'affirmer avec certitude qu'une affirmation est vraie ». En effet, selon Karl Popper, aucune « vérification » définitive et certaine ne peut exister, puisque l'on peut toujours imaginer que de nouvelles preuves et de nouveaux arguments pourront être avancés au cours du temps. Il en déduit qu'il est plus légitime et intéressant de chercher tout ce qui pourrait prendre en défaut une théorie, plutôt que de chercher des moyens de la « démontrer ». C'est ce qui permet de comprendre la préférence donnée ici à la démarche « essayant d[e] produire la réfutation » d'une théorie.

Consensus :
C'est l'accord du plus grand nombre d'individus. On peut le voir ici comme un « pis-aller ». En effet, à défaut de pouvoir aboutir à la vérité elle-même, la finalité de la discussion pourrait être d'arriver au moins à un accord sur **ce qui semble** vrai, de façon **provisoire**. C'est pourtant là encore une idée que Karl Popper écarte, non plus, cette fois, parce qu'il est impossible d'y parvenir, mais parce qu'il n'y voit pas un objectif nécessaire à atteindre pour donner sa valeur à la discussion.

Échange :
Au sens propre, il s'agit de céder à autrui une chose contre une autre en retour. Un véritable échange suppose ainsi une dimension d'altérité et de différence. Il suppose aussi, de la part de chacun des participants, le geste réciproque de donner pour recevoir. Ces deux aspects sont essentiels pour qu'existe un véritable dialogue, sur lequel insiste la deuxième partie du texte.

Plus avisés :
C'est, en fin de compte, la seule attente légitime qu'il faut avoir à l'égard du dialogue avec autrui. Il ne s'agit pas d'être plus savant, mais plutôt d'acquérir une certaine sagesse. L'adjectif « avisés » implique aussi une idée de prudence, gagnée à force d'expérience.

On peut alors l'interpréter comme un rapport moins naïf à ce que nous avions comme convictions ou encore à la possibilité d'aboutir à la vérité.

Disponibilité :
C'est la seule qualité vraiment indispensable pour que la discussion puisse exister, selon Karl Popper. On peut la définir, d'après le texte, comme la capacité à être le plus accueillant aux idées d'autrui, le plus réceptif, tout en pouvant être soi-même d'un avis entièrement opposé.

Partenaires […] participants […]/conceptions qui s'y affrontent :
Il faut être attentif à ces termes pour ne pas faire de contresens. Le dialogue ne doit pas être un affrontement **de personnes** mais seulement **d'idées**. Le terme de « partenaires » l'indique bien, puisqu'il désigne la personne avec laquelle on est « associé », et non quelqu'un contre qui l'on se bat. Il ne faut donc pas voir la discussion, même la plus « critique », comme une occasion de rivalité entre deux hommes, mais plutôt comme une « compétition commune », pour reprendre la formule mise dans la bouche de Socrate par **Platon** dans le *Gorgias*.

Même langage […] mêmes hypothèses fondamentales/horizons différents […] diversité des conceptions :
On voit là deux conceptions des conditions qui rendent une discussion possible et féconde. D'un côté, il semble logique de chercher des « partenaires » qui aient une certaine proximité de pensée et partagent des idées considérées comme « fondamentales », sans quoi ils ne voudraient peut-être même pas s'installer à une même table et s'écouter. D'un autre côté, cette logique limite considérablement la discussion, si celle-ci ne peut pas porter sur l'essentiel. En outre, plus la proximité d'idées est grande, moins la critique a de chances d'être vive. C'est pourquoi Karl Popper souligne, au contraire, l'importance de l'altérité et de la différence, qui ne lui semblent pas nécessairement incompatibles avec un vrai dialogue.

Plan du texte de Popper

I. La définition de la véritable finalité de la discussion (lignes 1 à 9)

II. La définition des véritables conditions d'une authentique discussion (lignes 10 à 18)

Corrigé : plan détaillé

Les titres en bleu apparaissant dans ce corrigé ne doivent pas figurer dans votre devoir. Nous les avons insérés pour vous guider et vous aider à repérer la progression de l'explication de texte.

Les conseils du professeur

I. La définition de la véritable finalité de la discussion (lignes 1 à 9)

Karl Popper commence en présentant la « *discussion critique* » comme la caractéristique de la « tradition rationaliste occidentale ». Ce faisant, il suggère que le « rationalisme », la confiance dans la valeur de la raison, n'est pas une démarche « naturelle » et nécessairement universelle. Il a une origine culturelle et historique, qu'il attribue aux « Grecs », c'est-à-dire aux penseurs de l'Antiquité grecque. D'autres traditions sont, par conséquent, possibles ; et l'on peut évoquer, par exemple, la philosophie orientale et la philosophie chinoise, en particulier. Ce qui apparaît dans l'Antiquité grecque avec les penseurs « présocratiques », c'est un certain type de questionnement et de réponse fondés sur l'usage de la raison et qui sont aussi bien à l'origine de la science que de la philosophie. En grec, « raison » se traduit d'ailleurs par le mot *logos*, terme qui signifie aussi « langage » :

L'explication requiert ici l'apport de certains éléments historiques et culturels.

d'où le lien essentiel que l'on peut établir entre la rationalité (l'usage de la raison) et le discours, l'échange d'idées avec autrui. Pour Karl Popper, l'usage de la raison se définit plus particulièrement par une attitude « critique » à l'égard des idées d'autrui. Critiquer, ce n'est pas « dire du mal » ou pointer seulement les défauts des idées de quelqu'un ; c'est, au sens large, « faire l'examen » de quelque chose, pour en déterminer la valeur. Faire preuve d'une « attitude critique », c'est, en ce sens, prendre du recul par rapport à une idée, avant de lui donner éventuellement son assentiment ou de la rejeter comme fausse.

Il faut pourtant remarquer que Karl Popper insiste sur la dimension négative de la « discussion critique », puisqu'il en parle seulement comme d'une tentative de « réfutation » des « propositions » et des « théories ». Discuter avec autrui, ce serait donc essentiellement chercher à prendre ses idées en défaut, et non pas chercher à se convaincre de leur vérité possible. C'est ce que souligne bien la suite du texte : « Il ne faut pas voir dans ce processus une méthode de démonstration, qui permettrait, en dernière analyse, d'établir la vérité ». Karl Popper ne justifie pas ici pourquoi il rejette la possibilité de faire du dialogue un moyen d'établir la vérité. Pour le comprendre, il faut préciser que ce penseur réfute, de manière générale, l'idée qu'une hypothèse ou une théorie puisse être « vérifiée ». Pour cela, il faudrait, en effet, pouvoir considérer qu'elles aient été confrontées à toutes les épreuves possibles, à savoir toutes les expériences pouvant éventuellement les contredire. La chose étant impossible, aucune théorie ne pourra jamais être considérée comme définitivement « démontrée » et « établie comme vérité ». C'est pourquoi l'intérêt et la valeur de la discussion doivent être cherchés ailleurs que dans cette volonté de certitude à l'égard de la vérité.

Karl Popper va même plus loin en écartant aussi l'idée que « la formation d'un consensus » soit ce qui donne sens au dialogue. Il s'agit pourtant d'un objectif plus modeste, en accord avec le scepticisme de l'auteur.

L'auteur s'oppose donc implicitement à d'autres conceptions : précisez-les pour dépasser la paraphrase.

N'en faites pas pour autant le reproche à l'auteur : il ne s'agit que d'un court extrait et c'est justement ce qui donne l'occasion de l'expliquer.

La « connaissance de la doctrine de l'auteur n'est pas nécessaire », mais on voit ici qu'elle peut être utile.

Un « consensus », c'est, en effet, seulement une entente d'une forte majorité d'individus sur ce qui semble vrai, dans l'état actuel du débat. C'est aussi ce qui représente une forme de solution à l'opposition de départ, une conciliation d'opinions. Karl Popper n'écarte pas l'idée de « consensus » parce qu'elle serait une chose impossible, mais parce qu'elle ne doit pas « nécessairement » être l'issue d'une bonne discussion.

Voir Repères, p. 344

Comme il le précise juste après, l'« intérêt vient plutôt de ce que la discussion permet aux divers interlocuteurs de modifier, peu ou prou, leur sentiment et [...] d'être devenus plus avisés. » En d'autres termes, il suffit que le dialogue amène un changement dans les idées des individus, même le plus minime, pour qu'il ait bien rempli sa fonction. Il faut donc reconnaître que la finalité que l'auteur donne à la discussion est plutôt modeste, bien plus humble, en tout cas, que les idées courantes évoquées précédemment. D'un autre côté, on peut juger l'enjeu important : il s'agit tout de même d'acquérir une forme de sagesse, en devenant « plus avis[é] » dans notre façon de penser. Cette expression évoque, d'ailleurs, l'idée de prudence, comme si l'expérience de la discussion avait surtout comme principal mérite de nous apprendre à être plus humble à l'égard de nos convictions de départ ou encore par rapport à la possibilité d'atteindre quelque chose de certain. Les dialogues de Platon en donnent une bonne illustration. Ils finissent souvent sur une « aporie » (une impasse), mais sont malgré tout l'occasion d'un certain progrès, la reconnaissance au moins « que l'on ne sait rien ». On peut penser aussi à la belle fin du film *Douze hommes en colère* de Sidney Lumet. Après s'être vivement opposés, les jurés se quittent sans avoir découvert la vérité et avec le sentiment pourtant d'avoir participé à une expérience qui les a changés et grandis. C'est donc à une certaine forme de scepticisme prudent, conçu comme sagesse, que conduit le « rationalisme » mis en pratique dans la « discussion critique ».

N'hésitez pas à souligner ce qui fait l'originalité ou la particularité des idées d'un auteur.

Voir Repères, p. 344

N'y a-t-il pas cependant des conditions nécessaires pour que la discussion joue bien son rôle ? C'est ce que

Dans la transition, mettez en valeur la progression logique du raisonnement.

Karl Popper examine dans la suite de son raisonnement, en commençant là encore par corriger une idée courante qui lui semble fausse.

II. La définition des véritables conditions d'une authentique discussion (lignes 10 à 18)

L'idée courante en question est que « la discussion n'est possible qu'avec des partenaires qui tiennent un même langage et souscrivent aux mêmes hypothèses fondamentales ». Il y a là un certain bon sens en apparence : comment pourrait-il y avoir discussion entre des gens en complète opposition dans leurs idées ? Pour qu'ils acceptent de dialoguer ensemble, ne faut-il pas qu'ils soient d'accord sur un certain nombre de points essentiels ? Par exemple, peut-il y avoir un véritable dialogue entre un partisan de la démocratie et un tenant du fascisme ? Ou encore entre un athée revendiqué et un fervent croyant ? Ne court-on pas le risque d'un simulacre de dialogue où chacun cherche seulement à imposer son point de vue sans accepter d'en varier ? En ce cas, les conditions d'un véritable échange ne seraient pas réunies. D'où l'idée qu'il ne peut y avoir de discussion possible que sur la base d'une certaine identité d'idées jugées comme les plus importantes. Mais cela signifie en même temps une nette restriction du champ de la discussion : on ne pourrait pas soumettre à la critique les « hypothèses fondamentales », c'est-à-dire qu'il serait impossible de discuter de l'essentiel. Par ailleurs, on peut dire que, si des gens « tiennent un même langage », la discussion ne peut pas avoir lieu non plus. Entre gens qui pensent déjà largement la même chose, il n'y a pas de confrontation d'idées. Ils risquent de s'enfermer dans une forme d'autosatisfaction, en se confortant mutuellement dans leur opinion. On peut dire que, là aussi, il n'y a pas « échange », puisqu'il y a déjà les mêmes idées en partage.

Voir Repères, p. 344

Pour mieux mettre en valeur la critique qu'en donne l'auteur, commencez par essayer de défendre cette idée.

C'est pourquoi Karl Popper fait de l'opposition de points de vue la condition d'une authentique discussion. Pour cela, il montre d'abord que la différence, même radicale, d'idées n'est pas un obstacle au dialogue, si elle s'accompagne, chez chacun des individus en présence, d'une qualité de « disponibilité ». Ce qui la définit, c'est l'envie d'« apprendre » d'autrui ou encore « le désir réel de comprendre le message [de] celui-ci ». Ce qui importe alors, c'est la rencontre d'une autre pensée. On voit que la démarche « rationaliste » implique une dimension morale et éthique. Pour que le dialogue ait bien lieu, il faut être capable d'une forme d'altruisme, qui consiste à accueillir les idées d'autrui à la fois avec bienveillance et avec exigence, puisqu'il s'agit aussi de les soumettre à la critique. Il y a là une rencontre de qualités assez complexes à faire jouer ensemble, ce que Karl Popper dissimule un peu derrière sa formule « Il suffit seulement ». On pourrait montrer, par de nombreux exemples, que cette « disponibilité » est à la fois rare et précaire (voir, par exemple, un dialogue comme le Gorgias de Platon ou encore la majeure partie du film Douze hommes en colère de Sidney Lumet). C'est cependant bien l'association de cette qualité avec la différence des points de vue qui donne à la discussion ses meilleures conditions. Karl Popper en parle même en termes de proportionnalité : « la fécondité du débat est d'autant plus grande que les participants viennent d'horizons différents ». En effet, plus il y a d'altérité entre les idées et plus il y a de chances que la critique soit vive et stimulante, en tant que véritable confrontation et mise à l'épreuve. Le fait que la recherche d'un consensus ait été écartée comme non nécessaire dans le précédent paragraphe est aussi ce qui rend tout à fait imaginable une discussion entre des hommes ayant même des idées absolument opposées.

Soulignez ainsi la cohérence de l'auteur entre les différents moments de son raisonnement.

Il reste qu'il faut bien prendre garde à ce que « l'affrontement » des « conceptions » qu'évoque l'auteur à la fin de son texte ne se confonde pas avec un affrontement de personnes. Les termes employés par Karl Popper nous le rappellent : dans un vrai dialogue, les interlocuteurs doivent se voir et se traiter comme des « partenaires », et non comme des rivaux cherchant à l'emporter sur l'autre.

SUJET 9

4 heures

Notion : LA LIBERTÉ

Expliquez le texte suivant :

Je n'ignore pas que beaucoup ont pensé et pensent encore que les choses du monde sont gouvernées par Dieu et par la fortune[1], et que les hommes, malgré leur sagesse, ne peuvent les modifier, et n'y apporter même aucun remède. En conséquence de quoi, on pourrait penser qu'il ne vaut pas la peine de se fatiguer et qu'il faut laisser gouverner le destin. Cette opinion a eu, à notre époque, un certain crédit du fait des bouleversements que l'on a pu voir, et que l'on voit encore quotidiennement, et que personne n'aurait pu prédire. J'ai moi-même été tenté en certaines circonstances de penser de cette manière.

Néanmoins, afin que notre libre arbitre[2] ne soit pas complètement anéanti, j'estime que la fortune peut déterminer la moitié de nos actions mais que pour l'autre moitié les événements dépendent de nous. Je compare la fortune à l'un de ces fleuves dévastateurs qui, quand ils se mettent en colère, inondent les plaines, détruisent les arbres et les édifices, enlèvent la terre d'un endroit et la poussent vers un autre. Chacun fuit devant eux et tout le monde cède à la fureur des eaux sans pouvoir leur opposer la moindre résistance. Bien que les choses se déroulent ainsi, il n'en reste pas moins que les hommes ont la possibilité, pendant les périodes de calme, de se prémunir en préparant des abris et en bâtissant des digues de façon à ce que, si le niveau des eaux devient menaçant, celles-ci convergent vers des canaux et ne deviennent pas déchaînées et nuisibles.

Il en va de même pour la fortune : elle montre toute sa puissance là où aucune vertu n'a été mobilisée pour lui résister et tourne ses assauts là où il n'y a ni abris ni digues pour la contenir.

Nicolas MACHIAVEL, *Le Prince*, 1532.
D'après le sujet du Bac France métropolitaine 2016, DR.

---

1. Fortune : le cours des choses. **2. Arbitre** : capacité de juger et de choisir.

Travail préparatoire

Fiches p. 307
2 9 10 12 14

Notions et repères

Notion principale : la liberté.
Notions secondaires : le bonheur, la nature, la religion, la technique.
Repères : contingent/nécessaire – exemple/preuve – ressemblance/analogie.

Remarques générales

Le texte peut donner lieu à un contresens sur la thèse soutenue par l'auteur : il faut bien comprendre qu'il ne se résigne pas à une attitude fataliste. Pour éviter de lui attribuer l'opinion qu'il critique, il faut être attentif à la cohérence du texte, mais aussi à ses nuances, soulignées par les connecteurs logiques.

Problème, thèse et intérêt philosophique

Doué de conscience et de raison, l'homme devrait pouvoir décider de ses actions et mener son existence comme il l'entend, en travaillant notamment à son bonheur. Cependant, cette idée semble fortement remise en cause par le fait que le cours de l'existence comporte une large part d'imprévisibilité et d'incertitude. De quelle liberté d'action l'homme dispose-t-il vraiment s'il ne peut jamais savoir ce qui l'attend et ce que la vie lui réserve ? Ne faudrait-il pas se résigner à reconnaître que notre liberté n'est qu'une illusion, et que nous ne pouvons faire autrement que subir tout ce qui nous arrive, le meilleur comme le pire ? Dans cet extrait, Machiavel s'oppose à cette opinion fataliste. Selon lui, la part de « fortune » ou de contingence que contient la réalité n'annule pas entièrement la part de liberté d'action de l'homme. Mais il y a une condition à cela : bien employer cette liberté en se procurant, grâce à elle, les moyens de réduire les effets des hasards malheureux de la vie. C'est ce qui soulève néanmoins une question : en quoi ces moyens pourraient-ils consister exactement ?

Analyse des concepts principaux

Dieu… la fortune… le destin :

Par « Dieu », on entend, en principe, un Être intelligent, agissant toujours de manière « providentielle », c'est-à-dire optimale, même si cela échappe souvent aux hommes. La « fortune » désigne, elle aussi, une forme de force supérieure qui déciderait des événements, mais de façon arbitraire cette fois, et même « capricieuse ». On la représente, d'ailleurs, sous la forme d'une « roue », faisant sans cesse alterner les moments de « bonne » et de « mauvaise fortune ». Enfin, concevoir les événements sous l'aspect formel d'un « destin », c'est penser qu'ils sont « écrits d'avance ». C'est comme s'ils obéissaient à une nécessité implacable et « aveugle », allant même jusqu'à prendre parfois la dimension tragique si bien illustrée par les auteurs de l'Antiquité. Si Machiavel assimile ces trois notions malgré leurs différences, c'est qu'il retient surtout leur caractère commun : toutes trois échappent à la connaissance et à la prévision des hommes – ce qui remet en cause la maîtrise qu'ils auraient sur leur existence.

Notre libre arbitre :

Dans la tradition philosophique, ce terme désigne la « liberté métaphysique », à savoir la capacité que l'homme pourrait avoir de décider de sa conduite en toute indépendance. Cette capacité, liée à nos facultés de conscience et de raison, est, en principe, ce qui nous distingue des autres êtres. Mais ce libre arbitre existe-t-il vraiment, ou bien n'est-il qu'une illusion ? La question peut se poser à l'égard des choix que nous faisons, que l'on peut soupçonner d'être déterminés par certains facteurs intérieurs échappant à notre conscience (désirs, sentiments, etc.). Machiavel aborde la question sous un autre angle : celui du caractère « contingent » de la réalité dans laquelle nous vivons. Si nous ne pouvons jamais savoir à quoi nous attendre dans notre propre existence, y compris dans nos propres entreprises, y a-t-il vraiment place pour notre libre arbitre ?

Je compare la fortune à l'un de ces fleuves… des abris… des digues… des canaux :

Machiavel évoque, ici, les phénomènes de crue, non pas à titre d'exemple, mais d'analogie. Il veut nous inviter à faire un parallèle entre les moyens techniques que nous savons opposer à la nature, même en cas de catastrophes naturelles, et ce que nous pourrions faire dans le domaine, plus général, des « aléas de la fortune ». Il va donc s'agir de chercher ce qui pourrait être l'équivalent, dans nos vies, des « digues » et des « canaux ».

Vertu :

C'est justement ce terme qui résume, pour l'auteur, ce qui doit faire office de « digues » et de « canaux » pour protéger notre liberté face aux hasards de la vie. On donne couramment à ce terme un sens étroitement moral : « faire preuve de vertu », c'est manifester des qualités comme l'honnêteté, la modération, l'abstinence, etc. Par étymologie, la **vertu** évoque aussi les qualités censées être « viriles », comme la force d'âme, la bravoure, le courage. On peut également rapprocher ce terme de la notion de « sagesse » évoquée au début de l'extrait. Enfin, il faut signaler que la *« virtù »* est un concept clé dans la pensée de Machiavel : c'est l'habileté dont fait preuve un homme face à la « fortune », soit pour en tirer une occasion favorable, soit pour en limiter les ravages.

Plan du texte de Machiavel

I. L'exposition de l'opinion commune, « fataliste », face à la « fortune » (lignes 1 à 9)

II. La réaffirmation de la place de la liberté humaine face à la « fortune » à travers une analogie (lignes 10 à 21)

III. La thèse de l'auteur présentant la « vertu » comme le moyen d'endiguer la « fortune » (lignes 22 à 24)

Corrigé : plan détaillé

Les titres en bleu apparaissant dans ce corrigé (titres et textes en marge) ne doivent pas figurer dans votre devoir. Nous les avons insérés pour vous guider et vous aider à repérer la progression de l'explication de texte.

Les conseils du professeur

I. L'exposition de l'opinion commune, « fataliste », face à la « fortune » (lignes 1 à 9)

Mettez bien en évidence la manière dont l'auteur procède pour ne pas seulement répéter ses affirmations.

Machiavel commence par exposer l'idée qu'il entend réfuter. Nous le comprenons par la distance avec laquelle il la présente : « Je n'ignore pas que beaucoup ont pensé et pensent encore que les choses du monde sont gouvernées par Dieu et par la fortune ». L'auteur évoque ainsi, dans un premier temps, la manière dont les personnes ayant foi en une religion conçoivent les événements qui se produisent dans le monde, comme dans leur propre existence. S'ils croient en un « Dieu », ils doivent se Le représenter comme étant « tout puissant ». C'est donc Lui qui est censé décider finalement de tout ce qui arrive, même dans les affaires qui occupent les hommes. On peut même penser que la volonté de cet Être « parfait », par définition, est inflexible. Ainsi, si l'on se place dans une perspective religieuse, les hommes ne sont pas réellement maîtres de leur destin : ils ne peuvent accomplir que ce que Dieu a Lui-même déjà décidé.

Cette idée est partagée par ceux qui croient à « la fortune », comme le précise Machiavel. Ce terme a fini par désigner la richesse financière, mais il renvoyait, à l'origine, à tout ce que la vie peut avoir d'imprévisible. C'est aussi ce que l'on se représente sous l'aspect de la « chance » et de la « malchance », une sorte de « force » un peu capricieuse venant jouer des tours aux hommes. Cette fois, il ne s'agit pas de religion, mais de « superstition ». On nomme ainsi une forme de croyance qui tire principalement sa cause et sa force des passions des hommes. C'est bien le cas de la « fortune », dont certains

Soyez bien attentifs aux nuances du texte pour ne pas laisser penser que l'auteur se répète.

espèrent pouvoir s'attirer les faveurs par des moyens illusoires, voire délirants (les « porte-bonheurs »). Ainsi, au-delà de la religion et des authentiques croyants, on retrouve finalement la même idée : le cours des choses échappe à la maîtrise des hommes.

Machiavel ajoute la conséquence logique de cette conception de la réalité : elle ne peut conduire qu'à une attitude « fataliste ». La « sagesse » même, dont on pourrait pourtant penser qu'il s'agit de la qualité la plus haute qu'un homme puisse atteindre pour bien agir, devient quelque chose de dérisoire. Elle est censée venir à force d'expérience et fournir à un homme des moyens d'agir avec plus de prudence et de clairvoyance, mais elle ne peut pas aller jusqu'à lui permettre de modifier les événements à venir, si ceux-ci sont fixés par des forces qui le dépassent. De même, la plus grande sagesse du monde ne permet pas non plus de prévoir l'avenir de façon certaine. L'imprévisibilité de la réalité semble donc bien sans remède, raison pour laquelle il ne resterait qu'à « laisser gouverner le destin » sans prendre « la peine de se fatiguer ».

Certains pourraient encore objecter que toutes ces idées ne relèvent que de croyances impossibles à vérifier. Pourtant, c'est bien le vécu des hommes et donc leur expérience qui semblent légitimer cette soumission à la « fortune » ou au « destin ». C'est ce que rappelle Machiavel en écrivant que « cette opinion a eu, à notre époque, un certain crédit du fait des bouleversements que l'on a pu voir, et que l'on voit encore quotidiennement, et que personne n'aurait pu prédire ». Il fait allusion aux guerres, aux invasions et aux renversements politiques qui ne cessaient d'agiter les États de l'actuelle Italie à la Renaissance. Il peut aussi faire allusion à son propre sort : lorsqu'il écrit *Le Prince*, il vient tout juste d'échapper à une condamnation à mort et ne peut plus songer à sa brillante carrière politique que comme une chose passée. C'est pourquoi il concède avoir lui-même « été tenté en certaines circonstances de penser de cette manière », c'est-à-dire de se résigner au fatalisme.

Ces éléments supposent une certaine connaissance de l'auteur. À défaut, vous pouvez aussi faire appel à des exemples plus contemporains.

II. La réaffirmation de la place de la liberté humaine face à la « fortune » à travers une analogie (lignes 10 à 21)

Comme il le laissait entrevoir, Machiavel n'a si bien exposé l'opinion précédente que pour mieux la réfuter à présent. L'adverbe qui ouvre cette deuxième partie – « Néanmoins » – signale bien qu'il veut réaffirmer la part d'initiative qui revient à l'homme dans le cours des choses. Sa formule « afin que notre libre arbitre ne soit pas complètement anéanti » montre que l'auteur en fait, avant tout, une question de principe. Machiavel se fait, en quelque sorte, un devoir de sauver l'idée que le « libre arbitre » existe, car c'est en même temps redonner du sens aux entreprises des hommes et, ainsi, à leur existence. Par « libre arbitre », il faut, en effet, entendre ici la capacité de pouvoir décider par soi-même de ses actes, de façon autonome. Cette faculté est, en principe, le privilège de l'homme, et elle lui donne son plein statut de « sujet ». Si l'homme la perdait, il ne serait, au fond, qu'une « chose » de la nature parmi d'autres. Le titre de son œuvre, *Le Prince*, nous rappelle que Machiavel écrit, avant tout, à l'intention des hommes politiques qu'il veut encourager dans leur action, plus essentielle encore que celle de chacun de nous.

Indiquez-le bien pour ne pas laisser penser que vous faites un contresens.

Vous pouvez souvent vous inspirer du titre de l'œuvre pour éclairer le sens ou l'enjeu du passage.

Il faut toutefois relever qu'il le fait d'une façon assez nuancée, en admettant bien l'existence significative d'une part de contingence dans le cours des choses : « j'estime que la fortune peut déterminer la moitié de nos actions mais que pour l'autre moitié les événements dépendent de nous. » En d'autres termes, la liberté des hommes et la part d'imprévisibilité des événements peuvent jouer à égalité, selon lui.

On est en droit de se demander, néanmoins, ce qui permet à l'auteur de soutenir cette affirmation et, en particulier, comment il parvient à la « quantifier » de façon si précise. Pour répondre à cette interrogation, Machiavel passe par une analogie entre « la fortune » et « l'un de ces fleuves dévastateurs » que l'on peut voir lors des crues.

Soyez toujours actif face au texte, mettez en question ses affirmations.

Voir Repères, p. 342

Il est, d'ailleurs, assez courant de comparer le cours de la vie à un fleuve qui coule paisiblement la plupart du temps, mais qui peut aussi se déchaîner et tout détruire sur son passage de façon brutale et inattendue. En effet, le cours de notre existence, en général assez calme, peut soudain se trouver bouleversé par des événements malheureux et imprévus. Dans ces instants, les hommes se retrouvent bien impuissants, fuyant et cédant « à la fureur des eaux sans pouvoir leur opposer la moindre résistance ». En revanche, une fois la crue passée, Machiavel souligne que les hommes ne baissent pas les bras face aux forces de la nature. Ils s'efforcent, au contraire, de mettre en place des moyens techniques leur permettant de limiter au moins les dommages d'éventuels déchaînements futurs de cette dernière : des « abris », des « digues », des « canaux ». Ainsi, si les hommes ne peuvent pas empêcher que des crues se produisent, et même les prévoir exactement, ils ont néanmoins le pouvoir d'en réduire les effets. Dans ce domaine, on peut donc bien dire que les choses sont pour moitié laissées à la liberté des hommes. Selon Machiavel, il faut étendre le même raisonnement à tout ce qui nous arrive dans la vie.

III. La thèse de l'auteur présentant la « vertu » comme le moyen d'endiguer la « fortune » (lignes 22 à 24)

Machiavel peut donc, à présent, nous livrer sa thèse : « Il en va de même pour la fortune : elle montre toute sa puissance là où aucune vertu n'a été mobilisée pour lui résister et tourne ses assauts là où il n'y a ni abris ni digues pour la contenir. » C'est à cet endroit qu'il faut veiller à ne pas faire de contresens. L'auteur évoque, en effet, la « puissance » de la « fortune » et semble même lui prêter une certaine malignité. On pourrait donc croire qu'il revient, ici, à l'opinion « fataliste ». Tout au contraire, il faut saisir ce que la phrase a de nouveau et de positif, bien que ce soit exprimé de façon indirecte. Ce qu'il faut lire, c'est que « la fortune… NE montre toute sa puissance QUE là où aucune vertu n'a été mobilisée… ». En effet, si Machiavel décrit la « fortune » comme une puissance redoutable pour les hommes, il dit

On voit ici que la lecture d'un texte doit toujours être aussi précise et attentive que possible !

aussi que ce sont, au fond, eux qui lui donnent cette capacité de nuisance. C'est seulement parce qu'ils ne se préparent pas aux aléas malheureux de la vie qu'ils se trouvent si faibles et démunis le moment venu.

L'auteur évoque aussi, dans ce passage, le remède qu'il faudrait opposer à la « fortune » : la « vertu » serait, dans notre existence, l'équivalent des « digues » et des « canaux » utilisés pour « dompter » les fleuves en crue. Ce terme de « vertu » n'est cependant pas précisé par Machiavel dans ce passage : ce qui peut paraître étonnant dans la mesure où il s'agit de la solution au problème posé. Ce terme peut nous faire penser, tout d'abord, à des qualités morales, comme l'honnêteté, la générosité, etc. On ne voit pas, cependant, en quoi elles nous mettraient à l'abri des hasards de la vie : agir en faisant toujours son devoir ne nous garantit pas de ne jamais connaître un malheur. Machiavel pense donc plutôt à quelque chose comme une certaine « force d'âme », une capacité à accueillir et supporter avec courage et sagesse les événements même les plus difficiles. Il est tentant de faire un rapprochement avec la sagesse prônée par les philosophes stoïciens, d'autant plus que Machiavel semble leur emprunter la fameuse distinction « entre les choses qui dépendent de nous et celles qui n'en dépendent pas ». Selon **Épictète**, un homme sage devrait reconnaître que sa véritable liberté tient tout entière dans le jugement qu'il porte sur les choses. Par suite, pour se mettre à l'abri de l'imprévisibilité de la vie, chaque homme devrait se préparer à accueillir tout ce qui lui arrive comme s'il le désirait profondément. En d'autres termes, il faudrait être capable d'accepter tout ce qui nous arrive à la fois comme quelque chose d'inévitable (un « destin ») et comme une bonne chose (une « providence »). Y parvenir demande évidemment un long travail, puisque cela signifie de savoir accueillir comme un désir de notre part des choses telles que la maladie, la disparition de nos proches ou de nos biens, etc. Mais cela semble être, en même temps, le seul moyen vraiment efficace que l'on puisse opposer à la fortune et à ses « caprices ».

Expliquer un texte, c'est aussi l'occasion d'utiliser vos connaissances. Faites bien attention en revanche à le faire de façon pertinente, c'est-à-dire en restant bien au service du texte.

SUJET 10

4 heures

Notion : LA NATURE

Expliquez le texte suivant :

Si le cours naturel des choses était parfaitement bon et satisfaisant, toute action serait une ingérence inutile qui, ne pouvant améliorer les choses, ne pourrait que les rendre pires. Ou, si tant est qu'une action puisse être justifiée, ce serait uniquement quand elle obéit directement aux instincts, puisqu'on pourrait éventuellement considérer qu'ils font partie de l'ordre spontané de la nature ; mais tout ce qu'on ferait de façon préméditée et intentionnelle serait une violation de cet ordre parfait. Si l'artificiel ne vaut pas mieux que le naturel, à quoi servent les arts de la vie ? Bêcher, labourer, bâtir, porter des vêtements sont des infractions directes au commandement de suivre la nature.

[...] Tout le monde déclare approuver et admirer nombre de grandes victoires de l'art sur la nature : joindre par des ponts des rives que la nature avait séparées, assécher des marais naturels, creuser des puits, amener à la lumière du jour ce que la nature avait enfoui à des profondeurs immenses de la terre, détourner sa foudre par des paratonnerres, ses inondations par des digues, son océan par des jetées. Mais louer tous ces exploits et d'autres similaires, c'est admettre qu'il faut soumettre les voies de la nature et non pas leur obéir ; c'est reconnaître que les puissances de la nature sont souvent en position d'ennemi face à l'homme, qui doit user de force et d'ingéniosité afin de lui arracher pour son propre usage le peu dont il est capable, et c'est avouer que l'homme mérite d'être applaudi quand ce peu qu'il obtient dépasse ce qu'on pouvait espérer de sa faiblesse physique comparée à ces forces gigantesques. Tout éloge de la civilisation, de l'art ou de l'invention revient à critiquer la nature, à admettre qu'elle comporte des imperfections, et que la tâche et le mérite de l'homme sont de chercher en permanence à les corriger ou les atténuer.

John Stuart MILL, *La Nature*, 1874.
D'après le sujet du Bac France métropolitaine 2005, DR.

Travail préparatoire

Fiches p. 307
3 4 9 10 14

Notions et repères

Notion principale : la nature.
Notions secondaires : la conscience, le devoir, la liberté, la technique.
Repères : exemple/preuve – principe/cause/fin – obligation/contrainte – théorie/pratique.

Remarques générales

L'une des difficultés de ce texte réside dans le caractère implicite de la thèse de l'auteur. Son argumentation accorde, en effet, une très large place à la critique et à la réfutation d'une thèse adverse. Il est important de repérer que ce texte a surtout **un enjeu moral** ou **éthique** (allusion au « commandement de suivre la nature »).

Problème, thèse et intérêt philosophique

La **thèse** de Mill consiste à affirmer que la nature ne saurait incarner en elle-même un ordre, et elle ne saurait donc pas servir de modèle ou de norme à l'action humaine. C'est à l'homme qu'il revient, en réalité, d'imposer, par son action, un ordre à la nature et de la « corriger » par l'intermédiaire de la technique et de tout ce qui relève de la culture. Ce texte nous invite donc à nous demander si la nature peut représenter une référence morale pour l'homme, au point que celui-ci devrait s'en inspirer et même s'y soumettre pour bien agir. Il faut remarquer que Mill s'oppose ainsi non seulement à la tradition philosophique qui commande de « suivre la nature », mais aussi plus largement à l'opinion commune qui prône volontiers le « respect » de la nature. En ce qui concerne l'**intérêt philosophique** du texte, notez qu'il serait maladroit de retomber dans le travers que critique Mill, autrement dit de faire un éloge naïf de la nature, ou encore de se livrer à une charge contre les méfaits de la technique. Il est, en revanche, pertinent d'examiner les implications morales de ce texte en se demandant quels principes et quelles valeurs pourraient régler nos actions, et plus particulièrement, celles à l'égard de la nature.

En effet, si l'homme a bien le devoir de modifier la nature, toute modification est-elle pour autant juste et légitime ?

Analyse des concepts principaux

Le cours naturel des choses :

Il s'agit des phénomènes naturels au sens le plus large qui soit, à savoir tout ce qui peut se produire dans la nature spontanément. On peut ainsi penser à des choses aussi variées que l'érosion, la croissance des plantes, les épisodes de sécheresse, les averses, le comportement propre à une espèce, etc. La science met en évidence que tous ces phénomènes se déroulent selon des lois physiques, chimiques ou encore biologiques, c'est-à-dire selon une nécessité « mécanique ». Ce « cours naturel des choses » est donc « aveugle » en un sens, conduit par aucune intention particulière.

Ordre spontané de la nature, ordre parfait :

Parler « d'ordre » à propos de la nature, c'est la concevoir comme une totalité organisée, comme si elle était l'œuvre d'une intelligence. C'est ce qui va souvent de pair avec une vision finaliste de la nature : chaque chose semble faite dans une intention bien précise, que ce soit dans l'ensemble comme dans les plus infimes détails. On peut prendre l'exemple d'un écosystème : chaque espèce y joue un rôle particulier et indispensable, au point que si l'une d'entre elles disparaît, l'ensemble s'effondre. En ajoutant l'adjectif « parfait », l'auteur suggère même l'idée d'une providence à l'origine de la création de la nature : tout y serait conçu de façon absolument optimale. N'est-ce pas là une exagération qui sonne de façon ironique et qui annonce une critique ?

Instincts… de façon préméditée et intentionnelle :

Un instinct est, par définition, une tendance imposée par la nature qui contraint un être à agir d'une façon bien précise, sans avoir à y réfléchir. Il s'oppose ainsi à une conduite consciente et librement choisie, qui est en principe la façon d'agir proprement humaine. N'est-il pas incohérent de demander à un être de se laisser conduire par la nature alors même que celle-ci l'a rendu capable d'agir par ses propres intentions ?

Les arts de la vie… l'art :

Attention à ne pas commettre un faux-sens sur la notion d'art dont il est question dans cet extrait. Il ne s'agit pas du domaine des « beaux-arts » et de la création d'œuvres à vocation esthétique. Il faut penser au premier sens du mot « art » qui renvoie au domaine de la technique, celui des savoir-faire, des outils, des machines, etc. Dans ce cas, la finalité de « l'art » est de rendre l'activité humaine plus rapide, plus efficace ou encore moins pénible. Au premier chef, il s'agit de faciliter la satisfaction de nos besoins vitaux (se nourrir, se protéger, etc.), d'où l'évocation des « arts de la vie » dans le texte (l'agriculture, la confection de vêtements, etc.).

[Le] commandement de suivre la nature :

Le terme de « commandement » fait référence à une règle morale, c'est-à-dire à un « devoir » auquel il faudrait obéir pour « bien agir », de façon sage et juste. L'expression « suivre la nature » fait allusion à la forme de sagesse prônée par les philosophes « stoïciens ». Ils conçoivent, en effet, l'ensemble de la réalité comme un « tout » bien ordonné où chaque être et chaque chose a sa place et son rôle à jouer. Le « sage », modèle accompli de vie humaine, est celui qui comprend et accepte le rôle que la nature lui attribue sous la forme du « destin ». De façon générale d'ailleurs, la plupart des philosophies issues de l'Antiquité recommandent de s'inspirer de la nature d'une façon ou d'une autre comme d'un guide pour bien mener son existence (voir la morale épicurienne, ou même encore celle des « Cyniques », par exemple).

La civilisation :

La civilisation désigne ici l'ensemble de ce qui contribue à former un monde humain, par l'intermédiaire de la culture. La civilisation recouvre ainsi ce qui fait que l'homme refuse de vivre de manière simplement « naturelle », au sens de sauvage ou animale. La notion comporte donc en elle-même une conception négative de la nature, ce que le texte souligne en employant le terme « d'ennemi ».

La tâche et le mérite de l'homme :

La notion de « tâche » suggère l'idée d'un devoir à accomplir, ce qui veut dire que l'auteur renverse le rapport que l'homme doit avoir à l'égard de la nature. En ajoutant la notion de « mérite », il accentue la valeur de ce devoir en soulignant la difficulté de sa réalisation. Celle-ci suppose, en effet, des efforts qui passent en particulier par l'invention de moyens techniques permettant de produire des moyens et des forces au moins égales à celles de la nature.

Plan du texte de Mill

I. L'idée selon laquelle il faudrait « suivre la nature » pour bien agir et l'impasse à laquelle elle conduit (lignes 1 à 10)
II. La critique de l'idée précédente par la mise en évidence de sa contradiction avec la pratique courante (lignes 11 à 23)
III. L'énoncé de la thèse de l'auteur selon laquelle le devoir de l'homme est donc de transformer la nature (lignes 23 à 26)

Corrigé : plan détaillé

Les titres en bleu apparaissant dans ce corrigé ne doivent pas figurer dans votre devoir. Nous les avons insérés pour vous guider et vous aider à repérer les parties de l'explication de texte.

Les conseils du professeur

I. L'idée selon laquelle il faudrait « suivre la nature » pour bien agir et l'impasse à laquelle elle conduit (lignes 1 à 10)

Mill commence en exposant les présupposés et les implications du « commandement de suivre la nature ». Le terme de « commandement » renvoie à la notion de devoir moral, voire religieux (exemple : les célèbres « dix commandements ») : c'est une obligation à laquelle il faudrait se soumettre pour bien agir. Cette expression, « suivre la nature », n'est pas sans rappeler une célèbre maxime du stoïcisme. Cette école de pensée, issue de l'Antiquité, veut rappeler à l'homme qu'il n'est qu'une partie d'une totalité qui le dépasse. En tant que tel,

Indiquez ce que fait l'auteur pour ne pas seulement répéter ses affirmations : mettez en valeur sa démarche.

Voir Repères, p. 342

l'homme doit jouer le rôle qui lui revient, ce qui signifie notamment accepter le cours des événements conçu comme un « destin » (un enchaînement de choses nécessaire) mais aussi comme une providence (un enchaînement optimal). On peut aussi donner à ce « commandement » une interprétation plus courante : on peut le rapprocher de l'idée selon laquelle il faudrait « respecter » la nature. On dit souvent cela pour inciter à ne pas détériorer l'environnement, ou encore pour montrer une forme de méfiance envers tout comportement jugé artificiel, ou du moins trop artificiel.

Le point commun à tout cela, c'est de poser en principe que « le cours naturel des choses [est] parfaitement bon et satisfaisant », comme le souligne Mill. C'est effectivement l'idée qui soutient la morale stoïcienne : l'ensemble de la réalité est l'œuvre d'une intelligence, si bien que tout ce qui se produit a une raison d'être. C'est aussi vrai pour les phénomènes naturels, comme l'enchaînement des saisons, que pour les événements qui affectent l'existence humaine. La sagesse consiste alors à reconnaître l'aspect nécessaire et désirable de tout ce qui se produit. Plus communément, on dit souvent que la nature est bien faite en invoquant des exemples comme les instincts ou les organes que possèdent les animaux, parfaitement adaptés à leurs besoins. La nature donne ainsi l'impression de faire preuve de « finalité » : c'est comme si une intention intelligente en organisait la moindre partie. La conséquence logique de cette conception, comme l'indique Mill, c'est que « toute action serait une ingérence inutile qui, ne pouvant améliorer les choses, ne pourrait que les rendre pires ». En effet, l'idée de perfection annule logiquement toute volonté d'intervention.

Voir Repères, p. 344

Utilisez bien toujours des guillemets pour citer le texte.

Rappelez bien régulièrement que vous suivez le raisonnement d'un auteur.

On peut d'ailleurs pointer ici un paradoxe : recommander de « suivre la nature », c'est donner un principe d'action, mais qui, au fond, ne peut signifier qu'une invitation à ne pas agir. Mill tente quand même de résoudre ce paradoxe en cherchant dans quelle mesure l'homme pourrait avoir une marge d'action : « si tant est qu'une action puisse être justifiée, ce serait uniquement quand elle obéit directement aux instincts, puisqu'on pourrait éventuellement considérer qu'ils font partie de l'ordre spontané de la nature ». Autrement dit, il faudrait que l'homme se limite à agir selon les instincts dont la nature le doterait. C'est bien ce que font les êtres vivants de façon générale. Mais quand il s'agit de l'homme, cette idée paraît manifestement absurde. Ce qui définit notre humanité, n'est-ce pas justement la faible part d'instincts, qui permet en retour d'agir de façon réfléchie et choisie ? C'est ce que rappelle implicitement l'auteur en écrivant que « tout ce qu'on ferait de façon préméditée et intentionnelle serait une violation de [l']ordre parfait » de la nature. Autrement dit, toute action humaine serait par définition impensable.

Pour souligner plus encore l'impasse à laquelle mène « le commandement de suivre la nature », Mill donne des exemples précis de ce qui devrait alors être jugé comme illégitime et condamnable : « les arts de la vie ». L'expression renvoie à tous les domaines techniques qui ont pour vocation première la satisfaction de nos besoins vitaux : l'agriculture (« bêcher, labourer »), la construction d'habitats (« bâtir »), ou encore la confection de « vêtements » pour se protéger. La technique peut, bien sûr, amener à produire des biens artificiels qui ne sont pas indispensables. Mais l'auteur rappelle qu'elle est avant tout une source de moyens nécessaires à nos besoins les plus naturels. Comment pourrait-on raisonnablement penser cela comme une « infraction » morale ?

Voir Repères, p. 342

Attention au faux-sens ici : il n'est évidemment pas question des « Beaux-arts » comme le montre la suite.

II. La critique de l'idée précédente par la mise en évidence de sa contradiction avec la pratique courante (lignes 11 à 23)

Après avoir critiqué sous un angle théorique l'idée de faire de la nature une norme d'action, Mill va à présent montrer que dans les faits, personne ne la soutient réellement. Au contraire, dans leur vie quotidienne, les hommes passent leur temps à la contredire.

Voir Repères, p. 343

Soulignez la progression d'une partie à l'autre.

Mill constate, en effet, que « Tout le monde déclare approuver et admirer nombre de grandes victoires de l'art sur la nature ». En écrivant « Tout le monde », l'auteur inclut donc aussi bien les partisans de la transformation de la nature, que ceux qui voudraient qu'on se contente de « la suivre ». Et en effet, y aurait-il des individus qui iraient jusqu'à contester les réalisations techniques citées en exemple ? Il s'agit de « paratonnerres », de « digues », de « jetées », autant d'éléments non seulement utiles, mais encore nécessaires pour protéger l'homme des dangers de la nature. Mill évoque aussi les « ponts » et l'aménagement des zones marécageuses pour les rendre habitables et salubres, ou encore les « puits » permettant d'obtenir une eau difficile à trouver. Or, il faut reconnaître que le simple fait d'utiliser ces moyens revient à critiquer la nature, du moins à admettre son caractère imparfait. Les exemples suggèrent même presque une conception hostile et mal intentionnée de la nature : elle semble vouloir séparer les hommes, leur cacher ce dont ils ont besoin, et même chercher à les anéantir. C'est sans doute pourquoi Mill écrit plus loin que « les puissances de la nature sont souvent en position d'ennemi face à l'homme ». On voit qu'on est loin ici d'un discours qui présente la nature comme une « mère » bienfaitrice comme on l'entend parfois. Il ne faut d'ailleurs pour autant pas penser que l'auteur en arrive à réellement personnifier la nature ici. Il ne la voit pas comme réellement animée de mauvaises intentions, mais seulement comme un ensemble de choses imparfaites, qui appellent donc l'action humaine.

Voir Repères, p. 342

Demandez-vous toujours pourquoi l'auteur les choisit : en quoi sont-ils pertinents ? Que disent-ils exactement ?

C'est un cliché fréquent qu'il faut éviter ou, au moins, interroger.

C'est ce qu'il veut dire en écrivant qu'il « faut soumettre les voies de la nature et non pas leur obéir » et que l'on peut interpréter comme un encouragement à la transformation de la nature par le travail et la technique. En parlant « d'ingéniosité » et évoquant la « faiblesse physique » de l'homme, Mill semble d'ailleurs faire écho au célèbre mythe de Prométhée, exposé dans le *Protagoras* de **Platon**. L'homme y est décrit comme le plus faible des êtres de la nature au départ, celui qui

Faites toujours attention quand vous évoquez un autre auteur à ce que ce soit pertinent, c'est-à-dire au service du texte présent.

a été oublié dans le partage des qualités naturelles. Il est ainsi comme une imperfection au sein d'une nature bien ordonnée pour le reste. Prométhée devient celui qui vient sauver les hommes en leur offrant la capacité d'invention technique, volée aux dieux. La technique se présente ainsi pour l'homme non seulement comme le moyen de remédier à sa faiblesse, mais même de disposer de forces lui permettant de disposer de la nature dans son ensemble grâce à son inventivité.

III. L'énoncé de la thèse de l'auteur selon laquelle le devoir de l'homme est donc de transformer la nature (lignes 23 à 26)

Mill conclut son raisonnement en exposant sa thèse, clairement opposée à celle dont il a mené la critique jusqu'ici. Il rappelle d'abord le manque de fondement du présupposé qui soutient l'idée qu'il faudrait seulement « suivre la nature ». Il faudrait pouvoir la juger absolument parfaite, ce que personne ne peut vraiment penser comme nous l'avons vu. Comme l'écrit l'auteur, « tout éloge de la civilisation, de l'art ou de l'invention revient à critiquer la nature ». Faire usage du moindre objet artificiel, ou adopter le moindre comportement inventé, c'est déjà avouer en acte que la nature est « mal faite », au moins dans une certaine mesure. Mill en tire ensuite ce qui devient logiquement le devoir de l'homme : chercher à « parfaire » la nature, c'est-à-dire « corriger » ou « atténuer » ses « imperfections ». On peut relever la différence entre les deux « tâches » : « corriger », c'est modifier de façon plus profonde les choses, que seulement les « atténuer », c'est-à-dire rester dans une certaine continuité. Cette nuance n'est pas sans importance : en effet, en prétendant « corriger » la nature, l'homme ne prend-il pas le risque d'apporter plus de désordre dans le cours des choses ? Ne faudrait-il pas savoir rester dans une certaine mesure à l'écoute de la nature pour y apporter des changements qui restent légitimes ? On en arrive ici aux questions éthiques et écologiques qui apparaissent aujourd'hui avec la prise de conscience du caractère irréversible des transformations dont la technique nous rend capables.

Pensez à prendre un peu de distance face aux idées du texte, sans pour autant vous lancer dans une critique trop radicale.

SUJET 11

4 heures

Notion : LA RAISON

Expliquez le texte suivant :

Il est assez difficile de comprendre comment il se peut faire que des gens qui ont de l'esprit aiment mieux se servir de l'esprit des autres dans la recherche de la vérité, que de celui que Dieu leur a donné. Il y a sans doute infiniment plus de plaisir et plus d'honneur à se conduire par ses propres yeux, que par ceux des autres ; et un homme qui a de bons yeux ne s'avisa jamais de les fermer, ou de se les arracher, dans l'espérance d'avoir un conducteur. *Sapientis oculi in capite ejus, stultus in tenebris ambulat**. Pourquoi le fou marche-t-il dans les ténèbres ? C'est qu'il ne voit que par les yeux d'autrui, et que ne voir que de cette manière, à proprement parler, c'est ne rien voir. L'usage de l'esprit est à l'usage des yeux, ce que l'esprit est aux yeux ; et de même que l'esprit est infiniment au-dessus des yeux, l'usage de l'esprit est accompagné de satisfactions bien plus solides, et qui le contentent bien autrement, que la lumière et les couleurs ne contentent la vue. Les hommes toutefois se servent toujours de leurs yeux pour se conduire, et ils ne se servent presque jamais de leur esprit pour découvrir la vérité.

Nicolas MALEBRANCHE, *De la recherche de la vérité*, 1674-1675.
D'après le sujet du Bac France métropolitaine 2005, DR.

* « Les yeux du sage sont dans sa tête ; l'insensé marche dans les ténèbres. »

Travail préparatoire

Fiches p. 307
4 9 11 12 17

Notions et repères

Notion principale : la raison.
Notions secondaires : le devoir, la liberté, la religion, la vérité.
Repères : concept/image/métaphore – croire/savoir – ressemblance/analogie.

Remarque générale

Le propos du texte repose sur une comparaison assez classique entre les yeux et l'esprit. La difficulté vient du fait que l'auteur passe fréquemment du sens propre au sens métaphorique quand il parle des « yeux » : il faut y être particulièrement attentif. En outre, la structure du passage n'est pas évidente, le texte pouvant donner l'impression de se répéter.

Thèse, problème et intérêt philosophique

Le **problème** qu'examine Malebranche porte sur la manière dont l'homme recherche la vérité. Sachant que l'homme dispose d'un esprit, Malebranche se demande, en effet, pourquoi il ne recherche pas la vérité par lui-même. La **thèse** de Malebranche souligne que bien que l'homme utilise facilement ses yeux (sa vue) pour marcher, il utilise en revanche difficilement son esprit pour rechercher la vérité par lui-même. Une certaine paresse, ou peur, l'inciterait donc à utiliser l'esprit des autres pour rechercher la vérité. Il devrait, bien au contraire, lutter contre cela. L'**intérêt philosophique** de ce texte est de nous inviter à réinterroger le rôle que joue autrui dans la recherche de la vérité. Ainsi, plutôt que d'être celui dont on attend la vérité, autrui ne pourrait-il pas être un guide, tel Socrate, qui serait capable de nous aider à nous délivrer de nos opinions ? On pourrait aussi se demander s'il n'est pas nécessaire dans une certaine mesure d'admettre l'existence de certaines opinions communes admises comme des vérités. C'est, par exemple, ce que soutient Tocqueville en tant que besoin social (*De la démocratie en Amérique*, Livre II).

Analyse des principaux concepts

L'esprit :

Le mot « esprit » est ici synonyme de raison. L'esprit correspond donc à la faculté de juger et de se représenter le réel de façon objective. Il est aussi ce qui permet d'agir par ses propres décisions, et en principe de façon sage et juste. L'auteur insiste particulièrement sur cette dimension avec la métaphore de la « marche ».

La recherche de la vérité :

La vérité peut être définie comme une conformité entre ce que nous pensons et la réalité. Elle a donc de façon évidente une dimension théorique en tant que connaissance des choses. Le texte suggère d'envisager aussi sa dimension pratique, à savoir connaître la vérité au sujet de ce qui est juste dans le domaine de nos actions. On touche donc ici au domaine de la morale. Par ailleurs, le terme de « recherche » suggère que la vérité n'est pas quelque chose de donné et d'évident. Elle supposerait de notre part un certain effort, sans doute pour la distinguer de tout ce avec quoi elle pourrait être confondue (les opinions fausses). Il ne faut néanmoins pas trop insister sur la difficulté de la découverte de la vérité puisque l'auteur part du principe que « Dieu » en a donné le moyen à l'homme.

Se conduire par ses propres yeux :

Cette expression signifie penser par soi-même car on peut considérer qu'il est question ici des yeux de l'esprit. Malebranche reprend une métaphore assez traditionnelle qui fait de la découverte de la vérité une forme de perception intellectuelle. Il souligne à ce sujet un paradoxe. D'ordinaire, il ne vient à l'idée de personne de compter sur les yeux des autres pour voir les choses, on estime en être suffisamment capable tout seul. Pourquoi compter sur l'esprit des autres pour saisir la vérité, si nous en sommes tout autant dotés ?

C'est ne rien voir :

Ne rien voir signifie ne pas trouver la vérité, donc rester dans l'ignorance. Cette expression permet à Malebranche de décrire les conséquences du manque d'autonomie intellectuelle : la vérité exige qu'on la découvre par soi-même et non qu'on la reçoive passivement sans quoi c'est comme si elle ne nous apparaît pas en réalité. Elle reste seulement une opinion que l'on nous transmet.

L'usage de l'esprit est à l'usage des yeux, ce que l'esprit est aux yeux :
Les yeux désignent, cette fois, les yeux du corps, donc la vue. Malebranche utilise à présent une analogie, autrement dit une comparaison qui pose une identité de rapports (a/b = c/d). Ainsi, le rapport qui existe entre l'usage de l'esprit et l'usage des yeux est identique au rapport qui existe entre l'esprit et les yeux, au sens où l'usage de l'esprit et l'esprit sont supérieurs. Il s'ensuit que l'exercice de la pensée apporte, comme la pensée elle-même, de plus grandes satisfactions que l'exercice de la vue et la vue elle-même. En effet, la vue ne représente le réel que de façon superficielle, puisqu'elle ne donne à l'homme que des apparences, tandis que l'esprit représente, quant à lui, le réel dans sa vérité et apporte donc à l'homme la connaissance.

Se servent toujours de leurs yeux pour se conduire :
Cette expression est à distinguer de celle des lignes 4 et 5 (« se conduire par ses propres yeux »). Malebranche montre, en effet, que les hommes ne sont pas paresseux lorsqu'il s'agit de se conduire ou de marcher, puisqu'ils n'hésitent pas à utiliser dans ce cas leurs propres yeux, mais, qu'en revanche, ils deviennent paresseux dès qu'il s'agit de penser par eux-mêmes pour rechercher la vérité. Or, on pourrait se demander, d'une part, ce qui rend la recherche de la vérité si difficile et si décourageante pour l'esprit paresseux et, d'autre part, quel genre d'effort cette recherche exige.

Plan du texte de Malebranche

I. Le paradoxe de l'attitude courante consistant à refuser de penser par soi-même (lignes 1 à 7)
II. L'impossibilité de parvenir à la vérité comme conséquence du refus de penser par soi-même (lignes 7 à 10)
III. La mise en évidence de la satisfaction apportée par l'usage de son propre esprit (lignes 10 à 14)
IV. Le retour sur le constat de l'incohérence du comportement des hommes (lignes 14 à 16)

Corrigé : plan détaillé

Les titres en bleu apparaissant dans ce corrigé (titres et textes en marge) ne doivent pas figurer dans votre devoir. Nous les avons insérés pour vous guider et vous aider à repérer la progression de l'explication de texte.

Les conseils du professeur

I. Le paradoxe de l'attitude courante consistant à refuser de penser par soi-même (lignes 1 à 7)

Malebranche commence son raisonnement en faisant mine de s'étonner face à un phénomène si paradoxal qu'il en serait presque inexplicable. Il écrit, en effet, qu'il « est assez difficile de comprendre comment il se peut faire que des gens qui ont de l'esprit aiment mieux se servir de l'esprit des autres dans la recherche de la vérité ». C'est une façon pour l'auteur d'affirmer que le comportement le plus convenable et même le plus cohérent pour un homme, ce serait de réfléchir par lui-même. Il ne faut pas penser qu'il ne vise que certaines personnes en parlant « des gens qui ont de l'esprit ». On peut supposer que pour Malebranche, comme pour **Descartes**, tous les hommes sont dotés d'esprit ou de raison. C'est une faculté universelle, égale en chacun, en tant que capacité de jugement logique. Le texte ajoute même que c'est un don divin, ce qui implique de considérer l'homme comme créé par un « Dieu ». Or, un tel Être est par définition bon, juste et même parfait : il faut donc voir l'esprit qu'il donne aux hommes comme une faculté efficace et digne de confiance. Par suite, chaque homme devrait spontanément « se servir » de son propre esprit. Le paradoxe, c'est que, malgré tout, les hommes « aiment mieux » faire l'inverse.

« Le bon sens est la chose du monde la mieux partagée » est-il écrit dans *Le Discours de la méthode*.

C'est cette préférence, ou encore ce penchant, que Malebranche cherche à combattre en affirmant d'abord simplement « qu'il y a sans doute infiniment plus de plaisir et plus d'honneur à se conduire par ses propres yeux, que par ceux des autres ». Les termes « sans doute »

Cherchez toujours à justifier ou expliquer ce que l'auteur affirme seulement.

(qui signifient littéralement l'absence de toute forme de doute) et « infiniment » donnent un aspect radical à l'affirmation présentée ici comme une évidence. Par ailleurs, c'est ici que l'auteur commence à employer la métaphore qui fait de la pensée une forme de vue. En parlant de « se conduire par ses propres yeux », il est en effet vraisemblable que Malebranche désigne le fait de penser par soi-même et d'agir en conséquence. C'est ce qui donne plus de sens à l'idée que cela procurerait « plus de plaisir et plus d'honneur ». Utiliser nos « yeux » au sens propre, c'est ce que nous faisons très ordinairement sans en tirer de fierté particulière. En revanche, réfléchir par nous-mêmes, c'est-à-dire utiliser les « yeux » de notre esprit demande plus d'effort. Penser, ce n'est pas seulement constater des idées, mais les soumettre à la critique et les ordonner logiquement.

Voir Repères, p. 342

Pour mieux faire ressortir le paradoxe de l'attitude de ceux qui ne cherchent pas à penser par eux-mêmes, Malebranche le pousse ensuite à l'absurde. Il affirme que cela revient en quelque sorte à se mutiler soi-même. Ce serait comme « fermer » ou « arracher » les yeux de son propre corps, pour pouvoir être guidé par quelqu'un d'autre qui serait lui encore voyant. D'un point de vue physique, c'est manifestement impensable. Et pourtant, n'est-ce pas ce que nous sommes si tentés de faire dès lors que nous attendons passivement des autres qu'ils nous disent quoi penser ? Il faut relever que le texte précise que nous avons pour cela de « bons yeux » à l'origine, ce qui rappelle l'origine divine de la raison selon l'auteur.

II. L'impossibilité de parvenir à la vérité comme conséquence du refus de penser par soi-même (lignes 7 à 10)

Malebranche poursuit son raisonnement en ajoutant que compter sur la réflexion des autres pour découvrir la vérité, c'est nécessairement une démarche vouée à l'échec, et donc vaine. La vérité ne peut apparaître et même exister que pour un homme qui fait l'effort de penser par lui-même. L'idée n'est pas si évidente, car on pourrait penser qu'il existe des vérités bien établies, par la science par exemple, ou encore par de grands penseurs. Il pourrait suffire en ce cas de s'en informer et de les apprendre. L'auteur réfute cette idée à partir de l'interprétation qu'il donne d'un extrait de *L'Ecclésiaste* qui figure dans *La Bible*. L'homme « insensé » ou « fou » est décrit comme marchant « dans les ténèbres ». Cette obscurité symbolise évidemment l'ignorance, mais pour l'auteur l'ignorance a une définition bien plus large que celle qu'on lui donne d'ordinaire. Pour sortir de cet état, il ne suffit pas de saisir le résultat de la pensée d'autres hommes. Ce serait encore « ne rien voir » car ce qui importe c'est de parvenir à la vérité par soi-même, pour la voir par ses propres yeux en somme. Cela ne veut pas forcément dire ne pas s'intéresser aux idées des autres, mais avoir toujours à leur égard une attitude active, c'est-à-dire critique. C'est ce qui permet d'atteindre un véritable savoir, et de ne pas se contenter de croire.

Soulignez bien l'originalité de ce que dit l'auteur.

Il n'est pas nécessaire de connaître la source de la citation, qui n'est pas donnée en note d'ailleurs. Il faut, en revanche, l'expliquer.

Voir Repères, p. 344

III. La mise en évidence de la satisfaction apportée par l'usage de son propre esprit (lignes 10 à 14)

L'auteur revient ensuite sur la dimension de plaisir liée au fait de penser par soi-même. S'il doit le faire, c'est qu'on pourrait lui faire l'objection qu'il s'agit d'une démarche pénible et plus exigeante en tous cas que le simple fait d'ouvrir les yeux pour voir les choses qui nous entourent. Pour nous guider quand nous marchons, il est assez facile de voir où aller pour éviter les obstacles, par exemple. En revanche, quand il s'agit de « se conduire » dans la vie au sens moral et existentiel, les choses semblent plus complexes et même inquiétantes. Peut-on arriver à discerner comment bien agir, c'est-à-dire de façon juste ? Est-il possible de savoir quel sens donner à notre existence ? N'est-il pas tentant d'éviter ces questions en se fiant à d'autres pour y répondre ?

Faites apparaître cette dimension de la vérité : elle ne consiste pas qu'à apprendre des connaissances théoriques.

Malebranche répond à cela en passant par une analogie. Il propose de comparer ainsi l'usage des yeux (au sens propre) à « l'usage de l'esprit ». En se servant de notre vue, nous obtenons des « satisfactions », comme celles provoquées par « la lumière » et les « couleurs ». Il est agréable, par exemple, de voir le jour se lever, de voir la lumière faire apparaître les objets et leur richesse chromatique. Le plaisir de la contemplation esthétique en est l'exemple par excellence. Pour l'auteur, cela permet de penser que des satisfactions analogues existent pour la pensée, et même de bien plus hautes. Il soutient en effet que « l'esprit est infiniment au-dessus des yeux » et offre des « satisfactions bien plus solides ». Malebranche se range donc aux côtés de ceux qui considèrent l'esprit supérieur au corps, et à la matière en général. Pour justifier cela, on invoque souvent le fait que ce qui est physique est éphémère, voire périssable. Ce qui est spirituel s'offre comme plus durable, voire inaltérable. Par exemple, ce que notre vue peut contempler peut facilement disparaître ; en revanche, les vérités que notre esprit peut atteindre peuvent faire l'objet d'une contemplation à volonté. Il y a donc tout intérêt pour l'homme à se procurer de telles « satisfactions ».

Voir Repères, p. 342
L'analogie et la métaphore font partie des repères à maîtriser.

IV. Le retour sur le constat de l'incohérence du comportement des hommes (lignes 14 à 16)

Le texte se termine par ce qui ressemble à un simple constat désabusé : « les hommes toutefois se servent toujours de leurs yeux pour se conduire, et ils ne se servent presque jamais de leur esprit pour découvrir la vérité. » Tout le raisonnement précédent a montré que ce comportement était non seulement vain et absurde, mais faisait perdre des occasions de plaisir. En revenant sur ce constat, l'auteur expose sa thèse : les hommes devraient évidemment « se servir de leur esprit », avec bien plus de désir encore qu'ils ne le font pour leurs yeux.

Précisez bien toujours le but que poursuit l'auteur dans ses affirmations pour leur donner un enjeu.

SUJET 12

4 heures

Notion : LA RELIGION

Expliquez le texte suivant :

Il faut reconnaître que l'égalité, qui introduit de grands biens dans le monde, suggère cependant aux hommes, ainsi qu'il sera montré ci-après, des instincts fort dangereux ; elle tend à les isoler les uns des autres, pour porter chacun d'eux à ne s'occuper que de lui seul.

Elle ouvre démesurément leur âme à l'amour des jouissances matérielles.

Le plus grand avantage des religions est d'inspirer des instincts tout contraires. Il n'y a point de religion qui ne place l'objet des désirs de l'homme au-delà et au-dessus des biens de la terre, et qui n'élève naturellement son âme vers des régions fort supérieures à celle des sens. Il n'y en a point non plus qui n'impose à chacun des devoirs quelconques envers l'espèce humaine, ou en commun avec elle, et qui ne le tire ainsi, de temps à autre, de la contemplation de lui-même. Ceci se rencontre dans les religions les plus fausses et les plus dangereuses.

Les peuples religieux sont donc naturellement forts précisément à l'endroit où les peuples démocratiques sont faibles ; ce qui fait bien voir de quelle importance il est que les hommes gardent leur religion en devenant égaux.

Alexis DE TOCQUEVILLE, *De la démocratie en Amérique*, 1835.
D'après le sujet du Bac Liban 2019, DR.

Fiches p. 307
2 4 5 9 12

Travail préparatoire

Notions et repères

Notion principale : la religion.
Notions secondaires : le bonheur, le devoir, l'État, la liberté.
Repères : identité/égalité/différence – théorie/pratique – transcendant/immanent –universel/général/particulier/singulier.

Remarques générales

Le texte est relativement facile à comprendre dans son idée générale, et sa structure apparaît de façon visible. Il se prête particulièrement bien à un travail d'explication en soutenant des affirmations qui demandent à être justifiées et interrogées.

Problème, thèse et intérêt philosophique

L'auteur, Alexis de Tocqueville, présente ici la religion comme étant le meilleur moyen de remédier aux risques que peuvent courir les sociétés démocratiques, du fait de leur nature égalitaire. C'est une idée originale dans la mesure où l'on considère souvent la démocratie comme la meilleure forme de régime politique. D'ailleurs, on se réjouit souvent de voir des peuples évoluer vers ce type de régime, comme s'il s'agissait d'un évident progrès vers la modernité, la justice, le bonheur et la liberté. À l'inverse, la religion est volontiers présentée comme une force conservatrice, perdant peu à peu de son influence et de sa pertinence au cours du temps. On lui reproche même, parfois, d'être un élément générateur de tensions qu'une société gagnerait à écarter. Pour Tocqueville, il faut, au contraire, reconnaître le caractère indispensable des religions dans les sociétés humaines, et tout particulièrement dans celles qui prennent la forme démocratique. Elles s'exposent, en effet, au danger d'une fragilisation du lien social entre les individus, ainsi qu'à une réduction « matérialiste » de leur vision de l'existence. Cette justification de l'existence des religions en fonction de leur utilité sociale mérite cependant d'être interrogée. Ne serait-il pas plus juste d'envisager avant tout la religion sous la forme d'une foi individuelle authentique et sincère ?

Analyse des concepts principaux

L'égalité :

Le contexte permet de comprendre qu'il s'agit d'une forme d'égalité avant tout « politique ». C'est celle qu'offre un régime démocratique, par différence avec les régimes monarchiques ou aristocratiques marqués par l'existence de privilèges et de fonctions réservées à certaines « classes » ou « ordres ». Dans une démocratie, les hommes n'ont pas nécessairement des conditions de vie égales d'un point de vue matériel, mais chaque homme est un citoyen exactement au même titre que les autres. Chacun peut ainsi, en principe, prétendre aux mêmes droits par ses efforts, c'est-à-dire aux mêmes biens et aux mêmes positions sociales.

Instincts fort dangereux... instincts tout contraires :

Le terme d'« instinct » s'applique, en principe, à une tendance innée, attribuée à un être par la nature elle-même. Le terme évoque aussi le comportement animal dans ce qu'il peut avoir de « mécanique ». La conduite humaine se définit ordinairement par sa mise à distance, voire sa rupture avec ce qui relève des instincts. C'est l'effet de l'influence de la culture, mais aussi celui de la réflexion individuelle qui permettent tous deux à l'homme de vivre et d'agir de façon choisie et spécifique. Il est donc paradoxal de voir l'auteur encourager ici une certaine forme de comportement instinctif. Il est étonnant aussi de lire que ces « instincts » sont, en quelque sorte, « acquis », au sens où ils seraient engendrés par l'avènement de certaines conditions sociales et politiques. Il ne s'agit donc pas d'instincts à proprement parler, mais de quelque chose qui y ressemble par sa dimension spontanée et profondément enracinée. La vie en société dépendrait, en effet, de l'existence de tendances quasi-naturelles et inconscientes, mais favorables, chez les individus.

Âme :

Au sens le plus large, cette notion renvoie à la capacité de conscience et de réflexion de l'homme. C'est ce qui nous permet de penser. De façon plus précise, l'âme désigne aussi cette partie de nous qui se distingue du « corps ». Elle pourrait ainsi être faite d'une autre « substance » que lui, c'est-à-dire ne pas être composée de

« matière ». Dans une perspective religieuse, l'âme est ce qui pourrait donc connaître une autre destinée que le corps, ouvrant la possibilité d'une « vie après la mort ».

Jouissances matérielles, biens de la terre :
Ces termes désignent des objets de désir, et donc des sources de plaisirs possibles. Parler de « jouissances matérielles » implique une distinction avec des plaisirs « spirituels », c'est-à-dire relevant de l'âme ou de l'esprit. On retrouve, ici, la conception « dualiste » de l'homme préparée par l'introduction de la notion d'« âme ». Les « jouissances matérielles » renvoient donc à des objets pouvant produire une satisfaction physique, comme tout ce qui peut se consommer, ou encore apporter du confort. Ce sont des « choses » qui peuvent s'acheter et s'accumuler. La sagesse philosophique recommande, en général, de ne pas trop leur attacher d'importance, parce que leur possession est, à la fois, fragile et indigne de notre nature. Les philosophes « matérialistes » eux-mêmes, pour qui même notre esprit n'est fait que de matière, prônent la recherche de biens spirituels comme la connaissance ou l'amitié (Épicure). Quand Tocqueville évoque les « biens de la terre », il ajoute, en outre, une dimension religieuse à cette critique. Aux yeux des religions, l'homme devrait être capable de renoncer en partie au moins aux satisfactions qu'offre la vie présente pour viser des biens « célestes » plus authentiques.

Les religions :
Le phénomène religieux peut prendre des formes très variées, à savoir des monothéismes, des polythéismes, de l'animisme, du chamanisme, du bouddhisme, etc. De façon générale, on peut dire qu'il s'agit, à chaque fois, d'un ensemble de croyances et de pratiques correspondant à des choses considérées comme « sacrées ». Tocqueville souligne, pour sa part, deux autres aspects qui lui paraissent communs à toutes les religions : elles produisent un lien social précieux et elles élèvent l'homme moralement en l'invitant à discipliner ses désirs.

Peuples religieux… peuples démocratiques :
Le raisonnement de l'auteur repose sur cette opposition entre deux types de « peuples ». Elle est un peu étonnante, dans la mesure

où l'on s'attendrait plutôt à voir opposer des « peuples démocratiques » à des peuples vivant sous une monarchie, ou encore des « peuples religieux » à des peuples sans religion. Tocqueville semble donc considérer comme évident que l'avènement de la démocratie dans une société implique la disparition ou du moins le recul de la dimension religieuse. Pourquoi serait-ce nécessairement le cas ? En quoi les conditions politiques et sociales peuvent-elles influer sur la moralité et sur la foi des individus ?

Plan du texte de Tocqueville

I. L'exposition des effets indésirables de l'égalité ou encore des dangers courus par les peuples vivant en démocratie (lignes 1 à 6)
II. L'analyse des effets positifs de la religion aux plans moral et social (lignes 7 à 14)
III. L'affirmation de la thèse de l'auteur selon laquelle la bonne santé des sociétés démocratiques implique le maintien de la religion (lignes 15 à 18)

Corrigé : plan détaillé

Les titres en bleu apparaissant dans ce corrigé ne doivent pas figurer dans votre devoir. Nous les avons insérés pour vous guider et vous aider à repérer la progression de l'explication de texte.

Les conseils du professeur

I. L'exposition des effets indésirables de l'égalité ou encore des dangers courus par les peuples vivant en démocratie (lignes 1 à 6)

Tocqueville commence par citer les risques auxquels s'exposent les sociétés marquées par « l'égalité ». Ce terme a surtout, ici, une dimension politique, comme l'indique la référence aux « peuples démocratiques » un peu plus loin. La réflexion de l'auteur s'inscrit, d'ailleurs,

Voir Repères, p. 344

dans un cadre historique précis, celui de la fin de l'Ancien Régime en France et des jeunes années de la démocratie américaine. S'il y a égalité, ce n'est pas dans la réalité des conditions sociales et économiques des hommes, mais plutôt au sens d'une absence de privilèges réservés jusqu'alors à certaines catégories d'hommes ou à certaines classes. Tous les hommes ont, en principe, les mêmes droits, c'est-à-dire la même liberté d'entreprendre et de s'élever socialement. Tocqueville concède, d'ailleurs, que cette situation « introduit de grands biens dans le monde ». Il ne s'y étend pas plus, à la fois parce que c'est une opinion couramment partagée et parce que le plus important lui semble ailleurs. On peut, néanmoins, dire que les régimes égalitaires, sur un plan politique, permettent de traiter les hommes avec plus de justice, c'est-à-dire en conformité avec leur droit naturel (voir la *Déclaration des droits de l'homme et du citoyen* de 1789). L'absence de privilèges peut aussi être vue comme un moyen de pacifier une société en évitant d'engendrer de l'envie, du ressentiment, ou encore du mépris. **Aristote** faisait déjà remarquer, dans les *Politiques*, qu'une « cité » doit être « composée le plus possible d'égaux et de semblables », faute de quoi elle reste divisée en « maîtres » et en « esclaves ».

Concéder quelque chose, c'est donner raison en partie à l'idée opposée à la sienne.

Tocqueville veut surtout attirer l'attention sur les effets indésirables que peut avoir cette situation d'égalité des hommes : celle-ci « suggère [...] des instincts fort dangereux ». Il y a, ici, plusieurs raisons de s'étonner. Premièrement, le terme d'« instinct » désigne, en principe, une tendance naturelle, innée, alors qu'il s'applique, ici, à une tendance qui serait causée par certaines conditions sociales et politiques. Deuxièmement, l'expression « fort dangereux » dramatise en quelque sorte l'enjeu de l'analyse à suivre. Le premier « danger » semble être celui du développement de « l'individualisme », entendu comme la tendance de chacun à chercher à satisfaire avant tout ses propres intérêts. L'auteur écrit, en effet, que « l'égalité [...] tend à [...] isoler [les hommes] les uns des autres, pour porter chacun d'eux à ne s'occuper

Soyez toujours actif face aux affirmations du texte pour ne pas les répéter seulement comme des évidences.

que de lui seul. Le « lien social » aurait ainsi tendance à disparaître pour ne laisser qu'une société atomisée, éparpillée dans ses différents éléments. L'idée n'est pas si évidente. Pourquoi une situation d'égalité ne donnerait-elle pas aux hommes le sentiment d'appartenir à un même monde, développant ainsi un esprit de solidarité ? Pour justifier l'affirmation du texte, on peut supposer que l'absence de privilèges éveille le désir des hommes en leur donnant l'impression que tout est accessible. Dès lors, ils sont portés à consacrer davantage d'efforts et d'énergie à se procurer tous ces objets de satisfaction personnelle disponibles, qu'il s'agisse de biens ou de positions sociales avantageuses. Le second « danger » serait le développement d'un état d'esprit « matérialiste ». L'auteur écrit, en effet, que « [l'égalité] ouvre démesurément leur âme à l'amour des jouissances matérielles ». Il s'agit du désir pour les choses qui peuvent être consommées, possédées ou encore collectionnées et qui peuvent rendre la vie plus confortable. L'adverbe « démesurément » laisse entendre que l'auteur ne critique pas ce type de désir en lui-même, mais dans son exagération. Il aurait, en effet, tendance à faire oublier le désir de biens « spirituels », plus conformes à la nature de l'homme comme être doté d'une « âme » et pas seulement d'un corps. On peut remarquer que, dans ce cas, le dommage causé par l'égalité touche avant tout l'individu en réduisant le sens et la valeur de son existence. Cela a néanmoins nécessairement un effet sur la société dans son ensemble, qui devient une simple juxtaposition d'individus préoccupés seulement de leur confort matériel.

Cherchez toujours ce qui peut donner du sens à ce que dit l'auteur, faites-vous « l'avocat » de ses idées.

Relevez bien les nuances dont fait preuve le texte.

II. L'analyse des effets positifs de la religion aux plans moral et social (lignes 7 à 14)

Tocqueville oppose à ces effets négatifs de l'égalité ceux, positifs, de la religion. Il écrit, en effet, que « le plus grand avantage des religions est d'inspirer des instincts tout contraires ». On peut donc s'attendre à ce que la religion soit présentée comme ce qui tend à rassembler les hommes et à leur inspirer des désirs plus dignes de leur dimension spirituelle. C'est bien ce que fait l'auteur, mais en inversant l'ordre de son analyse. Il commence, en effet, par affirmer qu'il « n'y a point de religion qui ne place l'objet des désirs de l'homme au-delà et au-dessus des biens de la terre, et qui n'élève naturellement son âme vers des régions fort supérieures à celle des sens ». Il faut remarquer qu'il ne fait pas l'éloge de telle religion particulière, mais qu'il entend dégager une caractéristique universelle, c'est-à-dire un élément essentiel du phénomène religieux. Il est vrai que, par-delà leur diversité, les religions posent l'existence d'un autre monde qui aurait plus de valeur et d'authenticité que celui de notre vie terrestre. C'est ce qui appelle à une dimension transcendante. Il conviendrait alors de regarder les biens matériels comme des objets de satisfaction moindre, voire comme des choses méprisables. Les religions encouragent ainsi à faire preuve de « continence », voire d'« abstinence » à l'égard des désirs et à les reporter vers des biens spirituels comme la piété, la pureté, « l'amour de Dieu », etc. L'allusion à des « régions fort supérieures à celle des sens » rappelle, en outre, l'opposition platonicienne entre le « monde sensible » et le « monde intelligible », et l'idée selon laquelle il faudrait privilégier l'âme par rapport au corps.

Voir Repères, p. 344

Voir Repères, p. 343

La continence désigne l'effort de retenue envers les désirs ; l'abstinence va jusqu'au renoncement.

L'auteur en vient ensuite à l'enjeu social et moral des religions. Il y voit là aussi un trait commun du phénomène religieux : « Il n'y en a point non plus qui n'impose à chacun des devoirs quelconques envers l'espèce humaine, ou en commun avec elle ». La croyance religieuse s'accompagne, en effet, de « commandements » à respecter pour faire preuve de piété, non seulement en ce qui concerne notre propre conduite, mais aussi à l'égard de notre prochain. Les religions prônent, en général, la charité et la compassion. Ces valeurs sont alors élevées au rang de devoirs émanant d'une autorité divine. C'est donc un moyen particulièrement efficace pour lutter contre l'égoïsme naturel de l'homme. Celui-ci se trouve ainsi « [tiré,] de temps à autre, de la contemplation de

Ce terme appartient au vocabulaire religieux et invite à accorder à tout autre homme autant d'attention qu'à soi-même.

lui-même ». Le terme ne manque d'ailleurs pas d'ironie ici : « contempler », c'est, en principe, regarder avec profondeur quelque chose qui le mérite par sa valeur esthétique ou spirituelle. L'origine du mot évoque même un espace sacré *(« templum »)*.

L'auteur termine, cependant, son éloge des religions par une remarque plus équivoque. Il précise, en effet, que tout ce qui précède « se rencontre dans les religions les plus fausses et les plus dangereuses ». Il faut entendre **même** dans les religions les plus fausses et les plus dangereuses – ce qui souligne, d'un côté, le caractère vraiment universel de cette tendance bénéfique des religions ; mais, d'un autre côté, évoquer des religions « dangereuses » laisse penser que certaines d'entre elles pourraient avoir un effet au moins aussi indésirable que celui qui était pointé dans les sociétés démocratiques (« instincts fort dangereux »). On peut, par ailleurs, se demander quelles religions sont visées par l'auteur, d'autant plus qu'il les qualifie aussi de « fausses », c'est-à-dire critiquables tant sur un plan théorique (les croyances) que pratique (les rites, les devoirs) Mais est-il légitime de critiquer une religion, et au nom de quoi pourrait-on le faire ? Un premier élément de réponse serait que les idées d'une religion pourraient être considérées comme « fausses » si elles paraissent dépassées en comparaison des acquis scientifiques (par exemple, en ce qui concerne l'âge de la terre). On peut, en outre, déclarer comme « dangereuse » toute forme de pratique religieuse qui encouragerait à des actes nuisibles, voire meurtriers, à l'égard d'autrui comme de soi-même.

Voir Repères, p. 343

III. L'affirmation de la thèse de l'auteur selon laquelle la bonne santé des sociétés démocratiques implique le maintien de la religion (lignes 15 à 18)

Soulignez bien la progression logique du texte de partie en partie.

Tocqueville tire à présent la conclusion logique de tout ce qui précède. L'idéal serait de combiner les « grands biens » que favorise le régime démocratique avec « l'avantage » des religions. Il évoque d'abord, pour cela, « les peuples religieux », expression par laquelle il suggère que ces peuples ne correspondent pas à ceux des sociétés démocratiques et égalitaires. On peut l'expliquer par un constat historique : les religions ont souvent soutenu la soumission aux régimes anciens, marqués par les inégalités sociales. Les religions correspondent aussi souvent à une conception du monde dans laquelle l'homme doit être soumis à une autorité divine, donc un modèle inégalitaire. Ces peuples sont « forts précisément à l'endroit où les peuples démocratiques sont faibles », c'est-à-dire sur le plan du lien social et de la dimension morale. On peut les voir comme des hommes soudés en une « communauté », portés à la générosité et à l'altruisme, et en plus modérés dans leurs désirs. Ce sont autant de qualités qui risquent de manquer aux « peuples démocratiques », comme nous l'avons vu. L'auteur en tire logiquement cette recommandation : « ce qui fait bien voir de quelle importance il est que les hommes gardent leur religion en devenant égaux ». La religion est-elle donc une chose si sensible aux conditions sociales, économiques ou politiques ? Et est-il légitime de la considérer sous un angle strictement « utilitaire » à l'égard de la société ? Si les hommes doivent « garder leur religion », cela ne devrait-il pas plutôt être pour des raisons de foi sincère individuelle ?

Ces questions permettent de rappeler la dimension problématique du texte.

SUJET 13

4 heures

Notion : LA SCIENCE

Expliquez le texte suivant :

La vanité de l'esprit humain l'écarte et le retarde dans sa marche. Il craint de s'avilir[1] dans les détails. Méditer sur un brin d'herbe, raisonner sur une mouche, manier le scalpel, disséquer des atomes, courir les champs pour trouver un caillou, quelle gloire y a-t-il dans ces occupations mécaniques ; mais surtout quel profit, au prix de la peine ? Cette erreur prend sa source dans une autre qui part du même orgueil, et c'est la persuasion, où l'on s'entretient, que la vérité est comme innée dans notre entendement, qu'elle ne peut y entrer par les sens, qui servent plutôt à le troubler qu'à l'éclairer. Cette prévention[2], ou plutôt cette aliénation de l'esprit, est fomentée par les partisans mêmes des sens ; car en prétendant que nous recevons toutes les vérités par ce canal, ils n'ont pas laissé de perdre leur temps à la spéculation[3], et d'abandonner l'histoire de la nature, pour suivre les écarts de l'imagination.

L'entendement crée des êtres à sa façon, c'est-à-dire des êtres imaginables. Ses conceptions lui représentent la possibilité, et non pas l'existence des choses. De là le règne des idées abstraites, ou le monde fantastique des intellectuels, tellement accrédité par une espèce de superstition pour les choses outrées, que leurs rêves sont devenus un délire général. Tel est l'abus de cette métaphysique qui, supposant des images sans modèles, et des idées sans objet, fait de cet univers une illusion perpétuelle, et comme un chaos de ténèbres palpables.

Le dégoût pour ce qu'on appelle les petites choses dans l'observation, est la marque d'un esprit étroit, qui n'aperçoit pas l'ensemble des parties et l'unité des principes. Tout ce qui entre dans l'essence des causes, est l'objet de la science de l'homme ; car la science n'est elle-même que la connaissance des causes.

Francis BACON, *Pensées et vues générales ou Récapitulation*, 1607.
D'après le sujet du Bac Pondichéry 2015, DR.

---

1. S'avilir : se rabaisser. **2. Prévention** : l'ensemble des préjugés qui faussent un jugement.
3. Ils ont perdu leur temps à la spéculation.

Fiches p. 307
10 11 13 17

Travail préparatoire

Notions et repères

Notion principale : la science.
Notions secondaires : la nature, la raison, la vérité.
Repères : abstrait/concret – contingent/nécessaire – idéal/réel – principe/cause/fin – théorie/pratique – universel/général/particulier/singulier.

Remarques générales

Le texte présente certaines difficultés en raison de son vocabulaire et de certains passages dont la cohérence logique n'est pas évidente. Il requiert aussi une certaine connaissance du débat entre le rationalisme et l'empirisme. Il offre, en contrepartie, de nombreuses occasions d'éviter la paraphrase.

Problème, thèse et intérêt philosophique

L'objectif de la science n'est-il pas de dégager les lois générales de la nature, responsables de la diversité des phénomènes observables ? Pour cette raison, la science ne doit-elle pas faire un effort d'abstraction par rapport à la réalité immédiate et privilégier, pour cela, le travail de l'esprit ? Ou bien faut-il, au contraire, s'attacher à l'observation minutieuse de la nature, pour ne pas perdre contact avec la réalité que l'on veut connaître ? À ce problème, le philosophe anglais Francis Bacon (à ne pas confondre avec le célèbre peintre du XXe siècle) répond que la bonne attitude scientifique consiste à savoir s'intéresser aux faits les plus négligeables en apparence. C'est la condition nécessaire pour parvenir à la connaissance pleine et entière même des lois les plus générales de la nature. Il valorise ainsi les rôles de l'expérience et de l'observation, face aux élaborations abstraites de l'esprit. Cependant, une telle démarche ne risque-t-elle pas de conduire la science à une accumulation fastidieuse et encombrante de faits singuliers ? Ou, encore, n'arrive-t-il pas que ce soit davantage par le travail de la spéculation et de l'imagination que des scientifiques soient mis sur la piste de la découverte d'une théorie scientifique ?

Analyse des concepts principaux

Vanité [...] s'avilir [...] orgueil :

Ces concepts renvoient plutôt, en principe, à la question du « sujet », à savoir la connaissance de soi et de ce qui fait notre valeur. Bacon montre que ces concepts ont une incidence aussi dans le champ de la connaissance du réel. La « vanité » et l'« orgueil » sont des formes d'estime de soi critiquables parce qu'infondées. Elles consistent en une exagération de ce qui fait la valeur réelle d'un être. Ici, il s'agit d'une surestimation par l'esprit de sa capacité à atteindre la vérité par ses seuls moyens.

Détails [...] petites choses :

Ces termes désignent, en principe, ce qui est négligeable, voire méprisable, par rapport à ce qui serait « essentiel », « important ». Dans le cadre de la recherche scientifique, on peut effectivement penser que certains objets ne sont pas dignes d'intérêt, parce qu'ils sont, en apparence, bien connus ou paraissent sans rapport avec ce que l'homme recherche, c'est-à-dire les grandes lois de la nature. Qu'y aurait-il, en effet, à trouver dans un « brin d'herbe », une « mouche » ou encore un simple « caillou » ? Bacon cherche ici à renverser ce préjugé : c'est justement par l'attention portée à ces prétendus « détails » que l'on peut remonter aux lois générales de la nature.

La vérité est comme innée dans notre entendement :

Cette idée correspond à la théorie de l'« innéisme ». Pour certains penseurs, il faut admettre que l'expérience ne peut être la seule source de connaissance de l'homme. Les idées mathématiques, par exemple, ne semblent pas avoir une origine « empirique » ; c'est comme si l'esprit humain les trouvait naturellement déjà présentes en lui, simplement en réfléchissant de façon logique. Par suite, cela conforte un point de vue « rationaliste », donnant la priorité à la raison sur l'expérience dans la connaissance. C'est là encore une idée que Bacon entend renverser.

Prévention... fomentée par les partisans mêmes des sens :

Bacon désigne, par cette expression, les penseurs « empiristes », selon lesquels la connaissance vient essentiellement de l'expérience.

Pour eux, il n'y a pas de vérité « innée » en l'esprit ; celui-ci est bien plutôt comme une « page blanche » au départ. Ce qui est surprenant, c'est que Bacon accuse pourtant les empiristes d'être eux-mêmes la cause du préjugé « innéiste ». Ce que Bacon semble vouloir dire, c'est qu'aucun empiriste n'a été vraiment cohérent avec sa propre pensée : tous ont, au contraire, donné plus de place à la réflexion qu'à l'expérience.

Histoire de la nature :
Le terme d'« histoire » n'est pas à prendre au sens d'un déroulement d'événements dans le temps, mais à comprendre plutôt dans son sens étymologique : il s'agit d'une « enquête », d'une observation patiente à la recherche de la vérité. Cela renvoie aux traités d'« histoire naturelle », qui consistent dans la description précise des divers phénomènes naturels et des divers êtres vivants.

Métaphysique :
Depuis Aristote, ce terme désigne la partie de la philosophie consacrée aux objets inaccessibles à l'expérience humaine. On peut opposer, pour cette raison, la métaphysique à la science, dont la méthode consiste, en principe, à se mettre constamment à l'écoute de l'expérience. Or, selon Bacon, c'est ce que la science ne fait pas assez, dérivant elle-même en « métaphysique ».

L'essence des causes :
La finalité de la science est d'expliquer comment les phénomènes que nous pouvons observer se produisent. Elle doit, pour cela, remonter jusqu'à ce qui est leur « cause » et en dégager une loi. Or, ce qui pousse le plus souvent l'homme à cela, ce sont les phénomènes les plus étonnants, comme s'ils pouvaient être plus prometteurs en matière de découverte des lois de la nature. En parlant de « tout ce qui entre dans l'essence des causes », Bacon montre qu'il faut, au contraire, élargir l'idée de ce qui peut permettre de découvrir les lois générales de la nature. Il y a des causes à découvrir dans les moindres phénomènes, car la nature est à voir comme une totalité de causes liées entre elles.

Plan du texte de Bacon

I. La désignation de la « vanité humaine » comme obstacle majeur au progrès scientifique (lignes 1 à 5)
II. La critique de la théorie de l'innéisme comme relevant de cette même « vanité » (lignes 5 à 13)
III. Le constat du résultat des erreurs précédentes sous la forme d'un « délire général » (lignes 14 à 21)
IV. La conclusion du raisonnement et le rappel de la finalité de la science (lignes 21 à 26)

Corrigé : plan détaillé

Les titres en bleu apparaissant dans ce corrigé (titres et textes en marge) ne doivent pas figurer dans votre devoir. Nous les avons insérés pour vous guider et vous aider à repérer la progression de l'explication de texte.

Les conseils du professeur

I. La désignation de la « vanité humaine » comme obstacle majeur au progrès scientifique (lignes 1 à 5)

Bacon commence par poser l'existence de ce que l'on peut appeler un « obstacle épistémologique », à savoir quelque chose qui entraverait le progrès de la science (« *épistémé* », en grec) dans sa connaissance de la nature. On imagine spontanément des obstacles tenant aux objets que l'homme s'efforce de connaître, ne serait-ce que parce qu'ils lui sont extérieurs et étrangers. On peut aussi penser que la difficulté vient de ce que les phénomènes naturels apparents ont des causes cachées, qui ne peuvent être découvertes que par un patient travail de recherche et de réflexion. Or, selon Bacon, ce qui « écarte » et « retarde » la « marche de l'esprit humain », c'est bien plutôt sa propre « vanité ». C'est donc l'homme lui-même qui compromet la réussite de

Ce sont d'autres causes possibles d'erreur, auxquelles on pense plus volontiers : cela permet de souligner l'originalité de l'idée du texte.

Voir Repères, p. 344

son désir de connaissance, de façon inconsciente, en se faisant une fausse idée de la valeur de son esprit.

Faire preuve de « vanité », c'est, en effet, exagérer l'estime que l'on se porte, en s'attribuant des qualités ou des capacités qui n'existent pas ou qui sont bien inférieures à celles que l'on prétend posséder. Bacon précise, d'ailleurs, la façon dont se manifeste cette prétention : l'esprit « craint de s'avilir dans les détails ». La « vanité » qu'il critique ici ne réside donc pas dans le projet scientifique de connaître la nature, mais plutôt dans la méthode que la science suit pour cela. Elle semble, en effet, partager le réel entre ce qui ne serait que des « détails », sans intérêt pour la connaissance donc, et ce qui serait vraiment essentiel, comme les lois de la nature. Elle considère que son objet réside dans ce qu'il y a de plus général, voire d'universel, dans la réalité. Par suite, la tâche de l'esprit à l'égard de la nature serait d'être capable d'une certaine distance, par un travail d'abstraction essentiellement.

Ce terme n'est pas défini en note, il est donc supposé connu. Il mérite, néanmoins, d'être précisé.

Voir Repères, p. 344

Voir Repères, p. 344

Bacon donne, d'ailleurs, une liste d'exemples de ce que la science considère apparemment comme indigne de sa tâche : « méditer sur un brin d'herbe, raisonner sur une mouche, manier le scalpel, disséquer des atomes, courir les champs pour trouver un caillou ». Il s'agit, en effet, à première vue, d'objets dérisoires et insignifiants, tant par leur dimension que par leur caractère en apparence banal et familier. N'est-il pas légitime alors de les négliger, pour porter son attention sur d'autres objets plus prometteurs en matière de découvertes éventuelles ? À cela s'ajoute un préjugé que rappelle Bacon : l'intérêt pour de tels objets serait à ranger parmi les « occupations mécaniques ». On désignait, autrefois, par ce terme toutes les activités reposant sur l'habileté physique plutôt que sur les capacités intellectuelles de l'homme. Il y aurait donc, ainsi, deux raisons de se détourner des « détails » du réel : ce serait impropre à la tâche que se donne la science et même indigne d'un être tel que l'homme, se définissant par l'esprit. Pour l'auteur, ce ne sont pourtant là que des préjugés fondés sur une mauvaise conception de l'esprit.

Pensez à les expliquer : précisez pourquoi l'auteur les choisit.

II. La critique de « l'innéisme » comme autre source d'erreur causée par cette « vanité » (lignes 5 à 13)

Dans un deuxième temps, Bacon met en évidence une autre conséquence de cette même « vanité ». Il s'agirait de la croyance en l'existence de connaissances naturellement présentes dans l'esprit de l'homme. C'est ce que le texte désigne par « la persuasion [...] que la vérité est comme innée dans notre entendement ». Cet « innéisme » est, en effet, soutenu par certains auteurs, comme Descartes, par exemple, à propos des vérités mathématiques. Les objets mathématiques, dans leur idéalité, ne se rencontrent jamais réellement dans l'expérience. On peut en conclure que, lorsque l'esprit découvre des vérités dans ce domaine, elles ne viennent pas d'une autre source que de lui-même. L'esprit serait donc capable d'atteindre des connaissances sans le recours à l'expérience. Ce que suggère, en outre, l'exemple des mathématiques, c'est que ces connaissances, obtenues par le seul esprit, seraient même bien plus certaines que celles obtenues de façon « empirique » (du grec « *empeiria* », l'expérience). C'est ce qui conduit à voir nos sens comme une source moins fiable de connaissance, voire comme une source d'erreur dont il faudrait se méfier. La célèbre analyse du « morceau de cire » que l'on trouve dans les *Méditations métaphysiques* de **Descartes** témoigne bien de cette idée.

Voir Repères, p. 344

On peut donc penser que c'est cette conception « rationaliste » de la connaissance que critique Bacon en évoquant comme une « erreur » et même une forme d'« orgueil » l'idée que « la vérité est comme innée dans notre entendement » et qu'elle « ne peut y entrer par les sens ». Pourtant, la suite du texte attribue, de façon inattendue, cette conception « aux partisans mêmes des sens » : autrement dit, aux penseurs « empiristes », adversaires en principe des « rationalistes ». Il les accuse même d'être à l'origine d'une « aliénation de l'esprit », c'est-à-dire de lui avoir fait perdre son identité en l'employant d'une façon inappropriée. Pour expliquer ce paradoxe, voire ce qui a l'air d'une incohérence logique,

C'est un passage particulièrement difficile : si vous avez du mal à le comprendre, ne le passez pas sous silence pour autant, proposez au moins des hypothèses d'explication.

il faut s'attacher à ce que précise la suite de la phrase : « car, en prétendant que nous recevons toutes les vérités par ce canal [= les sens], ils n'ont pas laissé de perdre leur temps à la spéculation ». Bacon semble reprocher aux empiristes eux-mêmes de n'avoir été empiristes que dans le discours, et non dans la pratique, c'est-à-dire la recherche scientifique. Les accuser de s'être livrés à la « spéculation », c'est affirmer qu'ils ont eux-mêmes abordé le réel en donnant la priorité à la réflexion plutôt qu'à l'expérience, dont ils faisaient pourtant la source de toute connaissance. Ils auraient dû, pour être cohérents, se consacrer à « l'histoire de la nature », comme l'écrit l'auteur. Cette expression désigne tout travail consistant à décrire, aussi précisément et patiemment que possible, l'ensemble des choses présentes dans la nature. « Histoire » est à prendre ici au sens littéral d'« enquête », de « recherche de la vérité ».

Partez du principe qu'un auteur est toujours cohérent et qu'il ne peut se contredire qu'en apparence !

Voir Repères, p. 343

III. Le constat du résultat sous la forme d'un « délire général » (lignes 14 à 21)

Après avoir montré que tous les chercheurs, rationalistes comme empiristes, s'étaient, en fin de compte, livrés au même préjugé, Bacon en constate le résultat. Au lieu d'une représentation exacte de la nature, ils n'ont abouti qu'à produire « un monde fantastique », « un délire général » , une « illusion perpétuelle », et même « comme un chaos de ténèbres palpables ». Ces termes sont étonnants quand on pense qu'ils visent des traités scientifiques, rédigés, *a priori*, avec le plus grand sérieux. Ce sont plutôt des œuvres de fiction que l'on désigne de la sorte ou les productions d'esprits « dérangés », ayant involontairement perdu le contact avec la réalité. Mais c'est bien ce qui arrive à l'esprit humain, selon Bacon, lorsqu'il prétend pouvoir atteindre des vérités en toute autonomie par rapport à l'expérience. Par la réflexion, nous pouvons élaborer des concepts et des théories à propos de la réalité avec une certaine cohérence logique. Mais cela n'implique pas pour autant que ces constructions renvoient bien à quelque chose d'existant dans la

Voir Repères, p. 344

N'hésitez pas à le signaler, montrez que vous êtes actif face aux affirmations du texte, que vous ne les prenez pas comme des évidences.

Voir Repères, p. 343

réalité elle-même. C'est cette distinction que rappelle l'auteur en écrivant que les « conceptions » de notre esprit nous « représentent la possibilité, et non pas l'existence des choses ». Faute de respecter cette distinction, la physique dérive vers un « abus » de « métaphysique ». On désigne par ce terme la réflexion philosophique portant sur des objets en principe inaccessibles à l'expérience sensible, comme Dieu ou l'âme. On comprend que, pour de tels objets, l'esprit se livre à la spéculation, puisqu'il ne peut pas s'appuyer sur les sens. En revanche, quand il s'agit d'objets « physiques », accessibles aux sens, c'est prendre le risque de laisser l'esprit errer dans des constructions arbitraires par rapport à la réalité, des « images sans modèles, et des idées sans objets ».

IV. La conclusion du raisonnement et le rappel de la finalité de la science (lignes 21 à 26)

Bacon conclut son raisonnement en exposant sa thèse. Il rappelle quelle est la finalité de la science et soutient que celle-ci implique logiquement de s'attacher aux « petites choses dans l'observation ». Son raisonnement prend même la forme d'une démonstration à partir de ce qui définit la science. Elle est par essence la « connaissance des causes », c'est-à-dire qu'elle doit permettre de dégager les grandes lois expliquant les divers phénomènes observables. Or, pour y parvenir, il faut être capable de saisir « tout ce qui entre dans l'essence des causes ». C'est ce « tout » qui est important : pour découvrir avec exactitude les lois qui régissent la réalité, il ne faut négliger aucun des phénomènes qui la composent. Ou, comme l'écrit encore Bacon, il faut être capable de saisir « l'ensemble des parties et l'unité des principes ». Avoir l'esprit scientifique, et non « étroit », c'est donc comprendre que c'est nécessairement une même démarche que de rechercher les grandes lois de la nature et d'en étudier patiemment les moindres phénomènes.

SUJET 14

4 heures

Notion : LA TECHNIQUE

Expliquez le texte suivant :

C'est l'avènement de l'automatisation qui, en quelques décennies, probablement videra les usines et libérera l'humanité de son fardeau le plus ancien et le plus naturel, le fardeau du travail, l'asservissement à la nécessité. Là, encore, c'est un aspect fondamental de la condition humaine qui est en jeu, mais la révolte, le désir d'être délivré des peines du labeur, ne sont pas modernes, ils sont aussi vieux que l'histoire. Le fait même d'être affranchi du travail n'est pas nouveau non plus ; il comptait jadis parmi les privilèges les plus solidement établis de la minorité. À cet égard, il semblerait qu'on s'est simplement servi du progrès scientifique et technique pour accomplir ce dont toutes les époques avaient rêvé sans jamais pouvoir y parvenir. Cela n'est vrai toutefois qu'en apparence. L'époque moderne s'accompagne de la glorification théorique du travail et elle arrive en fait à transformer la société tout entière en une société de travailleurs. Le souhait se réalise donc, comme dans les contes de fées, au moment où il ne peut que mystifier. C'est une société de travailleurs que l'on va délivrer des chaînes du travail, et cette société ne sait plus rien des activités plus hautes et plus enrichissantes pour lesquelles il vaudrait la peine de gagner cette liberté. Dans cette société qui est égalitaire, car c'est ainsi que le travail fait vivre ensemble les hommes, il ne reste plus de classe, plus d'aristocratie politique ou spirituelle, qui puisse provoquer une restauration des autres facultés de l'homme. [...] Ce que nous avons devant nous, c'est la perspective d'une société de travailleurs sans travail, c'est-à-dire privés de la seule activité qui leur reste. On ne peut rien imaginer de pire.

Hannah ARENDT, *Condition de l'homme moderne*, 1958.
D'après le sujet du Bac France métropolitaine 2002, DR.

Travail préparatoire

Fiches p. 307
2 9 14 15 16

Notions et repères

Notion principale : la technique.
Notions secondaires : le bonheur, la liberté, le temps, le travail.
Repères : en acte/en puissance – obligation/contrainte – théorie/pratique.

Remarques générales

L'extrait fait preuve d'un certain nombre de subtilités. Il semble, tout d'abord, avoir une dimension plutôt historique puisque l'auteur s'intéresse aux effets assez récents du progrès technique sur le travail. C'est bien néanmoins l'occasion de traiter un problème philosophique, intemporel en lui-même, à propos de la valeur du travail pour l'homme. Par ailleurs, la démarche de l'auteur consiste à dégager ce qu'il y aurait de vraiment inédit dans le rapport de l'homme au travail à notre époque. Il faut donc être attentif aux nuances dont fait preuve le texte à ce sujet.

Problème, thèse et intérêt philosophique

Hannah Arendt montre ici que le progrès technique met l'homme face à une contradiction : la nécessité de travailler tend à disparaître alors même que le travail est devenu l'activité la plus valorisée, au point d'éclipser toutes les autres. L'originalité de son analyse, c'est de ne pas poser le problème en termes d'emplois et de difficulté pour gagner sa vie. Elle pointe un problème d'ordre existentiel plutôt que pratique. Faut-il alors en venir à déplorer le progrès technique, voire à chercher à le freiner ? Ou bien chercher à repenser la place et la valeur accordées au travail, comme aux autres activités qui pourraient donner du sens à l'existence humaine ?

Analyse des concepts principaux

L'avènement de l'automatisation :

Il s'agit de l'emploi de moyens techniques permettant d'éviter le recours à la main-d'œuvre humaine. On peut dire que la révolution industrielle du XIXe siècle marque le début de cette tendance avec l'introduction des machines (on parle de « machinisme »). Si l'auteur en parle au futur, c'est probablement parce qu'elle pense à l'arrivée des robots, capables de remplacer entièrement l'homme à la différence des machines. Le terme d'« avènement » désigne la venue nouvelle de quelque chose, mais il évoque aussi l'arrivée au pouvoir ou encore le début d'un règne.

Le fardeau du travail :
Le travail désigne au sens le plus simple une activité demandant un effort et faite dans un but utile. On peut le distinguer du loisir conçu comme une activité accomplie essentiellement par simple plaisir. En parlant de « fardeau », l'auteur reprend ici à son compte une vision négative du travail. Il est vrai qu'on l'associe couramment à l'idée de pénibilité et de contrainte : c'est comme une charge lourde à porter dont on préfèrerait être débarrassé. Mais ne peut-on pas aussi voir le travail comme l'occasion de s'accomplir humainement en mettant à profit nos diverses qualités ?

L'asservissement à la nécessité :
Cette expression évoque nos besoins vitaux. La nature nous impose de les satisfaire et nous contraint pour cela à produire des efforts. C'est d'ailleurs ce qui donne au travail une dimension commune à l'homme et à l'animal à l'origine. Le travail apparaît ainsi comme le contraire d'une activité librement choisie, faisant de chaque homme « l'esclave » (« *servus* » en latin, qui a donné « asservissement ») de la nature.

La condition humaine :
Il s'agit de l'existence humaine dans ce qu'elle a de spécifique. L'homme est, en effet, un être qui ne se contente pas de vivre, mais qui éprouve le besoin de donner du sens et de la valeur à son existence. C'est ce qui amène à se demander, par exemple, quel but donner à son existence, ou encore qu'est-ce qui fait une existence authentiquement humaine. Le terme de « condition » laisse aussi penser qu'il n'y a pas de « nature » humaine définie et donnée une fois pour toutes. L'existence de l'homme est bien plutôt fortement influencée par les événements et le monde dans lesquels elle se

déroule. Elle doit donc être sans cesse repensée, comme ici en raison du progrès technique.

La glorification théorique du travail :

L'auteur fait allusion à tout ce qui a pu être dit ou écrit sur le travail, en particulier par les penseurs. Le discours dominant va, en effet, dans le sens d'une valorisation du travail, y compris chez ceux qui en critiquent certains aspects. Marx, par exemple, dénonce le travail sous sa forme « aliénante », mais considère d'un autre côté que c'est l'activité la plus essentielle pour l'homme. Il faut bien relever néanmoins que Hannah Arendt précise qu'elle parle de « l'époque moderne » car, dans les siècles passés, et dans l'Antiquité en particulier, c'est plutôt le « loisir » qui avait la faveur des penseurs.

Activités plus hautes et plus enrichissantes... autres facultés de l'homme :

Le texte ne précise pas explicitement de quelles activités exactement il est question, mais on peut le deviner. Il doit s'agir d'activités menées en dehors du travail, dans le « temps libre » donc, mais qui ne doivent pas relever du repos ou du divertissement seulement. On retrouve ici ce que l'Antiquité prônait comme le bon « loisir », à savoir tout ce qui permet de se cultiver, ou encore l'activité politique, conçue non pas comme un métier, mais comme un engagement citoyen. Ce sont ces activités qui pourraient permettre aux hommes d'exercer leurs capacités les plus spécifiques, celles que le travail ferait, au contraire, presque oublier.

Société égalitaire, plus de classe, plus d'aristocratie politique ou spirituelle :

L'auteur fait le lien entre le progrès technique, l'évolution dans la vision du travail et le cadre social et politique dans lequel tout cela se joue. Les sociétés modernes se distinguent par plus d'égalité dans la mesure où elles évoluent vers un système démocratique. Il faut aussi le comprendre au sens où toute la société se veut « au travail » : l'ouvrier, le patron, mais aussi les artistes tendent à dire qu'ils travaillent, ou même encore les hommes politiques. Le travail devient ainsi l'activité humaine par excellence, la seule qui puisse passer pour sérieuse et digne. On peut y voir un progrès, sous la forme d'une fin des privilèges et des inégalités. Mais l'auteur suggère que cela mène en même temps à un appauvrissement par la disparition des autres activités en dehors du travail.

Plan du texte de Hannah Arendt

I. L'annonce d'une disparition probable de la nécessité du travail en raison du progrès technique (lignes 1 à 4)
II. La relativisation de la nouveauté apparente de ce phénomène (lignes 4 à 11)
III. La mise en évidence de la véritable nouveauté de ce phénomène (lignes 11 à 21)
IV. La conclusion invitant implicitement à chercher une solution au problème (lignes 21 à 24)

Corrigé : plan détaillé

Les titres en bleu apparaissant dans ce corrigé ne doivent pas figurer dans votre devoir. Nous les avons insérés pour vous guider et vous aider à repérer la progression de l'explication de texte.

Les conseils du professeur

I. L'annonce d'une disparition probable de la nécessité du travail en raison du progrès technique (lignes 1 à 4)

Hannah Arendt entame son raisonnement par une forme de prophétie. Elle imagine que « l'avènement de l'automatisation » va en venir à « vider les usines » au sens où la présence humaine va s'y faire de plus en plus rare. En effet, le progrès technique appliqué au monde du travail peut être vu comme un moyen de rendre la main-d'œuvre humaine moins nécessaire. Les machines déjà permettent de se passer de la force physique humaine en utilisant une autre source d'énergie. Elles n'ont cependant pas « vidé les usines » car, comme le montre Marx, elles ont bien plutôt amené les hommes à travailler davantage pour les rentabiliser en produisant davantage. Elles ont aussi amené dans le monde du travail les femmes et même les enfants au XIXe siècle. En parlant d'« automatisation », l'auteur vise sans doute l'apparition des robots qui peuvent réaliser des tâches par eux-mêmes. On peut d'ailleurs dire que la prédiction d'Hannah Arendt s'est en partie réalisée avec l'existence d'usines vides d'hommes ou presque pour la fabrication de voitures ou de caisses enregistreuses. L'auteur ne critique d'ailleurs pas ce phénomène, puisqu'elle le décrit comme une forme de libération à ce stade de son raisonnement. Elle écrit, en effet, que cela « libérera l'humanité de son fardeau le plus ancien et le plus naturel, le fardeau du travail, l'asservissement à la nécessité ». Parler de « fardeau », c'est voir le travail comme une contrainte pénible à laquelle l'homme ne se soumet que contre sa volonté. C'est le cas dans la mesure où le travail correspond à une activité qui n'a pas d'autre sens que de gagner de quoi vivre. On comprend alors que l'homme rêve de s'y soustraire, pour pouvoir se livrer à des activités librement choisies.

Faites attention à bien respecter l'ordre des idées du texte, pour en suivre la progression.

Voir Repères, p. 342

II. La relativisation de la nouveauté apparente de ce phénomène (lignes 4 à 11)

L'auteure va s'attacher à dégager ensuite les implications de la disparition de la nécessité pour l'homme de travailler. Elle annonce ainsi qu'un « aspect fondamental de la condition humaine [...] est en jeu ». La notion de « condition humaine » renvoie à ce qui caractérise l'existence humaine de façon spécifique. Elle suggère aussi le fait que les conditions dans lesquelles l'homme vit ont une influence essentielle sur le sens et la valeur de son existence. C'est le cas ici du progrès technique et des conséquences qu'il entraîne sur le travail.

On distingue ains la notion de « condition humaine » de celle de « nature humaine », qui suggère une dimension intemporelle et immuable.

Pourtant, Hannah Arendt retarde un peu l'annonce du changement qui lui paraît le plus essentiel à l'égard du rapport de l'homme au travail et à la technique. Elle préfère commencer par évoquer ce qui pourrait passer pour un bouleversement inédit dans l'histoire de l'humanité, mais dont il faudrait, en réalité, relativiser l'importance. Premièrement, le fait que l'homme souhaite se débarrasser du travail est une chose aussi ancienne que l'humanité elle-même : « la révolte, le désir d'être délivré des peines du labeur, ne sont pas modernes, ils sont aussi vieux que l'histoire ». Pour preuve, dans les textes les plus anciens, le travail est présenté comme une forme de châtiment (dans la *Genèse*, par exemple). L'étymologie du mot lui-même renverrait à un appareil utilisé pour punir les esclaves récalcitrants (« *tripalium* » en latin). Deuxièmement, l'auteur relève que « le fait même d'être affranchi du travail n'est pas nouveau non plus ». Le système de l'esclavage dans l'Antiquité permettait, en effet, à certains hommes de ne pas avoir à travailler eux-mêmes. Dans la société féodale, l'existence des trois ordres faisait que les membres du clergé et de l'aristocratie étaient eux aussi dégagés de la contrainte de travailler. C'était, certes, à chaque fois un des privilèges d'une minorité d'hommes, mais cela suffit pour dire que le fait de ne plus être soumis au besoin de travailler n'est pas quelque chose de vraiment inédit. De ce point de vue, on pourrait même plutôt y voir une forme de continuité avec les siècles passés : « il semblerait qu'on s'est simplement servi du progrès scientifique et technique pour accomplir ce dont toutes les époques avaient rêvé sans jamais pouvoir y parvenir ». Or, ce qui intéresse l'auteur, c'est de mettre en évidence qu'il y a bien malgré tout quelque chose de « moderne », quelque chose qui se joue à notre époque et qui constitue une vraie rupture avec le passé.

Attention à ne pas faire de contresens ici, faites bien attention aux nuances de la pensée de l'auteur.

C'est l'une des parties de la *Bible*, où l'on trouve le récit de la Création du monde et de l'homme.

Pensez à distinguer la science et la technique, même si leur relation se fait plus étroite sous la forme des « technologies ».

III. La mise en évidence de la véritable nouveauté de ce phénomène (lignes 11 à 21)

Hannah Arendt en arrive ainsi logiquement à dévoiler à présent ce qui lui semble le plus essentiel dans la révolution que le progrès technique impose au travail. Cela se joue dans une époque de « glorification théorique du travail » et à un moment où la « société tout entière » est devenue « une société de travailleurs ». En effet, le travail est à présent devenu une activité valorisée socialement. Il est généralement considéré comme l'activité la plus sérieuse et la plus digne pour un homme. Quelqu'un qui ne travaille pas et qui ne cherche pas à le faire est souvent mal considéré, comme un paresseux qui gâche ses aptitudes, voire comme un parasite qui vit aux dépens des autres. C'est sans doute pour cela que tous les hommes mettent un point d'honneur à présenter leurs diverses activités comme du travail. C'est le cas des artistes, des sportifs, ou encore des hommes politiques. Le discours des philosophes fait aussi l'éloge du travail à sa façon. Marx, par exemple, s'attache à montrer que le travail prend chez l'homme une dimension spécifique au point de devenir le moyen par excellence de s'humaniser en faisant passer « en acte » ses qualités « en puissance ».

Voir Repères, p. 343

Ces termes font partie des repères à maîtriser, utiles ici. Voir Repères, p. 344

Ce changement de regard et de discours sur le travail arrive alors en contradiction avec le progrès technique qui en provoque la disparition ou du moins la raréfaction. L'auteur compare cela à certains « contes de fées » où des personnages voient se réaliser leurs souhaits, mais d'une façon qui se retourne ironiquement contre eux. Ils se font ainsi « mystifier ». Hannah Arendt pense peut-être au conte des *Trois vœux*, mais on peut aussi penser au roi Midas de la mythologie grecque. Dionysos aurait réalisé pour lui un vœu, à savoir que tout ce qu'il touche se transforme en or. Midas espérait ainsi devenir infiniment riche, mais il se retrouva en réalité à mourir de faim puisque les aliments qu'il touchait devenaient certes précieux, mais immangeables. L'humanité vivrait ainsi une expérience analogue : son désir de voir le travail disparaître devient réalité au moment même où le travail devient l'activité la plus valorisée. Les hommes se retrouvent donc privés de la seule activité qui leur semble pouvoir assez bien occuper leur existence : « c'est une société de travailleurs que l'on va délivrer des chaînes

Ce terme signifie abuser de la naïveté de quelqu'un, le « rouler » pour s'amuser à son dépens.

du travail, et cette société ne sait plus rien des activités plus hautes et plus enrichissantes pour lesquelles il vaudrait la peine de gagner cette liberté ». En écrivant cela, l'auteur fait allusion aux activités qui étaient valorisées par le passé, dans les sociétés antiques en particulier, sous la forme du « loisir ». S'il était important d'avoir du temps qui n'était pas consacré au travail, ce n'était pas pour se reposer à ne rien faire, ni même pour s'amuser seulement. Vivre de façon digne, c'était occuper son temps à cultiver son esprit, en particulier par l'étude des lettres, de la philosophie, et des sciences. Or, avec la modernité, toutes ces activités semblent avoir perdu de leur importance aux yeux des hommes, ce qui fait qu'avoir à présent du temps libre, c'est avoir du temps en trop au fond, puisqu'on ne saurait plus à quoi vraiment le consacrer.

Faites bien attention aux différents sens de ce terme. Ici, il s'agit de ce que les Romains appelaient « *otium* ».

L'auteur fait d'ailleurs le lien avec le changement social et politique qui est aussi une caractéristique significative de l'époque moderne. La société est devenue « égalitaire ». Cela ne veut pas dire que les hommes sont égaux dans leurs conditions de vie socio-économiques, il y a bien des différences de richesse. Il y a bien aussi des ouvriers et des patrons, ou encore des hommes qui occupent des fonctions politiques qui leur donnent davantage de pouvoir. Malgré tout, fondamentalement, la société tend à l'égalité dans le sens où il n'y a plus d'esclaves et de maîtres, ou encore plus de privilèges réservés à une « aristocratie » par exemple. La démocratisation, par exemple, fait que les fonctions politiques sont en principe accessibles à tous. C'est un progrès d'un certain point de vue, puisque cela va dans le sens du principe de l'égalité des hommes en terme de dignité humaine. Mais cela a aussi un effet d'uniformisation : tous les hommes vivent un peu selon le même modèle d'existence qui consacre le travail comme l'activité humaine par excellence. Il semble impossible dans ces conditions d'envisager une « restauration des autres facultés de l'homme », c'est-à-dire une revalorisation des activités relevant de la culture en particulier.

Là encore, il faut être attentif aux nuances du texte : l'auteur ne rejette pas le processus d'égalisation des sociétés, mais montre seulement les travers que cela peut aussi provoquer.

IV. La conclusion invitant implicitement à chercher une solution au problème (lignes 21 à 24)

Hannah Arendt conclut son raisonnement en retrouvant un ton prophétique, comme au début de l'extrait (« Ce que nous avons devant nous »). Entre les deux moments du texte, le ton a néanmoins changé : la libération des hommes à l'égard du travail est à présent présentée comme une « privation », conformément aux analyses précédentes. L'auteur évoque « la perspective d'une société de travailleurs sans travail » pour dire qu'on « ne peut rien imaginer de pire ». Il faut, bien sûr, comprendre cela dans un sens existentiel. Le problème que pointe l'auteur ne concerne pas les difficultés économiques que peut poser un chômage devenant massif sous l'effet de l'arrivée des machines et des robots. C'est plutôt, comme nous l'avons vu, que l'humanité risque de se retrouver désœuvrée et de ne plus savoir comment donner du sens à son existence. Mais si l'auteur nous fait part de cette vision inquiétante à propos de notre avenir, n'est-ce pas pour nous inviter à éviter qu'elle se réalise ? N'est-il pas plus encore temps aujourd'hui de repenser notre regard sur le travail et sur les autres activités humaines, à une époque où la « raréfaction du travail » devient plus qu'une « perspective » ?

Ces termes sont forts, mais évitez de vous lancer dans des propos trop dramatiques de manière générale.

SUJET 15

4 heures

Notion : LE TEMPS

Expliquez le texte suivant :

Dans la foule des vieillards, j'ai envie d'en attraper un et de lui dire : « Nous te voyons arrivé au terme de la vie humaine ; cent ans ou davantage pèsent sur toi. Eh bien ! reviens sur ta vie pour en faire le bilan ; dis-nous quelle durée en a été soustraite par un créancier, par une maîtresse, par un roi, par un client, combien de temps t'ont pris les querelles de ménage, les réprimandes aux esclaves, les complaisances qui t'ont fait courir aux quatre coins de la ville. Ajoute les maladies dont nous sommes responsables ; ajoute encore le temps passé à ne rien faire ; tu verras que tu as bien moins d'années que tu n'en comptes. Remémore-toi combien de fois tu as été ferme dans tes desseins, combien de journées se sont passées comme tu l'avais décidé ; quand tu as disposé de toi-même, quand tu as eu le visage sans passion et l'âme sans crainte, ce qui a été ton œuvre dans une existence si longue, combien de gens se sont arraché ta vie, sans que tu t'aperçoives de ce que tu perdais ; combien de ta vie t'ont dérobé une douleur futile, une joie sotte, un désir aveugle, un entretien flatteur, combien peu t'est resté de ce qui est tien : et tu comprendras que tu meurs prématurément. » Quelles en sont les causes ? Vous vivez comme si vous deviez toujours vivre ; jamais vous ne pensez à votre fragilité. Vous ne remarquez pas combien de temps est déjà passé ; vous le perdez comme s'il venait d'une source pleine et abondante, alors pourtant que ce jour même, dont vous faites cadeau à un autre, homme ou chose, est votre dernier jour. C'est en mortels que vous possédez tout, c'est en immortels que vous désirez tout.

SÉNÈQUE, *De la brièveté de la vie*, vers 49 ap. J.-C.
D'après le sujet du Bac Polynésie 2002, DR.

Travail préparatoire

Fiches p. 307
2 3 9 15

Notions et repères

Notion principale : le temps.
Notions secondaires : le bonheur, la conscience, la liberté.
Repères : abstrait/concret – exemple/preuve – universel/général/particulier/singulier.

Remarques générales

Le texte repose en bonne partie sur des exemples. Pour bien faire ressortir la dimension philosophique, il faut dégager les concepts auxquels ces exemples peuvent être rattachés. Il faut aussi repérer et marquer une progression dans le raisonnement pour ne pas laisser penser que l'auteur se livre à une simple énumération d'éléments.

Problème, thèse et intérêt philosophique

Comme l'indique le titre de l'œuvre dont provient l'extrait, la réflexion porte sur la durée de l'existence humaine. Les hommes lui reprochent, en général, d'être trop courte, ce qui s'accompagne du sentiment que le temps passe trop vite, et qu'il nous échappe parce qu'on ne peut pas vraiment l'utiliser comme on aimerait le faire. Sénèque entend remettre en cause cette opinion courante en faisant apparaître que le manque de temps dont les hommes se plaignent vient en réalité du mauvais usage qu'ils en font. L'auteur soutient ainsi que chaque homme est en principe entièrement responsable de la manière dont il dispose de son temps. Il nous revient par suite de l'employer de façon satisfaisante, c'est-à-dire sage, selon ce que suggère le texte. On peut néanmoins se demander : dans quelle mesure exactement l'usage de notre temps dépend-il réellement et uniquement de nous ? Ou encore : dans quelle mesure faire un usage sage de son temps permet-il de vraiment profiter de sa vie ?

Analyse des concepts principaux

La vie humaine :

Il s'agit de l'existence, qui se définit par le fait, pour l'homme, de savoir qu'il est en vie. Cette dimension de conscience lui permet de se représenter son existence mais aussi son « terme » inévitable, la mort. Chacun devrait ainsi se demander comment employer le temps qui lui est accordé de la meilleure façon. Or, comme le suggère Sénèque ici, c'est souvent de façon tardive et rétrospective que cette question vient aux hommes.

Un créancier… un roi… une maîtresse… un client… esclaves :
Tous ces exemples portent sur le rapport à autrui envisagé comme cause de perte de temps. Cela tient à la nature de la relation entretenue avec l'autre (dette, infériorité hiérarchique…) ou encore aux tracas qui l'accompagnent (disputes, colères…). D'autres formes de rapport à autrui ne sont pas évoquées ici, comme l'amitié par exemple : il ne faut donc pas penser que le temps passé avec les autres, ou même consacré aux autres, est en soi une perte de temps.

Responsables… décidé… disposé de toi-même :
Ces expressions qui traversent le texte renvoient à la notion de liberté, définie comme capacité à agir par sa propre volonté, indépendamment de facteurs extérieurs mais aussi intérieurs. En soulignant cette part de liberté, Sénèque veut mettre l'homme face à sa responsabilité. Si nous trouvons que la durée de notre vie est trop courte, c'est parce que nous la réduisons nous-mêmes par notre façon d'agir. Notre temps ne nous est pas non plus dérobé par des êtres ou des facteurs extérieurs, c'est nous qui laissons ce temps nous être enlevé. On retrouve ici un thème cher au stoïcisme, courant auquel appartient Sénèque : la sagesse consiste à bien identifier ce qui dépend de nous et à agir en conséquence.

Passion… crainte… douleur futile… joie sotte… désir aveugle :
Ces notions correspondent globalement à ce qu'on appelle les « passions », les phénomènes qui se produisent en nous spontanément. Ce sont aussi bien des émotions, des sentiments, que des désirs. On peut y voir un facteur interne cette fois-ci de perte de temps dans la mesure où ces passions peuvent nous empêcher d'agir intelligemment ou au moins comme on le veut, par peur, distraction ou encore sous l'effet d'une tentation. Cela veut-il dire pour autant qu'un bon usage de notre temps supposerait d'être insensible ou sans désir ? On peut remarquer que l'auteur prend soin d'ajouter des adjectifs

(« futile », « sotte », « aveugle ») qui peuvent suggérer l'existence de passions plus constructives.

Plan du texte de Sénèque

I. Le projet de provoquer une prise de conscience du mauvais usage du temps (lignes 1 à 3)
II. L'analyse détaillée des manières dont nous laissons perdre notre temps (lignes 3 à 17)
III. La mise en évidence de la cause de ce mauvais usage du temps : l'oubli de notre finitude (lignes 17 à 23)

Corrigé complet

Les titres en bleu apparaissant dans ce corrigé (titres et textes en marge) ne doivent pas figurer dans votre devoir. Nous les avons insérés pour vous guider et vous aider à repérer la progression de l'explication de texte.

Les conseils du professeur

Introduction

La limite imposée par la mort à notre existence est ce qui lui donne de la valeur : si elle était infinie, nous pourrions vivre de façon insouciante, mais aussi sans vraiment apprécier les choses que nous ferions. D'un autre côté, la conscience de la mort a un aspect angoissant qui pousse souvent les hommes à tout faire pour ne pas y penser, et à vivre comme si elle ne devait jamais arriver. Ce rapport équivoque à notre condition mortelle engendre un comportement incohérent qui fait que nous dépensons à tort et à travers le temps qui nous est donné. C'est ce que Sénèque veut mettre en évidence dans cet extrait de *De la brièveté de la vie*. Selon lui, si le temps semble si court et passer si vite, c'est parce que les hommes ne cessent de le laisser perdre par leur propre faute. Il indique aussi, en creux, comment nous pourrions faire un usage plus sage et plus libre de notre temps. Pour mieux marquer ses lecteurs, Sénèque commence par exposer un projet fictif mais saisissant : contraindre un vieil homme à mesurer combien il a mal vécu, et donc peu vécu. L'auteur va se livrer ainsi à un long travail de soustraction qui lui permet d'analyser les manières dont l'homme perd son temps. Il en viendra dans une dernière partie à dégager la cause plus profonde de ce mauvais usage du temps.

I. Le projet de provoquer une prise de conscience du mauvais usage du temps (lignes 1 à 3)

Le début du texte peut sembler brutal, voire méchant dans son intention, puisque l'auteur exprime l'envie « d'attraper » un vieil homme au hasard pour lui faire « faire le bilan » de sa vie, et surtout pour lui faire sentir combien il a si peu vécu malgré son grand âge. N'est-ce pas cruel à l'égard de quelqu'un qui ne peut plus lui-même changer les choses ? Son cas ne devrait-il pas plutôt éveiller la compassion ? L'évocation de ce projet un peu rude s'explique par le fait que Sénèque cherche à provoquer une véritable prise de conscience. Il veut « frapper les esprits » de ses lecteurs, comme on dit. Si c'est un « vieillard » qui est visé, et plus exactement quelqu'un qui a atteint « cent ans ou davantage », c'est parce qu'un tel individu a, en principe, eu une vie assez longue, et même très longue pour un être humain. Il ne devrait pas avoir à se plaindre d'avoir manqué de temps, par comparaison avec d'autres. On peut remarquer aussi que l'auteur précise qu'il entend prendre ce vieil homme « dans la foule des vieillards », de façon aléatoire donc. Cela suggère que ce qu'il va mettre en évidence chez un individu en particulier est en réalité un comportement général. Ce sont tous les hommes qui font un mauvais usage de leur temps, pour des raisons qui sont toujours les mêmes ou presque.

Voir Repères, p. 344

Voir Repères, p. 344

II. L'analyse détaillée des manières dont nous laissons perdre notre temps (lignes 3 à 17)

Pour orienter son interlocuteur dans le « bilan » qu'il le pousse à faire de sa vie, il est remarquable que

Sénèque lui demande de raisonner uniquement en terme de « soustraction ». Son but, c'est de montrer que malgré une vie plutôt longue, cet homme a finalement peu vécu en multipliant les occasions de perdre son temps.

La démonstration commence par ce qui touche aux relations avec autrui. L'homme est, en principe, un être sociable. Il peut difficilement se passer de la présence de ses semblables et ceux-ci peuvent être l'occasion de passer de bons moments. Mais autrui peut prendre la figure du « créancier », celui envers qui on a des dettes, ce qui ne manque pas de provoquer des situations embarrassantes, voire tendues. En outre, si un homme a des dettes, c'est souvent parce qu'il mène une vie dépensière qui l'oblige à demander régulièrement de l'argent aux autres. Sénèque avance ensuite l'exemple de la « maîtresse », autrement dit d'une relation extra-conjugale qui suppose une vie faite de dissimulations, de mensonges et d'inquiétudes de peur d'être découvert. C'est ce qui peut provoquer aussi des « querelles de ménage » comme évoqué un peu plus loin, autrement dit des relations houleuses avec son épouse légitime. L'auteur prend aussi l'exemple du temps passé auprès d'un « roi », ou encore avec des « clients ». On a donc affaire à un homme plutôt aisé, appartenant à la plus haute sphère de la société. Si Sénèque fait ce choix, c'est sans doute pour souligner encore mieux le paradoxe d'une vie mal vécue. On pourrait comprendre, en effet, qu'un homme de condition modeste ne puisse pas entièrement disposer de son temps comme il le souhaite, puisqu'il a à travailler par exemple. Mais si quelqu'un fréquente un « roi », c'est qu'il appartient à l'aristocratie et qu'il doit disposer d'une bonne fortune. S'il a des « clients », c'est qu'il est lui-même un « patron ». Ces termes correspondent à un usage social propre à la société romaine de l'Antiquité. Les hommes riches recevaient chaque jour des hommes plus pauvres envers qui ils devaient faire preuve de générosité. En contrepartie, les « clients » se voyaient obligés moralement de rendre des services à leurs « patrons », comme en assurant leurs campagnes

Faites parler les exemples du texte, l'auteur lui-même reste allusif.

Voir Repères, p. 342

À défaut de connaître le sens exact de ce terme, on peut chercher à l'expliquer aussi selon son sens moderne et courant.

électorales. Cet usage social prenait souvent une forme dévoyée : les patrons prenaient plaisir à faire patienter leurs clients devant chez eux pour montrer leur importance, mais ils devaient aussi passer des heures entières à les recevoir en écoutant leurs plaintes. Sénèque fait aussi mention des « réprimandes [faites] aux esclaves », ce qui confirme qu'il s'adresse à un homme qu'il imagine dégagé de la nécessité de travailler lui-même. Il pourrait ainsi jouir plus que tout autre de temps libre en se consacrant à des activités de loisir. Et pourtant, le fait d'être le maître d'esclaves devient l'occasion de devoir dépenser du temps à leur faire des reproches et éventuellement à les punir. On peut même imaginer que le maître lui-même puisse se retrouver esclave à son tour d'autres hommes, en devant faire preuve de soumission envers des gens plus puissants ou influents que lui. C'est ce que suggère l'évocation des « complaisances » qui font « courir aux quatre coins de la ville ». Ce qui ressort de tous ces exemples, c'est qu'il s'agit de relations faussées avec autrui, par les inégalités sociales, économiques, politiques, ou encore par leur aspect immoral. N'est-ce donc pas aussi une manière d'indiquer à quelles conditions la relation aux autres pourrait ne pas être du temps perdu ?

Il s'agit de flatteries faites pour s'attirer la bienveillance de quelqu'un.

Sénèque ajoute une autre cause de perte de temps, « les maladies dont nous sommes responsables ». La précision est importante, car tomber malade pourrait être vu comme un facteur indépendant de notre volonté. Il serait dans cette mesure injuste de reprocher à un homme de n'avoir pas vraiment vécu pendant ce laps de temps. Mais il dépend dans une certaine mesure de nous d'éviter la maladie en menant une vie saine, comme en évitant les excès alimentaires – ce qui suppose de résister à des tentations fréquentes lorsqu'on peut mener une vie aisée. On peut aussi imaginer que Sénèque pense à certaines personnes qui s'inventent elles-mêmes des maladies et y trouvent une excuse pour paresser ou laisser filer le temps. D'ailleurs, le texte parle ensuite du « temps passé à ne rien faire », sans aucune autre raison que le manque d'initiative ou de projet.

À ce stade du raisonnement, Sénèque fait apparaître un premier résultat : « tu verras que tu as bien moins d'années que tu n'en comptes. » On pourrait croire le calcul terminé, mais c'est en réalité une façon de mieux frapper encore les esprits en reprenant le travail implacable de soustraction.

Le facteur de perte de temps qui va être à présent mis en évidence concerne plus directement encore l'homme lui-même. Il ne s'agit plus des relations avec les autres, ni des événements parfois en lien avec des facteurs externes comme la maladie. L'analyse porte sur la capacité à agir librement et à faire preuve pour cela d'une véritable volonté. Sénèque demande ainsi à son interlocuteur « combien de fois tu as été ferme dans tes desseins ». C'est une façon d'attirer l'attention sur les occasions, sans doute nombreuses, où il n'est pas allé au bout de ses projets, par manque de courage ou par incapacité à savoir ce qu'il voulait vraiment faire. Il est, en effet, fréquent de reporter, voire d'abandonner, un projet ou une tâche que l'on a pourtant commencé d'entreprendre, ce qui revient à ne rien faire. Sénèque attire ensuite l'attention sur le nombre de « journées » qui « se sont passées comme tu l'as décidé ». Là encore, c'est dans l'idée de montrer combien de telles journées sont rares, et pour souligner que c'est de notre propre faute. Certes, il peut arriver que des événements imprévisibles nous empêchent d'agir comme nous le voulions. Ce que vise l'auteur, c'est plutôt la façon dont nous laissons nous-mêmes certaines choses nous détourner de nos projets, et en particulier ce qui relève de nos passions.

Mettez en évidence la progression du texte, ne vous contentez pas de dire « Ensuite... ».

Attention à ne pas réduire ce terme à son usage courant de « loisirs ». En philosophie, il s'agit des désirs et des sentiments.

Ce qui le montre, c'est que la suite du texte associe les journées réussies, conformes à notre volonté, au fait d'avoir « disposé de [soi-]même ». C'est ce qu'on pourrait définir par le fait d'avoir l'esprit tranquille et lucide, de manière à pouvoir agir avec sagesse et sérénité. Or, ce qui arrive bien plus fréquemment, c'est d'être traversé et agité d'émotions et de sentiments divers. Sénèque y fait allusion en parlant de la « passion » qui transparaît sur « le visage » et qui témoigne ainsi de la « crainte » qui affecte intérieurement « l'âme ». C'est ce qui peut empêcher de bien juger et, par suite, de bien agir. C'est aussi évidemment ce qui fait que le moment même où l'on est habité par cette crainte est désagréable, et donc mal vécu. Le texte va même plus loin encore en affirmant que c'est la même chose pour une passion agréable en principe, la « joie ». Il faut cependant bien voir que c'est d'une « joie sotte » dont il est question : c'est ce qui se passe quand on se réjouit trop rapidement, ou pour des futilités. On peut faire le lien avec l'exemple de « l'entretien flatteur », dans lequel on se laisse séduire par de belles paroles, mais qui ne reposent sur aucune sincérité. C'est encore pour cela du temps perdu, et une occasion de perdre de sa clairvoyance. C'est la même chose enfin pour nos propres désirs, au moins dans la mesure où ils sont « aveugles », c'est-à-dire détachés de tout caractère raisonnable. Ils nous conduisent souvent en ce cas à faire des choses que l'on regrette ensuite.

La partie se termine par un nouveau bilan, plus accablant encore par conséquent. « Peu t'est resté de ce qui est tien », écrit Sénèque, en faisant allusion au temps qui est au fond notre véritable bien à tous. On devrait en faire l'usage le plus précautionneux, alors que nous le laissons pourtant perdre de nombreuses manières. Dire « ce qui est tien », c'est aussi souligner que nous avons en principe la liberté d'en disposer comme nous le souhaitons, et que nous avons tendance à l'oublier. C'est ce qui conduit finalement à ce paradoxe : même en vivant « cent années », nous en arrivons à mourir « prématurément », c'est-à-dire sans avoir eu le temps de vraiment vivre.

III. La mise en évidence de la cause de ce mauvais usage du temps : l'oubli de notre finitude (lignes 17 à 23)

La finitude désigne le caractère limité de notre existence (de « *finis* », la limite, le terme, en latin).

Comme Sénèque l'indique lui-même, il consacre la dernière partie de son raisonnement aux « causes » qui provoquent le mauvais usage du temps décrit ci-dessus. Il s'agit essentiellement d'un manque de conscience à l'égard de notre condition mortelle, pourtant bien connue. Nous savons tous que notre durée de vie est limitée. Nous devrions donc faire en sorte de vivre le plus tôt possible en quelque sorte, en ne remettant pas sans cesse à plus tard ce que nous voulons vraiment faire. Et pourtant, comme l'observe l'auteur, « vous vivez comme si vous deviez toujours vivre ». Il ajoute : « jamais vous ne pensez à votre fragilité » pour rappeler que non seulement notre existence est limitée, mais encore qu'elle est précaire et qu'elle peut s'interrompre à chaque instant. Quand on veut bien penser à la mort, c'est souvent pour se la représenter comme une menace aussi lointaine que possible, qui viendra quand nous aurons bien avancé en âge. Pourtant, elle peut tout aussi bien se présenter de façon plus brutale et rapide sous la forme d'un accident ou d'une maladie grave, par exemple. C'est ce qui fait que nous ne pouvons pas savoir combien de temps nous avons encore devant nous. Nous pouvons seulement savoir combien d'années nous avons déjà laissé passer en regardant derrière nous. Mais même en portant ce regard, on ne peut pas vraiment « remarqu[er] combien de temps est déjà passé ». On peut, bien sûr, compter les années écoulées, mais sans pouvoir évaluer à quelle proportion de l'existence que nous avons à vivre cela correspond.

Ce qui contribue à ce manque de conscience à l'égard du temps qui passe, c'est qu'il a une dimension relativement abstraite. Comme sa perte est invisible, on peut le dépenser sans en voir la quantité s'épuiser. Il donne ainsi l'illusion de couler « d'une source pleine et abondante » comme l'écrit l'auteur. Et pourtant, sa quantité est bien limitée et même impossible à reconstituer. Rien ne peut permettre de regagner du temps. C'est la perte la plus irréparable qui soit, ce qui conduit à voir le temps comme le bien le plus précieux de tous. Néanmoins, il arrive régulièrement qu'on en fasse « cadeau à un autre homme » comme l'observe Sénèque. Il fait allusion à tout le temps que l'on donne aux autres, mais il faut bien voir que ce don ne traduit pas une véritable générosité de notre part. Il faudrait pour cela qu'on se représente

Voir Repères, p. 343

bien la valeur de ce que l'on donne. Si nous avions vraiment conscience que nous vivions potentiellement à chaque instant notre « dernier jour », nous voudrions sans doute le conserver jalousement sans en laisser la moindre miette aux autres. On peut remarquer que le texte parle de façon plus surprenante de temps offert en cadeau éventuellement à une « chose ». Cela prouve que ce n'est pas du tout par générosité en ce cas, puisque cela n'a aucun sens envers un objet. Pour en donner un exemple, il peut s'agir du fait de consacrer beaucoup de temps à se procurer des biens matériels inutiles et à les entretenir. Se comporter ainsi, c'est bien faire cadeau d'une partie de sa vie à des « choses », ce qui est manifestement insensé. Le texte se termine d'ailleurs sur cette formule saisissante par son parallélisme rhétorique : « C'est en mortels que vous possédez tout, c'est en immortels que vous désirez tout. » Sénèque insiste sur le caractère limité de la vie humaine, qui devrait nous inviter à limiter nos désirs pour qu'ils s'accordent bien au temps dont nous disposons. À la limite, il faudrait même ne pas chercher à se procurer plus de choses que nous ne pourrions en apprécier au cours de chaque journée. L'habitude des hommes est pourtant, au contraire, de chercher sans cesse à se procurer de nouvelles choses, comme s'ils avaient devant eux une vie illimitée pour en profiter.

Conclusion

Ainsi, comme l'a montré l'auteur, on peut très bien mener une vie longue en années sans pour autant vraiment vivre longtemps. L'important n'est pas la quantité de temps que la vie peut nous offrir, mais la façon dont ce temps est employé. C'est ce que les hommes oublient souvent, en oubliant en même temps leur responsabilité essentielle à l'égard du temps qu'ils perdent. Pour bien vivre, il faudrait donc avoir toujours conscience de la valeur réelle du temps. C'est ce qui permettrait ensuite de l'utiliser sagement en le consacrant à des êtres et des choses qui le valent vraiment.

SUJET 16

4 heures

Notion : LE TRAVAIL

Expliquez le texte suivant :

Celui qui se nourrit des glands qu'il a ramassés sous un chêne, ou des pommes qu'il a cueillies aux arbres d'un bois, se les est certainement appropriés. Personne ne peut nier que ces aliments soient à lui. Je demande donc : quand est-ce que ces choses commencent à être à lui ? Lorsqu'il les a digérées, ou lorsqu'il les a mangées, ou lorsqu'il les a fait bouillir, ou lorsqu'il les a rapportées chez lui, ou lorsqu'il les a ramassées ? Il est clair que si le fait, qui vient le premier, de les avoir cueillies ne les a pas rendues siennes, rien d'autre ne le pourrait. Ce travail a établi une distinction entre ces choses et ce qui est commun ; il leur a ajouté quelque chose de plus que ce que la nature, la mère commune de tous, y a mis ; et par là, ils sont devenus sa propriété privée.

Quelqu'un dira-t-il qu'il n'avait aucun droit sur ces glands et sur ces pommes qu'il s'est appropriés de la sorte, parce qu'il n'avait pas le consentement de toute l'humanité pour les faire siens ? Était-ce un vol de prendre ainsi pour soi ce qui appartenait à tous en commun ? Si un consentement de ce genre avait été nécessaire, les hommes seraient morts de faim en dépit de l'abondance des choses [...]. Nous voyons que sur les terres communes, qui le demeurent par convention, c'est le fait de prendre une partie de ce qui est commun, et de l'arracher à l'état où le laisse la nature qui est au commencement de la propriété, sans laquelle ces terres communes ne servent à rien. Et le fait qu'on se saisisse de ceci ou de cela ne dépend pas du consentement explicite de tous. Ainsi l'herbe que mon cheval a mangée, la tourbe qu'a coupée mon serviteur et le minerai que j'ai déterré, dans tous les lieux où j'y ai un droit commun avec d'autres, deviennent ma propriété, sans que soit nécessaire la cession ou le consentement de qui que ce soit. Le travail, qui était le mien, d'arracher ces choses de l'état de possessions communes où elles étaient, y a fixé ma propriété.

John LOCKE, *Second traité du gouvernement civil*, 1690.
D'après le sujet du Bac France métropolitaine 2006, DR.

Fiches p. 307
5 7 9 10 16

Travail préparatoire

Notions et repères

Notions principales : le travail, la justice.
Notions secondaires : l'État, la liberté, la nature.
Repères : en fait/en droit – légal/légitime – médiat/immédiat – origine/fondement.

Remarques générales

Le texte est assez facile à saisir dans son idée générale. Il faut éviter, cependant, de banaliser l'idée qu'il expose en étant bien attentif aux nuances de l'argumentation ou encore à l'enjeu des affirmations de l'auteur.

Problème, thèse et intérêt philosophique

Locke pose ici le problème du fondement légitime de la propriété : à partir de quand, et selon quel principe, puis-je revendiquer que quelque chose m'appartienne de façon juste, de sorte que les autres ne puissent plus venir me disputer ce droit ? Pour répondre à cette question, l'auteur repart de « l'état de nature », la situation précédant la société et les lois, et notamment la fixation de la propriété. Le problème est alors le suivant : comment passe-t-on **légitimement** d'une situation où tout appartient **en commun** à l'ensemble des hommes, à la propriété **privée**, c'est-à-dire individuelle ? Pour Locke, c'est le « travail » qui permet à chacun de s'approprier les biens qu'offre la nature, car cette activité fait sortir ces biens de leur état naturel, état où ils appartiennent en commun à tous. Il est à remarquer que Locke s'oppose explicitement à l'idée qu'il faudrait attendre l'accord des autres hommes pour parler de propriété. Il y a donc pour lui un droit « naturel » de propriété que les lois établies par la suite ne peuvent que respecter et protéger. Néanmoins, si la réflexion de l'auteur se tient quant à « l'état de nature », où les biens de la nature étaient disponibles à une juste appropriation par tous, qu'en est-il dans une société marquée par la propriété privée et les inégalités ? N'y aurait-il pas lieu de rediscuter le partage de biens entre les hommes, pour le rendre plus juste et viser ainsi à un « consentement » justement ?

Analyse des concepts principaux

Appropriés… propriété (privée) :

Littéralement, s'approprier quelque chose, c'est le faire « sien ». Or, il faut distinguer la simple **possession** (qui n'est qu'un **fait**, discutable) de la **propriété** (qui est un droit). Ce dont je suis le propriétaire, c'est ce que je peux revendiquer comme mien de façon **légitime**. C'est ce sur quoi j'ai un **droit**, et donc ce qu'autrui doit reconnaître et respecter (à moins de commettre un **vol**). Dès lors, toute la question est de savoir sur quoi fonder ce droit. Comment faire pour que chacun se voie bien attribuer ce qui lui revient et ce à quoi il a droit ? Cela doit-il passer par une convention, une entente entre les hommes ou existerait-il, au contraire, un principe naturel d'appropriation ?

Travail :

Le travail se définit ici très simplement comme le fait de faire sortir une chose de son état naturel. Les exemples que donne le texte sont d'ailleurs très modestes : le fait de « cueillir » quelque chose, de le « ramasser », voire seulement de le « manger » ou de le « digérer » sont présentés comme du « travail » déjà. Il faut remarquer qu'il n'y a là rien de particulièrement difficile ou d'admirable, rien de particulièrement humain non plus dans la façon d'agir. Et pourtant, selon l'auteur, cela suffit à fonder de façon indiscutable la propriété. C'est parce qu'en marquant un objet de son travail un homme y met « un peu de lui-même », c'est-à-dire, au fond, de sa « personne ». Or, celle-ci, corps et esprit, représente la propriété fondamentale de chacun, au sens où un homme ne peut appartenir à personne d'autre que lui-même.

Consentement :

Consentir, c'est donner son accord ou son approbation. C'est en principe ce qu'il faut rechercher et attendre de la part des autres pour pouvoir agir en les respectant, ou même plus simplement pour éviter les conflits. Or, le texte s'attache à montrer qu'un « consentement » n'est pas nécessaire ni même pensable pour justifier l'appropriation des choses par chacun. En effet, selon Locke, le travail de chacun suffit à assurer la légitimité de ce qu'il revendique comme sien face aux autres.

Plan du texte de Locke

I. L'énoncé du problème du fondement de la propriété privée (lignes 1 à 6)
II. L'affirmation de la thèse selon laquelle le travail suffit à fonder la propriété (lignes 7 à 11)
III. La prise en compte d'une objection possible : le besoin d'un « consentement » (lignes 12 à 17)
IV. La réaffirmation de la thèse avec l'appui de faits d'observation (lignes 17 à 28)

Corrigé : plan détaillé

Les titres en bleu apparaissant dans ce corrigé ne doivent pas figurer dans votre devoir. Nous les avons insérés pour vous guider et vous aider à repérer la progression de l'explication de texte.

Les conseils du professeur

I. L'énoncé du problème du fondement de la propriété privée (lignes 1 à 6)

Locke commence par énoncer le problème : à partir de quand quelqu'un peut-il être considéré comme propriétaire de quelque chose ? L'auteur part d'un exemple élémentaire : le simple fait de se nourrir, qui suppose bien une forme d'appropriation, puisqu'il y a consommation. Or, cette appropriation apparaît bien comme légitime car elle correspond à une nécessité vitale : chacun ayant, en effet, le droit d'assurer sa conservation. Il faut remarquer que Locke fait ici référence à « l'état de nature », puisqu'il cite l'exemple d'un homme qui se nourrirait

Indiquez régulièrement le rôle logique de chaque partie dans le raisonnement.

Voir Repères, p. 344

Voir Repères, p. 342

seulement de « glands ». Précisons que l'état de nature est ce moment hypothétique qui précèderait l'apparition de la société, ainsi que toute forme de « culture », et en particulier l'institution de lois. Locke se demande donc de quel droit chacun peut se saisir de quelque chose et le revendiquer comme sien, dans une situation où tout est en quelque sorte « à tout le monde ».

Le mot « état » est, en ce cas, seulement synonyme de « situation » – à ne pas confondre avec l'« État », l'institution politique.

II. L'affirmation de la thèse selon laquelle le travail suffit à fonder la propriété (lignes 7 à 11)

Locke introduit sa thèse. C'est par le travail que les choses sortent de leur état naturel, état dans lequel elles n'appartiennent à personne en particulier. C'est donc dans le travail que se fonde le droit de propriété. Par travail, il faut entendre de façon générale le fait de transformer la nature, lequel peut se ramener au simple fait de cueillir quelque chose (surtout dans « l'état de nature »). On peut remarquer que la « nature » est ici qualifiée de « mère commune », ce qui suggère l'idée d'une nature providentielle, offrant aux hommes de quoi pourvoir à leurs besoins, par la médiation du travail cependant.

Voir Repères, p. 342

Prenez le temps d'analyser la notion puisqu'elle est un des éléments centraux du texte.

III. La prise en compte d'une objection possible : le besoin d'un « consentement » (lignes 12 à 17)

L'auteur envisage une objection possible à sa thèse. Comme, au départ, tout appartient en commun à l'ensemble de l'humanité, ne faudrait-il pas en passer par une sorte d'accord entre tous les hommes pour fonder une appropriation légitime ? En effet, prendre quelque chose pour soi alors que tout est, au départ, « à tout le monde », ne serait-ce pas une forme de vol ? Et ne serait-ce pas comme prendre ce qui ne nous appartient pas, ou du moins pas à titre « privé » ? Or, Locke écarte

Une objection, c'est un argument contraire. Ne dites pas pour autant que l'auteur se contredit : c'est pour mieux soutenir sa propre idée au final.

cette objection par une simple remarque de bon sens. Si le besoin de s'approprier les biens de la nature s'enracine, au départ, dans la nécessité et dans l'urgence de satisfaire ses besoins vitaux, réclamer un tel accord est impensable, voire même absurde : il n'est pas nécessaire d'attendre un tel « consentement » ; le travail que l'on ajoute à une chose suffit à ôter aux autres le droit de nous la disputer. Et ceci est encore plus vrai dans une situation où il y a « abondance de choses », comme c'est le cas dans l'état de nature, où les hommes sont censés être encore peu nombreux.

IV. La réaffirmation de la thèse avec l'appui de faits d'observation (lignes 17 à 28)

Locke réaffirme sa thèse en l'appuyant cette fois sur un argument renvoyant à une situation contemporaine (« Nous voyons que... »). À présent, il ne réfléchit plus sur la situation hypothétique de l'état de nature, mais sur son équivalent contemporain : les « terres communes, qui le demeurent par convention ». Nous sommes désormais dans une situation où tout a été réparti entre les hommes : ce qui est à présent « en commun » ne peut l'être que par convention. Il faut remarquer que les exemples montrent que la propriété peut se transmettre : si le travail de « mon serviteur » m'appartient, alors le produit de son travail m'appartient (« la tourbe qu'il a coupée »). Autre élément à souligner : l'idée que des terres qui ne seraient pas marquées par le travail, donc qu'on ne chercherait pas à s'approprier en un sens, « ne servent à rien ». Ce qui montre que, pour Locke, la nature est offerte, en commun, aux hommes pour qu'ils en tirent profit par leur travail, et que c'est, pour une grande partie, le travail que nous ajoutons aux choses de la nature qui fait leur valeur.

En revanche, ce « serviteur » ne devrait pas être en principe la propriété d'un autre homme : en tant que « personne », chaque homme ne peut appartenir qu'à lui-même.

Ce sont autant de points qui peuvent susciter des interrogations : soyez toujours actif face au texte.

SUJET 17

4 heures

Notion : LA VÉRITÉ

Expliquez le texte suivant :

Qu'est-ce qu'un jugement vrai ? Nous appelons vraie l'affirmation qui concorde avec la réalité. Mais en quoi peut consister cette concordance ? Nous aimons à y voir quelque chose comme la ressemblance du portrait au modèle : l'affirmation vraie serait celle qui copierait la réalité. Réfléchissons-y cependant : nous verrons que c'est seulement dans des cas rares, exceptionnels, que cette définition du vrai trouve son application. Ce qui est réel, c'est tel ou tel fait déterminé s'accomplissant en tel ou tel point de l'espace et du temps, c'est du singulier, c'est du changeant. Au contraire, la plupart de nos affirmations sont générales et impliquent une certaine stabilité de leur objet. Prenons une vérité aussi voisine que possible de l'expérience, celle-ci par exemple : « la chaleur dilate les corps ». De quoi pourrait-elle bien être la copie ? Il est possible, en un certain sens, de copier la dilatation d'un corps déterminé à des moments déterminés, en la photographiant dans ses diverses phases. Même, par métaphore, je puis encore dire que l'affirmation « cette barre de fer se dilate » est la copie de ce qui se passe quand j'assiste à la dilatation de la barre de fer. Mais une vérité qui s'applique à tous les corps, sans concerner spécialement aucun de ceux que j'ai vus, ne copie rien, ne reproduit rien.

Henri BERGSON, *La Pensée et le Mouvant,* 1934.
D'après le sujet du Bac France métropolitaine 2013, DR.

Travail préparatoire

Fiches p. 307
1 11 13 17

Notions et repères

Notion principale : la vérité.
Notions secondaires : l'art, la raison, la science.
Repères : abstrait/concret – concept/image/métaphore – essentiel/accidentel – objectif/subjectif/intersubjectif – universel/général/particulier/singulier.

Remarques générales

Il s'agit d'un texte assez subtil, tout en nuances, si bien qu'il peut être difficile d'identifier la thèse exacte de l'auteur. Il ne faudrait pas croire, par exemple, que Bergson soutient ici un point de vue radicalement sceptique, posant l'inexistence de toute forme de vérité. De plus, comme l'extrait consiste essentiellement dans la critique d'une thèse très courante, son explication est aussi une invitation à chercher par quelle autre idée elle pourrait être remplacée. Enfin, pour bien expliciter le raisonnement de l'auteur, il est important de faire le rapprochement avec des questions étudiées dans le cadre du cours sur l'art.

Problème, thèse et intérêt philosophique

La définition traditionnelle en philosophie de la **vérité** repose sur l'idée d'une comparaison entre la réalité elle-même et ce que nous affirmons à son sujet. Il y a « vérité » quand cette comparaison permet de conclure à une conformité entre les deux. Cette définition semble logique et a l'avantage de fournir un critère fiable pour juger de la vérité : la référence à la réalité. L'intérêt du texte de Bergson, c'est précisément de remettre en cause cette conception si familière de la vérité. En effet, pour être précis, il ne dit pas qu'elle est entièrement fausse, mais il s'attache à montrer qu'elle ne vaut qu'à titre d'exception. Cela suffit à disqualifier l'idée de « concordance » comme définition valable de la **vérité** en général, puisqu'une définition ne doit pas se fonder sur un élément seulement « accidentel ». Cette critique ouvre donc une difficulté : comment définir la **vérité** d'une façon plus légitime et pertinente ? Sur ce point, l'extrait en lui-même ne fournit pas de réponse explicite. Mais, en faisant un parallèle insistant avec l'art, le texte ne suggère-t-il pas que la vérité implique, la plupart du temps, une dimension d'invention ou de création ? C'est ce qui permet de préciser un peu plus le problème : si l'on doit abandonner l'idée de « concordance avec le réel », la notion de « vérité » ne devient-elle pas quelque chose de complètement arbitraire ?

Analyse des concepts principaux

Jugement vrai :

Cette expression rappelle que la notion de « vérité » n'a de sens que par rapport à un certain discours sur la réalité. Contrairement à l'abus de langage que l'on fait couramment, on ne doit pas dire d'une chose ou d'une idée en elles-mêmes qu'elles sont « vraies ». Ce qui peut être « vrai » ou « faux », c'est une certaine **affirmation**, donc un **jugement** à propos de la réalité. Ce jugement consiste à attribuer un certain « prédicat » (ce qui est dit de l'objet dont on parle – sous la forme d'un verbe, par exemple) à un certain « sujet » (l'objet dont on parle).

Concorde… concordance :

C'est l'idée d'un accord harmonieux entre deux choses qui « se correspondent » ou encore « coïncident » parfaitement entre elles. Depuis Saint Thomas d'Aquin au moins, la vérité est définie selon ce modèle d'une « conformité » ou d'une « adéquation » entre la réalité et la représentation que nous pouvons nous en faire. Cette définition vaut, du moins, pour ce qu'on appelle « les vérités de fait », celles qui peuvent trouver leur vérification dans l'expérience. Il existe, en effet, aussi des « vérités de raison », comme en mathématiques. Dans leur cas, le critère de vérité n'est pas celui d'une conformité avec ce que nous pouvons constater dans l'expérience. Il s'agit plutôt d'un accord de l'esprit avec lui-même, sous la forme de règles logiques.

Portrait... modèle... copie :
La notion de « concordance » rappelle, en effet, le rapport du modèle à sa copie que l'on peut trouver dans l'art. Il faut, cependant, bien remarquer que cela correspond à une conception de l'art très superficielle, selon laquelle l'artiste se contenterait d'« imiter » la réalité de la façon la plus servile. En ce cas, un portrait réussi – en peinture, par exemple – ne serait ni plus ni moins qu'une « photographie », au sens d'un rendu parfaitement neutre de la réalité. Il est évident qu'il faut, au contraire, souligner l'importance de la dimension créatrice et inventive dans l'art, même quand il s'agit de faire un portrait. C'est ce qui peut inspirer aussi une autre conception de la vérité que celle d'une simple « copie » de la réalité.

Réel... singulier... changeant... / affirmations [...] générales... stabilité :
Le fondement de la critique de Bergson réside dans l'opposition radicale par essence entre la réalité et « la plupart de nos affirmations » à son sujet. La réalité est, en effet, conçue ici comme un « devenir » permanent, où aucune chose ne demeure identique à elle-même (cf. la fameuse formule d'**Héraclite** : « On ne se baigne jamais deux fois dans le même fleuve »). Elle est aussi le lieu de la plus grande singularité, aucune chose n'étant exactement identique à une autre. Nous ne devrions donc logiquement jamais pouvoir dire de la réalité quelque chose de durable ni de général, ce qui est pourtant ce à quoi prétend notre effort de connaissance, tout particulièrement dans le cadre scientifique.

L'expérience :
Au sens général, il s'agit de ce que nous apprenons de la réalité au moyen de nos sens. C'est ce que nous nous limitons à constater de façon immédiate sous la forme d'un fait déterminé. La démarche de la science, c'est, au contraire, de pouvoir établir une vérité à valeur générale, voire universelle, par un processus de généralisation : le raisonnement par « induction ».

Plan du texte de Bergson

I. L'exposition de la conception classique de la vérité comme « concordance », c'est-à-dire une « copie » de la réalité (lignes 1 à 5)

II. La critique générale de cette conception en raison de la discordance essentielle entre le réel et la plupart de nos affirmations à son sujet (lignes 5 à 12)

III. Les dernières tentatives pour sauver la définition de la vérité comme « copie » (lignes 12 à 17)

IV. Le constat définitif du caractère trop « accidentel » de la notion classique de « concordance » pour définir la vérité (lignes 17 à 19)

Corrigé : plan détaillé

Les titres en bleu apparaissant dans ce corrigé ne doivent pas figurer dans votre devoir. Nous les avons insérés pour vous guider et vous aider à repérer la progression de l'explication de texte.

Les conseils du professeur

I. L'exposition de la conception classique de la vérité comme « concordance », c'est-à-dire une « copie » de la réalité (lignes 1 à 5)

En posant la question « Qu'est-ce qu'un jugement vrai ? », plutôt que « Qu'est-ce que la vérité ? », Bergson rappelle déjà que la vérité est une affaire de discours sur la réalité. Une chose ou une idée en elles-mêmes ne peuvent, en effet, pas être dites « vraies » ou « fausses » tant que rien n'est affirmé à leur propos. Par suite, il semble logique de définir la vérité de façon générale comme « concordance » ou conformité entre nos affirmations et la réalité. C'est d'ailleurs ce que toute la tradition philosophique semble admettre de façon unanime : « Nous appelons vraie l'affirmation qui concorde avec la réalité. », écrit Bergson. En écrivant « Nous », il semble d'ailleurs commencer par s'inscrire en bon héritier de cette tradition. C'est pourtant bien elle qu'il va remettre en grande partie en question, comme le suggère déjà la façon dont il l'analyse en écrivant que « nous aimons à y voir quelque chose comme la ressemblance du portrait au modèle ». Cela laisse penser qu'il y aurait quelque chose de séduisant plutôt que de juste dans cette conception de la vérité comme conformité entre le modèle (la réalité) et sa copie (notre affirmation). Le rapprochement avec le domaine artistique semble, en effet, pertinent. Pour faire un portrait réussi, le peintre ne doit-il pas s'efforcer d'imiter de la façon la plus fidèle les traits de la personne qu'il a devant lui ? N'est-ce pas même à cette condition seule qu'on peut parler de « portrait », à savoir la plus grande ressemblance entre l'œuvre et son modèle ? Connaître la vérité, ce serait donc chercher à en produire la copie la plus exacte dans notre représentation ou notre discours. Il faut cependant remarquer qu'il s'agit là d'une vision très critiquable de l'art et de sa finalité. Comme le remarque **Hegel** dans *L'Esthétique*, si l'art devait se limiter à « imiter la nature », on ne voit pas en quoi il représenterait un besoin pour l'homme. À quoi bon reproduire des choses que nous pouvons déjà voir par nous-mêmes, de la même façon ? Ainsi, si la définition traditionnelle de la **vérité** mérite d'être remise en question, il en est de même avec la conception courante de l'art. Dans les deux cas, la notion de « copie » paraît inappropriée.

> Faites bien attention à ne pas faire de contresens en prêtant à l'auteur l'idée qu'il critique.

> Faites l'effort de donner du sens à l'idée en la développant pour ne pas faire de paraphrase.

II. La critique générale de cette conception en raison de la discordance essentielle entre le réel et la plupart de nos affirmations à son sujet (lignes 5 à 12)

C'est ce que Bergson va s'attacher à montrer dans toute la suite du texte. En écrivant « Réfléchissons-y cependant », il nous invite à repenser une idée à laquelle nous nous sommes trop habitués et qui a fini par prendre

> On voit bien ici la progression du raisonnement de l'auteur, soulignez-la dans votre explication.

l'allure d'une fausse évidence. Il précise toutefois la portée de sa critique : il ne s'agit pas de remettre entièrement en cause la validité de l'idée de « concordance », mais plutôt de montrer qu'elle ne vaut, à proprement parler, que « dans des cas rares, exceptionnels ». C'est pourtant bien ce qui suffit pour la disqualifier. En effet, le fait qu'elle ne s'applique qu'à des cas particuliers est contradictoire avec l'idée même d'une « définition », qui doit, au contraire, avoir une portée universelle. Comme toute définition, une définition de la **vérité** doit reposer sur des caractéristiques « essentielles » et non simplement « accidentelles ».

Voir Repères, p. 344

Voir Repères, p. 343

Comme l'explique Bergson ensuite, s'il est rare que la notion de « copie » soit valable pour définir la vérité, c'est qu'il y a une différence radicale de nature entre la réalité et « la plupart de nos affirmations » à son sujet. Ce qui constitue la réalité, ce sont des choses et des êtres singuliers, pris dans le temps et exposés à un changement continuel. À l'inverse, nous parlons le plus souvent du réel en termes généraux et immuables. L'exemple le plus évident est celui des lois scientifiques, qui passent pour être le modèle même de la vérité. Dans sa forme, une loi est un énoncé à valeur universelle, faisant abstraction de toute singularité. Il est donc évident qu'elle ne décrit pas le réel de façon « mimétique » , mais en donne, au contraire, une vision simplifiée et figée. C'est d'ailleurs par un exemple emprunté à la science que Bergson approfondit sa critique : la loi selon laquelle « la chaleur dilate les corps ». L'habileté de son raisonnement consiste à prendre, comme il l'écrit lui-même, l'exemple d'« une vérité aussi voisine que possible de l'expérience ». En d'autres termes, ce serait l'exemple le plus favorable à la définition de la vérité comme rapport de modèle à sa copie. Il s'agit, en effet, d'un phénomène physique bien précis en apparence. Pourtant, en parlant des « corps » de façon universelle, l'affirmation porte bien sur une abstraction, et non sur un élément du réel. La question que pose alors Bergson n'a plus qu'une valeur rhétorique : « De quoi [cette vérité] pourrait-elle

L'adjectif désigne ce qui cherche à imiter, du grec *« mimesis »*, imitation.

Une question est rhétorique quand la réponse est évidente. C'est donc, en réalité, une forme d'affirmation.

bien être la copie ? » La notion de « copie » et, avec elle, celle de « concordance » semblent donc bien inappropriées dans la très grande majorité des cas.

III. Les dernières tentatives pour sauver la définition de la vérité comme « copie » (lignes 12 à 17)

Malgré tout, Bergson fait mine de vouloir sauver une dernière fois cette idée de « copie », en lui donnant d'autres interprétations, à partir du même exemple. Cela n'aboutit toutefois qu'à en souligner l'aspect dérisoire. Il propose d'abord de donner du sens à cette idée de « copie », sous la forme du recours à la « photographie ». En effet, en prenant des instantanés des « diverses phases » de « la dilatation d'un corps déterminé à des moments déterminés », on aurait bien sous les yeux une certaine « copie » d'un fait réel. Il reste, cependant, qu'il y a toujours un décalage entre l'énoncé de la loi de la dilatation et des photographies qui n'en sont qu'une illustration singulière. Pour poursuivre le parallèle avec l'art, on peut remarquer que Bergson ne parle pas ici de la photographie comme forme d'art. S'il pense à elle, c'est justement parce qu'elle passe couramment pour n'être qu'une représentation fidèle et objective de la réalité. La photographie serait le parachèvement de l'art comme copie – ou bien comme ce qui en signe la mort, dès lors que l'on dispose d'un moyen technique de « copier » la réalité. Il faut, bien sûr, corriger ce jugement et voir la photographie comme pouvant être une discipline artistique à part entière, n'ayant pas pour fin de copier le réel seulement. Bergson propose ensuite une dernière manière de donner du sens à l'idée de « copie », en proposant de l'interpréter dans un sens « métaphorique » après l'avoir prise au sens propre avec la photographie. La description que nous pouvons faire de ce que nous constatons dans l'expérience pourrait, en effet, être comparée à une forme de « copie » de la réalité. En ce sens, affirmer que « cette barre de fer

Voir Repères, p. 343

Expliquez bien pourquoi l'auteur évoque la photographie, et quelle conception il a en tête.

Voir Repères, p. 342

se dilate », c'est un peu comme aligner une série de photographies de l'objet que nous voyons changer sous nos yeux. Par conséquent, l'idée de « concordance » ne pourrait, au final, valoir que sous une forme très particulière (prendre des photographies d'un objet singulier) ou seulement dans un sens figuré (comparer la description verbale d'un objet singulier à une photographie). Et encore, en aucun cas nous n'atteindrions quelque chose qui ressemble à peu près à l'énoncé « la chaleur dilate les corps ».

IV. Le constat définitif du caractère trop « accidentel » de la notion classique de « concordance » pour définir la vérité (lignes 17 à 19)

C'est pourquoi Bergson conclut qu'« une vérité qui s'applique à tous les corps [...] ne copie rien, ne reproduit rien ». Attention ! Il ne veut pas dire qu'il n'y a pas de vérité universelle, ou générale, mais plutôt que, si de telles vérités existent, alors il ne faut pas les définir par la concordance avec la réalité. Il faut, au contraire, reconnaître qu'elles ont une dimension de création ou d'invention de la part de l'homme. On peut, là encore, s'inspirer du rapprochement avec l'art : de même que la finalité de l'art n'est pas de se borner à reproduire le réel tel que nous pouvons le constater dans l'expérience, de même la connaissance scientifique du réel n'a pas pour but de nous en donner une simple « copie ». On peut supposer qu'il s'agit de nous en donner une vision plus abstraite et synthétique, c'est-à-dire aussi plus efficace pour l'action. Cela avancerait, en même temps, un élément de réponse aux questions que l'on est conduit à se poser alors : si la vérité n'est que rarement une question de concordance avec la réalité, où trouver un critère nous garantissant sa valeur ? La vérité ne devient-elle pas quelque chose d'arbitraire ? Comment différencier encore un jugement vrai d'un jugement faux ?

L'extrait n'offre qu'une remise en cause de la définition courante de la vérité. On peut le prolonger en essayant de construire une autre conception.

Voir Repères, p. 343

Fiches de cours et repères

1 L'art

L'art est le domaine de la création d'œuvres destinées à la **contemplation**. Cette création n'implique-t-elle pas une faculté spécifique ? Peut-on juger de sa valeur, si elle repose sur la **beauté** ? Enfin, si l'art ajoute des œuvres à la **réalité**, est-ce pour nous en détourner ou pour nous la faire mieux appréhender ?

1 Art et « Beaux-Arts »

A. L'art comme « savoir-faire »

Le mot « art » désigne, au sens premier, « toute activité impliquant un **savoir-faire**, des règles, de l'**habileté**. De ce point de vue, il n'y a pas lieu de distinguer un « artiste » d'un artisan, une œuvre d'art pouvant être considérée comme un **objet bien réalisé** d'un point de vue **« technique »**.

B. L'art comme « génie »

Toutefois, si l'on parle de **« Beaux-Arts »**, c'est que l'on distingue l'art de l'artisanat. Les œuvres de l'**artiste** sont faites pour la contemplation et visent la **beauté**. L'**artisan** vise plutôt à fabriquer des objets **utiles**. Selon Alain, ce qui distingue le mieux un artiste d'un artisan, c'est qu'il ne peut pas prévoir ce que sera son œuvre avant de l'avoir achevée. Parce qu'elle repose sur l'inspiration, la création artistique a une dimension imprévisible pour son auteur lui-même. On appelle **« génie »** le **don** réservé à de rares hommes de **créer** ainsi des œuvres belles à partir d'une certaine **inspiration**.

Citation clé

« Il faut que le génie ait la grâce de la nature et s'étonne de lui-même. »
Alain, *Système des Beaux-Arts*, 1920.

2 Peut-on juger de la beauté ?

A. La subjectivité du goût

Si les œuvres d'art ont pour but la beauté, c'est sur cette qualité qu'elles doivent être jugées. Cependant, bien que nous disions d'une chose qu'elle « est belle », la beauté ne semble pas être **une propriété interne** des objets. Elle correspond plutôt à une **forme de satisfaction** que nous éprouvons **en nous-mêmes** et que l'on appelle **« plaisir esthétique »**. Le **« goût »** par lequel nous jugeons de la beauté apparaît donc comme **subjectif**.

B. Une satisfaction universalisable

Kant remarque toutefois que nous attendons que ce plaisir soit **partagé avec autrui**. L'existence de « **chefs-d'œuvre** » nous incite aussi à penser qu'une entente doit pouvoir être possible même sur la beauté. Il faut pour cela distinguer dans notre jugement la véritable beauté de ce qui relève seulement de « **l'agréable** ». C'est ce qui revient à lui donner une dimension potentiellement universelle.

3 Art et réalité

A. L'art comme éloignement de la réalité

L'existence de l'art peut se voir aussi comme besoin d'**échapper à la réalité**, en créant, en quelque sorte, un « autre monde ». L'art est, en ce sens, une forme de **« divertissement »** au sens où l'entend **Pascal**, c'est-à-dire un moyen d'éviter de réfléchir sur soi-même et de souffrir de sa condition malheureuse.

B. L'art comme révélateur de réalité

Il semble pourtant bien que l'on puisse dire qu'il y a **une « vérité »** dans les œuvres d'art. **Hegel** explique que le véritable artiste ne se pose jamais en simple imitateur de la réalité. Il fait apparaître un **contenu spirituel**. C'est ce contenu que l'on associe communément à l'idée de « message », mais qui requiert pourtant un effort d'**interprétation** pour en saisir la véritable richesse. Si les œuvres d'art retiennent notre attention, c'est qu'elles contiennent plus de réalité en quelque sorte que les objets qu'elles représentent. Le passage par l'esprit de l'artiste permet une forme de révélation.

> **Citation clé**
>
> « Les manifestations de l'art renferment une réalité plus haute et une existence plus vraie que l'existence courante. »
>
> Georg W. F. Hegel, *Esthétique*, 1835 (posthume).

C. L'art « engagé »

Il existe aussi une fonction directement **politique** de l'œuvre d'art, qu'on trouve dans des œuvres dites « engagées ». La dimension esthétique (plaire par sa beauté) peut en effet apparaître comme insuffisante à moins d'être mise **au service d'une cause**, comme la dénonciation d'injustices. Mais l'utilisation de l'art à **des fins idéologiques** peut aussi mener à la **propagande**.

2 Le bonheur

Le bonheur (du latin *bonum*, « bon », et *augurium*, « chance ») désigne un **état de satisfaction complète et durable**. On peut croire que le bonheur serait une manière, pour l'homme, de voir ses désirs accomplis et qu'il se confondrait ainsi avec le plaisir. Pourtant, l'homme semble à la recherche d'un « Bien » plus exigeant et plus profond que le simple plaisir. Comment alors concevoir le bonheur pour que l'homme puisse espérer l'atteindre ? Et est-il à ce point **le but de l'existence** ?

1 Bonheur et plaisir

A. Le bonheur comme somme de plaisirs

Une première conception du bonheur revient à le confondre avec le plaisir, sous sa forme la plus extrême, à savoir la **jouissance**. Telle est la conception du personnage de **Platon**, Calliclès, pour qui le bonheur consiste à satisfaire tous ses désirs sans aucune restriction. Ici, le bonheur se mesure à la **quantité de plaisir** obtenue par la satisfaction de désirs. Le modèle de ce bonheur est **l'intempérance**.

B. Le bonheur comme absence de troubles

Toutefois, comme le montre **Épicure**, certains désirs et certains plaisirs ne mènent pas au bonheur, parce qu'ils sont sources de trouble. Il faut donc savoir mieux « écouter » ce que nous demande la nature. Seul le plaisir d'être sans trouble (**ataraxie**) et exempt de douleur (**aponie**) doit donc être recherché. Tel est le vrai bonheur, lequel passe par la connaissance et la raison. L'accès au bonheur implique donc de faire un tri parmi nos désirs, en identifiant bien, en particulier, ceux qui sont « vains ». Ils sont artificiels et insatiables, au contraire de nos vrais besoins physiques et moraux.

Citation clé

« Il faut se rendre compte que parmi nos désirs les uns sont naturels, les autres vains, et que parmi les premiers il y en a qui sont nécessaires et d'autres qui sont seulement naturels. »

Épicure, *Lettre à Ménécée*, IVe-IIIe siècles av. J.-C.

2 Bonheur et « bonne fortune »

A. Des instants de bonheur seulement ?

L'existence humaine est soumise à une apparente **contingence** : nous devons souvent faire face à des **événements inattendus**, remettant en cause nos prévisions et nos projets. N'est-il pas vain alors d'espérer une satisfaction constante ? Il serait plus raisonnable de **se contenter des instants heureux** que nous offre l'existence. L'**étymologie** du mot « bonheur » invite d'ailleurs à le relier à la **« bonne fortune »** ou à la chance.

B. Changer notre regard sur les événements

Une telle conception revient cependant à affirmer que le bonheur **ne dépend pas de nous**. Il est vrai que nous ne pouvons pas entièrement décider du cours des choses, les philosophes **stoïciens** vont même jusqu'à le penser comme un **destin**. Mais ils soulignent en même temps que nous avons **la maîtrise de notre regard** sur les événements. Pour être heureux même dans l'adversité, il faut **chercher à voir tout ce qui nous arrive comme un bien**. Selon **Épictète**, le bonheur suppose l'acquisition d'une sagesse qui consiste à mettre ses désirs en adéquation avec tout ce qui nous arrive.

Citation clé

« Ne demande pas que les choses arrivent comme tu désires qu'elles arrivent. Demande qu'elles arrivent comme elles arrivent et tu seras heureux. »

Épictète, *Le Manuel*, v. 55-v. 135.

3 Bonheur et morale

A. Le bonheur comme « souverain bien »

Aristote montre que le bonheur représente la seule chose que nous désirions **uniquement pour elle-même**. Si nous cherchons à atteindre le bonheur, ce n'est pas pour autre chose qu'être heureux. Il représente donc le **« souverain bien »**. Aristote le conçoit comme **l'effet d'une âme « dirigée par la vertu »**, en d'autres termes comme le **plaisir** lié à la **réalisation d'actions morales.**

B. La dignité d'être heureux

Kant remet en cause l'évidence du lien entre bonheur et vertu. Même en se conduisant toujours de la façon la plus honnête qui soit, un homme ne peut être assuré d'être récompensé par une vie paisible. En revanche, la morale nous permet de **nous rendre « dignes » d'être heureux**. Elle conduit à pouvoir **raisonnablement croire** en **un Dieu** garantissant **« l'harmonie exacte entre bonheur et moralité »**, dans **un autre monde**.

3 La conscience

La conscience (du latin *cum*, « avec, ensemble », et *scientia*, « connaissance, savoir ») désigne la capacité du sujet à se représenter le monde et lui-même, ainsi que la capacité à penser le bien et le mal (conscience morale). La question est de savoir dans quelle mesure une telle connaissance peut être **objective.**

1 La conscience comme source de connaissance

A. La conscience de soi

Faire preuve de **conscience**, c'est tout d'abord être éveillé et capable de perceptions. Chez l'homme, la conscience est capable de revenir sur elle-même, offrant la possibilité de **se représenter soi-même**. C'est ce qu'on appelle la **« conscience réfléchie »** ou **« conscience de soi »**. Elle fait par suite naître le besoin de se découvrir et de se connaître. La capacité à se représenter lui-même définit l'homme. Elle passe, à la fois, par l'introspection et par la transformation du monde extérieur, de manière à s'y voir.

Citation clé

« Les choses de la nature n'existent qu'immédiatement et d'une seule façon, tandis que l'homme, parce qu'il est esprit, a une double existence. »

Georg W. F. Hegel, *Esthétique*, 1835 (posthume).

B. Une conscience morale innée

On appelle **« conscience morale »** la faculté qui nous permet de **discerner le bien du mal**, ainsi que le juste de l'injuste, **sous la forme d'un sentiment**. Elle se manifeste notamment lorsque nous avons « mauvaise conscience » : nous éprouvons alors de la culpabilité. Pour **Rousseau**, le caractère naturel de cette faculté permet d'y voir un **« instinct divin »** ou encore un **« juge infaillible »** en terme de moralité.

2 La remise en cause de la fiabilité de la conscience

A. Une conscience sous influence

On peut, toutefois, souligner les faiblesses de la conscience, qui, selon **Spinoza**, serait influencée, notamment, **par le corps et le désir**. De même, **Marx** suggère que notre conscience serait déterminée **par notre milieu social**. Nous avons une conscience « de classe ».

B. L'hypothèse de l'inconscient

Plus encore, on peut concevoir l'existence de **pensées refoulées**, tenues à l'écart de la conscience à son insu. C'est ce que suggère **Freud** pour qui certaines maladies (les névroses) montrent l'existence d'un **inconscient « psychique »**.

C. Une conscience morale acquise et relative

Par ailleurs, la diversité des opinions dans le domaine moral amène à remettre en question le caractère naturel de la conscience morale. Pour **Freud** et **la psychanalyse**, c'est seulement par le biais de **l'éducation** que l'enfant acquiert **les interdits même les plus fondamentaux**. Il les **intériorise** suite aux réactions de son entourage, ce qui aboutit à la formation du **« Surmoi »**. Reprenant la thèse de la psychanalyse, **Russell** souligne qu'elle remet en cause la valeur de la conscience morale. Son acquisition pourrait revenir à une forme de conditionnement arbitraire.

Citation clé

« La conscience est le produit de l'éducation et peut, chez la plupart des hommes, être dressée à approuver et désapprouver au gré de l'éducateur. »
Bertrand Russell, *Science et religion*, 1935.

3 Les remèdes aux limites de la conscience

A. Les moyens de corriger la subjectivité

Pour corriger la subjectivité dont peut faire preuve la conscience, l'homme peut utiliser la **transformation du monde** extérieur. **Hegel** montre que la nature devient ainsi une sorte de reflet de ce que l'homme porte en lui-même. La prise en compte du regard des autres hommes est aussi un moyen d'obtenir **un rapport plus distancié sur soi**. C'est pourquoi **Sartre** affirme qu'autrui est un **« médiateur indispensable entre moi et moi-même »**.

B. Le rôle de la raison

Par ailleurs, plutôt que d'obéir aveuglément à ce que lui indique sa conscience morale, chaque homme devrait porter un regard critique sur les valeurs qu'il porte en lui. C'est ce qui suppose de recourir alors à **la raison** et au dialogue **avec autrui**. Ce sont les conditions d'**une conduite morale plus éclairée**.

4 Le devoir

Le devoir renvoie à l'ensemble des **règles morales** que l'on « doit » respecter. Faire son devoir, c'est donc s'efforcer de **bien agir**. Faut-il le voir comme la **soumission** à une **autorité extérieure**, ou comme une **obligation** que l'on s'impose **soi-même** ? Peut-on donner au devoir une dimension **universelle**, ou bien ne peut-il pas avoir plus qu'une valeur **relative** ?

1 Le caractère du devoir moral

A. Contrainte et obligation

Le devoir se distingue, par définition, de ce que l'on fait **spontanément** et implique, pour cela, de mettre des **limites à notre liberté**. C'est ce que nous imposent **les lois**, par le moyen de **sanctions**. Dans ce cas, l'obéissance au devoir prend la forme de la **contrainte**. La **morale** porte sur des actions qui ne regardent pas nécessairement la loi. L'accomplissement du devoir moral suppose donc que **nous nous l'imposions nous-mêmes** comme une **obligation**.

B. Agir conformément au devoir et par devoir

Kant relève que l'on peut très bien faire ce que la morale nous demande de faire **par intérêt** personnel (comme un marchand honnête dans le but de conserver ses clients), ou encore parce que **notre caractère** nous y pousse (comme une personne généreuse par nature). Cela diminue à ses yeux la valeur morale de notre obéissance au devoir. **L'action morale la plus pure** devrait, non seulement, être **« conforme » au devoir**, mais encore être faite **uniquement « par devoir »**.

2 La critique du devoir

A. La relativité sociale du devoir

Nous avons tendance à suivre ce que nous indique notre **conscience morale**, comme si elle avait une légitimité évidente en matière de devoir. Pour le sociologue **Émile Durkheim**, c'est parce que notre conscience a été **formée par une société** et que nous sentons inconsciemment le poids de **son autorité** derrière elle. Le devoir n'a alors qu'une **dimension relative** car il **varie selon les mœurs des différentes sociétés**.

> **Citation clé**
>
> « Quand notre conscience parle, c'est la société qui parle en nous. »
> Émile Durkheim, *L'éducation morale*, 1925.

B. Le paradoxe de l'immoralité du devoir

Nietzsche relève que **la société** pousse **les individus à sacrifier leur propre intérêt** au nom du devoir moral. Derrière la valorisation de l'altruisme, le dévouement envers autrui, il y a, en réalité, une **intention intéressée**. **Alain** ajoute que la société peut ordonner de **« mauvaises actions »** au nom de la **« solidarité »**, comme lorsqu'il s'agit de tuer pour défendre sa patrie. Nous pouvons, ainsi, nous retrouver face à un « cas de conscience », un conflit entre notre devoir social et une exigence morale plus absolue.

3 Un fondement légitime du devoir

A. La morale utilitariste

Pour définir de façon plus légitime quel est notre devoir, nous pouvons essayer de donner un **fondement rationnel** à la morale. Les penseurs **« utilitaristes »** comme **Mill** soutiennent que la valeur d'une action réside dans son **degré d'utilité** et, par suite, sa capacité à **produire du bien-être**. Face à un choix moral, nous devrions donc toujours chercher à faire ce qui aurait **les conséquences les plus avantageuses pour le plus grand nombre d'individus**, voire l'ensemble des êtres vivants.

B. L'impératif catégorique

Pour **Kant**, il est cependant impossible de déterminer avec certitude notre devoir en raisonnant à l'avance sur les **conséquences** de nos actions. Celles-ci sont toujours plus ou moins **imprévisibles**. Pour savoir quel est notre devoir, il suffit d'examiner la règle que nous nous donnons pour agir. Elle doit pouvoir être **universalisable** et représenter ainsi un **« impératif catégorique »**, sinon c'est que nous réclamons pour nous-mêmes une exception à l'encontre du véritable devoir. Par exemple, quand on recourt au mensonge, on continue d'exiger des autres leur honnêteté : c'est donc contraire à notre devoir.

Citation clé

« Agis uniquement d'après une maxime telle que tu puisses vouloir en même temps qu'elle devienne une loi universelle. »

Emmanuel Kant, *Fondements de la métaphysique des mœurs*, 1785.

5 L'État

L'État (du latin *stare*, « tenir debout ») désigne **un ensemble d'institutions** venant **encadrer la société** pour la **gouverner**. En ce sens, l'État est lié au **pouvoir** et **se distingue du corps social** lui-même. Mais la société a-t-elle nécessairement **besoin de l'État** pour exister et se maintenir dans le temps ? Quelle serait, en ce cas, la **meilleure forme de gouvernement** ?

1 Le modèle de l'absence de l'État

A. L'hypothèse de l'« état de nature »

Pour mesurer le besoin d'État, on peut faire l'hypothèse de son absence. Il faut imaginer l'homme à **« l'état de nature »**, situation précédant toute forme d'organisation sociale. Selon **Rousseau**, les hommes vivraient alors de façon **dispersée** et assez **pacifique**. Ayant **peu de besoins** et freinés par un **sentiment de pitié** naturel, ils éviteraient de se nuire. L'État semble donc n'avoir naturellement aucune raison d'être.

B. L'existence de sociétés sans État

L'étude des **« sociétés primitives »** montre qu'il existe des **sociétés sans État** à proprement parler. On y trouve bien un **« chef »**, mais son rôle est **symbolique**. C'est **la tribu** elle-même qui dispose du pouvoir, selon **une organisation « horizontale », immanente à la société**, et non « verticale ». Elle veille à empêcher que le chef en vienne à diriger la tribu, raison pour laquelle l'ethnologue **Pierre Clastres** parle de **société luttant « contre l'État »**.

2 Nécessité et rôle de l'État

A. La critique des modèles précédents

L'hypothèse d'un état de nature paisible n'explique pas pourquoi les hommes se sont soumis à des lois et des autorités. Pour **Hobbes**, il faut plutôt voir les hommes en position d'**ennemis** se menaçant mutuellement **en l'absence de lois**. Par ailleurs, le modèle des « sociétés primitives » ne peut valoir que pour un **groupe réduit** d'individus. Ces communautés sont donc **souvent amenées à se scinder**.

B. La création d'une véritable autorité

Pour mettre fin au **chaos de l'état de nature**, il faut créer **une véritable autorité**. Les hommes passent entre eux un **« contrat social »** par lequel ils renoncent réciproquement à leur liberté et désignent un **« souverain »** auquel ils doivent s'engager à obéir sans condition. Celui-ci a le pouvoir de **définir les lois** et a le **droit exclusif d'employer la force** pour les faire respecter. La mise en place de l'État vise ainsi fondamentalement à assurer **la sécurité**.

> **Citation clé**
>
> « La seule façon d'ériger un tel pouvoir commun, apte à défendre les gens… c'est de confier tout leur pouvoir et toute leur force à un seul homme, ou à une seule assemblée… qui puisse réduire leurs volontés en une seule volonté. »
>
> Thomas Hobbes, *Léviathan*, 1651.

3 L'État et la garantie de liberté

A. La valeur du régime démocratique

Pour **Rousseau**, les hommes ne devraient pas accepter un contrat qui reviendrait à **échanger leur liberté contre la sécurité**. Si les hommes sont amenés à **vivre ensemble, il leur faut trouver une forme d'organisation politique où ils puissent vivre sous des lois, tout en n'obéissant qu'à eux-mêmes**. C'est le cas dans un **régime démocratique** où le peuple est à la fois **« sujet »** (soumis aux lois) et **« souverain »** (disposant de l'autorité).

> **Citation clé**
>
> « Renoncer à sa liberté, c'est renoncer à sa qualité d'homme. »
>
> Jean-Jacques Rousseau, *Du Contrat social*, 1762.

B. Le risque d'un « despotisme doux »

Pour que l'État garantisse bien la liberté des individus, il semble aussi nécessaire qu'il fasse en sorte qu'ils puissent tous **réellement accéder à des biens** comme l'éducation ou la santé. Cela fonde l'idée de **« droits socio-économiques »**. Le risque est que les individus **attendent sans cesse plus de la part de l'État**, et renoncent ainsi progressivement à agir par eux-mêmes. **Tocqueville** met donc en garde contre la **possibilité d'une nouvelle forme d'État tyrannique, un « despotisme doux »**. Cette dérive pourrait apparaître au sein des États les plus démocratiques, sous l'effet d'un désir toujours plus grand d'égalité entre les individus.

6 L'inconscient

Le terme « inconscient » renvoie à tout ce qui, en nous-mêmes, peut **échapper à notre conscience**. Il peut s'agir d'éléments inaperçus par manque d'attention de notre part, ce que l'on pourrait qualifier d'« **inconscience** ». Mais certains auteurs soutiennent aussi qu'**une partie de notre propre esprit** s'oppose énergiquement à une prise de conscience, amenant l'idée d'un **« inconscient psychique »**. Quelles seraient les preuves de son existence ? Et quelles en seraient les conséquences pour l'homme ?

1 L'inconscience

A. L'inconscience à l'égard du corps

De nombreux phénomènes se passent **dans notre corps** sans que nous en ayons conscience. Nous pouvons aussi agir par **automatisme** à force d'**habitude**, et souvent de façon plus efficace. Rien ne s'oppose, en ce cas, à une prise de conscience, il s'agit de **simple « inconscience »**.

B. L'inconscience à l'égard de l'esprit

Leibniz note que certaines perceptions peuvent affecter **notre esprit** sans que nous nous en rendions compte, comme le bruit d'une chute d'eau qu'on croit ne plus entendre avec le temps. Bien qu'inaperçues, ces perceptions peuvent pourtant **influencer nos décisions**.

> **Citation clé**
>
> « C'est une grande source d'erreurs de croire qu'il n'y a aucune perception dans l'âme que celle dont elle s'aperçoit. »
>
> Gottfried W. Leibniz, *Nouveaux Essais sur l'entendement humain*, 1765.

2 L'inconscient psychique

A. L'inconscient selon Freud et la psychanalyse

> **Citation clé**
>
> « Le Moi n'est pas maître dans sa propre maison. »
>
> Sigmund Freud, *Introduction à la psychanalyse*, 1917.

La notion d'**« inconscient psychique »** est plus paradoxale : **une partie de notre esprit** serait **rendue inaccessible** à la conscience par **une force de « refoulement »**. Selon Freud, fondateur de **la psychanalyse**, l'inconscient contiendrait notamment les pulsions incompatibles avec les **exigences morales**. L'esprit se diviserait en trois instances : le **« Ça »** (les pulsions archaïques), le **« Surmoi »** (l'intériorisation des interdits moraux) et le **« Moi »** chargé de concilier leurs demandes respectives. L'inconscient remet en cause la maîtrise de l'homme à l'égard de ce qui lui est le plus familier en principe, son propre esprit.

B. Les preuves de l'existence de l'inconscient

L'inconscient est, par définition, inaccessible à la conscience, mais des phénomènes observables en seraient la manifestation. Il s'agit, premièrement, de certaines **maladies psychiques** comme les **névroses**. Dans la névrose « hystérique » par exemple, le patient peut souffrir de paralysie sans que l'on puisse trouver de cause physique. Les **rêves** au contenu étrange seraient l'expression de **désirs refoulés**, mais **« déguisés »** de manière à rester incompréhensibles. Enfin, nos **« actes manqués »** trahiraient des intentions inconscientes, à l'instar des **« lapsus »**.

3 Les critiques de la thèse freudienne

A. L'enjeu moral de la théorie de l'inconscient

Pour Sartre, évoquer l'inconscient revient à une conduite de **« mauvaise foi »** adoptée pour refuser notre **liberté** et notre **responsabilité**.
L'objectif de la psychanalyse est, cependant, de **faire progresser le contenu de l'inconscient vers la conscience**. L'enjeu est d'abord **thérapeutique**, mais, de façon plus générale, chaque homme est invité à **mieux connaître son inconscient** pour **être davantage maître de lui-même**.

B. La question de la valeur scientifique de la psychanalyse

Freud était **médecin** et s'est appuyé sur des **observations cliniques**. Néanmoins, la valeur scientifique de ses idées est discutable car l'inconscient n'est **pas observable en lui-même**. Popper ajoute que les idées de la psychanalyse **empêchent par avance toute critique** possible, puisqu'elles reposent sur **des interprétations**.
La théorie de l'inconscient rejoint, néanmoins, le **projet de la science** en montrant que ce qui est **irrationnel** à première vue (comme la « folie » ou les rêves) peut malgré tout faire l'objet d'une explication **rationnelle**.

7 La justice

Le terme « justice » désigne à la fois **une institution** (le pouvoir judiciaire), **une valeur** et **une qualité morale**. En tant que valeur, elle correspond au respect du « droit », impliquant d'accorder « à chacun ce qui lui revient », selon la formule d'un juriste romain. Mais sur quoi se fonder pour déterminer ce qui est juste ? Les lois jouent, en principe, ce rôle au sein d'un État, mais ne leur reproche-t-on pas d'être injustes parfois ? La justice n'est-elle alors qu'une notion relative ou peut-on lui donner une dimension universelle ? Et pour être juste soi-même, suffit-il de s'en tenir au respect de lois justes ?

1 Justice et lois

A. L'apparente relativité de la justice

Dans chaque État, **les lois**, établies par l'autorité en place, sont, en principe, la référence légitime pour déterminer ce qui est juste ou injuste. Or, les codes de lois **varient d'un pays à l'autre** et **d'une époque à l'autre**. La notion de « justice » semble donc ne pouvoir être que **relative**.

Citation clé

« Plaisante justice qu'une rivière borne ! Vérité au deçà des Pyrénées, erreur au-delà. »
Blaise Pascal, *Pensées*, 1670.

B. Droit naturel et droit positif

S'en tenir à ce constat signifie, cependant, de devoir renoncer à la **quête de justice**. Elle s'exprime, par exemple, à travers **le personnage d'Antigone** dans la pièce de Sophocle, lorsqu'elle s'oppose aux lois de sa Cité au nom de « lois non écrites mais immuables ». Cette distinction rejoint celle du **« droit positif »** et du **« droit naturel »**. Le premier correspond aux textes de lois **établis par les hommes** (« positif » signifie ici seulement « effectif »). Le second renvoie à ce qui serait juste **par nature**, indépendamment des lois et de façon absolue. Le droit naturel constitue ainsi **une norme idéale de justice** permettant de **mesurer la légitimité** des codes de lois.

2 La vertu de justice

A. L'équité comme « correctif de la loi »

Aristote souligne que les lois doivent avoir par définition une **dimension générale**. Elles ne sont donc pas adaptées à la diversité des **situations particulières** et demandent à être interprétées par les juges. C'est ce qui rend les juges indispensables. Il s'agit de **rester fidèle à l'intention des**

législateurs, ce qu'on appelle « l'esprit de la loi ». C'est ce qui requiert une certaine vertu ou qualité morale qu'Aristote appelle « l'équité ».

Citation clé

« Aller devant le juge c'est aller devant la justice, car le juge tend à être comme une justice vivante. »

Aristote, *Éthique à Nicomaque*, IVe-IIIe siècles av. J.-C.

B. Justice légale et justice morale

Les lois se limitent à définir ce qui est juste ou injuste dans la mesure où cela peut être **légal** ou **illégal**. Or, une large partie de l'existence humaine ne relève pas du **droit**, mais seulement de la **morale**. Pour être juste dans ce domaine, chaque homme dispose, selon **Rousseau**, d'un sentiment naturel de **« pitié »**. Il y a, cependant, une vertu de **justice plus « sublime »** encore, supposant l'acquisition d'une **sagesse « raisonnée »**. Elle consiste à agir selon la maxime **« Fais à autrui comme tu veux qu'on te fasse »**, c'est-à-dire en traitant tout autre homme comme son égal en dignité.

3 Justice et châtiment

A. Justice et vengeance

« Rendre la justice » est souvent associé au fait de punir. On peut y voir la volonté de **rétablir un équilibre** rompu. Un des symboles de la justice est d'ailleurs **la balance** : elle suggère l'idée d'une peine **proportionnée** au dommage subi. La vengeance cherche, elle, essentiellement à **faire souffrir** l'autre par **un mal plus grand**. Elle constitue ainsi « une nouvelle offense », écrit **Hegel**, causant « à l'infini, de nouvelles vengeances ». Le **« talion »** constitue déjà une recherche de mesure selon **un principe d'égalité** (« Œil pour œil, dent pour dent »).

B. L'idée de justice réparatrice

Pour donner au châtiment un caractère de justice plus satisfaisant, il peut être pensé selon un principe **d'équité**. Il s'agit alors de faire subir au coupable **quelque chose de différent** de son acte, tout en restant **proportionné** (comme un certain nombre d'années d'emprisonnement). On peut, néanmoins, se demander si la justice se distingue bien sous cette forme de la vengeance. Ne s'agit-il pas encore essentiellement de faire mal ? La peine ne devrait-elle pas être plus **constructive** pour être juste ? C'est ce qui amène l'idée de **« justice réparatrice »** offrant, par exemple, aux victimes le moyen de se reconstruire en échangeant avec leurs agresseurs.

8 Le langage

Le langage, au sens strict, désigne la **faculté humaine de communication et d'expression**. Elle passe par l'utilisation d'une **langue**, définie comme un certain système de signes (les mots), et semble avoir comme fin l'**échange de nos pensées** avec autrui. On parle, cependant, aussi de langages dans le monde animal. Alors, en quoi le langage serait-il **proprement humain** ? Quels sont les rapports du **langage** et de la **pensée** ?

1 Une faculté spécifiquement humaine

A. Une faculté liée à la capacité de penser

Les animaux échangent des informations par de nombreux moyens. Mais le **contenu** de leur communication reste **limité** et l'acte de communiquer correspond à **un comportement mécanique**. Chez l'homme, le langage est la **manifestation d'une véritable pensée.**

> **Citation clé**
>
> « Ce qui fait que les bêtes ne parlent pas comme nous est qu'elles n'ont aucune pensée, et non point que les organes leur manquent. »
>
> René Descartes, *Lettre à Newcastle*, 1646.

B. Les spécificités des langues humaines

Les signes de la communication animale sont **fixes**. Chez l'homme ils **peuvent s'étendre sans cesse**. **Bergson** y voit la marque d'une intelligence susceptible de progrès infinis. Les linguistes montrent, en outre, que les langues emploient un système de **« double articulation »** très efficace. À partir d'un petit nombre de **« phonèmes »** (unités sonores élémentaires), on peut créer une infinité de **« morphèmes »** (unités de sens élémentaires), donc une infinité de paroles.

2 Les critiques du langage

A. Le langage ne peut exprimer que des généralités

Les mots renvoient par essence à des **généralités**. Ils simplifient ainsi la communication mais empêchent pour la même raison l'expression de ce que la réalité peut avoir de **singulier**, en particulier **notre individualité**.

> **Citation clé**
>
> « Nous ne voyons pas les choses mêmes ; nous nous bornons le plus souvent à lire des étiquettes collées sur elles. »
>
> Henri Bergson, *Le Rire*, 1900.

Selon Bergson, la perception a tendance à être réduite en fonction des besoins des êtres vivants. Chez l'homme, les mots renforcent cette tendance.

B. Les langues comme cadres imposés à la pensée

Les langues déterminent un certain **cadre de pensées possibles** sous la forme des **règles de grammaire**, mais aussi **un certain découpage de la réalité**. Le vocabulaire des couleurs, par exemple, n'est pas superposable d'une langue à l'autre.

C. Le langage comme outil de pouvoir sur autrui

La **rhétorique** (« art du discours ») permet d'acquérir de **l'éloquence**, une habileté pouvant servir à des objectifs plus ou moins légitimes. Dans le *Gorgias*, **Platon** souligne le danger politique que cela représente, le peuple risquant de suivre l'homme le plus **persuasif** plutôt que le plus **compétent**.

3 La réhabilitation du langage

A. Un élément indispensable à la pensée

Sans le langage, la pensée resterait cependant à l'état informe. Pour **Hegel**, c'est une illusion de croire que ce qui est **ineffable**, intraduisible en mots, serait une forme de pensée supérieure. Ce n'est encore qu'une « ombre » de pensée.

B. Faire un usage créatif du langage

Les **poètes** montrent qu'il nous revient de faire d'une **langue commune** un **usage créatif, singulier et libre**. Si les mots nous paraissent trop pauvres, c'est souvent parce que nous nous contentons des formules les plus banales.

C. L'enjeu de la diversité des langues

La connaissance d'autres langues, porteuses d'autres manières de voir le monde, permet d'**élargir notre rapport au monde**. Apprendre une autre langue, c'est aussi devoir se familiariser avec une autre culture.

D. Une éthique du langage

L'habileté à parler doit être accompagnée d'une **éthique**. Apprendre à **« bien parler »** suppose d'apprendre ce qu'est le « bien », c'est-à-dire acquérir la sagesse. Enfin, au nom même de la **liberté d'expression**, il est nécessaire de poser des **limites morales et légales** à ce que l'on a le droit de dire.

9 La liberté

Le mot « liberté » (du latin *liber*, « celui qui n'est pas esclave ») semble d'abord se définir par opposition à l'idée de **« contrainte »** et de **« servitude »**. Serait libre l'homme capable de faire tout ce qu'il désire sans que rien ne l'en empêche. Mais une telle liberté est-elle réellement possible et s'agit-il vraiment de « liberté » ? En effet, l'homme ainsi affranchi de toute contrainte ne se trouve-t-il pas soumis à ses propres désirs ? Comment alors concevoir la liberté pour ne pas tomber dans **l'illusion** d'être libre ?

1 Licence et liberté

A. Le modèle de la licence

On associe couramment la liberté au fait de pouvoir faire **tout ce que l'on désire**, sans limites. Cette conception correspondant à la **« licence »** est notamment soutenue par le personnage de Calliclès dans le *Gorgias* de **Platon**. L'homme le plus libre serait ainsi le **tyran** vivant au-dessus des lois qu'il impose aux autres.

B. La liberté comme maîtrise de soi

En laissant libre cours à ses désirs, l'homme finit par devenir, en réalité, leur **esclave**. Ils peuvent le conduire à agir contre ses propres intérêts, voire à nuire à sa santé ou à sa vie. Platon fait ainsi soutenir à Socrate le paradoxe selon lequel l'homme le plus libre est celui qui est capable de **dominer ses désirs,** grâce à sa **raison** et sa **volonté**.

2 La question du libre arbitre

A. L'évidence du libre arbitre

Nous sentons en nous-mêmes que nous pouvons faire une chose ou ne pas la faire, par notre seule décision. C'est la faculté de **libre arbitre** dont **Descartes** souligne **l'évidence** à travers l'expérience du doute radical. Nous pouvons, par exemple, même refuser de croire ce qui se présente à nous comme vrai.

B. Le libre arbitre comme illusion

Pour **Spinoza**, ce n'est pas parce que nous avons l'impression que rien ne nous pousse à agir d'une façon ou d'une autre que rien ne nous influence. Le libre arbitre ne serait qu'une **illusion** due aux **limites de notre**

conscience. Appartenant à **la nature**, les hommes ne peuvent agir que par **déterminisme** : toute action ne peut être que l'effet d'une cause.

> **Citation clé**
>
> « Les hommes se croient libres parce qu'ils sont conscients de leurs actions et ignorants des causes par quoi elles sont déterminées. »
>
> Baruch Spinoza, *Éthique*, 1677.

C. Une nécessité morale

L'absence de libre arbitre remettrait, cependant, en cause la **responsabilité morale** de l'homme. Or, comme le souligne **Kant**, notre **conscience morale** nous appelle à **bien agir**. La **« loi morale en moi »** est ainsi ce qui justifie de **croire** à l'existence du libre arbitre. **Si je dois** faire une chose, **c'est que je peux** la faire. C'est aussi la condition nécessaire pour que l'on puisse nous reconnaître un mérite moral quand nous agissons bien.

3 La liberté politique

A. Le nécessaire renoncement à l'indépendance

Les exigences de la **vie en commun** semblent impliquer pour chacun de renoncer à sa liberté. **Hobbes** le montre par l'analyse de **l'état de nature**. L'absence de lois est le moment de la plus grande **indépendance**, mais c'est aussi **« une guerre de chacun contre chacun »**. Les hommes ne peuvent en sortir qu'en se soumettant à une **autorité artificielle** instituant des limites à la liberté de chacun.

B. L'accès à une liberté plus grande

Les hommes pourraient **conserver leur liberté** tout **en obéissant aux lois** selon **Rousseau**. Dans un **régime démocratique**, le peuple est **à la fois sujet et souverain**. Les hommes y gagnent **une liberté plus grande** en devenant des **citoyens** respectueux de lois pensées dans **l'intérêt commun**. Ces lois peuvent aussi assurer une **liberté plus effective** pour tous, et pas seulement les plus forts, sous la forme des différents **droits garantis par l'État**.

> **Citation clé**
>
> « Ce que l'homme perd par le contrat social, c'est sa liberté naturelle et un droit illimité à tout ce qui le tente et qu'il peut atteindre ; ce qu'il gagne, c'est la liberté civile et la propriété de tout ce qu'il possède. »
>
> Jean-Jacques Rousseau, *Du Contrat social*, 1762.

10 La nature

La nature (du latin *natus* signifiant « né ») désigne, à la fois, le monde **physique** (du grec *phusein* : « pousser, croître ») et **biologique** (vivant), mais aussi ce qui est **originel**, non modifié, non artificiel, et, enfin, ce qui est propre à quelque chose (son **essence**). Plusieurs représentations de la nature s'opposent. Faut-il y voir **un modèle** à admirer et à imiter ? Ou bien, à l'inverse, la nature est-elle ce qu'il faut **modifier** et, même, ce dont il faut **se protéger** ?

1 La nature comme modèle

A. Un modèle d'ordre à respecter

La nature, l'ensemble des choses et des êtres, peut apparaître comme un ordre. Les phénomènes naturels obéissent à **des lois**, maintenant un **équilibre** avec le **retour des saisons** ou la **conservation des espèces**. C'est ce qui inspire l'idée que la sagesse consiste à **« suivre la nature »**. Ainsi, pour **Épicure**, l'homme ne peut atteindre le bonheur qu'à la condition de s'en tenir à ses **« désirs naturels et nécessaires »**. Selon les **stoïciens**, le sage est celui qui sait accueillir le cours naturel des choses comme **un destin** et **une providence**.

B. Une puissance créatrice

La nature se manifeste aussi par sa **puissance créatrice**. Elle est ce qui **engendre** sans cesse des êtres et des choses dans le **monde vivant**. **Bergson** la désigne comme un **« élan vital »** introduisant de la nouveauté sous la forme de **l'évolution**. Cette créativité peut inspirer **les artistes**, les incitant à **« imiter la nature »**. **Hegel** précise qu'il ne suffit pas pour cela de reproduire les objets naturels. L'artiste ne peut vraiment rivaliser avec la nature qu'en **créant** lui-même des **œuvres originales**.

Citation clé

« L'homme montre mieux son habileté dans des productions surgissant de l'esprit qu'en imitant la nature. »
Georg W. F. Hegel, *Esthétique*, 1835.

2 La culture face à la nature

A. Un état de brutalité

D'un autre côté, la nature peut être associée à ce qui est **sauvage** et **hostile**. C'est le règne de la **« loi du plus fort »** et donc de la **brutalité** plutôt que de la justice. Hobbes conçoit les hommes à l'état de nature dans une relation de **« guerre de tous contre tous »**, chacun cherchant à être le plus fort. Il est donc nécessaire de rompre avec cette situation en **créant artificiellement** des **lois** et une **autorité**.

B. Une puissance hostile

La nature, ce sont aussi les catastrophes naturelles, les maladies, la mort, etc. Les hommes les ressentent comme l'effet d'une **force supérieure hostile**. Pour Freud, c'est ce qui a dû pousser les hommes par **« détresse »** à se réunir. Toute la **civilisation** serait ainsi **une défense contre la nature**.

Citation clé

« La nature se dresse contre nous, sublime, cruelle, inexorable ; ainsi elle nous rappelle notre faiblesse, notre détresse, auxquelles nous espérions nous soustraire grâce au labeur de notre civilisation. »
Sigmund Freud, *L'Avenir d'une illusion*, 1927.

C. Un « moindre animal »

Les **« enfants sauvages »**, ayant grandi seuls dans la nature, montrent que les facultés humaines ne se développent pas spontanément. La bipédie, la conscience de soi, le langage, etc., tout cela reste **« en puissance »** sans un environnement culturel. Selon Malson, l'homme à l'état de nature n'est qu'un **« moindre animal »** : s'il n'a pas les facultés humaines, il n'a pas non plus les instincts de l'animal.

3 Les limites à poser pour la culture

A. L'idée d'une nature humaine

Certaines pratiques culturelles pourraient causer une **« dénaturation »** plutôt que d'aider l'homme à **devenir plus humain**. Pour interdire de telles pratiques, il faut s'entendre sur l'idée d'une **« nature humaine »**, c'est-à-dire ce qui définirait notre humanité.

B. Le respect envers les générations futures

La **maîtrise technique** de la nature ne devrait pas conduire à son **exploitation à outrance**. Il faudrait donc limiter nos actions, moins **par respect** pour la nature elle-même (le respect supposant une réciprocité), que **pour les générations futures**.

11 La raison

La raison (du latin *ratio* : « calcul, mesure ») désigne la **faculté humaine** de **réflexion**. Elle peut s'exercer tant dans le **domaine théorique de la connaissance** (penser rationnellement), que dans le domaine **pratique** de l'action où elle prend un sens **moral** (agir raisonnablement). Cette faculté semble être, par excellence, le moyen de connaître la vérité et le bien. Mais n'a-t-elle pas des limites et des faiblesses ? Ne justifient-elles pas le recours à d'autres facultés ?

1 La valeur de la raison

A. Raison et vérité

La raison est, en principe, une faculté de réflexion **identique en chaque homme**. Elle permet de juger avec **objectivité** et selon des **règles logiques universelles**, ce qui en fait le moyen par excellence d'atteindre la **vérité**. En outre, elle permet de **dépasser les apparences** auxquelles nous sommes soumis par **nos sens** dans l'expérience, pour **saisir ce qu'il y a de plus essentiel** dans le réel. C'est ce que montre **Descartes** avec l'exemple d'un morceau de cire dans les *Méditations métaphysiques*.

Citation clé

« La puissance de bien juger, et distinguer le vrai d'avec le faux, qui est proprement ce qu'on nomme le bon sens ou la raison, est naturellement égale en tous les hommes. »
René Descartes, *Discours de la méthode*, 1637.

B. Raison et vertu

La raison est aussi ce qu'on oppose aux **« passions »**, les **sentiments**, **désirs** et **émotions** qui se produisent spontanément en nous. Ces dernières peuvent nous pousser à agir de façon **déraisonnable**, c'est-à-dire **démesurée**, voire **dangereuse**. La **sagesse** et la **vertu** impliquent donc de les maîtriser. Dans *La République*, **Platon** présente cela comme un rapport juste entre les trois parties qui composent notre âme. La partie **« rationnelle »** doit, par nature, surveiller et diriger la partie **« concupiscible »** (les désirs), en s'aidant pour cela de la partie **« irascible »** (la colère).

2 Le besoin d'autres facultés de connaissance

A. La critique empiriste

Selon les **penseurs « empiristes »**, il faut reconnaître que les idées de la raison elle-même viennent, en réalité, de **l'expérience** (*empeiria* en grec) et donc de nos sens. En effet, sans eux, nous ne pouvons avoir aucune idée des **qualités sensibles** (comme les couleurs), ni même aucune idée des **opérations de notre esprit** comme croire ou douter. **Locke** affirme ainsi que notre esprit est au départ **comme une « table rase »** ou une page vierge.

B. Le cœur et la raison

Pascal souligne que certaines vérités mathématiques sont **indémontrables** et peuvent seulement être admises comme **évidentes**. Il en tire l'idée que la raison elle-même doit reconnaître qu'elle n'est pas la seule source de connaissance. Certaines vérités ne peuvent être que « senties » par une forme d'**intuition** que Pascal appelle ***« le cœur »***. Ce serait le cas, notamment, de ce qui concerne **la foi religieuse**.

Citation clé

« Le cœur a ses raisons que la raison ne connaît point. »
Blaise Pascal, *Pensées*, 1670.

3 Des passions à l'aide de la raison

A. La pitié comme guide moral

Tout en reconnaissant la **perfection** d'une conduite morale fondée sur la raison, **Rousseau** remarque qu'elle suppose une **longue acquisition**. Chaque homme peut trouver en lui-même **un guide bien plus immédiat** pour bien agir sous la forme du **sentiment** naturel de « **pitié** ». D'ailleurs, l'intervention de la raison peut parfois avoir pour effet de freiner cet élan moral spontané.

B. « La ruse de la raison »

Les passions des hommes représentent une véritable **source d'énergie**. Pour **Hegel**, elles sont même **« l'élément actif » de l'Histoire**. Les **ambitions particulières** des « grands hommes » les poussent à des actions qui servent, au final, **des intérêts qui les dépassent.** L'ensemble de l'Histoire humaine serait à voir comme la **réalisation progressive d'une sorte de projet rationnel**, par le moyen des passions. C'est ce que Hegel appelle la **« ruse de la raison »**.

12 La religion

Religion viendrait du latin *religare*, qui évoque l'idée d'**un « lien »**, soit entre les hommes et **le divin**, soit entre **les hommes** eux-mêmes. Le verbe *relegere* (« recueillir, rassembler ») est une autre étymologie possible. L'existence de la religion semble être **un fait universel** et **aussi ancien que l'humanité**. Cela n'invite-t-il pas à y voir **une dimension essentielle** de notre humanité ? Ou bien faut-il voir dans ce « lien » **une entrave** au progrès et à l'épanouissement de l'homme ?

1 Qu'est-ce que la religion ?

A. Un ensemble de croyances propres à l'homme

Au-delà de la diversité du phénomène religieux, la religion représente **un système de croyances** portant sur l'existence de **divinités**, d'un **autre monde** ou encore de choses investies d'un caractère **sacré**. Ces croyances trouvent leur origine dans la **conscience** particulière de l'homme, qui est, à la fois, ce qui lui fait sentir sa **finitude** et ce qui l'élève comme être capable de **spiritualité**.

B. Un phénomène essentiellement social

Ces **croyances partagées** s'accompagnent de **pratiques** et de **rites** concrets qui **réunissent** les hommes de façon régulière. C'est ce qui a pour effet d'entretenir le **lien social** entre les individus. Pour le sociologue **Émile Durkheim**, la religion est même liée, par essence, à la société. En effet, ce qui inspirerait aux hommes l'existence de puissances infiniment supérieures, c'est le sentiment d'effervescence qu'ils éprouvent en se rassemblant. Ainsi, au-delà de la diversité de leurs croyances, c'est toujours, en réalité, la société qu'ils vénèrent comme une divinité.

2 Les critiques de la religion

A. Des croyances illusoires

Freud souligne que les idées religieuses forment un système d'idées propre à **rassurer les hommes** face à ce qui les **angoisse** le plus (la mort, le mal, etc.). À défaut de pouvoir prouver que ces idées sont **fausses**, on pourrait ainsi au moins affirmer qu'elles agissent comme des **illusions**. Elles tireraient leur force des **désirs** les plus profonds des hommes. Dans le cours de son développement, l'humanité devrait, cependant, accepter de renoncer à ce réconfort pour atteindre une **représentation plus rationnelle** de la réalité.

B. Un facteur d'inertie sociale et politique

En **donnant du sens** aux **souffrances** des hommes, la religion les encourage à **supporter leur misère** plutôt qu'à essayer d'y remédier. Pour **Marx**, **« l'abolition »** de la religion est ainsi la condition indispensable de tout changement vers une société plus juste et plus heureuse.

> **Citation clé**
>
> « La religion est le soupir de la créature opprimée […]. Elle est l'*opium* du peuple. »
>
> Karl Marx, *Critique de la philosophie du droit de Hegel* (Introduction), 1844.

3 Légitimité de la croyance et de la pratique religieuses

A. Religion et superstition

Il faut, cependant, **distinguer religion et superstition**. Cette dernière désigne une croyance manifestement irrationnelle, mêlant l'ignorance, le désir et la crainte. Les idées proprement religieuses peuvent être reconnues comme légitimes dans la mesure où elles peuvent apparaître comme compatibles avec la raison. Certains penseurs, comme **Descartes** ou **Spinoza**, s'efforcent ainsi de montrer que **l'idée de Dieu peut être examinée rationnellement** et même faire l'objet d'une **démonstration**. Pour **Pascal**, il faudrait même admettre que l'existence de Dieu fasse partie des vérités qui dépassent la compétence de la raison. Elle ne pourrait être que sentie par « le cœur ».

> **Citation clé**
>
> « Il est pour le moins aussi certain, que Dieu, qui est cet Être parfait, est ou existe, qu'aucune démonstration de géométrie le saurait être. »
>
> René Descartes, *Discours de la méthode*, 1637.

B. Liberté de conscience et tolérance

Il appartient, par ailleurs, à chacun d'adhérer ou non à une croyance religieuse, au nom de la **liberté de conscience**. Celle-ci implique une **tolérance mutuelle** à l'égard des convictions de chacun, à condition qu'elles ne dérivent pas en **fanatisme** ou qu'elles ne nuisent pas à **l'ordre public**. C'est notamment l'enjeu des lois garantissant le principe de **laïcité**.

13 La science

La science (du latin *scire,* savoir) désigne un ensemble de **connaissances rationnelles**, fondées sur la **démonstration** ainsi que sur **l'expérience**. Elle se présente, par son exigence d'**objectivité** et de **preuves**, comme un **modèle de vérité** en ce qui concerne la connaissance du réel sous toutes ses formes. **Peut-elle pour autant être considérée comme infaillible ?**

1 La science comme modèle de vérité

A. Logique et démonstration

La science doit sa force au raisonnement qui la fonde : la **démonstration**. C'est un type de raisonnement qui, à lui seul, garantit comme **certain** et donc **vrai** ce qu'il conclut. On doit à **Aristote** l'exposition des règles du raisonnement dans l'invention de **la logique**.

B. Le modèle des mathématiques

Les mathématiques, science démonstrative par excellence portant sur les nombres et les figures, constituent, ainsi, un modèle de connaissance et de vérité. C'est pourquoi **Descartes** souhaite appliquer ce modèle à l'ensemble du réel, à travers son projet de « **mathématique universelle** ».

Citation clé

« Ceux qui cherchent le droit chemin de la vérité ne doivent s'occuper d'aucun objet, dont ils ne puissent avoir une certitude égale à celle des démonstrations de l'arithmétique et de la géométrie. »

René Descartes,
Règles pour la direction de l'esprit, 1628.

C. La méthode expérimentale

Pour autant, même si les mathématiques sont un modèle, leur application à la réalité requiert « **l'expérience** », par où la raison se soumet à **l'épreuve des faits**, tels qu'ils se donnent à l'observation. Il faut un dialogue entre la raison et le réel lui-même, garanti par une certaine méthode : la **méthode expérimentale**, afin de **vérifier** ce que la raison élabore elle-même. Cette méthode devrait ainsi comporter **trois étapes** selon **Claude Bernard** : d'abord, une simple **observation** des **faits** offerts par la nature, suivie de l'**élaboration** d'une **hypothèse**, puis de la **réalisation** d'une **expérience** permettant de la tester. Cette expérience doit, en outre, **être répétée** pour en garantir la fiabilité.

2 Les limites de la science

A. Les limites du modèle démonstratif

En toute rigueur, une démonstration ne devrait comporter que des éléments eux-mêmes démontrables. Il est pourtant nécessaire, même **en mathématiques**, de recourir à des éléments qui échappent à une démonstration possible. Ce sont **les axiomes**, qu'on peut seulement **admettre comme évidents.**

B. Les limites de la vérification expérimentale

Le raisonnement expérimental est **inductif** : il consiste à tirer une **conclusion universelle**, une loi, à partir d'un certain nombre de **cas particuliers** effectivement testés. Une hypothèse ne peut **donc jamais définitivement être vérifiée**, mais seulement dans la mesure où aucune nouvelle expérience n'est encore venue la prendre en défaut. En outre, la volonté de vérification reste limitée par les conditions humaines d'expérience, même en les améliorant grâce à de nouveaux instruments. Elles nous empêchent de pouvoir percevoir les choses autrement que selon la manière dont elles nous apparaissent.

Citation clé

« Peu importe le grand nombre de cygnes blancs que nous avons observés, il ne justifie pas la conclusion que tous les cygnes sont blancs. »

Karl Popper, *La logique de la découverte scientifique*, 1934.

3 La valeur de la science

A. Pour un scepticisme raisonnable

Mettre en évidence les limites de la science ne doit pas pour autant mener à un **scepticisme radical** considérant ses théories comme sans valeur, ni à un **relativisme** les mettant au même niveau que d'autres discours sur la réalité. Pour **Russell**, il est plus raisonnable de faire preuve d'un scepticisme modéré, accordant aux idées scientifiques d'être au moins **plus « probables »** que les autres.

B. La science comme critique d'elle-même

Si la science ne peut pas prétendre atteindre la vérité de façon absolue, elle peut en effet au moins faire en sorte de **s'en approcher progressivement**. Elle doit pour cela faire **un constant effort critique** à l'égard d'elle-même. Ainsi, pour **Popper**, ce qui fait la **valeur scientifique** d'une théorie, c'est surtout de pouvoir **être exposée à une éventuelle réfutation** par l'expérience.

14 La technique

La technique recouvre l'ensemble des **moyens** et des **méthodes** pouvant être mis au service d'une activité pour l'accomplir plus **habilement** et plus **efficacement**. Elle inclut aussi bien les **savoir-faire** (*techné*, en grec) que les **outils**, les **machines** et les **robots**. Issue de l'**intelligence** humaine, elle nous permet de **nous libérer des contraintes** naturelles et de mieux déployer nos capacités. Mais les moyens toujours plus considérables offerts par le **progrès technique** ne peuvent-ils pas faire naître des **inquiétudes légitimes** ? Dans quelle mesure la technique est-elle bien au service de notre humanité ?

1 La technique au service de l'homme

A. La dimension prométhéenne de la technique

L'**invention de moyens techniques** semble relever à l'origine d'une **nécessité vitale** pour notre espèce. Selon le mythe exposé par **Platon** dans *Protagoras*, l'homme est, en effet, le seul des êtres vivants à ne pas être doté naturellement de capacités d'assurer sa survie. En recevant le savoir technique volé aux dieux par le titan **Prométhée**, l'humanité devient l'espèce la plus avantagée, capable de s'équiper à l'infini.

B. L'expression d'une intelligence spécifique

L'invention technique est présentée comme divine car elle exprime une forme d'**intelligence** remarquable. Tout **outil** implique une **modification réfléchie** d'un objet naturel en vue d'une **tâche précise**. Il s'y ajoute une volonté de **conservation**, de **transmission** et d'**amélioration** qui ouvre la voie **vers un progrès constant**.

Citation clé

« L'intelligence, envisagée dans ce qui en paraît être la démarche originelle, est la faculté de fabriquer des objets artificiels, en particulier des outils à faire des outils et d'en varier indéfiniment la fabrication. »

Henri Bergson, *L'Évolution créatrice*, 1907.

C. Le progrès technique, condition du progrès humain

Le **progrès technique** apparaît comme la condition indispensable du **progrès global de l'humanité**. Rendue plus efficace, la satisfaction des besoins laisse du **temps libre**. L'invention de **moyens d'observation** contribue à l'**augmentation des connaissances**, partageables grâce à des **moyens de diffusion** plus larges. La **créativité artistique** trouve aussi de nouvelles formes d'expression.

2 L'ambiguïté du progrès technique

A. Un facteur de décadence physique et morale

En se reposant sur leurs moyens techniques, les hommes **s'amollissent**. Leurs objets de désirs se multiplient. **Rousseau** voit donc dans le développement technique un **facteur de décadence** aussi bien physique que morale. Dans le domaine du travail, **Marx** montre que **l'invention de machines aboutit à rendre les tâches plus épuisantes** encore. Les ouvriers se voient contraints d'accomplir des tâches monotones à une cadence imposée par l'impératif de rentabilité économique.

B. Les dangers de la technique

De façon plus inquiétante encore, la technique en vient à devenir **une menace pour la nature** par son **exploitation de plus en plus massive**. **Heidegger** pointe une menace plus grave encore à ses yeux : par les succès qu'elle remporte, **la technique tend à devenir notre seule forme de rapport au monde**. Nous nous trouvons, en quelque sorte, encouragés à tout voir comme un « fonds » à utiliser grâce à la technique, y compris dans le domaine du vivant en faisant appel aux biotechnologies.

3 Réconcilier progrès technique et progrès humain

A. Une réflexion éthique à renouveler

Le progrès technique place l'homme devant **des situations et des questions inédites**. C'est à l'homme lui-même de **déterminer ce qui est légitimement utilisable** parmi tout ce qui devient faisable. **Jonas** souligne que ces questions nous obligent à **élargir notre devoir moral à l'égard des générations futures**.

Citation clé

« Agis de telle sorte que les effets de ton action soient compatibles avec la permanence d'une vie authentiquement humaine sur Terre. »

Hans Jonas, *Le Principe responsabilité*, 1979.

B. Cultiver d'autres types de rapports au monde

Pour éviter que le développement technique en vienne à appauvrir notre rapport au monde, il faudrait maintenir et développer d'autres formes d'approche. C'est l'un des enjeux de l'art, par exemple, dans la mesure où il apprend à contempler les choses de façon « désintéressée ». La réflexion philosophique serait le moyen de renouveler notre étonnement à l'égard du fait même qu'un monde existe.

15 Le temps

Le temps constitue avec l'espace **une des dimensions de notre expérience** de la réalité. Il se manifeste comme un **mouvement permanent** par lequel **l'avenir** devient **présent**, puis **passé**. La perception de l'existence du temps semble liée à la **conscience** humaine. Notre rapport au temps est souvent marqué par la **nostalgie**, l'**impatience** ou même l'**angoisse**. Ne pouvons-nous pas concevoir un rapport plus heureux au temps ?

1 Le temps, passage ou création ?

A. Fuite du temps et fuite des choses

Le temps s'offre à nous comme **un écoulement constant**, par lequel ce qui est **présent** devient **passé**, de manière **irréversible**. La réalité prend ainsi la forme d'un « **devenir** », un **monde instable** où rien ne peut échapper au **changement** et à la **disparition**. C'est ce que résume la célèbre formule d'**Héraclite** : « On ne se baigne jamais deux fois dans le même fleuve. »

B. Une durée créatrice

Mais le temps peut aussi être vu comme un **processus de création**. Il est la condition pour que quelque chose de **nouveau** puisse advenir. Selon **Bergson**, en **retardant l'apparition** des choses à venir, le temps permet qu'il y ait de **l'indétermination** dans la réalité et offre, ainsi, une **place pour le choix**. C'est ce que nous pouvons sentir à travers la **« durée »** de notre propre vie intérieure.

> **Citation clé**
>
> « Artisans de notre vie, artistes même quand nous le voulons, nous travaillons continuellement à pétrir, avec la matière qui nous est fournie par le passé et le présent, [...] une figure unique, neuve, originale, imprévisible comme la forme donnée par le sculpteur à sa glaise. »
>
> Henri Bergson, *La Pensée et le Mouvant*, 1934.

2 Les paradoxes de notre usage du temps

A. « Nous ne vivons jamais »

Notre conscience nous permet de nous projeter dans le temps en **imaginant l'avenir**. Elle nous permet aussi de **retenir le temps passé** et d'y revenir en pensée par **les souvenirs**. **Pascal** observe que cela a pour conséquence de nous faire **négliger le présent**, le seul temps qui soit pourtant réellement effectif. Il en conclut que **« nous ne vivons jamais »**.

B. Le « bien le plus précieux »

Nous savons que la **durée de notre vie** est limitée et qu'il est impossible de regagner le temps qui a été « perdu ». Nous devrions donc considérer le temps comme notre « **bien le plus précieux »** et ne l'employer qu'avec la plus grande économie. Pourtant, comme le constate **Sénèque**, les hommes « dépensent » leur temps dans des **activités futiles** ou des **relations superficielles**, comme s'ils étaient immortels. Il faudrait, au contraire, « vivre tout de suite » en prenant soin de nous-mêmes, c'est-à-dire en s'efforçant d'acquérir la sagesse.

3 Le temps et la mort

A. Le « divertissement »

Si la conscience du temps est douloureuse pour l'homme, c'est aussi parce qu'il sait que le temps qui passe le conduit vers **la mort**. Comme le rappelle **Pascal**, la seule chose dont l'homme puisse vraiment être certain à son sujet, c'est qu'elle est **inévitable**. Nous ne pouvons pas nous empêcher d'y ajouter des **représentations inquiétantes**. Elle constitue ainsi un **objet d'angoisse** que nous essayons d'oublier la plupart du temps en nous livrant à des activités de **« divertissement »**. Pascal rassemble sous ce terme tout ce qui a pour but principal de nous détourner de notre condition.

B. « Apprendre à mourir »

Plutôt que de **fuir la pensée de la mort**, il serait plus efficace de se familiariser avec elle. Cela suppose d'**en accepter la nécessité**, mais aussi de se la représenter comme quelque chose que nous n'avons **pas à craindre en réalité** : **Épicure** analyse, par exemple, que la mort n'est « rien pour nous », puisque nous ne serons plus capables de ressentir quoi que ce soit quand elle sera là. Comme le résume **Montaigne**, **« philosopher, c'est apprendre à mourir »**. C'est la condition pour mener une vie vraiment heureuse, en savourant chaque instant sans crainte du temps qui passe.

Citation clé

« La préméditation de la mort est la préméditation de la liberté. Qui a appris à mourir, il a désappris à être esclave. »
Montaigne, *Essais*, 1580.

Fiches de cours

16 Le travail

Le travail évoque une activité demandant un **effort** et accomplie **dans un but utile**. On y ajoute souvent un aspect de **pénibilité** et de **contrainte** qui font que le travail n'est pas, en principe, une activité désirée pour elle-même, au contraire du **loisir**. Une certaine étymologie associerait, d'ailleurs, le travail à un instrument de contrainte utilisé dans l'Antiquité (« *tripalium* » ou « *trabs* » selon les hypothèses). Nous sommes amenés à accorder une large place au travail dans notre existence, alors faut-il le voir comme **une contrainte malheureuse** à laquelle nous ne pouvons pas échapper ? Ou bien comme l'occasion privilégiée d'**un accomplissement** ?

1 Les enjeux humains du travail

A. La spécificité humaine du travail

Le travail est une **contrainte** commune à **tous les êtres vivants** comme **transformation de la nature** nécessaire à la satisfaction de **besoins vitaux**. Chez l'homme, la **conscience de soi** ajoute une dimension spécifique au travail selon **Marx**. Nous pouvons **nous voir** dans ce que nous faisons et en tirer satisfaction. Nous pouvons aussi nous donner notre propre projet. Le travail devient une **activité désirable en elle-même** et offrant le **moyen privilégié d'employer nos qualités** physiques et intellectuelles propres.

B. L'enjeu social du travail

Le travail est aussi un facteur de lien social. Il est plus avantageux pour les hommes de s'unir et de se répartir les tâches, ce qui fait naître la **division sociale du travail**. Chaque homme se spécialise dans une activité selon ses aptitudes, pour échanger ensuite le résultat de son travail avec celui des autres hommes. Les membres de la société sont ainsi conduits à se voir comme **complémentaires** et **interdépendants** – ce qui renforce leur **cohésion**, comme le montre le sociologue **Émile Durkheim**.

> **Citation clé**
>
> « Les services économiques que [la division du travail] peut rendre sont peu de choses à côté de l'effet moral qu'elle produit. »
>
> Émile Durkheim, *De la division du travail social*, 1893.

2 Les critiques du travail

A. Le travail aliénant et aliéné

Marx montre, cependant, que le travail peut être vécu comme **« aliénant »** dans les faits. L'ouvrier devient **« étranger »** à lui-même quand son activité se réduit à une tâche répétitive et simplifiée dans laquelle il ne peut pas se reconnaître. Le travail est alors lui-même **« aliéné »**, détourné de ce qui le définit comme activité humanisante.

Citation clé

« En quoi consiste l'aliénation du travail ? D'abord, dans le fait que le travail est extérieur à l'ouvrier, c'est-à-dire […] que celui-ci ne s'affirme pas mais se nie […], mortifie son corps et ruine son esprit .»
Karl Marx, *Manuscrits de 1844*, 1932.

B. Un facteur de division

Marx montre que ceux qui possèdent les moyens de production (les entreprises et les machines) sont amenés à **« exploiter »** ceux qui n'ont que leur force de travail à proposer. En effet, pour réaliser de la **« plus-value »**, il faut pousser les ouvriers à produire davantage tout en les rémunérant le moins possible. C'est la logique du **capitalisme**, qui entraîne une **division de la société en « classes »** aux intérêts radicalement opposés.

3 Les moyens de garantir au travail sa valeur humaine

A. Le rôle de l'État et des lois

L'État apparaît comme **un médiateur nécessaire** pour garantir le **juste respect des intérêts de chacun dans le monde du travail. Il lui revient de fixer par les lois des conditions de travail dignes et une rémunération juste. Pour Marx**, l'État devrait même mettre fin à la propriété privée des moyens de production. C'est le principe de la **« société communiste »** mettant fin aux conflits sociaux.

B. Retrouver le sens du loisir

Le travail n'est pas la seule activité qui vaille qu'on lui consacre notre temps. Le **loisir** ou « temps libre » passe souvent comme l'occasion d'activités secondaires ou plus légères. Dans l'**Antiquité**, le loisir était, à l'inverse, conçu comme le moment des **activités les plus essentielles** comme l'étude des **sciences**, des **lettres** et des **arts**. C'est ce qu'il faudrait **revaloriser** pour s'accomplir humainement alors que le travail ne le permet pas toujours, ou encore dans un contexte où il pourrait se raréfier sous l'effet du progrès technique.

17 La vérité

De façon classique, on définit la vérité comme « l'adéquation de l'esprit à la chose ». Connaître la vérité, c'est avoir une représentation objective de la réalité, ce qui fait que la vérité est, par essence, unique et universelle. Mais est-il possible pour un être tel que l'homme de l'atteindre ? Par ailleurs, est-elle toujours préférable d'un point de vue moral ?

1 Qu'est-ce que la vérité ?

A. Vérité et réalité

Au sens strict, une chose ne doit pas être qualifiée comme « **vraie** », mais comme « **réelle** », si elle existe. Ce qui peut être vrai ou faux, c'est **un jugement ou une affirmation** à propos de la réalité. Il y a vérité quand il y a une **conformité** entre ce qui est affirmé et ce qui existe.

B. Vérités de fait et vérités de raison

Par suite, « vérifier » consiste à constater par l'expérience si une telle conformité existe. La vérité est, en ce cas, **susceptible de changer** en même temps que les choses. Il existe, cependant, des **vérités éternelles et immuables**, comme en mathématiques. La vérité se définit dans ce domaine comme un **accord de l'esprit avec lui-même**, selon les règles de la **logique**. Leibniz distingue ainsi les **« vérités de fait »**, établies par l'expérience, et les **« vérités de raison »**, issues du pur raisonnement et indépendantes des changements de la réalité.

2 Peut-on atteindre la vérité ?

A. Le doute sceptique

Les philosophes « **sceptiques** » montrent que les **facultés humaines de connaissance** (la raison et les sens) ne permettent pas d'atteindre la vérité de façon **absolue**. Nous ne pouvons former que des **opinions** possibles, sans pouvoir les vérifier ni les réfuter. La **sagesse** consiste à **suspendre tout jugement** et à écarter ainsi une cause de trouble inutile.

Citation clé

« Du fait de la force égale qu'il y a dans les objets et les raisonnements opposés, nous arrivons d'abord à la suspension de l'assentiment, et après cela à la tranquillité. »

Sextus Empiricus, *Esquisses pyrrhoniennes*, v. 160-v. 210.

B. Le « *cogito* » comme vérité modèle

Descartes révèle qu'il y a, cependant, au moins une vérité « **entièrement indubitable** ». Si j'essaie de douter de ma propre existence, j'en saisis au contraire **l'évidence**. Le « ***cogito*** », « **Je pense donc je suis** », constitue, non seulement, une vérité, mais aussi un modèle pour en trouver d'autres. Est vrai tout ce qui peut apparaître avec « **clarté** » et « **distinction** » après un examen attentif de l'esprit.

C. La vérité comme connaissance des phénomènes

Kant propose d'opérer une « **révolution copernicienne** ». Établir la vérité ne consiste plus à chercher une conformité avec ce qu'est **la réalité en elle-même**, puisqu'elle est inconnaissable. Nous ne pouvons connaître les choses que comme « **phénomènes** », c'est-à-dire **telles qu'elles nous apparaissent**. Mais l'existence de **conditions communes d'expérience** permet de fonder une **connaissance universelle**.

3 La valeur morale de la vérité

A. Pour un droit de mentir

Mentir, c'est **faire croire à autrui** autre chose que ce dont on est **soi-même convaincu**. Dans le domaine politique, **Machiavel** soutient que cela peut s'avérer nécessaire au nom de **l'intérêt supérieur de l'État**. Pour **Benjamin Constant**, il faut même admettre un « **droit de mentir par humanité** » afin de **protéger une personne** de ceux qui voudraient lui nuire.

B. Le devoir de sincérité

Kant souligne que l'usage du mensonge, même bien intentionné, a toujours des **conséquences incertaines**. Davantage, il contribue à **retarder le progrès moral de l'humanité**. Conformément à « **l'impératif catégorique** », les hommes ont **un devoir absolu de sincérité**. On ne peut, en effet, jamais être sûr de connaître la vérité, mais on peut du moins vérifier auprès de **sa propre conscience** si l'on est sincère.

> **Citation clé**
>
> « [Le mensonge] nuit toujours à autrui : même si ce n'est pas à un autre homme, c'est à l'humanité en général. »
>
> Emmanuel Kant, *Sur un prétendu droit de mentir par humanité*, 1797.

Repères philosophiques

Vous trouverez ci-dessous des définitions élémentaires des repères du programme. Afin de vous aider à les comprendre et en mémoriser le sens, nous avons choisi de les présenter en quatre tableaux, en fonction du fait que certains repères :
– sont proches mais doivent être différenciés ;
– s'opposent ;
– sont différents mais pas nécessairement opposés ;
– fonctionnent ensemble dans une progression.

A. Les repères qui sont proches mais qu'il faut distinguer

Concept : se dit d'une idée générale et abstraite (« la » liberté, « le » temps).	**Image** : représentation concrète permettant de figurer un concept explicitement (l'image du fleuve pour représenter le temps).	**Métaphore** : image implicite et indirecte (les « ravages » du temps, « l'écoulement » du temps).

Exemple : qui permet d'illustrer un énoncé général à l'aide d'un cas concret et particulier.	**Preuve** : qui permet de vérifier l'accord d'un énoncé avec la réalité.
Expliquer : chercher les causes, ce qui a rendu possible quelque chose.	**Comprendre** : chercher les raisons, les buts, les motivations.
Légal : qui est conforme à la loi, au droit positif.	**Légitime** : qui est conforme à la morale, ce qui est juste en soi.
Obligation : ce que l'on s'impose à soi-même librement.	**Contrainte** : ce qui est imposé de façon extérieure.
Origine : désigne le commencement ou les conditions d'apparition de quelque chose.	**Fondement** : justifie l'existence de quelque chose d'un point de vue moral ou logique.
Persuader : obtenir l'adhésion de quelqu'un à partir d'éléments subjectifs.	**Convaincre** : obtenir l'adhésion de quelqu'un à partir d'éléments objectifs.
Ressemblance : comparaison directe d'éléments.	**Analogie** : comparaison indirecte portant sur des rapports.

B. Les repères qui s'opposent

Absolu : qui ne varie pas en fonction de conditions.	**Relatif** : qui varie en fonction de conditions.
Abstrait : qui renvoie à des idées générales.	**Concret** : qui renvoie à des choses particulières.
Analyse : action de décomposer en éléments simples.	**Synthèse** : action de rassembler en un tout.
Contingent : qui existe et aurait pu ne pas exister.	**Nécessaire** : qui existe et qui ne peut pas ne pas exister.
Essentiel : propriété qui permet de définir un objet.	**Accidentel** : propriété qui ne définit pas un objet.
Impossible : qui ne peut pas exister.	**Possible** : qui n'existe pas mais peut exister.
Médiat : qui est atteint indirectement.	**Immédiat** : qui est atteint directement.

Objectif : qui ne tient compte que de l'objet, qui vaut de façon universelle.	**Subjectif** : qui dépend d'un sujet, d'un point de vue particulier.	**Intersubjectif** : qui caractérise la relation entre deux sujets, deux consciences.

Public : qui renvoie à la sphère collective, à l'espace partagé par le groupe social (lieux et espaces publics, biens de l'État).	**Privé** : qui renvoie à la sphère personnelle, à l'espace de vie intime (vie privée, maison, famille, biens personnels).
Théorie : qui renvoie au domaine de la pensée.	**Pratique** : qui renvoie au domaine de l'action.
Transcendant : qui dépasse l'ordre naturel des choses accessibles par l'expérience.	**Immanent** : qui est du même ordre que la réalité donnée dans l'expérience.

C. Les repères qui sont différents sans être nécessairement opposés

Croire : tenir pour vrai de façon subjective.	**Savoir** : tenir pour vrai de façon objective.
En acte : qui est réalisé effectivement.	**En puissance** : qui peut se réaliser mais qui ne l'est pas encore.
En fait : qui existe dans les faits, sans être pour autant juste.	**En droit** : qui devrait exister parce que juste, légitime d'un point de vue moral.

Formel : qui concerne la valeur logique d'un raisonnement, la forme.	**Matériel** : qui concerne le contenu d'un raisonnement, sa conformité avec la réalité.
Idéal : qui existe en pensée et représente un modèle.	**Réel** : qui existe dans les faits et peut être imparfait.
Intuitif : qui peut être saisi de façon immédiate.	**Discursif** : qui suppose les articulations d'un raisonnement, d'un discours.

Principe : qui est premier, qui fonde.	**Cause** : tout principe d'explication.	**Fin** : explication par un but ou une intention.

D. Les repères qui fonctionnent ensemble dans une progression

Genre : le groupe général.	**Espèce** : le sous-groupe du genre.	**Individu** : l'élément de l'espèce.
Hypothèse : proposition incertaine qu'on demande d'admettre (« si... »).	**Conséquence** : proposition découlant logiquement d'une autre proposition (« alors... »).	**Conclusion** : proposition finale découlant logiquement d'une série de propositions (« donc... »).
Identité : le fait d'être strictement le même.	**Égalité** : le fait d'être le même sous un certain rapport.	**Différence** : le fait de ne pas être le même.

Universel : qui vaut sans exception.	**Général** : qui vaut dans la plupart des cas.	**Particulier** : qui vaut dans certains cas.	**Singulier** : qui vaut dans un seul cas.

Vrai : se dit d'un énoncé (discours ou pensée) en accord avec le réel.	**Probable** : se dit d'un énoncé qui admet une forte possibilité d'être vrai.	**Certain** : se dit d'un énoncé dont l'accord avec le réel a été démontré ou prouvé.

Oral de rattrapage

L'épreuve orale de contrôle

Remarques générales sur l'épreuve orale

Cette épreuve est dite **« épreuve de rattrapage »** car elle permet aux candidats dont la moyenne aux épreuves écrites se situe entre 8/20 et 10/20 de repasser une épreuve orale dans deux matières de leur choix (parmi les épreuves obligatoires) pour ainsi tenter d'obtenir une moyenne au moins égale à 10/20 grâce aux nouvelles notes obtenues.

Présentation de l'épreuve de philosophie

– L'épreuve de philosophie porte sur une **œuvre étudiée de façon suivie** en classe au cours de l'année, selon le **choix de chaque professeur**. Le candidat doit donc pouvoir présenter à son examinateur une **liste officielle** précisant de quelle œuvre il s'agit, et éventuellement de quelle partie de cette œuvre. En cas de défaut de liste, ou de liste non conforme, le candidat est interrogé sur une des œuvres apportées par l'examinateur lui-même.

– L'épreuve comporte un temps de **préparation de 20 minutes**, suivi de **20 minutes d'interrogation**. Pendant cette interrogation, le candidat procède pendant 10 minutes, tout d'abord, à l'explication de l'extrait qui lui a été indiqué, puis répond, durant les 10 minutes restantes, aux questions posées par l'examinateur. Ces questions ont pour but de permettre de développer ou compléter certains points d'explication.

Conseils

– Avant l'épreuve, **relisez l'œuvre** et les **éléments de cours** qui y correspondent. **Vous êtes censé(e) bien maîtriser cette partie du programme**. Pensez à vous procurer votre liste, ainsi que l'œuvre en deux exemplaires (le second sera pour l'examinateur).

– Pendant le temps de préparation, soyez efficace. **Ne cherchez pas à rédiger toute votre explication**, d'autant plus que vous feriez une prestation terne en lisant simplement vos notes. Indiquez plutôt les éléments essentiels à **développer oralement**.

– Commencez votre explication en **présentant rapidement l'auteur et l'œuvre**, et en **situant le passage**. **Lisez** l'extrait, **avec soin**, de manière à mettre en valeur ses idées. Suivez ensuite la même démarche que pour une explication écrite :

Étape 1 **indiquez la thèse, le problème et la structure en introduction** ;

Étape 2 procédez à **l'analyse détaillée des idées** en respectant leur ordre logique. Définissez les concepts, montrez l'enjeu des idées, expliquez les exemples, etc. Appuyez-vous systématiquement sur le texte en le **citant** et ne vous contentez pas de réciter un contenu éventuellement appris à l'avance ;

Étape 3 **concluez en résumant rapidement l'essentiel**.

Attention

Inutile de demander votre note à la fin de l'épreuve, celle-ci ne peut être définie qu'après la délibération du jury.

SUJET

Œuvre : extrait de l'*Idée d'une histoire universelle au point de vue cosmopolitique* d'Emmanuel Kant, 1784

Quatrième proposition :
Le moyen dont se sert la nature, pour mener à terme le développement de toutes les dispositions humaines est leur <u>*antagonisme*</u> *dans la société, jusqu'à ce que celui-ci finisse pourtant par devenir la cause d'un ordre conforme à la loi.*

J'entends ici par antagonisme l'insociable sociabilité des hommes, c'est-à-dire le penchant des hommes à entrer en société, qui est pourtant lié à une résistance générale qui menace constamment de rompre cette société. L'homme possède une tendance à s'associer, parce que dans un tel état il se sent plus qu'homme, c'est-à-dire qu'il sent le développement de ses dispositions naturelles. Mais il a aussi un grand penchant à se séparer (s'isoler) parce qu'il trouve en même temps en lui cet attribut qu'est l'insociabilité, [tendance] à vouloir seul tout organiser selon son humeur ; et de là, il s'attend à [trouver] de la résistance partout, car il sait de lui-même qu'il est enclin de son côté à résister aux autres. C'est cette résistance qui excite alors toutes les forces de l'homme, qui le conduit à triompher de son penchant à la paresse et, mu par l'ambition, la soif de dominer ou de posséder, à se tailler une place parmi ses compagnons, qu'il ne peut souffrir, mais dont il ne peut non plus se passer. C'est à ce moment qu'ont lieu les premiers pas de l'inculture à la culture, culture qui repose sur la valeur intrinsèque de l'homme, [c'est-à-dire] sur sa valeur sociale. C'est alors que les talents se développent peu à peu, que le goût se forme, et que, par un progrès continu des Lumières, commence à s'établir un mode de pensée qui peut, avec le temps, transformer la grossière disposition au discernement moral en principes pratiques déterminés, et ainsi transformer enfin un accord pathologiquement arraché pour [former] la société en un tout moral. Sans cette insociabilité, attribut, il est vrai, en lui-même fort peu aimable, d'où provient cette résistance que chacun doit nécessairement rencontrer dans ses prétentions égoïstes, tous les talents resteraient cachés dans leurs germes pour l'éternité, dans une vie de bergers d'Arcadie, dans la parfaite concorde, la tempérance et l'amour réciproque.

Corrigé

Présentation de l'auteur et de l'œuvre

[À la différence de l'épreuve écrite, vous êtes censé(e) connaître l'auteur et l'œuvre, puisqu'elle a été étudiée de façon suivie.]

Emmanuel Kant est un penseur du **« Siècle des lumières »**, époque marquée par une **confiance dans le progrès de l'humanité** grâce à la diffusion des connaissances. Son œuvre philosophique a eu une grande influence, notamment dans le domaine de la connaissance, par la distinction entre ce qui peut relever du **savoir** et ce qui ne peut appartenir qu'à la **croyance**, même légitime. L'*Idée d'une histoire universelle d'un point de vue cosmopolitique*, publiée en 1784, est un **petit essai** consacré à la réflexion sur **le sens** que pourrait avoir **l'Histoire** des hommes, envisagée comme une totalité. La succession des époques et des événements historiques peut-elle être vue comme un **progrès constant et régulier**, c'est-à-dire un **processus rationnel** au fond ? S'agit-il, en ce cas, d'un **projet conscient et libre** de la part des hommes ? Et enfin, dans quelle mesure est-il **légitime d'affirmer** quelque chose à ce sujet, alors même que cette Histoire n'est **pas achevée** ?

Situation du passage

L'extrait que nous allons expliquer fait suite à une réflexion sur la différence de **projets** que la **nature** semble avoir à l'égard de l'homme et des autres espèces. En dotant l'homme de raison plutôt que d'instincts efficaces, la nature le **pousse à progresser** en se donnant lui-même les moyens de satisfaire ses besoins, puis ses désirs. Kant va à présent montrer que **cela suppose que les hommes vivent ensemble**, mais une **relation assez paradoxale**.

Lecture du passage

[Appliquez-vous car une bonne lecture est un signe de compréhension du texte. L'examinateur peut, néanmoins, l'interrompre si le passage est un peu long à lire.]

Thèse et plan du texte

– Énoncé de la thèse (lignes 1 à 4, phrase en italique).
– Analyse du concept d'« insociable sociabilité » (lignes 4 à 11).
– Paradoxe de son effet positif, une dynamique culturelle (lignes 11 à 23).
– Examen d'une autre hypothèse, une nature humaine sociable (lignes 23 à 28).

Explication détaillée

1. Énoncé de la thèse

[Le principe est le même que pour l'épreuve écrite : suivre le texte en détail, en citant régulièrement des passages.]
Kant raisonne en faisant comme si **la nature** agissait avec une **finalité**. En créant des êtres tels que les hommes, elle a **une sorte de plan** : les pousser au **« développement de toutes [leurs] dispositions »**. Il s'agit des capacités physiques et intellectuelles qui sont présentes à l'origine en chacun sous la forme d'un **potentiel** seulement. Pour qu'elles soient mises en acte, la nature utilise comme moyen « **leur antagonisme dans la société** ». L'expression évoque une forme d'**opposition** et même de **confrontation**, ce qui devrait **fragiliser** à première vue la possibilité d'une bonne vie commune. Mais il faut bien voir qu'il s'agit au final d'atteindre « **un ordre conforme à la loi** » : cette relation conflictuelle entre les hommes doit engendrer la mise en place de limites à la liberté de chacun dans l'intérêt de tous.

2. Analyse du concept d'« insociable sociabilité »

Kant entre dans le détail de son raisonnement en précisant de quel type d'opposition il parle. Il la désigne par une **expression contradictoire à première vue**, « **l'insociable sociabilité** ». L'homme serait, ainsi, animé d'une **double tendance** : l'une qui le pousserait vers ses semblables, et l'autre qui lui ferait préférer son indépendance. Kant se démarque donc des auteurs qui conçoivent l'homme comme un être sociable : c'est le cas d'**Aristote** qui définit l'homme comme **« un animal politique »**. *[Il faut, en général, éviter d'évoquer d'autres auteurs, sauf si cela peut permettre de* *mieux mettre en valeur les idées du texte.]* Mais il se distingue aussi de ceux qui, comme **Hobbes**, pensent que l'homme serait « **un loup pour l'homme** » à l'état naturel. S'il faut penser une dualité en l'homme, c'est d'abord parce que la vie en société doit forcément exercer une **force attractive** : « **dans un tel état il se sent plus qu'homme** ». **Stimulé** par la présence et le modèle des autres, il **développe ses capacités** et se découvre des talents. Mais chacun reste, néanmoins, influencé par son **égoïsme** et son **goût pour l'indépendance**, au point de « **vouloir seul tout organiser selon son humeur** ». Cette tendance individualiste a aussi pour effet de **prédisposer** les hommes à se voir comme **des concurrents** plutôt que comme **des partenaires** (« **il s'attend à [trouver] de la résistance partout** »).

3. Paradoxe de l'effet positif de « l'insociable sociabilité »

Cette tendance contradictoire s'avère pourtant **très féconde socialement** selon Kant, puisque c'est elle qui pousse les hommes à mettre en œuvre leurs capacités et ainsi à **engendrer** « **la culture** » dans son ensemble. *[Soulignez bien l'originalité des idées pour montrer l'intérêt du texte.]* Il s'agit de tout ce que l'homme **invente** et **crée** dans des domaines aussi variés que la **technique**, **l'art**, les **mœurs**, etc. C'est aussi ce par quoi l'homme **se distingue de l'animal** qui se contente de vivre spontanément. L'auteur en arrive même à faire **l'éloge des passions** que la philosophie rejette, en général, au nom de la **vertu** et de la **sagesse** : « **l'ambition, la soif de dominer ou de posséder** ». Pour comprendre pourquoi, on peut faire le lien avec l'analyse d'**Adam Smith** qui montre qu'en cherchant à satisfaire son égoïsme, tout homme contribue sans s'en rendre compte à l'intérêt de tous. Le commerçant qui veut avoir le plus de clients doit vendre les meilleurs produits, au meilleur prix en principe. C'est ce que Smith appelle la « **main invisible** ». De même, pour satisfaire son « **ambition** » ou sa « **soif de dominer** », un homme va être poussé, selon Kant, à devenir le meilleur dans un certain domaine : être l'artiste le plus créatif, le scientifique qui fait le plus de découvertes, ... tout cela pour être le plus riche ou le plus réputé. Ce qui compte, c'est que de cette façon « **les talents se développent peu à peu** », amenant même jusqu'aux « **Lumières** », c'est-à-dire le progrès des hommes en termes de connaissance et de mentalité. Ce qui est cependant moins évident, c'est que l'auteur affirme que cette dynamique de progrès, sous l'effet de l'égoïsme, finit par « **former la société en un tout moral** ». *[Quand un passage est difficile, proposez des hypothèses. Si vous le passez sous silence, votre examinateur risque de vous inviter à y revenir.]* La morale semble, en effet, impliquer une capacité à agir de façon **désintéressée**.

En outre, elle exige de se représenter les autres comme des êtres **dignes de respect**, et non comme des concurrents ou des moyens pour sa propre réussite. Enfin, pour que le progrès des hommes soit bien moral, il faudrait que le mérite leur en revienne. Or, comme Kant le souligne, ce progrès leur est « **pathologiquement arraché** » : c'est en jouant sur leurs « passions » (*pathos*, en grec) que la nature les contraint à s'améliorer.

4. Examen d'une autre hypothèse : une nature humaine sociable

Pour mieux montrer la valeur de sa thèse, Kant examine une autre hypothèse. Si les hommes avaient été animés d'une **tendance purement sociable**, cela n'aurait-il pas mieux servi encore l'intention de la nature ? N'auraient-ils pas **collaboré plus efficacement** ? En effet, l'égoïsme, c'est aussi une cause de **disputes**, de **crises** et de **guerres**. Sans les passions qui en découlent, les hommes auraient pu vivre « **dans la parfaite concorde, la tempérance et l'amour réciproque** ». Ces mots décrivent, d'ailleurs, assez bien le **monde parfait ou idéal** que nous appelons tous de nos vœux. Kant fait allusion à la « **vie de bergers d'Arcadie** » qui était, à son époque, l'image mythique d'une vie paradisiaque. Et pourtant, Kant assume une nouvelle fois le paradoxe de sa thèse : si les hommes n'avaient pas eu de « **prétentions égoïstes** », leurs « **talents resteraient cachés dans leurs germes pour l'éternité** ». Ils auraient, certes, vécu de façon paisible, mais seraient, en même temps, venus au monde pour rien en quelque sorte. Il n'y aurait pas eu d'Histoire, et pas non plus les différents progrès dont elle a pu donner l'occasion.

Conclusion

[Elle doit être brève et donc efficace.]

Kant montre donc que ce que nous critiquons, en général, comme des **défauts** ou des **vices** de la **nature humaine**, représente pourtant la condition nécessaire du **progrès culturel**. Sans la force de l'égoïsme contenu dans « **l'insociable sociabilité** », les hommes n'auraient pas cherché à développer leurs capacités spécifiques. L'humanité n'aurait **pas eu d'Histoire** pour la même raison, et donc **pas d'occasion de s'améliorer**. On peut, néanmoins, se demander si les événements plus récents de l'Histoire n'amènent pas à relativiser l'idée que la nécessité du progrès serait inscrite même dans les défauts de notre nature.